U0096287

人民共和國文化與文學叢書

九　編

李　怡 主編

第2冊

歷史真相與文藝圖騰：延安時期《講話》的生成、傳播與接受

商昌寶 著

花木蘭文化事業有限公司

國家圖書館出版品預行編目資料

歷史真相與文藝圖騰：延安時期《講話》的生成、傳播與接受／商昌寶 著 -- 初版 -- 新北市：花木蘭文化事業有限公司，2021〔民 110〕
目 2+242 面；19×26 公分
（人民共和國文化與文學叢書 九編；第 2 冊）
ISBN 978-986-518-500-8（精裝）
1. 中國文學史 2. 文藝思潮
820.8　　110011110

ISBN-978-986-518-500-8
9 789865 185008

人民共和國文化與文學叢書
九　編　第　二　冊　　ISBN：978-986-518-500-8

歷史真相與文藝圖騰：
延安時期《講話》的生成、傳播與接受

作　　者　商昌寶
主　　編　李　怡
企　　劃　四川大學中國詩歌研究院
總 編 輯　杜潔祥
副總編輯　楊嘉樂
編　　輯　許郁翎、張雅淋、潘玟靜　美術編輯　陳逸婷
印　　刷　普羅文化出版廣告事業
出　　版　花木蘭文化事業有限公司
發 行 人　高小娟
聯絡地址　235 新北市中和區中安街七二號十三樓
　　　　　電話：02-2923-1455／傳真：02-2923-1452
網　　址　http://www.huamulan.tw 信箱 service@huamulans.com
初　　版　2021 年 9 月
全書字數　235401 字
定　　價　九編 12 冊（精裝）台幣 30,000 元　

歷史真相與文藝圖騰：
延安時期《講話》的生成、傳播與接受

商昌寶　著

作者簡介

商昌寶（1973～），文學博士，現為獨立撰稿人、出版策劃人；曾出版專著《作家檢討與文學轉型 1949～1957》《茅盾先生晚年》；整理、注釋《從實招來：湯吉夫口述自傳》；已在《二十一世紀》等期刊發表學術論文一百餘篇；主編和策劃「小說眼．看中國」系列小說集、《左翼批評大系》、《梁遇春著譯全集》等；參與編寫《現代中國文學史 1949～2013》（李新宇主編）、《中國現代文學史》（朱棟霖等主編）、《魯迅大全集》（李新宇、周海嬰主編）等。

提　要

《毛澤東在延安文藝座談會上的講話》（以下簡稱為《講話》），從 1942 年誕生至今，在大陸中國，始終是文藝創作最重要的指導文獻，同時也是作為意識形態的重要指針，堪稱文藝圖騰。

延安整風運動對於毛澤東作為領袖權威的絕對樹立，起著直接、決定性的作用。所謂整風運動，實質就是清除中共黨內異已和異見。在政治清肅過程中，以王實味、丁玲、蕭軍等文藝家起初並不深諳整風運動的內情，誤解領袖的精神，以為延安要成為「民主革命」的自由之地，於是以主人翁的姿態主動幫忙，結果惹火燒身到文藝界，並直接促成延安文藝座談會的召開和《講話》的出臺。

在座談會召開和《講話》出臺過程中，毛澤東等所遭遇的與會人員的挑戰、發表前的修訂工作，以及在重慶傳播過程中被左翼文人無視甚至阻撓，與那些座談會召開和《講話》傳播中的樂觀描述大相徑庭。

座談會後，包括《講話》修訂發表，延安文藝並未如學術界此前描述得那樣順利發展，無論創作還是批評，有限的幾個刊物、報紙都曾遭遇稿荒的現象，於是《解放日報》副刊出現了大量勞模報告、詩歌以及秧歌劇。同時，文藝批評的結果是，此前的延安文藝狀況基本被否定，很多作家和作品被點名批評，作品的出版在審查中遲遲得不到批准。

本書從發生學和傳播學的角度考察延安座談會和《講話》，注重史料和細節的考訂，比較真實地再現了特定歷史時期這一文化和意識形態現象的來龍去脈，也相對還原了那一段歷史。

研治文學史的方法與心態——代序

李　怡

我曾經以「作為方法的民國」為題討論過中國現代文學研究的「方法」問題，最近幾年，「作為方法」的討論連同這樣的竹內好－溝口雄三式的表述都流行一時，這在客觀上容易讓我們誤解：莫非又是一種學術術語的時髦？屬於「各領風騷三五年」的概念遊戲？

但「方法」的確重要，儘管人們對它也可能誤解重重。

在漢語傳統中，「方」與「法」都是指行事的辦法和技術，《康熙字典》釋義：「術也，法也。《易・繫辭》：方以類聚。《疏》：方謂法術性行。《左傳・昭二十九年》：官修其方。《注》：方，法術。」「法」字在漢語中多用來表示「法律」「刑法」等義，它的含義古今變化不大。後來由「法律」義引申出「標準」「方法」等義。這與拉丁語系 method 或 way 的來源含義大同小異——據說古希臘文中有「沿著」和「道路」的意思，表示人們活動所選擇的正確途徑或道路。在我們後來熟悉的馬克思主義哲學中，「世界觀」與「方法論」的相互關係更得到了反覆的闡述：人們關於世界是什麼、怎麼樣的根本觀點是「世界觀」，而借助這種觀點作指導去認識世界和改造世界的具體理論表述，就是所謂的「方法論」。

在我們的傳統認知中，關於世界之「觀」是基礎，是指導，方法之「論」則是這一基本觀念的運用和落實。因而雖然它們緊密結合，但是究竟還是以「世界觀」為依託，所以在「改造世界觀」的社會主潮中，我們對於「世界觀」的闡述和強調遠遠多於對「方法」的討論，在新中國改革開放前的國家思想主流中，「方法」常常被擱置在一邊，滿眼皆是「世界觀」應當如何端正的問題。這到新時期之初，終於有了反彈，史稱「1985 方法論熱」，一時間，文藝方法論迭出，西方文藝社會學、心理學、語言學、原型批評、接受美學、結構主義、解構主義、新批評、現象學、存在主義、解釋學、以及借鑒的自然科學方法（系統論、控制論、信息論、模糊數學、耗散結構、熵定律、測不準原理等等），這些令人眼花繚亂的「新方法」衝破了單一的庸俗社會學的「舊方法」，開闢了新的文學研究的空間。不過，在今天看來，卻又因為沒有進一步推動「世界觀」的深入變革而常常流於批評概念的僵硬引入，以致令有的理論家頗感遺憾：「僅僅強調『方法論革命』，這主要是針對『感悟式印象式批評』和過去的『庸俗社會學』而來的，主要是針對我們把握世界的『方式』而言的。『方法論革命』沒有也不能夠關注到『批評主體自身素質』的革命。」〔註1〕

平心而論，這也怪不得 1985，在那個剛剛「解凍」的年代，所有的探索都還在悄悄進行，關於世界和人的整體認知——更深的「觀念」——尚是禁區處處，一切的新論都還在小心翼翼中展開，就包括對「反映論」的質疑都還在躲躲閃閃、欲言又止中進行，遑論其他？〔註2〕

1960 年 1 月 25 日，日本的中國研究專家竹內好發表演講《作為方法的亞洲》。數十年後，他已經不在人世，但思想的影響卻日益擴大，2011 年 7 月，溝口雄三《作為方法的中國》在三聯書店出版。〔註 3〕 此前，中文譯本已經在臺灣推出，題為《做為「方法」的中國》。〔註 4〕而有的中國學者（如孫歌、李冬木、汪暉、陳光興、葛兆光等）也早在 1990 年代就注意到了《方法としての中國》，並陸續加以介紹和評述。最近 10 年的中國思想文化與文學批評界，則可以說出現了一股「作為方法」的表述潮流，「作為方法的日本」、「作為方法的竹內好」、「亞洲」作為方法，以及「作為方法的 80 年代」等等都在我們學術話語中流行開來，從 1985 年至 1990 年直到 2011 年，「方法」再次引人注目，進入了學界的視野。

這裡的變化當然是顯著的。

雖然名為「方法」，但是竹內好、溝口雄三思考的起點卻是研究者的立場和研究對象的特殊性。中國何以值得成為日本學者的「方法」總結？歸

〔註 1〕吳炫：《批評科學化與方法論崇拜》，《文藝理論研究》，1990 年 5 期。

〔註 2〕參見夏中義：《反映論與「1985」方法論年》，《社會科學輯刊》，2015 年 3 期。

〔註 3〕溝口雄三：《作為方法的中國》，孫軍悅譯，北京：三聯書店，2011 年。

〔註 4〕林右崇譯，國立編譯館，1999 年。

根結底，是竹內好、溝口雄三這樣的日本學者在反思他們自己的學術立場，中國恰好可以充當這種反省的參照和借鏡。日本學人通過中國這樣一個「他者」的來參照進行自我的批判，實現從「西方」話語突圍，重新確立自己的主體性。竹內好所謂中國「迴心型」近現代化歷程，迥異於日本式的近代化「轉向型」，比較中被審判的是日本文化自己。溝口雄三批評那種「沒有中國的中國學」，其實也是通過這樣一個案例來反駁歐洲中心的觀念，尋找和包括日本在內的建立非歐洲區域的學術主體性，換句話說，無論是竹內好還是溝口雄三都試圖借助「中國」獨特性這一問題突破歐洲觀念中心的束縛，重建自身的思想主體性。如果套用我們多年來習慣的說法，那就是竹內好－溝口雄三的「方法之論」既是「方法論」，又是「世界觀」，是「世界觀」與「方法論」有機結合下的對世界與人的整體認知。

事實上，這也是「作為方法」之所以成為「思潮」的重要原因。在告別了 1980 年代浮躁的「方法熱」之後，在歷經了 1990 年代波詭雲譎的「現代—後現代」翻轉之後，中國學術也步入了一個反省自我、定義自我的時期，日本學人作為先行者的反省姿態當然格外引人注目。

如果我們承認中國當代學術需要重新釐定的立場和觀念實在很多，那麼「作為方法」的思潮就還會在一定時期內延續下去，並由「方法」的檢討深入到對一系列人與世界基本問題的探索。

在中國現當代文學的領域中，我堅持認為考察具體的國家社會形態是清理文學之根的必要，在這個意義上，「民國作為方法」或「共和國作為方法」比來自日本的「中國作為方法」更為切實和有效。同時，「民國作為方法」與「共和國作為方法」本身也不是一勞永逸的學術概念，它們都只是提醒我們一種尊重歷史事實的基本學術態度，至於在這樣一個態度的前提下我們究竟可以獲得哪些主要認知，又以何種角度進入文學史的闡述，則是一些需要具體處理、不斷回答的問題，比如具體國家體制下形成的文學機制問題，國家觀念與民族意識的互動與衝突，適應於民國與共和國語境的文學闡述方法，以及具體歷史環境中現代中國作家的文學選擇等等，嚴格說來，繼續沿用過去一些大而無當的概念已經不能令人滿意了，因為它沒有辦法抵近這些具體歷史真相，撫摸這些歷史的細節。

「民國作為方法」是對陳舊的庸俗社會學理論及時髦無根的西方批評理論的整體突破，而突破之後的我們則需要更自覺更主動地沉入歷史，進入事實，在具體的事實解讀的基礎上發現更多的「方法」，完成連續不斷的觀念與技術的突破。如此一來，「民國作為方法」就是一個需要持續展開的未竟的工程。

對文學史「方法」的追問，能夠對自己近些年來的思考有所總結，這不是為了指導別人，而是為自我反省、自我提高。自我的總結，我首先想起的也是「方法」的問題，如上所述，方法並不只是操作的技術，它同樣是對世界的一種認知，是對我們精神世界的清理。在這一意義上，所有的關於方法的概括歸根到底又可以說是一種關於自我的追問，所以又可以稱作「自我作為方法」。

那麼，在今天的自我追問當中，什麼是繞不開的話題呢？我認為是虛無。

在心理學上，「虛無」在一種無法把捉的空洞狀態，在思想史上，「虛無」卻是豐富而複雜的存在，可能是為零，也可能是無限，可能是什麼也沒有，但也可能是人類認知的至高點。是一個複雜的概念。在今天，討論思想史意義的「虛無」可能有點奢侈，至少應該同時進入古希臘哲學與中國哲學的儒道兩家，東西方思想的比較才可能幫助我們稍微一窺前往的門徑。但是，作為心理狀態的空洞感卻可能如影隨形，揮之不去，成為我們無可迴避的現實。這裡的原因比較多樣，有個人理想與社會現實感的斷裂，有學術理念與學術環境的衝突，有人生的無奈與執著夢想的矛盾……當然，這種內與外的不和諧本來就是人生的常態，對於凡俗的人生而言，也就是一種生活的調節問題，並不值得誇大其詞，也無須糾纏不休。但對於一位以實現為志業的人來說，卻恐怕是另外一種情形。既然我們選擇了將思想作為人生的第一現實，那麼關乎思想的問題就不那麼輕而易舉就被生活的煙雲所蕩滌出去，它會執拗地拽住你，纏繞你，刺激你，逼迫你作出解釋，完成回答，更要命的是，我們自己一方面企圖「逃避痛苦」，規避選擇，另一方面，卻又情不自禁地為思想本身所吸引，不斷嘗試著挑戰虛無，圓滿自我。

這或許就是每一位真誠的思想者的宿命。

在魯迅眼中，虛無是一種無所不在的「真實」，「當我沉默著的時候，我覺得充實；我將開口，同時感到空虛」（《野草》題辭）「絕望之為虛妄，正與希望相同」（《希望》）「於浩歌狂熱之際中寒；於天上看見深淵。於一切眼中看見無所有；於無所希望中得救。」（《墓碣文》）所以，他實際上是穿透了虛無，抵達了絕望。對於魯迅而言，已經沒有必要與虛無相糾纏，他反抗的是更深刻的黑暗——絕望。

虛無與絕望還是有所不同的。在現實的世界上，盼望有所把捉又陡然失落，或自以為理所當然實際無可奈何，這才是虛無感，但虛無感的不斷浮現卻也說明在大多數的時候，我們還浸泡在現實的各自期待當中，較之於魯迅，我們都更加牢固地被焊接在這一張制度化生存的網絡上，以它為據，以它為食，以它為夢想，儘管它無情，它強硬，它狡黠。但是，只要我們還不能如魯迅一般自由撰稿，獨自謀生，那就，就注定了必須付出一生與之糾纏，與之往返。在這個時候，反抗虛無總比順從虛無更值得我們去追求。

於是，我也願意自己的每一本文集都是自己挑戰虛無、反抗虛無的一種總結和記錄。

在我的想像之中，每一個學術命題的提出就是一次祛除虛無的嘗試，而每一次探入思想荒原的嘗試都是生命的不屈的抗爭。

回首這些年來思想歷程，我發現，自己最願意分享的幾個主題包括：現代性、國與族、地方與文獻。

「現代性」是我們無法拒絕卻又並不心甘情願的現實。

「國與族」的認同與疏離可能會糾結我們一生。

「地方」是我們最可能遺忘又最不該遺忘的土地與空間。

「文獻」在事實上絕不像它看上去那麼僵硬和呆板，發現了文獻的靈性我們才真的有可能跳出「虛無」的魔障。

如果仔細勘察，以上的主題之中或許就包含著若干反抗虛無的「方法」。

2021 年 6 月於長灘一號

目次

第一章 《講話》生成的背景

第一節 作為背景的整風運動

一個基本學術共識是，要研究《毛澤東在延安文藝座談會上的講話》，就要首先研究延安整風運動，而要研究整風運動，首先就要研究毛澤東是如何取代張聞天成為中共最高領袖，以及隨即展開的黨內路線鬥爭和思想改造運動。

不管實際情況如何，結果是 1938 年 8 月毛澤東的好盟友王稼祥從莫斯科帶回了共產國際總書記季米特洛夫的口信：「在（中共）領導機關中要在毛澤東為首的領導下解決，領導機關要有親密團結的空氣」〔註 1〕，毛澤東終於

〔註 1〕王稼祥：《國際指示報告》（1938 年 9 月），中共中央文獻研究室編：《文獻和研究》（1986 年彙編本），人民出版社，1988 年，第 70～71 頁；徐則浩編著的《王稼祥年譜》（中央文獻出版社，2001 年，第 190 頁）中寫的是：「應該告訴大家，應該支持毛澤東同志為中國共產黨的領導人，他是在實際鬥爭中鍛鍊出來的領袖。其他人如王明，不要再去競爭當領導人了。」對此，前蘇聯中國問題專家季託夫否定了這個「指示」，而指出這是毛澤東和王稼祥聯手搞的「陰謀詭計」。季托夫說：共產國際根本沒有（決定毛澤東為中共領袖）那個意思。王稼祥是在 1937 年初作為毛澤東密使被派往莫斯科的。為了完成毛澤東的委託，王稼祥本人同共產國際個別工作人員（指季米特洛夫——引者注）進行了交談，曾談到似乎中共中央認為必須選毛澤東當黨的總書記。但是共產國際執委會並沒有提出什麼建議，認為這個問題應由中共第七次代表大會決定。參見 A．季托夫：《抗日戰爭初期中共領導內部的兩條路線鬥爭（1937～1939）》，轉引自〔蘇〕格魯寧等：《共產國際與中國革命——蘇聯學者論文選譯》，徐正明、許俊基譯，四川人民出版社，1987 年，第 356～357 頁。

在「受過黨內十一次處分」〔註2〕（從1927至1934年曾有過三次開除中委和八次嚴重警告）後有了翻身之日。同是在六屆六中全會上，已經事實上成為延安最高領導人的毛澤東，不但撤銷了長江局、東南局，增設南方局和中原局，還進行了組織機構的重大人員調整，延安原來以張聞天為中心的鬆散中央——甚至可以說是黨的領袖張聞天與作為軍界領導人的毛澤東形成的「雙峰」政治格局，迅速向以毛澤東為中樞的高度集權化的新形態轉變。

不過，軍政界領導人權力和地位獲得並非朝夕間就能完成，起碼根據中共在階級革命時期的規則來看，這一權力交接的形式要在中共擬召開的七大上去完成。也就是說，在七大召開前，張聞天作為遵義會議以來的中共最高領導，至少在形式上仍然是延安的最高象徵。

這種權力交接的「灰色地帶」中，毛澤東不可能從宣布即日起就全面接管延安的各種權力，例如以抗戰為公開招牌，是絕對服從莫斯科的指令，還是打毛澤東自己的小算盤？尤其是包括張聞天、周恩來、王明等所謂的「二十八個半布爾什維克」〔註3〕、國際派，因為各種天時地利和歷史慣性，仍佔據著黨內理論和意識形態的制高點，一時間毛澤東還不能實現思想和輿論定於一尊的境地，這讓他感覺很是不痛快。對此，張聞天昔日的秘書後來轉變成為黨史理論家的何方曾回憶說：「因為從馬恩列斯起，共產主義運動中一

〔註2〕蕭軍：《人與人間——蕭軍回憶錄》，中國文聯出版社，2006年，第363頁；高華：《紅太陽是怎樣升起的：延安整風運動的來龍去脈》（簡體版），香港中文大學出版社，2011年，第168～171頁。

〔註3〕所謂「二十八個半布爾什維克」，原是莫斯科中山大學一部分黨員擁護共產國際決定中共旅莫支部解散併入聯共基層組織支部局，一些反對派黨員則對這些占多數和自命正確的擁護派進行挖苦和諷刺，說他們中的積極分子不到三十人，戲謔地取名為「二十八個半布爾什維克」。延安整風運動中，根據毛澤東「脫褲子、割尾巴」的號召，每個人都要寫自傳、反省筆記、檢查、交代等，這一說法被重新提起，康生大加炒作後，「二十八個半布爾什維克」被賦予教條主義的代表。但是毛澤東在1944年3月5日的講話中就說過：「二十八個半布爾什維克的派別是否還有？這是書記處會議上沒有提到過的。經過幾次分化，『現在沒有這個團體了』。去掉這個包袱，才符合事實。」但是「文革」期間，康生又重提這一問題，並稱「二十八個半沒有一個好人」，於是造反派們大造聲勢。1981年胡喬木根據孫冶方的建議主持調查會，決定「黨內今後不再使用『二十八個半布爾什維克』這個專有名詞」。見《胡喬木回憶毛澤東》，人民出版社，1994年，第301頁；李樵：《徐以新傳》，世界知識出版社，1996年，第91～95頁；柳百琪：《「二十八個半布爾什維克」稱號的由來》，《炎黃春秋》，1999年第12期。

個重要傳統就是黨的領袖必須是理論家。」〔註4〕其中前黨中央一把手張聞天總書記依然是黨內權威的理論家，〔註5〕與共產國際關係密切且是權力中心常青樹的周恩來〔註6〕威信始終很高，「欽差大臣」、國際代表王明「直到1941年仍然是統一戰線的首要象徵和發言人」〔註7〕。張聞天的夫人劉英在回憶錄中寫道：周恩來赴蘇治療臂傷歸來轉達共產國際領導人所作的指示，其中講道，有主席團成員曼努伊爾斯基稱讚張聞天是「中共的理論家」這樣的話。毛聽後大為惱火，一時失態地說：「什麼理論家，不過是背了幾麻袋教條回來。」〔註8〕

這一點很可以理解，畢竟中國的階級革命來自並受控於共產國際，張聞天、周恩來、博古、王明等昔日掌控過革命的領導權，其指導思想和在革命陣營中的領導地位不可能在短時間內消除，而一度遭受打壓和排擠的毛澤東，如今剛剛翻身，羽翼尚未豐滿，不可能一夜之間就完成理論建構和革命話語權的交替。例如作為毛澤東打擊張聞天和博古的親密戰友劉少奇，在1939年寫的被列為整風文獻的《論共產黨員的修養》中，沒有一處引證過毛澤東，只是在1962年修訂時才增加了大量引證。劉少奇1941年寫作的《論黨內鬥爭》，1943年還做了校正，卻沒有引證毛澤東；周恩來、朱德在延安整風前發表的文章中，都沒有引證毛澤東的地方；陳雲在1939年寫作的《怎樣做一個共產黨員》中雖然引證了毛澤東的《論新階段》，但是卻說成是六中全會的決議；長江局集體決定不在武漢的《新華日報》上轉載毛澤東的《論持久戰》；鄧小平在報告中只引用了張聞天卻沒有提及在各地已經學習了一年多的毛澤東的《新民主主義論》；鄧力群作為當事人也承認在1942年前沒有聽到過「單獨地提領袖毛澤東」。〔註9〕

〔註4〕何方：《黨史筆記——從遵義會議到延安整風》（上冊．修訂版），利文出版社，2010年，第117頁。

〔註5〕劉英：《我和張聞天命運與共的歷程》，黨史出版社，1997年，第125頁；何方：《黨史筆記——從遵義會議到延安整風》（修訂版）（上冊），利文出版社，2010年，第117頁。

〔註6〕遵義會議上，周恩來出任三人軍事領導小組組長，毛澤東是組員；六中全會上，周恩來也曾因長江局撤換的問題與毛澤東有過激烈爭論。

〔註7〕〔美〕馬克．塞爾登：《革命中的中國：延安道路》，魏曉明、馮崇義譯，社會科學文獻出版社，2002年，第170頁。

〔註8〕《在歷史的激流中》，中共黨史出版社，1992年，第127頁。

〔註9〕以上參見何方：《黨史筆記——從遵義會議到延安整風》（修訂版）（上冊），利文出版社，2010年，第20～21頁；《整風文獻》（訂正本），解放社，1950

所以，六屆六中全會上，毛澤東雖然形式上的領袖地位確立了，但是如何真正樹立在黨內、軍內的絕對權威，如何改變遵義會議以來形成的以張聞天為首的黨中央集體領導制，如何應對從莫斯科回來忠誠執行斯大林旨意並還想有所作為的王明，如何在理論、組織和宣傳上握有闡釋革命意識形態的話語權，並以「馬克思主義中國化」的所謂「毛澤東主義」〔註10〕、「毛澤東思想」統一全黨、全軍的認識，「強迫歷史朝他的理想邁進」〔註11〕，是毛澤東上位後急切要解決的問題。特別是，1940年初周恩來從莫斯科再次帶回共產國際的指令：「毛澤東無疑是中國共產黨內最重要的政治人物。他比其他中共領導人更瞭解中國，他也瞭解人民，理解政治，總的說來能夠正確地提出問題。」〔註12〕解決問題的迫切性和時機更加成熟了。

瞭解這些，也就會明白為何在1941年9月舉行的討論反對主觀主義和宗派主義的黨風學習專題會上，毛澤東直接提出取消過去的所謂理論家頭銜，今後能解決實際問題的，真正能使馬克思主義中國化的人，才算得上是理論家。〔註13〕

再有一點是，1941年6月德國進攻蘇聯且逼近莫斯科後，斯大林很擔心勁敵日本從東面再發動攻擊，因此電令延安停止此前攻擊國軍的行為〔註14〕，

年；《鄧小平文選》第一卷，人民出版社，1994年，第24頁；鄧力群：《回憶延安整風》，《延安整風以後》，當代中國出版社，1998年，第4頁。

〔註10〕王明：《中共五十年》，東方出版社，2004年，第15～17頁。

〔註11〕白修德：《探索歷史》，馬清槐、方生譯，北京三聯書店，1987年，第177頁。

〔註12〕轉引自潘佐夫：《毛澤東傳》（下），中國人民大學出版社，2015年，第507頁。

〔註13〕《毛澤東年譜》（中），中央文獻出版社，1993年，第324～326頁；《胡喬木回憶毛澤東》，人民出版社，1994年，第195～196頁。

〔註14〕參見謝幼田：《中共壯大之謎——被掩蓋的中國抗日戰爭真相》，明鏡出版社，2002年；何應欽在《八年抗戰與臺灣光復》中提到幾個延安嚴重破壞抗戰的案例：（1）1938年十二月，十八集團軍集中賀龍、趙成全、呂正操等部及東進縱隊、青年縱隊等，用圍攻襲擊方法，在博野、小店、北邑、冀縣、北馬莊、武靖、安次、贊皇、元氏、趙縣、隆平、武安、上焦氏、鎖金市等地區，次第解決河北抗日民軍張蔭梧部及喬明禮、丁樹本、張錫九、尚中葉、楊玉昆、趙天清等部，於是中央所編成的河北之抗日民軍，悉被摧殘，減輕華北敵軍所受之牽制。（2）1939年冬，我軍發動冬季攻勢之際，在北戰場方面，原期一舉殲滅晉南三角地帶之敵軍，然十八集團軍竟於此時勾結晉省新軍薄一波、韓鈞、戍勝伍等叛變，達十餘團之眾，賀龍部且公開援助叛軍加以收編，致北戰場之主要攻勢計劃，完全被其破壞。（3）1940年六、七月間，在河北的第十八集團軍又移兵南岸，時彭明治、楊勇、楊尚志、蕭華、陳再道、趙金城第及第一一五師主力對孫良誠、高樹勳攻擊，激戰數旬，孫、高兩部

以便讓國軍專門對付和牽制日軍，減輕蘇聯東線的壓力。這也就是1941年10月8日，毛澤東在中央書記處會議上插話說的：「皖南事變後這半年多，國內是最和平的時期，這是一因為日本的政策，二因為我們的政策。」〔註15〕斯大林的命令不能不聽，但是以延安的軍隊實力又不能真跟日軍去拼，哪怕像撿漏式的平型關喬溝伏擊戰和以被取笑為扒鐵路、毀電線式的「百團大戰」都不能繼續下去，這一點毛澤東從中日1937年後全面軍事衝突時就已經確定了調子，所以幾年來他一直在對日戰鬥方面，跟莫斯科和中華民國政府真戲假唱、虛與委蛇。蔣中正雖早已經看出延安的把戲，也曾在日記中不時地發洩、咒罵延安，但是明面上卻沒有什麼更好辦法督其抗戰，甚至沒有辦法阻止延安襲擊國軍、破壞抗戰的行為。毛澤東遇到的壓力主要是莫斯科，包括莫斯科派回來的代表王明等。

正是在這兩個歷史背景下，整風運動呼之欲出了。

儘管已故歷史學家高華在名著《紅太陽是怎樣升起來的：延安整風運動的來龍去脈》的框架上出現較大問題以及誤認了整風運動的首要對象〔註16〕，但是毛澤東在解讀整風運動開始之前其實早有計劃地做了鋪墊、準備工作的問題，並沒有因此而失去學術價值。例如：毛澤東充分領會斯大林在《聯共黨史》中「清除異己」、「唯我獨尊」以及馬克思主義靈活化的方法，著手對全黨幹部進行學習教育；1941年5月撰寫《改造我們的學習》，成功扭轉了六屆六中全會後由張聞天等黨內「理論大師」主控的「學習運動」的方向；組織胡喬木、王首道等編印了《六大以來——黨內秘密文件》，將張聞天、博古等人蘇維埃後期政策定性為「左傾機會主義路線錯誤」，甚至不惜修改文

不得已又退回黃河以北；該軍於佔領魯西之後又逐漸伸張其勢力以侵擾豫東、皖北，並與擅自江南渡過江北之新四軍互相呼應，向魯、蘇、皖、豫邊區節節前進，致河北之敵得以舒其喘息，在華北方面積極布置軍事，發展交通，建設經濟，開發資源，其新建橫斷河北之德石鐵路，於二十九年六月中旬動工，未受絲毫阻礙，竟於十一月十五日迅速完成，舉行通車典禮，是為該軍不專心對敵作戰，一意襲擊友軍，破壞抗戰的又一明證。(4) 1940年10月，陳毅所部在蘇北黃橋殲滅國軍一萬多人。何應欽統計說：「自民國二十九年十一月起至三十年十月間止，統帥部據各戰區正式文電報告，統計被共軍擾亂襲擊而發生戰鬥之次數，共有三百九十五次之多。」(臺灣文海出版社，1960年，第40～43頁)

〔註15〕《毛澤東年譜》(修訂本・中)，中央文獻出版社，2013年，第331頁。

〔註16〕參見何方：《黨史筆記——從遵義會議到延安整風》(修訂版)(上冊)，利文出版社，2010年。

獻〔註17〕；1941年9月順利召開「九月會議」，迫使張聞天、博古、王稼祥、羅邁等諸多「國際派」檢討認錯，繳械投降；九月會議後，毛澤東倡議成立中央高級學習組（1942年6月2日成立中央總學習委員會，毛澤東親任主任、康生任副主任），以取代中央政治局和書記處，成為延安的最高權力機構；以中共中央的名義發布《關於調整刊物問題的決定》，停辦《中國婦女》《中國青年》和《中國工人》三家刊物，將抗日軍政大學、陝北公學轉移到晉察冀邊區，解散延安女子大學、青年幹部訓練班，使王明、博古、鄧發等人失去輿論陣地和群眾平臺；指令王稼祥、王若飛以中共中央的名義起草了《關於增強黨性的決定》，不指名地警告各根據地、直屬局的領導人必須一切聽命於延安，不得「在政治上自由行動」、「在組織上搞獨立王國」；〔註18〕1942年2月，毛澤東在延安中央黨校開學典禮上作動員全黨整風的報告——《整頓黨風、學風、文風》〔註19〕，又在中央宣傳部幹部會議上兩次發表《反對黨八股》的演說，直至4月3日，再以中宣部的名義發出《關於在延安討論中央決定及毛澤東同志整頓三風報告的決定》。

因為對歷史的解讀不同，所以涉及整風運動，學術界常常存在很大的爭議。其實，關於整風運動，毛澤東在1942年7月4日致電聶榮臻時說得很清楚：「此次整風是全黨的，包括各部門各級幹部在內。所謂各部門，就是不但有地方，還有軍隊；所謂各級，就是不但有下級，而且主要與首先的對象是高中兩級幹部，特別是高級幹部。」〔註20〕1943年1月25日在致彭德懷電時再次說：「整風，主要是整高級幹部（犯思想病最頑固的也是這些幹部中的人），將他們的思想打通。」〔註21〕於是一場起初主要針對黨內高級幹部而後

〔註17〕例如任弼時主持通過的《中央蘇區第一次黨代表大會政治決議案》的形成時間是1931年11月1～5日，但《六大以來》在收入時將其改為1931年3月。這一改動的目的一是掩蓋了1931年4～10月由任弼時為首的中央代表團支持毛澤東並聯合毛澤東共同反對項英的歷史真相；二是該文件曾批評毛澤東的土地政策；三是為了強調六屆四中全會後中央派往江西的代表團長期壓制毛澤東。參見高華：《紅太陽是怎樣升起的：延安整風運動的來龍去脈》（簡體版），香港中文大學出版社，2011年，第202～203頁。

〔註18〕《中共中央文件選集》第十三冊，中共中央黨校出版社，1996年，第144頁。

〔註19〕收入《毛澤東選集》時改名為《整頓黨的作風》。

〔註20〕逄先知主編：《毛澤東年譜》中卷，中央文獻出版社／人民出版社，1993年，第391頁。

〔註21〕逄先知主編：《毛澤東年譜》中卷，中央文獻出版社／人民出版社，1993年，第425頁。

蔓延到全黨的整風運動全面鋪開。

從 1941 年「九月會議」正式算起的有計劃、有組織的整風運動中，張聞天、博古、王明等所謂「國際派」，以及周恩來、彭德懷、劉伯承等所謂「經驗主義派」等隨後也紛紛表態擁護毛澤東，或主動或被迫地承認自己過往的錯誤，並大力檢討自己的思想。瞭解這一過程，很有意義，因為但凡在此前在中共權力系統中曾經批評和排擠過毛澤東的「高幹」，都要過篩子，都要低頭認錯。例如：

前中央最高領導、總書記張聞天首先繳械。他檢討道：「我個人的主觀主義、教條主義極嚴重，理論與實際脫離，過去沒有深刻瞭解到。自己雖是對這個問題說得、寫得都很多，但瞭解並不清楚。原因是行動方面誇誇其談，粗枝大葉漫畫式、一般的瞭解問題，而不是很具體清楚瞭解後再提問題，所以得出的結論是主觀的。」「對中央蘇區工作，同意毛主席的估計，當時路線是錯誤的。政治方面是『左』傾機會主義，策略上是盲動的。軍事方面是冒險主義（打大城市、單純防禦等）。組織上是宗派主義，不相信老幹部，否定過去一切經驗，推翻舊的領導，以意氣相投者結合，這必然會發展到亂打擊幹部。思想上是主觀主義與教條主義，不研究歷史與具體現實情況。……我是主要的負責人之一，應當承認錯誤。特別在宣傳錯誤政策上我應負更多的責任。我們的錯誤路線不破產，毛主席的正確路線便不能顯示出來。」我過去處境順利，自視太高，釘子碰得太少，經過毛主席的教育與幫助，使我得益極大。今後應當努力克服自己的弱點。不能希望一下做得很好，但是要向這個方向堅定去做。」〔註 22〕1942 年 5 月，張聞天在整頓三風座談會上接著檢討道：「要認識到自己毛病很重——三風不正。知識分子知道的實際東西太少（特別是群眾的生活與活動），反而以為知道的很多，誇誇其談。其實天下便宜的事情是沒有的。用力多，則得的多。用力少，則得的少。要不怕出力出汗，種瓜得瓜，種豆得豆。要決心克服自己的弱點，做馬、恩、列、斯、毛的好學生，做群眾的好學生。」〔註 23〕1943 年農村調查中被調回，〔註 24〕張聞天再次檢討道：「主觀主義、教條主義曾經使我們犯

〔註 22〕《缺乏實際工作經驗要補課》，《張聞天文集》第 3 卷，中共黨史出版社，2012 年，第 110～111 頁。題目為編書者所加。

〔註 23〕《整頓三風要聯繫實際》，《張聞天文集》第 3 卷，中共黨史出版社，2012 年，第 117 頁。題目為編書者所加。

〔註 24〕何方：《黨史筆記——從遵義會議到延安整風》（上冊．修訂本），利文出版

了無數的錯誤，使我們受到過極大的損失，如果我從這裏能夠得到什麼教訓的話，那就只有無情的同主觀主義、教條主義做堅決的鬥爭，把自己的一切工作，放在堅固的唯物論的基礎之上。」「我並不慚愧，因為我原是一個初學射箭的人。我也並不著慌，因為我還準備長期的從容不迫的射下去。人患無『自知之明』，一旦知了，他就會把自己放在一個適當的地位，盡他的力量，來好好的工作下去吧。」〔註25〕1943年12月，張聞天在《反省筆記》中曆數了自己自蘇區以來的各種錯誤，並檢討說：「對於我個人來說，遵義會議前後，我從毛澤東同志那裏第一次領受了關於領導中國革命戰爭的規律性的教育，這對於我有很大的益處。」「在遵義會議上，我不但未受打擊，而且我批評了李德、博古，我不但未受處罰，而且還被抬出來代替博古的工作。這個特殊的順利環境，使我在長久時期內不能徹底瞭解到自己的嚴重錯誤。」〔註26〕

博古也同時承認了錯誤。1941年的「九月會議」上，博古兩次發言檢討說：「1932年至1935年的錯誤，我是主要的負責人。遵義會議時，我是公開反對的。後來我自己也想到，遵義會議前不僅是軍事上的錯誤，要揭發過去的錯誤必須從思想方法上、從整個路線上來檢討。我過去只學了一些理論，拿了一套公式教條來反對人家。……當時我們完全沒有實際經驗，在蘇聯學的是德波林主義的哲學教條，又搬運了一些蘇聯社會主義建設的教條和西歐黨的經驗到中國來，過去許多黨的決議是照抄國際的。在西安事變後開始感覺這個時期的錯誤是政治錯誤。到重慶後譯校《聯共黨史》才對思想方法上的主觀主義錯誤有些感覺。這次學習會檢查過去錯誤，感到十分嚴重和沉痛。現在我有勇氣研究自己過去的錯誤，希望在大家幫助下逐漸克服。」〔註27〕1943年7月他在撰寫《在毛澤東的旗幟下，為保衛中國共產黨而戰！》中稱：「異常重要的：我們有黨的領袖，中國革命的舵手——毛澤東同志，他的方向就是我們全黨的方向，也是全國人民的方向，他總是在最艱難困苦之中，

社，2010年，第124～125頁。

〔註25〕《張聞天文集》第3卷，中共黨史出版社，2012年，第132、143頁。

〔註26〕《從福建事變到遵義會議——整風筆記片段》，《張聞天文集》第3卷，中共黨史出版社，2012年，第150頁。題目為編書者所加。

〔註27〕《胡喬木回憶毛澤東》，人民出版社，1994年，第195～196頁；另見黎辛、朱鴻召主編：《博古，39歲的輝煌與悲壯》，學林出版社，2005年，第413頁。文字略有節略。

領導黨和人民走向勝利與光明！」〔註28〕1943年9月的第一階段會議上，博古表態說：「抗戰時期黨的路線問題，我同意毛主席提出有兩條路線，一為毛主席為首的黨的正確路線——布爾什維克路線；一為王明在武漢時期的錯誤路線，這是孟什維克的新陳獨秀主義。武漢時期是否有兩條路線，過去有過爭論。我認為有兩條路線。我參加了長江局的領導，根據今天的認識作自我反省，認識到存在這個問題。」〔註29〕博古還承認「各蘇區肅反的錯誤，在政治路線之左，因之發展到使許多幹部遭受摧殘」，「中央蘇區退出時，由於對形勢——游擊戰爭的形勢及其困難的估計不足」，造成一些「幹部遭受犧牲」等問題，自己都負有重大責任。〔註30〕11月的整風第二階段中，據胡喬木講，博古在第二遍檢討時表示，「在教條宗派中，除王明外，他是第一名；在內戰時期，他在國內是第一名；抗戰時的投降主義，以王明為首，他是執行者和贊助者。然後，他檢討教條宗派形成的歷史和個人的錯誤。博古個人檢查和別人插話，以及大家討論提意見，共花了兩天時間」。〔註31〕同時，在發言中他也承認「長征軍事計劃全錯的，……因有遵義會議，毛主席挽救了黨，挽救了軍隊。」〔註32〕

1943年由重慶返回延安的周恩來在多種場合不停地檢討自己。在8月2日的歡迎會上，他在發表談話中說：「沒有比這三年來事變的發展再明白的了。過去一切反對過、懷疑過毛澤東同志領導或其意見的人，現在徹頭徹尾地證明其為錯誤了。」「我們黨二十二年的歷史證明：毛澤東同志的意見，是貫串著整個黨的歷史時期，發展成為一條馬列主義中國化、也就是中國共產主義的路線！」「毛澤東同志的方向，就是中國共產黨的方向！毛澤東同志的路線，就是中國布爾什維克的路線！」〔註33〕在1943年的整風會上，毛澤東

〔註28〕《解放日報》，1943年7月13日。

〔註29〕《胡喬木回憶毛澤東》，人民出版社，1994年，第284頁。

〔註30〕博古延安時期的筆記手稿。黎辛、朱鴻召主編：《博古，39歲的輝煌與悲壯》，學林出版社，2005年，第163～164頁。

〔註31〕《胡喬木回憶毛澤東》，人民出版社，1994年，第295頁。

〔註32〕黎辛、朱鴻召主編：《博古，39歲的輝煌與悲壯》，學林出版社，2005年，第165頁。

〔註33〕《在延安歡迎會上的演說》，《周恩來選集》上卷，人民出版社，1980年，第138頁；《胡喬木回憶毛澤東》，人民出版社，1994年，第292頁；《周恩來年譜（1898～1949）》（修訂本），中央文獻出版社，1998年，第572～573頁。文字略有出入。

至少兩次對周恩來痛加鞭撻，指責其缺乏原則，立場不夠堅定，要記取足夠的教訓，令周恩來痛苦不堪。〔註34〕胡喬木回憶說：「11月27日，恩來同志在會上作整風檢查。自11月15日始，恩來同志就在準備檢查的發言提綱。光是提綱，就寫了兩萬多字。他在政治局會議上的發言，是整個會議中講得最細、檢查時間最長的發言。」「恩來同志的發言分『自我反省』和『歷史檢討』兩大部分，並以『歷史檢討』為主線，從大革命後期的五大講起，一直講到當時。」在對歷史承認錯誤並承擔責任後，周恩來表示：「今後應好好讀幾本馬列的書，特別是要將毛主席的全部文獻好好地精讀和研討一番，提高思想方法。同時，在工作上要改變事務主義作風，深入實際，從專而精入手，寧可做一件事，不要包攬許多；寧可做完一件事，再做其他，不要淺嘗輒止；寧有所捨，才能有所取；寧務其大，不務其小。這才能做出一點成績，才能從頭到尾懂得實際，取得經驗，總結教訓，才會少犯錯誤。」〔註35〕儘管如此，周恩來仍遭到毛澤東、劉少奇、康生等人的嚴厲批判。《周恩來年譜》這樣記述道：「在這次整風運動中，周恩來也曾受到不公正的和過火的指責與批評。他在檢查中，曾說了一些過分譴責自己的話。」〔註36〕周恩來這一番表態和檢討，究竟是出於真心認錯，還是另有隱情，這是留給歷史的疑問。

不過，周恩來被整肅，引起共產國際總書記季米特洛夫的擔心，他在1943年12月22日，以個人名義給延安寫了一封信，信中指出「目前正在進行的反對周恩來和王明的運動在政治上是錯誤的」，不能將他們「從黨內割除，為

〔註34〕正是因為毛澤東對周恩來這種過度批判，導致斯大林通過季米特洛夫12月份打電報給毛，呼籲在領導層中保留周（還有王明），並警告延安應停止清肅共產國際派的整風運動。毛在這一壓力下中止了整風運動，不過對於周的原始材料保留在中央檔案館內。據報導，1949年後毛曾兩次派人取回重讀，而且明顯地是在他考慮對周進行公開指責的時候：一次是1956年周有意放慢經濟發展速度；一次是文革中。菲力普·肖特：《毛澤東傳》（中文版），仝小秋等譯，中國青年出版社，2004年，第317頁；《國外中國近代史研究》第13輯，中國社會科學出版社，1989年，第2～3頁；高華：《紅太陽是怎樣升起的：延安整風運動的來龍去脈》（簡體版），香港中文大學出版社，2011年，第588～591頁。

〔註35〕《胡喬木回憶毛澤東》，人民出版社，1994年，第295～297頁；中央文獻研究室編：《周恩來年譜　一八九八～一九四九》（修訂本），中央文獻出版社，1998年，第577～581頁。

〔註36〕中央文獻研究室編：《周恩來年譜　一八九八～一九四九》（修訂本），中央文獻出版社，1998年，第581頁。

了黨的利益，應該盡可能把他們保護和使用起來」。對此，毛澤東於 1944 年 1 月 2 日回電解釋說：「我們與周恩來的關係是好的，我們毫無把他開除出黨的打算。周已經取得了相當大的進步。」〔註 37〕

那個拒不認錯並曾作「雍容傲骨豈凡流，荷菊梅花未可儔。自是凜然爭氣節，獨逢亂謟不低頭」（七絕詩《憶牡丹》）以示清高、坦蕩的王明，也在一番車輪戰的壓迫式「勸說」後，不得不由其夫人孟慶樹代筆、本人簽名於 1943 年 12 月給毛澤東並中央政治局同志寫信檢討道：「中央所討論的關於我的主要的是哪些問題，我還不知道。等我得到中央的正式通知後，我將盡可能的加以檢討。」「關於過去已經毛主席和中央書記處同志指示我的錯誤和缺點問題，雖然我現在沒有精力詳加檢討和說明，但我認為有向此次政治局會議作原則上的明確承認之必要。」「我很感謝毛主席和中央各位同志提出我的這些錯誤和缺點，使我有可能和我的這些錯誤和缺點作鬥爭。」「在毛主席和中央各位同志的領導和教育之下，我願意做一個毛主席的小學生，重新學起，改造自己的思想意識，糾正自己的教條宗派主義錯誤，克服自己的弱點。」〔註 38〕根據王明後來的表現看，顯然，這樣的措辭不過是一種應付過關的形式和遊戲而已。

這其中，王稼祥、李維漢、任弼時、康生、陳雲、朱德、林伯渠、凱豐、葉劍英、劉伯承、聶榮臻、楊尚昆、彭德懷、陳毅……以及其他高級幹部，也先後在大庭廣眾之下「脫褲子，割尾巴」，不斷檢討承認錯誤，方得以過關。

當然，還要說的是，此次針對高級幹部的整風運動雖沒有像 1930 年代「殘酷鬥爭、無情打擊」的「逼供信」，但是正如胡喬木所說，卻也是存在「黨內鬥爭過火的偏向」，「過高的『上綱』，給檢查者以較大的精神壓力」。〔註 39〕尤其是進入審幹、搶救階段，有一些中高級幹部受不了「車輪戰」、「滾雪球」、「雙簧戲」、「肉體折磨」式的「逼、供、信」，精神崩潰和自殺現象層出不窮。自殺的如前四川省工委書記鄒鳳平、統戰部副部長柯慶施的新婚夫人、四川省委婦女部部長曾淡如。至於普通幹部和其他人士，初步統

〔註 37〕轉引自潘佐夫：《毛澤東傳》（下），中國人民大學出版社，2015 年，第 512～513 頁。

〔註 38〕《胡喬木回憶毛澤東》，人民出版社，1994 年，第 298 頁。

〔註 39〕《胡喬木回憶毛澤東》，人民出版社，1994 年，第 298 頁。

計，僅延安搶救運動中，就有五、六十人自殺而死。〔註 40〕精神崩潰的有北方局平原分局書記黃敬、山西新軍縱隊司令韓鈞、河南省委幹部也是葉劍英的前妻危拱之（自殺後被搶救過來）。薄一波晚年回憶說，他母親住處附近每晚「鬼哭狼嚎」，原來是因為六、七座窯洞關押著上百個被搶救的嫌犯，其中不少人精神失常。〔註 41〕徐向前晚年在回憶錄中記述了當年抗大的「搶救」場景：「名堂多的很，什麼『即席坦白』、『示範坦白』、『集體勸說』、『五分鐘勸說』、『個別談話』、『大會報告』、『抓水蘿蔔』（外紅內白），應有盡有。更可笑的是所謂『照相』。開大會時，他們把人一批批地叫到臺上站立，讓大家給他們『照相』。如果面不改色，便證明沒問題；否則即是嫌疑分子，審查對象。他們大搞『逼供信』、『車輪戰』……真是駭人聽聞。」〔註 42〕陳企霞也曾沉重地說：「真沒想到，這次組織上對我的審查，竟然和當年我在龍華淞滬警備司令部，國民黨反動派對付共產黨和革命群眾那樣，搞逼供信，搞欺騙、咋唬。」〔註 43〕可見，整風——審幹——搶救運動，雖不比 1930 年代的濫殺無辜的蘇區「肅反」，但是也夠恐怖陰森、令人後怕的。

這種革命的恐怖，在延安的一般幹部，包括文藝家們那裡，同樣深有體會、苦不堪言並看在眼裏記在心上。

借助整風運動的「東風」，1943 年春中央政治局進行了領導機構的調整。作為政治局常委、書記處書記的三位主要領導自動靠邊站，其中張聞天在 1941 年「九月會議」後，「為了不阻礙毛主席整風方針的貫徹，同時為了使自己多多少少同實際接觸一番」〔註 44〕，於 1942 年 1 月率「延安農村工作調查

〔註 40〕王素園：《陝甘寧邊區「搶救運動」始末》，中共中央黨史研究室編：《中共黨史資料》第 37 輯，第 215～218 頁；張宣：《鳳凰驚夢——延安「搶救運動」親歷記》，《紅岩春秋》，2000 年第 4 期；華世俊、胡玉民：《延安整風始末》，上海人民出版社，1985 年；高浦棠、曾鹿平：《延安搶救運動始末——200 個親歷者記憶》，時代國家出版有限公司，2008 年；高華：《紅太陽是怎樣升起的：延安整風運動的來龍去脈》（簡體版），香港中文大學出版社，2011 年；何方：《黨史筆記——從遵義會議到延安整風》，香港利文出版社，2005 年。

〔註 41〕《七十年奮鬥與思考》上，中共黨史出版社，2008 年，第 362 頁。

〔註 42〕《當代中國人物傳記》叢書編輯部編：《徐向前傳》，當代中國出版社，1992 年，第 346 頁；李志民：《革命熔爐》，中共黨史資料出版社，1986 年，第 130～131 頁。

〔註 43〕陳恭懷：《悲愴人生——陳企霞傳》，作家出版社，2008 年，第 152 頁。

〔註 44〕張聞天：《反省筆記》（1943 年 12 月，手稿），中央檔案館存，未收入《張聞天文集》。

團」下鄉考察鍛鍊去了，不再負有書記處組織上的領導責任。博古早已不負主要責任，現只分管《解放日報》，而且經常被毛澤東教訓不會辦報紙——黨報。王明則一直稱病不參與任何工作和會議。

新成立的組織機構中，新政治局一致推選毛澤東為政治局書記。書記處改組，由原來的 7 人（毛澤東、王明、張聞天、博古、陳雲、康生、周恩來）改為 3 人，毛澤東出任主席，作為助手的劉少奇、任弼時為書記。書記處會議由主席召集，會議中所討論的問題，主席有最後決定之權。中央軍委由毛澤東任主席，劉少奇、朱德、彭德懷、周恩來、王稼祥為副主席。增設中央宣傳委員會，毛澤東任書記，王稼祥任副書記，委員為博古、凱豐；中央組織委員會，劉少奇任書記，其他成員為王稼祥、康生、陳雲、洛甫、鄧發、楊尚昆、任弼時等。這個模式一直延續到 1945 年七大〔註 45〕的召開。

關於領導機構的調整，高華教授評述道：在整風運動後，「毛澤東對黨內昔日同僚的精神優勢已完全建立，以往那種平起平坐、隨意交談的局面已經一去不復返。一般情況下，高級領導人已不能隨時見毛澤東，除非毛召見，他們需要電話請示或寫報告，依程序呈交。」〔註 46〕身居延安多年的弗拉基米洛夫在日記中也記述道：「即使是他的最親密的同僚要去棗園，也不能想去就去。人們只是應召而去。未經毛主席許可，誰都不得去打擾他。」〔註 47〕這樣的評述在美國記者白修德 1944 年 10 月訪問延安的見聞中得到證實：毛澤東發表演說時，一班高級領導人聚精會神地記筆記，其狀如一群恭敬的小學生在聆聽老師的教誨，其中周恩來坐在第一排，「有意高高地舉持小筆記本，稍微有點晃動，引人注目地在記錄那篇偉大的講話，以便主席和所有其他的人都看到他對偉大導師的尊重」〔註 48〕。特里爾為此形容說：「在毛澤東身上，正在形成一種帝王式的氣象。……他自負的特質，則變得越來越強烈。」〔註 49〕曾任毛澤東秘書的李銳後來曾這樣評述道：「談到王明路線和洛

〔註 45〕七大後的七屆一中全會上，毛澤東、朱德、劉少奇、周恩來、任弼時、陳雲、康生、高崗、彭真、董必武、林伯渠、張聞天、彭德懷出任中央政治局委員；毛澤東、朱德、劉少奇、周恩來、任弼時出任中央書記處書記；毛澤東出任中央委員會主席兼中央政治局、中央書記處主席。

〔註 46〕高華：《紅太陽是怎樣升起的：延安整風運動的來龍去脈》（簡體版），香港中文大學出版社，2011 年，第 614 頁。

〔註 47〕〔蘇聯〕彼得·弗拉基米洛夫：《延安日記》，東方出版社，2004 年，第 173 頁。

〔註 48〕《探索歷史》，馬清槐、方生譯，三聯書店，1987 年，第 163 頁。

〔註 49〕《毛澤東傳》，中國人民大學出版社，2010 年，第 202 頁。

甫任總書記時，（毛）說『你當權不如我當權』，這當然是對的。但是，從領導一元化發展到『大權獨攬』，這就從制度上形成個人獨斷專行了。」〔註 50〕客觀地說，1949 年後，尤其是「文革」中，毛澤東一手打造的個人崇拜達到極點，其根源就在延安時期形成的絕對領導權。〔註 51〕

有關整風運動的評判，一直以來存在多種觀點。其中正統派所持的觀點如：毛澤東在 1942 年 6 月 13 日給周恩來的電報中就寫道：「二十二個文件的學習在延安大見功效，大批青年幹部（老幹部亦然）及文化人如無此種學習，極龐雜的思想不能統一。」〔註 52〕作為毛澤東秘書的胡喬木晚年時認為，它實現了「全黨空前團結的形勢」〔註 53〕。任弼時的秘書師哲晚年回憶時說：「經過整風運動，全黨思想達到了新的團結。」〔註 54〕親身參加過整風並做出檢討的李維漢晚年時也說：「以毛澤東為代表的整個黨的路線、綱領和政策能夠比較順利地推行」，「全黨整風學習」「完成了這個歷史任務」，「成了我們黨空前團結和走向勝利的標誌，成了馬列主義毛澤東思想武裝全黨的標誌，成了我們黨自成立以來最好的一次代表大會——『七大』的前提條件。」〔註 55〕當然，最具權威的流行的結論是：「整風運動既是一次深刻的馬克思主義教育運動，也是一次偉大的思想解放運動。」〔註 56〕更富有意味的是，當年在陪都重慶的蔣介石一邊密電胡宗南說：「奸黨連年整風，內爭激烈」；一邊也讚賞了整風運動的成功：「現在全國士氣低沉，但『共匪增強。到今天還能『苟延殘喘』。其力量是由於他這個整風運動而發生的。』」〔註 57〕

〔註 50〕《毛澤東的早年與晚年》，貴州人民出版社，1992 年，第 125 頁。

〔註 51〕何方：《黨史筆記——從遵義會議到延安整風》（上冊．修訂本），利文出版社，2010 年，第 236 頁。

〔註 52〕金沖及編：《毛澤東傳 1893～1949》（下），中央文獻出版社，1996 年，第 647 頁。

〔註 53〕《胡喬木回憶毛澤東》，人民出版社，1994 年，第 304 頁。

〔註 54〕《在歷史巨人身邊　師哲回憶錄》，中共中央文獻出版社，1991 年，第 265 頁。

〔註 55〕《回憶與研究》（上），中共黨史資料出版社，1986 年，第 443 頁。

〔註 56〕中共中央黨史研究室：《中國共產黨簡史》，中共黨史出版社，2001 年，第 70 頁；胡繩主編：《中國共產黨的七十年》，中共黨史出版社，1991 年，第 203 頁；胡喬木：《中國共產黨的三十年》，《胡喬木文集》第二卷，人民出版社，1993 年，第 48 頁。

〔註 57〕轉引自肖思科：《延安紅色大本營紀實》，解放軍文藝出版社，2007 年，第 328、326 頁。

關於整風運動的不同意見也一直存在，如被清肅的王明 1971 在「內部發行」的《中共 50 年》中仍不能原諒地批評道：「毛澤東是極端自私的野心家和狹隘民族主義者，他不能把黨與國際共產主義運動的利益當作最高利益；他過去和現在總是把自己的個人利益放在第一位。因此他無論什麼時候都不能真正地認識並改正自己的錯誤。相反，他愈陷愈深。這就是為什麼他犯的錯誤一個接著一個，愈來愈大，性質愈來愈嚴重。而且他愈走愈遠，一直走到完全不可挽救的地步，墮落成為共產主義的叛徒、帝國主義的幫兇。」〔註 58〕李銳晚年進一步反思說：「毛澤東迷信群眾運動。從延安『搶救運動』開始，發展到『文化大革命』，都是用群眾運動的辦法來發動和領導，一切工作、一切事情都要大搞群眾運動，而且一次比一次升級，破壞性後果一次比一次嚴重。每次運動都製造了一大批冤假錯案，整掉大批幹部，使黨和國家不得安寧。這種運動群眾的方法同群眾路線完全是兩回事，從理論到實踐都是錯誤的。」〔註 59〕何方晚年在《黨史筆記——從遵義會議到延安整風》中總結了八點：其一，開創了用群眾運動進行思想改造的先河，加深了黨對知識分子的不信任和偏見，並進而造成對一切知識的輕視；其二，貶低了理論學習的重要，妨礙了理論上的發展創新，束縛了人們的思想，使黨的理論水平得不到提高；其三，搶救運動是黨在肅反問題上一貫犯「左」傾路線的一次重要演練，還為以後各種政治運動創造了範式；其四，從理論上到組織上為個人崇拜奠定了基礎，後來又不斷得到加強；其五，確立的一元化領導體制，使一黨專政和書記獨裁法制化；其六，創立了壟斷與管理意識形態的體制及其表現形式延安文風；其七，創建了以《聯共黨史》為榜樣的《歷史決議》及其中共黨史編纂學；其八，造成工作和時間的重大損失。〔註 60〕

關於整風運動，研究者認為：「1941～1942 年，毛澤東的全部興奮中心都圍繞著一件事，這就是如何構築以自己思想為核心的中共新傳統，並將此注入到黨的肌體。從這個意義上說，整風運動確實是一場對馬列原典的革命，它以教化和強制為雙翼，以對俄式馬列主義作簡化性解釋為基本方法，將斯大林主義的核心內容與毛的理論創新以及中國儒家傳統中的道德修養部分互

〔註 58〕徐小英等譯，東方出版社，2004 年，第 79 頁。

〔註 59〕《毛澤東的早年與晚年》，貴州人民出版社，1992 年，第 166 頁。

〔註 60〕《黨史筆記——從遵義會議到延安整風》（上冊．修訂本），利文出版社，2010 年，第 235～237 頁。

相融合，從而形成了毛的思想革命的基本原則。」並進一步闡述了他所歸納的毛澤東思想革命的四個重要原則：

> 一、樹立「實用第一」的觀點，堅決拋棄一切對現實革命目標無直接功用的理論，把一切無助於中共奪取政權的馬列原典一概斥之為「教條」，全力破除對馬列原典的迷信，集中打擊中共黨內崇尚馬列原典的老傳統及其載體——黨內有留蘇經歷的知識分子和受過西方或國內「正規」教育的知識分子。在毛澤東的精心引導下，中共黨內最終形成了熟悉原典有錯、少讀原典光榮的新風尚。
>
> 二、全力肅清「五四」自由、民主、個性解放思想在黨內知識分子中的影響，確立「領袖至上」、「集體至上」、「個人渺小」的新觀念。為集中打擊俄式馬列主義，毛澤東在短時期內借助黨內自由派知識分子，圍剿留蘇派，一經利用完畢，毛迅即起用已繳械投降的原留蘇派，聯合圍剿黨內殘存的「五四」影響。
>
> 三、將「農民是中國革命主力軍」的觀念系統化、理論化，並將其貫穿於中共一切思想活動。
>
> 四、把宋明新儒家「向內裏用力」的觀念融入共產黨黨內鬥爭的理論，交替使用思想感化和暴力震懾的手段，大力培養集忠順與戰鬥精神為一體的共產主義「新人」的理想人格，並在此基礎上構築黨的思想和組織建設的基本範式。〔註 61〕

暫且拋開當事人或後來者孰是孰非的評價問題，一個事實已經宣告成立，那就是歷經整風運動後，毛澤東在黨權、軍權以及理論和意識形態上實現了「大一統」，「全黨已經在以毛澤東同志為首的中央周圍團結起來了」，「全黨已經空前一致地認識了毛澤東同志的路線的正確性，空前自覺地團結在毛澤東的旗幟下了」〔註 62〕。由王稼祥提出、劉少奇確認並大力宣傳的「馬克思列寧主義理論與中國革命實踐之統一的思想」——「毛澤東思想」〔註 63〕，「就是中國的馬克思列寧主義，中國的布爾什維克主義，中國的共

〔註 61〕高華：《紅太陽是怎樣升起的：延安整風運動的來龍去脈》（簡體版），香港中文大學出版社，2011 年，第 304 頁。

〔註 62〕《關於若干歷史問題的決議》，《毛澤東選集》第三卷，人民出版社，1991 年，第 997、998～999 頁。

〔註 63〕劉少奇：《論黨》，《劉少奇選集》（上），人民出版社，1981 年，第 315 頁。

產主義」。「中國共產主義，毛澤東思想，便是馬克思列寧主義與中國革命運動實際經驗相結合的結果」〔註 64〕，成為延安以及未來革命和建設的唯一指針，作為「歌頌的大會，檢討的大會」〔註 65〕的「七大」不過是走個形式，正式確認了這些既成事實而已。

第二節　延安前期的別樣誘惑

客觀地說，延安之所以能夠成為中共歷史敘事中的「革命聖地」，一個重要因素是其擁有了一個合法的身份和相對穩定的發展空間。

西安政變後，特別是 1937 年中日全面軍事衝突（根據國際法，交戰國未宣戰的狀態下不能叫戰爭，只能叫衝突）之後，延安在斯大林及共產國際的授意下，實際參與到國民政府主導下的抗日洪流中，因此也獲得急於尋求蘇聯援助的國民政府的認可，從此擁有了邊區自治的合法地位。〔註 66〕

這一點非常重要，但一直以來未引起足夠重視。很多親歷者，也包括後來的研究者，大都習慣於強調延安因為號召和響應抗戰、延安作為勃勃生機的民主根據地等而吸引知識人前往，卻忽視了這樣一個前提：延安作為一個邊區政府如果沒有得到國民政府的承認，那它不過是像當年的江西瑞金一樣難以擺脫非法武裝政權的性質，也就隨時存在被圍剿的可能。而面對強大的國民政府軍（包括法肯豪森將軍訓練的 10 個德械師），為了保存實力不被剿滅，延安中央就要隨時遷徙，無法獲得相對固定和穩定的發展場所。如果是那樣一種情形，即便左翼文化界被安排前往延安，所謂廣大知識人想要投奔

本篇即是劉少奇在七大上的關於修改黨章的報告，1950 年改為現名。此前的 1942 年 7 月 1 日鄧拓在《晉察冀日報》上撰文《紀念棋藝，全黨學習掌握毛澤東主義》，號召：「深入學習掌握毛澤東主義，真正靈活地把毛澤東主義的理論與策略，應用一時一地的每一個具體問題中去。」

〔註 64〕王稼祥：《中國共產黨與中國民族解放的道路》，《解放日報》，1943 年 7 月 8 日。

〔註 65〕何方：《黨史筆記——從遵義會議到延安整風》（上冊．修訂本），利文出版社，2010 年，第 236 頁。

〔註 66〕1937 年 9 月 22 日，南京國民黨中央通訊社發表《中國共產黨為公布國共合作宣言》，23 日蔣介石在廬山發表講話，承認中國共產黨的合法地位。10 月 12 日，南京國民政府行政院第 333 次會議上，正式劃出陝甘寧邊區政府的轄區，包括陝西、甘肅、寧夏的三省 23 縣。後又擴展到東臨黃河，西接六盤山，北起長城，南抵涇水，面積共約 13 萬平方公里。

延安，事實上也不可能。因為一來延安的軍事力量不會在轉移、撤退中「拖家帶口」；二來，知識人在戰亂下也難以維持生計，更何況從事相關文化工作。或者可以簡單一問，同樣曾作為武裝反政府而存在的蘇維埃瑞金政府，當年為什麼沒就沒有出現左翼文化人被調往和知識界大批投奔的現象呢？所以說，延安能夠吸引和容納眾多知識人前往的一個核心問題是國民政府允許其作為合法地方政府而存在。研究者李潔非、楊劼注意到了這個問題，他們評述說：「從『非法』到『合法』，儘管只是國共雙方表面上化敵為友，但它為馬克思主義政權贏得了實質性的生存空間和真實的號召力。……延安政權一旦合法化，情形立見改觀；從此終於不復是純粹單一的軍事化解構，信仰馬克思主義或同情革命事業的作家、演員、音樂家、學者、科學家、技術人員，紛沓而來，確有群賢畢集之勢。這不僅僅是改變了延安的人才結構，尤為根本的是，提升了整個革命政權的文化基礎，使馬克思主義政權自身理想、主張的實現與展開，漸備平臺。」〔註 67〕

更為研究者所忽略的是，蔣介石一面暗地裏大罵毛匪澤東、彭匪德懷「以『抗日救亡』為口實，企圖以反日偽裝，苟延殘喘，繼續進行其反政府之活動」，一面不但停止剿共，還非常君子般地兌現西安政變中的承諾給西安行營顧祝同主任發電報：「在政府立場，姑且每月支付二、三十萬軍費」給延安。〔註 68〕同時，共產國際直接給延安助血了八十萬美元，另外還有等額的錢以備「額外採購」之需。〔註 69〕被大量輸血後的延安，已經不再是那個幾近奄奄一息、逃亡蘇聯而不得的沒落匪幫，用句俗話說是鳥槍換炮、一夜間抖了起來。這注定了日後延安的穩定、發達，也注定了 1949 年遲早要到來。

在獲得合法身份又獲得大量輸血後，延安因勢利導，不斷加強自身軟、硬件建設，而且明目張膽地開始引進人才。這其中首先是領導人的高度重視和政策的保證。對此，包括張聞天、毛澤東、陳雲等人，不斷調整和糾正此前輕視或敵視知識人的反智傾向，號召全黨重視知識分子，以利於統一戰線的加強和共產黨自身的發展。1939 年毛澤東在為中共中央起草的決定《大量吸收知識分子》中開篇即指出：「在長期的和殘酷的民族解放戰爭中，在建立新中國的偉大鬥爭中，共產黨必須善於吸收知識分子，才能組織偉大的抗戰力

〔註 67〕《解讀延安——文學、知識分子和文化》，當代中國出版社，2010 年，第 2 頁。
〔註 68〕秦孝儀編：《總統　蔣公大事長編初稿》卷四（上），1978 年，第 1061 頁。
〔註 69〕RGASPI, collection 495, inventory 74, file 281, sheet 28.

量，組織千百萬農民群眾，發展革命的文化運動和發展革命的統一戰線。沒有知識分子的參加，革命的勝利是不可能的。」同時，毛澤東還針對軍隊中的幹部、學校和地方黨部等「還沒有注意到知識分子的重要性，還存在恐懼知識分子甚至排斥知識分子」、「不願吸收知識分子入黨」等現象進行了批評，指出這是由於「不懂得資產階級政黨正在拼命地同我們爭奪知識分子」，「不懂得我們的黨和軍隊已經造成了中堅骨幹，有了掌握知識分子的能力這種有利的條件」，並特意強調「對於不能入黨或不願入黨的一部分知識分子，也應該同他們建立良好的共同工作關係，帶領他們一道工作」。〔註70〕1940年「黨的明君」〔註71〕張聞天，再次根據文化工作中存在的「左」的現象作出「各抗日根據地文化人與文化團體的指示」:「應當用一切方法在精神上、物質上保障文化人寫作的必要條件，使他們的才力能夠充分的使用，使他們寫作的積極性能夠最大的發揮。」「黨的領導機關，除一般的給予他們寫作上的任務與方向外，力求避免對於他們寫作上人為的限制與干涉。我們應該在實際上保證他們寫作的充分自由。」「估計到文化生活習慣上的各種特點，特別對於新來的非黨的文化人，應更多的採取同情、誘導、幫助的方式去影響他們進步，……共產黨人應有足夠的氣量使自己能夠具有不完全同我們一樣的生活習慣的文化人共同生活，共同工作。」「繼續設法羅致與吸收大批文化人到我們根據地來。必須使我們的根據地不但能夠讓他們安心於自己的工作，求得自己的進步，而且也是最能施展他們的才能的場所。」〔註72〕時任中共中央組織部長的陳雲也適時發出「廣招天下士，誠納四海人」的號召，提出「搶奪知識分子是抗戰中的一個大的鬥爭，誰搶到了知識分子，誰就搶到了勝利，誰就可能有天下」〔註73〕的指導思想。在此思想的指導下，創刊後的《解放日報》接連發表《獎勵自由研究》《歡迎科學藝術人才》《提倡自然科學》《努力開展文藝運動》等社論〔註74〕，加大宣傳力度。另外，為了顯示大

〔註70〕《毛澤東選集》第二卷，人民出版社，1991年，第618～619頁。

〔註71〕延安時期毛澤東「幾次在中央首長們前說張聞天是我們黨的明君」。見趙海：《毛澤東延安紀事》，陝西人民出版社，1993年，第166頁；另一說法是「開明君主」或「有道明君」、「明君」，見《毛澤東的人際世界》（上），紅旗出版社，1996年，第257頁。

〔註72〕《正確處理文化人與文化團體的問題》，《張聞天文集》（三），中共黨史出版社，2012年，第78頁。

〔註73〕劉家棟：《陳雲在延安》，中央文獻出版社，1995年，第94頁。

〔註74〕分別為1941年6月7日、6月10日、6月12日、8月3日。

度和自由，毛澤東還定下了「來則歡迎，去則歡送，再來再歡迎」〔註 75〕的政策，延安文委、文協、延安交際處等基層組織在執行政策時「強調了文化人的特點，對他們採取自由主義的態度」，「來來去去，聽其自便」〔註 76〕，無形中更樹立起延安的正面形象。

張聞天、毛澤東等不但在理論、宣傳上重視知識人，而且還制定切實可行的保障和優待措施。如王實味所在中研院的相關待遇有規定：特別研究員的穿著與毛澤東一樣，每月有法幣四塊半的津貼。相比於毛澤東的五元、邊區政府主席林伯渠的四元，這樣的待遇是夠優厚的。〔註 77〕魯藝當時師生員工每月都有生活津貼，教師的津貼是 10～16 元，高於黨政幹部的 6～10 元。〔註 78〕徐懋庸回憶說：「紅軍出身的各級領導幹部，一般每月的津貼不過 4、5 元，而對一部分外來的知識分子，當教員或主任教員的，如艾思奇、何思敬、任白戈和我這樣的人，津貼費每月 10 元。1938、1939 年間，延安的物價很便宜，豬肉每斤只值 2 角，雞蛋 1 角錢可買 10 來個。所以，這 10 元津貼費，是很受用的。我第一次在延安時，還兼了魯迅藝術學院的一點兒課程，另有每月 5 元的津貼費，此外還有一些稿費，所以，我是很富的，生活過得很舒服。」〔註 79〕1941 年魯藝發布的「術字第 19 號通告」說，根據中央統戰部關於優待文化藝術幹部的決定，新定文藝幹部津貼增加辦法如下：一、原發 12 元者增至 14 元，6 元者增至 8 元，另加 5 元一種。二、兼課者，無論教員、助教，一律另加教課津貼 2 元。〔註 80〕在延安物質生活貧乏的條件下，〔註 81〕知識人能夠獲得這樣高的待遇與地位，使延安更富穩定感和吸

〔註 75〕金城：《延安交際處回憶錄》，中國青年出版社，1986 年，第 158 頁。

〔註 76〕《關於延安對文化人的工作經驗介紹》（廣播稿），《新華社》，1943 年 4 月 22 日。

〔註 77〕戴晴：《梁漱溟　王實味　儲安平》，江蘇文藝出版社，1989 年，第 50 頁。

〔註 78〕王培元：《抗戰時期的延安魯藝》，廣西師範大學出版社，1999 年，第 37 頁。

〔註 79〕《徐懋庸回憶錄》，人民文學出版社，1982 年，第 121 頁。

〔註 80〕艾克恩編：《延安文藝紀盛》，文化藝術出版社，1987 年，第 263 頁。顯然，艾克恩引用這則材料是為了說明延安重視文化人，不過他大概忽略了一個背景，那就是 1941 年是延安比較困難時期，中共為緩解難題原計劃 1941 年發行邊幣 10 萬元，而實際發行了 200 萬元，造成延安物價猛漲，邊幣貶值速度加快。見國民政府調查局：《中共的經濟政策》，1941 年，第 107 頁。

〔註 81〕延安遭受經濟封鎖後，邊區政府在 1941 年將稅收提高到歷史最高位，達到 20 萬擔小米，相當於上一年的兩倍，包括開始對貧苦農民徵收重稅。這對當地農民來說無疑是雪上加霜。見《解放日報》，1941 年 11 月 16 日；11 月 20 日。

引力。

在統一戰線和張聞天、毛澤東等領導人的扶持和推動下，抗日軍政大學、中央黨校、馬列學院、陝北公學、魯迅藝術學院、延安大學、中國女子大學、青訓班等培養革命幹部的學校或機構應運而生；人民抗日劇社、抗戰劇團、烽火劇團、邊保劇團、聯政宣傳隊、中國文藝協會、陝甘寧邊區文化救亡協會（包含：社會科學研究會、國防教育研究會、國防科學社、戰歌社、海燕社、音樂界救亡協會、世界語者協會、新文字研究會、民眾娛樂改進會、抗戰文藝工作團、文藝界抗戰聯合會、文藝突擊社、詩歌總會、戲劇界抗戰聯合總會、文藝顧問委員會等）、中華全國文藝界抗敵協會延安分會（包含：邊區音協、邊區劇協、邊區美協等）、西北戰地服務團、魯迅藝術學院、邊區文化協會、抗戰文工團、西北文藝工作團、延安魯迅研究會、民眾劇團、延安平劇研究院、草葉社、文藝月會、延安新詩歌會、中央軍委直屬隊政治部文藝室、懷安詩社、延安作家俱樂部、延安詩會、小說研究會、中央研究院文藝研究室等官方、半官方、民間的社團紛紛成立；在先前創辦的《紅色中華報》（後改為《新中華報》）及其副刊《紅中文藝》（後改為《新中華副刊》，又增《蘇區文藝》）、《文協月報》《解放》《中國文化》等媒介的基礎上，又新創辦或增設了《文藝突擊》（後改為《大眾文藝》，又《中國文藝》）《特區文藝》（《新中華報》副刊，後改為《邊區文藝》又《邊區文化》《動員》《新生》等）《山脈文學》《戲劇工作》《文藝戰線》《大眾習作》《新詩歌》（延安版、綏德版）《文藝月報》《戰地》《草葉》《詩刊》《穀雨》《部隊文藝》《解放日報》副刊《文藝》《街頭詩》以及《中國青年》《中國婦女》《軍政雜誌》《歌曲月刊》《歌曲半月刊》《歌曲旬刊》《魯迅研究叢刊》《前線畫報》《邊區群眾報》《民族音樂》（後改名《群眾音樂》，但實際並未出版）《民間音樂研究》等純文藝或半文藝性刊物，合計約有30餘種。一時間，延安的文化氛圍空前繁榮和多元起來。

同時，延安通過各地的地下黨組織、八路軍、新四軍等傳播渠道，適時加強對外宣傳。《大公報》記者范長江於 1936 年結集出版了自己親歷延安的採訪通訊《中國的西北角》，形成洛陽紙貴、一版再版的局面。1938 年，國際人士埃德加·斯諾曾在英、美引起轟動的《紅星照耀中國》（Red Star Over China）經毛澤東親自審閱、刪減以《西行漫記》為名出版，同樣在中國產生巨大影響，更使大後方的延安披上了一層神秘莫測、令人憧憬的外衣。很多單純幼稚的年輕人就是看了這部書，脫離家庭、學校而奔赴延安的。之後還有斯諾的伉儷尼姆．威爾斯在1938年寫就的分為英、中文出版的《續西行漫記》（Inside Red China，中文名原譯《紅色中國內幕》），雖影響遠不及《西行漫記》，但也可說是錦上添花之作，用後來研究者的話誇張說就是：「四十年代，幾乎再沒有人把延安看成一片洪荒的『土匪』窩。」〔註82〕周立波的報告文學集《晉察冀邊區印象記》於1938年6月在漢口出版後，流傳也很廣。沙汀便是在成都讀到此書後，產生了去延安的想法，並最終與何其芳、卞之琳等結伴奔赴延安。〔註83〕

同時，國民政府正面抗戰的屢戰屢敗，大挫民眾士氣，大片國土相繼淪陷，「國內政治環境的沉悶，物質條件困難的增長，某些文化人對革命認識的模糊」〔註84〕，尤其是那些浪漫、熱血的知識青年們，在兵荒馬亂中難有安寧的棲息之地，真正遭遇那種亂離人與太平犬的生活。兩相比照，更突顯大後方延安的別樣誘惑。「失足青年」何其芳，當年曾撰文自豪地宣稱：「大後方的都市可以用洋樓、汽車、百貨商店、電影院向延安驕傲，但說到鉛印刊物，延安卻可以說：『咱們來比比吧！』」〔註85〕1940年的《中國文化》上也曾這樣報導過：「物質條件雖然無比的困難，只要有人作，什麼都會徹底克服的。……這裡，看不見所謂封閉書店、報館和查禁書籍，這裡看到的，是一切出版物和出版事業的蓬蓬勃勃的建立發展和壯大。」〔註86〕

於是，大批知識青年，紛紛湧向延安。包括朱光潛那樣糊塗而愚蠢的自由派作家，也曾直接書信給周揚，表達這種心情，若不是這期間因為通訊滯後等問題的限制，延安文藝界真是要恭迎盛況了。有學者這樣描述道：「1938年上半年一直到秋天可以說是一個高潮。那時的國民黨對這一情況並未引起注意，所以對邊區也沒有產生什麼阻礙，像1938年夏秋之間奔赴延安的有志之士可以說是摩肩接踵，絡繹不絕的。每天都有百八十人到達延安。」〔註87〕據八路軍西安辦事處統計，1938年5月至8月，經該處介紹赴延安的知識青

〔註82〕肖思科：《延安紅色大本營紀實》，解放軍文藝出版社，2007年，第371頁。

〔註83〕吳福輝：《沙汀傳》，北京十月文藝出版社，1990年，第196頁。

〔註84〕《關於延安對文化人的工作經驗介紹》（廣播稿），《新華社》，1943年4月22日。

〔註85〕《對於〈月報〉的一點意見》，《文藝月報》創刊號，1941年1月1日。

〔註86〕《記邊區文協代表大會》，《中國文化》，1940年4月15日。

〔註87〕楊作林：《自然科學院初期的情況》，中共黨史資料出版社／北京工業學院出版社，1986年，第384頁。

年有 2288 人〔註 88〕，全年總計約有 1 萬多人〔註 89〕。任弼時在 1943 年 12 月底中共中央書記處工作會議上總結說，抗戰後到延安知識分子總共 4 萬餘。就文化程度而言，其中初中以上的（含高中）占 71%，高中以上的占 19%。〔註 90〕而根據國民政府教育部統計，抗戰前全國專科以上的學生總共 42922 人。〔註 91〕1944 年春毛澤東在一次講話中說：「延安有六七千知識分子」，「文學家，藝術家，文化人」「成百上千」。〔註 92〕僅有資格參加延安文藝座談會的文藝家就有近 100 人。〔註 93〕

社團之多、刊物之盛、文藝隊伍之壯大，文藝氣氛也隨之高漲起來。僅舉一例來說明：約 1938 年產生於延安基層、1939 年後受文抗領導的各文藝小組，本著自願、活潑、民主的三項原則建立，三人即可自由組織文藝小組。到 1940 年已有解放社印刷工廠、機械廠、八路軍總政治部印刷工廠、留守兵團、女子大學、抗日軍政大學、財政經濟部、八路軍政治部宣傳隊、澤東青年幹部學校、七里鋪兵站、邊保教導營、新華書店、安塞通訊社、拐卯軍醫院、陝北公學、後勤部、民眾劇團、烽火劇社、總供給部、供給學校等 45 個機關、學校、工廠、部隊單位建立了 85 個文藝小組，合計約有 667 人。〔註 94〕蕭三對此曾有專文論述道：「在陝甘寧邊區這個先進的、模範的抗日民主根據地，則除了『文章下鄉』、『文章入伍』之外，還有『文章入工廠』以及『文章入機關，入學校，入各個民眾組織』一個現象。這就是這些地方裏面的『文藝小組』之創立與發展。我們認為這也是文藝更加普遍與深入的表現，而且它的意義更重要，前途遠大。」〔註 95〕《延安文藝叢書·文藝史料卷》收錄的 18 種文藝刊物的目錄和 1936～1942 年部分文藝作品目錄，合計就有 1593 篇，

〔註 88〕劉煜主編：《聖地風雲錄》，陝西旅遊出版社，1992 年，第 87 頁。

〔註 89〕八路軍西安辦事處紀念館內文字介紹。朱鴻召：《延安文人》，廣東人民出版社，2001 年，第 16 頁。

〔註 90〕李銳：《關於大後方的大學教育》，《窯洞雜述》，湖南人民出版社，1981 年，第 131 頁。

〔註 91〕《胡喬木回憶毛澤東》，人民出版社，1994 年，第 279 頁。

〔註 92〕《胡喬木回憶毛澤東》，人民出版社，1994 年，第 251 頁。

〔註 93〕艾克恩編：《延安文藝紀盛》，文化藝術出版社，1987 年，第 364～365 頁；黎辛：《關於「延安文藝座談會」的召開、〈講話〉的寫作、發表和參加會議的人》，《新文學史料》，1995 年第 2 期。

〔註 94〕艾克恩編：《延安文藝紀盛》，文化藝術出版社，1987 年，第 269 頁。

〔註 95〕《談延安——邊區的「文藝小組」》，《大眾文藝》第一卷第一期，1940 年 4 月 15 日。

另有半文藝性刊物的作品目錄 1242 篇（1936 年 11 月至 1942 年 5 月為 843 篇、1942 年 6 月至 12 月為 399 篇）。〔註 96〕蕭軍在整風和《講話》出臺前刊物已經開始減少的情況下，仍然在《文藝月報》以編者的名義這樣寫道：「延安每月竟有了近乎幾十萬字底文藝作品產生——《解放日報》，文抗會刊《穀雨》，詩歌會的《詩刊》，魯藝校刊《草葉》以及其他半文藝性的刊物等若干種。」〔註 97〕可見，1942 年前後，延安文藝達到了一個鼎盛的階段。

這些知識青年抵達延安後，面對「入學後免收學膳宿費」〔註 98〕、「食物、衣服、一條棉被，概由國家供給，遮蔽之所則由本地居民提供」〔註 99〕等儘管艱苦——尤其是 1940、1941 年〔註 100〕——但又樸素的戰時共產主義政策和對邊區的想像性預期，無疑又進一步促進了延安社會的自由氛圍，也擴大了延安的良好影響。尤其是對於那些敏感又奔放的文藝家來說，情形自然更是積極、樂觀。何其芳當年曾這樣描述道：「延安的城門成天開著，成天有從各個方向走來的青年，背著行李，燃燒著希望，走進這城門。學習。歌唱。過著緊張的快活的日子。然後一群一群地，穿著軍服，燃燒著熱情，走散到各個方向去。在青年們的嘴裏，耳裏，想像裏，回憶裏，延安像一隻崇高的名曲的開端，響著宏亮的動人的音調。」〔註 101〕陳荒煤當年這樣描述道：

〔註 96〕《延安文藝叢書》編委會編：《延安文藝叢書．文藝史料卷》，湖南文藝出版社，1987 年，第 746～820 頁。

〔註 97〕《為本報誕生十二期紀念獻辭》，《文藝月報》，1941 年 11 月 25 日。

〔註 98〕《自然科學院招生簡章》，《新中華報》（延安），1940 年 5 月 17、21 日。關於減免膳費問題，延安各時期並不一致。如 1937 年 10 月 6 日張聞天在致潘漢年的電報中寫道：「陝北公學招生……每月收膳費六元，第一學期一次交足二十四元。日常用品自備。」《張聞天文集》（二），中共黨史出版社，2012 年，第 216 頁。

〔註 99〕〔美〕尼姆．威爾斯：《續西行漫記》，解放軍文藝出版社，2002 年，第 60 頁。

〔註 100〕據林偉回憶：「1940 年冬棉衣發不下來，凡是有破棉衣的，就發一塊布自己補一下穿。……1941 年夏，糧食不夠吃，我們吃了幾個月的煮黑豆和包穀豆等。那時每人每月發半根鉛筆，我們用鐵皮夾上寫字，直到全部用完；發幾張土麻紙。……1942 年大生產運動後，情況就好多了。」《憶自然科學院發展中的一些情況》，《延安自然科學院史料》，中共黨史出版社／北京工業學院出版社，1986 年，第 433～434 頁；據當年蘇聯駐延安的弗拉基米洛夫日記載：延安「中央醫院的設備陳舊。許多科室的領導人都是一些沒受過高等醫學教育的醫生，因此經常出錯和造成病人死亡。醫院的死亡率極高。只有幾本中文和英文的醫學書籍，但都是過了時的。」《延安日記》，東方出版社，2004 年，第 34 頁。

〔註 101〕《我歌唱延安》，《文藝戰線》創刊號，1939 年 2 月。

「我剛到魯藝的第三天，正是舊曆年的晚上，我第一次聽見人群莊嚴地唱著《國際歌》，我第一次看見了紅五角星的燈，光輝地照耀著一群歡笑的臉，我的心激動得很厲害……當毛主席站起來，那樣歡喜地親切地向我們說『同志們，今天我們很快樂！』的時候，我止不住流淚了。」〔註 102〕草明晚年曾自述說：「初到延安，什麼都是新鮮的。……在招待所的第二天，領來一套灰布棉襖、褲、一雙棉鞋。……聽工作人員說這些都不用給錢，是公家發的，而且每年發一套單的一套棉的。還有每月發五元邊區紙幣，可以自己買牙膏肥皂用。從此，『公家』兩個字印入我的腦海。我們過著供給制的生活，衣、食、住都不用自己籌劃。沒有工資，只有五元津貼費。大家穿一樣的衣服，吃一樣的飯，倒也很省心。」〔註 103〕韋君宜晚年在《思痛錄》中直言自己「是抱著滿腔幸福的感覺，抱著遊子還家的感覺投奔延安的」。〔註 104〕面對這樣的現實幻想，連幾十年後的研究者朱鴻召也按捺不住地寫下這樣的體會：「成千上萬的知識青年奔赴延安，延安張開胸懷，緊緊地擁抱了這些勇敢的叛逆者、無辜的流亡者、熱情的理想追求者和饑渴的長途跋涉者。延安的一整套對於他們來說只在知識的想像中存在過的全新的政治話語、社會組織、行為規範、道德準則……深深地吸引著叛逆者與逃亡者的心，深深地感動著理想追求者的心，深深地慰藉著長途跋涉者的心。戰時共產主義政策的實施，一時之間，滿足了延安文人二三十年來苦澀的思索和瘋狂的夢想。他們使出全身的解數，把延安裝點成一座詩的城，一條歌的河。他們積極主動地參與構建著延安革命聖地的政治、道德、文化三位一體的理想國。」〔註 105〕朱鴻召的感受和抒情或許是真誠的，亦如當年左翼文人和現今大陸中國的「左派」教授們一樣，他們的思想底色裏就是懷有這種樸素的大同世界情懷，所以不管是親身體驗一次，還是後來不停地間接懷想，都能讓他們找到一種情感共鳴。

第三節 不和諧的延安文藝界

知識青年，先天就具有理想化、浪漫化、叛逆性等特點，尤其是歷經五

〔註 102〕《在教堂歌唱的人》，《解放日報》，1941 年 5 月 28 日。
〔註 103〕《只把春來報——一位女作家的自述》，《新文學史料》，1996 年第 2 期。
〔註 104〕《思痛錄》（增訂紀念版），人民文學出版社，2013 年，第 7 頁。
〔註 105〕朱鴻召：《延安文人》，廣東人民出版社，2001 年，第 44 頁。

四思想啟蒙之後，追求個性解放、獨立人格和思想自由成為那些不安於現狀知識青年的主潮，憧憬和奔赴延安的行為本身就說明了這個問題。曾親赴延安的茅盾在《記「魯迅藝術文學院」》中這樣記述道：「在『魯藝』聚集著全國各省的青年，他們身世多式多樣，有在國內最富貴式的大學將畢業的，也有家景平平，曾在社會混過事的，更有些『南洋伯』的佳兒女，偷偷從家裏跑出來的，有海關郵局的職員，有中小學教員，有經過戰鬥的『平津流亡學生』，他們齊聚在『魯藝』，為了一個信念，嫻習文藝這武器的理論與實踐，為民族之自由服務！」〔註 106〕朱鴻召對赴延安的知識青年做了這樣的描述：「延安文人是個較為特殊的知識分子群體，他們奔向延安的個人背景和動機是複雜的，但大致可歸納為：叛逆者、逃亡者與追求者」〔註 107〕，也是比較準確地抓住了這一特點。

另外，與國民黨的黨國體制和官僚作風不同的是，整風運動前的延安，尤其是在張聞天和毛澤東統治初期，那種蓄意營造的表面的相對寬鬆、開明、民主的政治風尚，個人平等的思想得以滋生和發展。儘管楊家嶺領袖們門前依然有荷槍的哨兵，「老幹部可敬，不可愛」〔註 108〕；儘管延安「衣分三色，食分五等」〔註 109〕，不同級別的津貼制等特權現象存在；儘管延安客觀上存在而又常為人們所忽視的「兩個陣營、三大系統、四個山頭」〔註 110〕；儘管延安在整風運動前毛澤東的畫像已經出現，他的題字已經在公共場所展示，〔註 111〕人們已經開始頌聖般地高呼「毛主席萬歲！朱德總司令萬歲！」但是在戰爭、物資極度匱乏而又「不管你工作和休息，總會有飯吃」〔註 112〕的前提下，這一切在那些「碰壁多少次，嘗夠人生冷暖的人看來」，都是「些

〔註 106〕《茅盾全集》12，人民文學出版社，1986 年，第 123 頁。

〔註 107〕朱鴻召：《延安文人》，廣東人民出版社，2001 年，第 5 頁。

〔註 108〕趙浩生：《周揚笑談歷史功過》，《新文學史料》，1979 年第 2 期。

〔註 109〕王實味：《野百合花》，《解放日報》，1942 年 3 月 23 日。

〔註 110〕所謂「兩個陣營」，是指魯迅藝術學院（簡稱「魯藝」）和中華全國文藝界抗敵協會延安分會（簡稱「文抗」）。所謂「三大系統」，是指中共中央文委系統、陝甘寧邊區文化系統和部隊文藝系統。中央文委系統下轄「文抗」、「魯藝」、青年藝術劇院、中央研究院文藝研究室等；陝甘寧邊區文化系統下轄陝甘寧邊區民眾劇團、西北文工團、陝甘寧邊區大眾讀物社等；部隊文藝系統下轄部隊藝術幹部學校、中央軍委直屬隊政治部宣傳部文藝室等。所謂「四個山頭」，主要就是指「魯藝」、「文抗」、青年藝術劇院和陝甘寧邊區文協。

〔註 111〕特里爾：《毛澤東傳》，中國人民大學出版社，2010 年，第 202 頁。

〔註 112〕奈爾：《「吃」在延安》，《解放日報》，1942 年 3 月 1 日。

微拂意的事」，〔註 113〕顯得有情可原，只要每個人都能夠人盡其才，都能夠得到普遍尊重，在人格上是平等的，那麼正如王實味在《野百合花》中所說：「延安的青年，都是抱定犧牲精神來從事革命，並不是來追求食色的滿足和生活的快樂。」〔註 114〕

不管這種並非自由人的平等思想，在多大程度、多大範圍內被奉為普遍原則，對於那些未充分融入延安社會的文藝家們來說，他們想當然的預期決定了他們的觀念和言行。例如，1938 年 9 月、10 月，《文藝突擊》和《山脈文學》發起創辦人之一奚定懷（即後來的奚原）根據同人意見先後給毛澤東寫過兩封要求題寫報眉的信。第一封信是這樣的：

> 毛主席：
>
> 因為覺得延安文藝活動表現得很沈寂，而事實上又很有這種需要，所以我們發起由文化界救亡協會聯合延安各學校團體愛好文藝的同志們，成立一個「文藝突擊社」，並且初步工作是出版一個油印的純文藝的旬刊，名字也就叫做《文藝突擊》。這個旬刊第一號已經編好，決於二十日以前出版。大家的意思要請你題一個報眉，大小是文藝突擊。希望馬上能替我們揮成。你近來很忙，如果有從前的文藝作品願意給《文藝突擊》，這將使我們如何興奮！而且也將使不久以後的每一個讀者如何興奮！
>
> 此致摯愛的敬禮！
>
> 一個抗大工作者奚定懷
>
> 9 月 17 日。〔註 115〕

第二封信：

> 日前，我們給你一信，請你題「山脈文學」四字。大概因為你近來事情非常之忙，所以沒有動手來辦這件事吧？近期之內，我們準備把「山脈文學」編出來，望你能替我們題下四個字「山脈文學」。你一定支持我們吧！〔註 116〕

〔註 113〕劉辛柏：《碰壁》，《解放日報》，1942 年 2 月 22 日。

〔註 114〕《解放日報》，1942 年 3 月 13 日。

〔註 115〕劉益濤：《十年紀事：1937～1947 年毛澤東在延安》，中共黨史出版社，2007 年，第 75 頁；著重號為本文作者所加。

〔註 116〕劉益濤：《十年紀事：1937～1947 年毛澤東在延安》，中共黨史出版社，2007 年，第 75～76 頁；著重號為本文作者所加。

從這兩封信的措辭和語氣上來看，奚定懷顯然以一種平視的角度在與延安的最高領導對話，那種同志間的平和、友誼與平等的關係彰顯無遺。韋君宜晚年回憶說，那時候他們曾熱切地傳唱著兩句蘇聯的歌：「人們驕傲的稱呼是同志，它比一切尊稱都光榮。有這樣稱呼各處都是家庭，無非人種黑白棕黃紅。」〔註 117〕是的，親歷者當年的確能夠感受到，「『同志』，作為同位語或無性別人稱代詞，在生活交際中成了革命與平等的身份標誌。使用這個稱呼是要有革命者資格的，叛逆與逃亡，跋涉與追求的歸宿難道不就是要這個革命者的資格確認嗎？取得革命者的資格，是值得驕傲和自豪的，一切表示不平等或血緣關係的稱呼都是應當被拋棄的。」〔註 118〕

這種表面上的平等思想還有多處顯現。如曾在上海被魯迅痛斥的徐懋庸在與毛澤東會談後無疑也有這種感受，晚年他在回憶錄中這樣寫道：「對於毛主席這樣一個人，因為我已經有好幾次看到過他的平易近人的態度，這回談的問題雖然在我說來比較嚴重，但又看到他十分認真地聽我的話，所以也暢所欲言，一點也不拘謹。」他還講述了毛澤東用《論持久戰》的稿費請很多人吃飯等情形。〔註 119〕蕭軍的妻子王德芬晚年回憶起毛澤東主動會見蕭軍時的情景說：「毛主席平易近人，和藹可親，毫無首長架子，他那禮賢下士謙恭友好的態度，使蕭軍深受感動，同時也感到非常慚愧。」王德芬還回憶起陝北公學第二屆開學典禮時的情景：「蕭軍也應邀參加了，在會場上又遇到了毛主席，會後他和毛主席、陳雲、李富春、校長成仿吾等同志在操場上一起會餐，沒有凳子，大家站在桌子周圍，用一個大碗盛著酒，你一口我一口地輪流喝著，那天刮著大風，塵土飛揚，他們卻有說有笑滿不在乎。」〔註 120〕艾青晚年在回憶中記述了與毛澤東交流文章意見時，因為桌子不平，跑出窯洞去撿石片墊桌子，不料毛澤東比自己跑得還快，並撿回石片。對此艾青評價說：「不要說他是革命領袖，就連一個連長也不會那麼快跑出去。」〔註 121〕

不僅毛澤東本人，其他高中級幹部也如此。如徐懋庸回憶說：「劉伯承同志還有一個特點是很虛心，他同任何一個同志談話，都作筆記。那次同我談

〔註 117〕《思痛錄》（增訂紀念版），人民文學出版社，2013 年，第 7 頁。
〔註 118〕朱鴻召：《延安文人》，廣東人民出版社，2001 年，第 45 頁。
〔註 119〕《我和毛主席的一些接觸》，《徐懋庸回憶錄》，人民文學出版社，1982 年，第 103、108 頁。
〔註 120〕《蕭軍在延安》，《新文學史料》，1987 年第 4 期。
〔註 121〕《漫憶四十年前的詩歌運動》（上），《詩刊》，1982 年第 5 期。

話，他也拿了一個本子記了不少。」〔註 122〕韋君宜在晚年充滿溫情地回憶道：「到延安以後也的確是這樣的。當時在中央青委，領導幹部馮文彬、胡喬木同志放棄自己應當享受的『小灶』待遇，和大家一起吃大灶。我們每天緊張熱情地工作。我當《中國青年》的編輯，稿子弄好，不分什麼主編和編輯，大家互相看，互相修改。」〔註 123〕正如後來的研究者所說：「領導人在日常生活中的這種與延安文人的親切交往，不排除意識形態上中央對知識分子的爭取，但給作家的感受卻如春天般的溫暖。」〔註 124〕正是在這種觀念或想像性觀念的主導下，延安的平等思想一時間盛行開來。當然，這種平等思想的表面盛行，也為日後文藝界的整風運動埋下了種子。

在這種不合時宜的平等思想之外，延安的自由風氣、自由爭論、自由言論也隨之相對彌漫、盛行起來。

關於延安的自由氛圍，延安的「四大怪人」無疑是最具代表性的。

塞克，這個 1930 年代傑出的話劇演員、劇作家、詩人，長髮披肩，性格剛烈，從不阿諛奉承。在延安不穿八路軍灰制服，長髮披肩，圍著紅格圍巾，帶著船式黑絨帽，經常攜帶自製手杖（延安文化人的特點）出行，是延安有目共睹、眾所周知的一大怪人，曾被某些領導人視為「狂徒」。塞克曾講述過這樣一個事例：

> 1942 年，在延安要召開文藝座談會前幾天，毛主席找我談話，我就提出有拿槍的站崗我不去。……鄧發同志勸我：「去吧，不去不好。」並說：「我陪你去。」於是，我就去了。在路上，碰到了青年劇院的學生問我：「塞克同志你去楊家嶺嗎？」可見，這件事傳出去了。到楊家嶺沿路崗哨全撤了，我到達後，見主席在門外等我，……別人告訴我，毛主席囑咐門崗說：「我的朋友來看我，你們不能擋駕。這位朋友脾氣可大呢！你一擋駕他就回去了，那你可吃罪不起呀！」談話過程是「我一個人談，主席聽了四、五個小時。」〔註 125〕

作為延安另一「怪人」的冼星海，「是一個有著強烈個性的人。聰慧讓他

〔註 122〕《徐懋庸回憶錄》，人民文學出版社，1982 年，第 149 頁。

〔註 123〕《思痛錄》（增訂紀念版），人民文學出版社，2013 年，第 7 頁。

〔註 124〕李軍：《解放區文藝轉折的歷史見證——延安〈解放日報·文藝〉研究》，齊魯書社，2008 年，第 54 頁。

〔註 125〕孫允文：《塞克評傳》，臺海出版社，2008 年，第 53 頁。

自信，履歷給他經驗，苦難給他意志，藝術又使他敏感」〔註 126〕。在待人處世方面「有氣魄，有粗野的力，有誠懇的真情」〔註 127〕。當年與其一起相處的人這樣描述道：「許多人都感到星海異常倔強，而且有點好勝，英雄主義的氣質異常濃厚。在那時候，其間也還夾雜著一些個人主義成分，對於這種人，有什麼不遂心願，他會爆發到可怕的地步。」〔註 128〕

作為延安的另一個異數，蕭軍一貫是瀟灑不羈，仗義執言，打抱不平的。在蕭軍第一次到延安時，毛澤東從丁玲那裡得到消息，便派秘書和培元先到招待所去邀請，結果蕭軍婉拒說：「我打算去五臺山打游擊，到延安是路過，住不了幾天，毛主席公務很忙，我就不去打擾了！」〔註 129〕在 1938 年 3 月的歡迎招待席上，蕭軍指責延安政治干預文藝，被康生不點名批評後憤而中途離席。〔註 130〕在第一次延安紀念魯迅會上，公開指出延安的缺點。常駐延安後，因為與中央警衛團的戰士多次發生口角，後來還發生要找其「決鬥」的事。〔註 131〕1940 年 9 月在與張聞天喝酒聊天時，訴說了延安共產黨人如何傷害自己，並聲言要離開延安。〔註 132〕在 1941 年 6 月 8 日第八次「文藝月會」上，蕭軍公開批評《解放日報》上刊發周立波的小說《中》、何其芳詩歌的《向革命進軍》、蕭三的報告《屈原》等是「三篇惡劣作品」，並指出「在延安文藝現象上有著兩種傾向：一個是作家寫東西總不敢走出圈子一步，總要摻加一點不必要的藥引子。……再有就是一些政治負責人，對於文藝隨便根據自己的淺薄見解寫文章，或是胡言亂語，不顧及到不良傾向的長成。」〔註 133〕1941 年 7 月的一天，蕭軍與毛澤東談話時，直言「作家在延安寫不出東西的原因」，是黨內作家「個性被銷磨，文章被機械批評，自動不寫了，投機份子以文章做工具」。〔註 134〕1941 年 8 月 12 日在與毛澤東、陳雲吃飯過

〔註 126〕朱鴻召：《延安文人》，廣東人民出版社，2001 年，第 64 頁。

〔註 127〕馬思聰：《憶冼星海》，《永生的海燕——聶耳、冼星海紀念文集》，人民音樂出版社，1987 年，第 226 頁。

〔註 128〕李凌：《星海在延安》，《永生的海燕——聶耳、冼星海紀念文集》，人民音樂出版社，1987 年，第 307 頁。

〔註 129〕《蕭軍在延安》，《新文學史料》，1987 年第 4 期。

〔註 130〕《徐懋庸回憶錄》，人民文學出版社，1982 年，第 99 頁。

〔註 131〕雪葦：《記蕭軍》，《新文學史料》，1989 年第 2 期。

〔註 132〕《人與人間——蕭軍回憶錄》，中國文聯出版社，2006 年，第 334 頁。

〔註 133〕《人與人間——蕭軍回憶錄》，中國文聯出版社，2006 年，第 342 頁。

〔註 134〕《人與人間——蕭軍回憶錄》，中國文聯出版社，2006 年，第 346 頁。

程中，直接建議出版「民意的報紙，造成輿論」。因為有不同意見，在給中組部部長陳雲的信中用語「不大客氣」，並且當面對其說，那「是在憤怒之中寫的」。在飯中談到入黨問題時，蕭軍竟當著毛澤東的面以「我是不樂意結婚的女人」作比，令在座的陳雲驚奇不已。〔註 135〕在另一次與毛澤東、林彪、徐特立等領導交談中，直言自己對「黨處理馮雪峰、丁玲、瞿秋白一些事」，「是不滿意的」。〔註 136〕在《解放日報》的座談會上，蕭軍當著毛澤東、博古等眾人的面，批評《解放日報》的黨性「過強了，強得已經成了孤立的火車頭，沒了列車」，「對延安的一些不良現象也沒有任何批評，全是諱莫如深。至於不同思想、主張底論爭就更沒有了」。並建議《解放日報》「魄力更大些，角度更寬些」，這樣「才能合作下去」。〔註 137〕

「以現代的魯迅自居」〔註 138〕的王實味來到延安後，依舊沿襲了一貫個性鮮明、暴躁耿直的秉性。與王實味有過短暫婚姻的薄平曾這樣評說：「他感情外露，喜怒哀樂溢於言表。他的血好像比別人的都熱。」〔註 139〕情形大體不錯，據說在中央研究院（原馬列學院）編譯室，王實味只同兩個人沒吵過架：一個是博學而謙和的院長張聞天；一個是持重厚道的老留日生王學文。〔註 140〕這其中，尤其是對外語一知半解、好拿腔作勢的編譯室主任陳伯達，王實味十分反感。薄平曾回憶，她有個周末回去，正碰上王實味拍著桌子發火：「看！他怎麼改我的文稿？動了一個字，前邊的意思全變了。簡直是無知！無知到了極點！」〔註 141〕陳伯達在一次批判大會上報復性地說：「我從前在

〔註 135〕《人與人間——蕭軍回憶錄》，中國文聯出版社，2006 年，第 353～354 頁。

〔註 136〕《人與人間——蕭軍回憶錄》，中國文聯出版社，2006 年，第 363 頁。

〔註 137〕《人與人間——蕭軍回憶錄》，中國文聯出版社，2006 年，第 366～367 頁。

〔註 138〕溫濟澤：《鬥爭日記——中央研究院座談會日記》，《解放日報》，1942 年 6 月 16 日。

〔註 139〕李青、曹地：《薄平與王實味》，《金島》，1989 年第 6 期。

〔註 140〕據何錫麟回憶：王實味在中央研究院與張聞天、王學文、范文瀾沒吵過架。見戴晴《梁漱溟　王實味　儲安平》，江蘇文藝出版社，1989 年，第 69 頁；朱鴻召在《延安文人》中也說是王實味跟三個人沒吵過架，此外還包括范文瀾。但據榮孟源回憶，1941 年冬季發棉衣時，因為王實味沒有領到幹部服，而與范文瀾從前山吵到後山，從山下鬧到山上，最後范文瀾把自己的棉衣給了王實味才平息了這場風波。見《范文瀾同志在延安》，溫濟澤等編：《延安中央研究院回憶錄》，中國社會科學出版社／湖南人民出版社，1984 年，第 183 頁。

〔註 141〕李青、曹地：《薄平與王實味》，《金島》，1989 年第 6 期。

馬列學院工作了一個時候，和他同一個黨的小組，只要他參加了小組會，這個會是一定沒有法子開下去。」陳伯達還說王實味經常大鬧稿費。〔註 142〕在艱苦抗戰中，王實味非常憎惡延安的歌舞升平，在一次禮堂的樂聲響起後，他抓住俱樂部主任金紫光的衣領憤憤地說：「再跳，再跳，我就找顆手榴彈把你們全炸死！」〔註 143〕王實味對在延安大出風頭的江青也是看不順眼，曾跟薄平說：「江青裝著捉蝨子，把褲子摟起來，讓大兵看她的大腿，真不要臉！」〔註 144〕在中研院的整風會上，針對中宣部副部長羅邁的發言，王實味激烈反對，並引起會議激烈爭論。王實味反對院務會關於「院領導和各研究室主任為當然委員」的決定，主張全部檢委都由群眾民主選舉產生，最終促成舉手表決，結果 21 名檢委中領導幹部王恩華、張如心落選。王實味還主張壁報上的文章可以匿名，且不得增刪作品原文。

至於「完全模仿魯迅先生的《無花的薔薇》」〔註 145〕並掀起軒然大波的《野百合花》和《政治家與藝術家》的兩篇文章，公道地說，無論是作者所批判的現象、問題的本質還是那些犀利冷嘲的用語，確實比丁玲、艾青、羅烽、蕭軍等人的文章嚴重一些。如除前文說起的針對毛澤東的一些含沙射影的批評外，還有那句常被認為是影射江青的「歌囀玉堂春、舞回金蓮步」〔註 146〕。不過，如果對照丁玲在《三八節有感》那句：「最衛生的交際舞」、「她走到那裡，那裡就會熱鬧，不管騎馬的，穿草鞋的」，〔註 147〕其實王實味的譏諷程度也未見高出多少，只是因為他後來不幸被處死，所以也常常為研究者所銘記和誇大。

客觀地說，即便是王實味那樣刀筆吏式的批判和諷刺，他與丁玲、蕭軍、艾青等人一樣也完全是出於一顆念茲在茲的公心，吳敏教授曾非常冷靜地評述說：「他們主要是從『勸諫』的出發點和『至善至美』的目標來進行批評

〔註 142〕《關於王實味》，《解放日報》，1942 年 6 月 15 日。

〔註 143〕《梁漱溟　王實味　儲安平》，江蘇文藝出版社，1989 年，第 72 頁。

〔註 144〕李青、曹地：《薄平與王實味》，《金島》，1989 年第 6 期。

〔註 145〕周文：《從魯迅的雜文談到實味》，《解放日報》，1942 年 6 月 16 日。

〔註 146〕《野百合花》，《解放日報》，1942 年 3 月 13 日。戴晴認為，此句並非專罵江青是「有點想當然」。《梁漱溟　王實味　儲安平》，江蘇文藝出版社，1989 年，第 71 頁。

〔註 147〕《解放日報》，1942 年 3 月 9 日。丁玲晚年回憶時說：江青曾說過「每星期跳一次舞是衛生的。」《延安文藝座談會的前前後後》，《新文學史料》，1982 年第 2 期。

的，正如人們原本想像著完全『潔淨』的理想目標，才會勾起去除污點的欲望、衝動、熱情；如果不對『潔淨』抱有希望，就很難產生『去污』的心理動力。」例如他們的文章中經常使用「更」、「需要」、「應當」、「應該」、「可能」、「渴望」、「多麼」、「必須」等「表示希冀的、好上加好的、更完備的、表達心理感情性質的程度副詞、情態動詞和感歎詞」。〔註 148〕正因為這樣，當年《解放日報》的編輯陳企霞、黎辛「根本沒有想到建議修改或不用此稿」〔註 149〕，這是完全可以理解的。至於某些學者 2009 年時仍將丁玲 1957 年「反右」運動中的遭遇說成是「冤案與悲劇」，與王實味是「兩類不同性質的矛盾」〔註 150〕的詭異論說，在王實味已經於 1992 年經中組部、公安部徹底平反的事實面前，則要麼是一種政治慣性和意識形態偏見的使然，要麼是著書不夠嚴謹、缺乏思考的不良表現。

延安的自由化氛圍還不僅於此。如 1940 年丁玲在《大度、寬容與〈文藝月報〉》一文中曾這樣倡導：「我以為《文藝月報》要以一個嶄新的面目出現，把握鬥爭的原則性，展開深刻的、潑辣的自我批評，毫不寬容地指斥應該克服、而還沒有克服，或者借辭延遲克服的現象。……無論如何不要使《文藝月報》成為一個沒有明確主張、溫吞水的，拖拖踏踏的，有也可無也可的，沒有生氣的東西就好了。」〔註 151〕在此辦刊理念下，蕭軍在 1941 年《文藝月報》第 7 期上刊文批評何其芳的詩作《革命，向舊世界進軍》、周立波的小說《牛》，同時批評了劉雪葦替《解放日報》的辯護。劉雪葦在第 9 期即以《給蕭軍同志的公開信》予以駁辯，形成爭鳴之勢。因為周揚在《解放日報》上刊發《文學與生活漫談》，蕭軍與艾青、舒群、羅烽等人聯名寫作和發表《〈文學與生活漫談〉讀後漫談集錄並商榷於周揚同志》，與周揚展開論戰。在文藝整風運動前，像這樣的文藝論爭，並不在少數。

當然，更引人注意的是，《講話》出臺前的《解放日報・文藝》，和以更加高調的姿態直面延安社會黑暗的三個牆報：青委在文化溝創辦的《輕騎隊》〔註 152〕、邊區美協的《諷刺畫展》、中央研究院的《矢與的》。此外，西北局

〔註 148〕《延安文人研究》，香港文匯出版社，2010 年，第 28～29 頁。

〔註 149〕黎辛：《〈野百合花〉・延安整風・〈再批判〉——捎帶說點〈王實味冤案平反紀實〉讀後感》，《新文學史料》1995 年第 4 期。

〔註 150〕艾克恩主編：《延安文藝史》下，河北教育出版社，2009 年，第 330 頁。

〔註 151〕《丁玲全集》7，河北人民出版社，2001 年，第 49～50 頁。

〔註 152〕陳永發認為是「毛澤東透過私人秘書胡喬木指示其下屬編《輕騎隊》牆報。」

的《西北風》、軍直文藝室的《蒺藜》、延安文協的《穀雨》也是可圈可點。儘管這些媒介主觀上是為響應毛澤東的批評和自我批評之風，為配合整風運動而採取的一個手段，目標指向是那些整風運動的對象，但因為各基層因為無法領會毛澤東的真正意圖而在客觀上確實造成了延安言論自由的現象。

儘管作為《解放日報》主管的博古曾指示丁玲等「要重視楊家嶺來的意見」，也多次強調「《解放日報》是黨報，文藝欄決不能搞成報屁股，甜點心，也不搞《輕騎隊》」〔註 153〕，但是毫無政治智慧的丁玲還是將《一個釘子》《廠長追豬去了》《間隔》等並非指向整風對象的「暴露」小說接連發表。更有署名林昭的《關於對中國小資產階級作家的估計（就商於歐陽山同志）》這樣的批評文章刊出。文章毫不含糊地指出「小資產階級的作家始終是中國新文學運動的主力：他們曾創造了輝煌的成績，在中國新文學的歷史上留下了不可磨滅的跡印……無論是過去的歷史或者目前的現實都清清楚楚的告訴了我們中國的小資產階級作家不是什麼『不足道』的『孱兒』，而是值得特別稱道的中國新民主主義文藝革命運動中的主要力量。」〔註 154〕不知是作者的名氣不夠，還是文章的挑戰、對抗意味不足，總之，這篇本應引起極大關注和重大反響的文章，反而未見多大影響。之後便是丁玲的《三八節有感》、王實味的《野百合花》、艾青的《瞭解作家、尊重作家》、羅烽的《還是雜文的時代》等傳世文章相繼面世了。1942 年 4 月 2 日，在《解放日報．文藝》停刊的第二天，何思敬在徵求各界意見時仍發言繼續鼓吹說：「當今整頓三風的時候，端賴展開文化思想的鬥爭，《解放日報》應多載正反不同的文章，引起熱烈的爭論，打破沈寂的中國文化界。……多登雜感，要有一針見血的文章。」〔註 155〕這樣的論調雖然事實上已不可能，因為 4 月 5 日、6 日《解放日報》接連發表社論《整頓三風必須正確進行》《自我批評從何著手》，4 月 7 日「四三決定」見報，宣告結束《解放日報．文藝》這段「自由放縱期」，但在 1941 年至 1942 年 4 月前的既成事實上，《解放日報．文藝》還是顯現出前所未有的活力和勇氣。

青委的《輕騎隊》積極貫徹上級整風精神，對外倡導「批評必須明白、

見《中國共產革命七十年》（上．修訂版），聯經出版事業股份有限公司，2010 年，第 388 頁。

〔註 153〕丁玲：《延安文藝座談會的前前後後》，《新文學史料》，1982 年第 2 期。

〔註 154〕《解放日報》，1942 年 1 月 27 日。

〔註 155〕莫艾：《本報革新前夜訪詢各界意見》，《解放日報》，1942 年 2 月 2 日。

具體、實事求是，被批評者的姓名與事實，應該直說，不要用某機關某人某次等筆法」〔註 156〕。在經歷了初期的短暫太平〔註 157〕後，「在整風初期的星期天和晚飯後觀眾擁擠，有時如趕集市」〔註 158〕。延安俱樂部的《諷刺畫展》上，張諤、華君武、蔡若虹等三位作者坦率地說：「我們已經看到了新社會的美麗和光明，但也看到部分的醜惡和黑暗，這些醜惡和黑暗是從舊的社會中、舊的思想意識中帶過來的渣滓，它附著新的社會上而且腐蝕著新的社會」，文藝工作者「就必須是：指出它們，埋葬它們」。〔註 159〕1942 年整風報告會後，畫展吸引了很多人駐足觀看。

《矢與的》也是為配合整風運動創辦的，但卻是背離初衷走得最遠的一個，並直接引發了文藝界的整風運動。范文瀾在發刊詞中提出「以民主之矢，射邪風之的」，主張「徹底民主」，「絕對民主」，「誰阻礙民主，就會在民主面前碰出血來」。〔註 160〕創刊號上王實味連發兩文《我對羅邁同志在整風檢工動員大會上發言的批評》《零感兩則》（包括「辨正邪」、「硬骨頭軟骨頭」），第三期又發《答李宇超、梅洛兩同志》，鞭闢入裏，影響一時。甚至有幾期牆被拿到鬧市區的延安南門口懸掛起來，引來圍觀者無數。

可以說，整風運動前，或者說至少是《講話》正式發表前，延安在表面上看，真可謂百花齊放、百家爭鳴。正是這樣的一種自由寬鬆景象，不但令諸多當事人迷惑，也一直影響後來的研究者做出理性判斷，甚至直到現在諸多的人們依然相信並懷念那令人誘惑的自由風氣。

當然，問題也就隨之出現了。因為《矢與的》等媒介未能領會毛澤東真正的整風意圖，反而在延安掀起一股針對黨的高級幹部、特權現象、老幹部文化水平低的批評風潮，尤其是王實味理想主義地將批判的矛頭直指毛澤東本人和那位惹是生非的夫人，〔註 161〕徹底將整風運動引入「歧途」，也將毛

〔註 156〕編委會：《我們的自我批評》，1942 年 4 月 5 日。

〔註 157〕雷加 2003 年 12 月 26 日接受高浦棠的採訪時回憶說：「牆報最初並不厲害，人們看了也就那麼回事。後來其所以被人們說得越來越厲害，如《三八節有感》《野百合花》等，都是因為毛澤東的點名批評所致。」《召開延安文藝座談會的決策過程考辨》，《延安大學學報》，2006 年第 4 期。

〔註 158〕黎辛：《〈野百合花〉·整風·〈再批判〉——捎帶說點〈王實味冤案平反紀實〉讀後感》，《新文學史料》，1995 年第 4 期。

〔註 159〕《諷刺畫展的「作者自白」》，《解放日報》，1942 年 2 月 16 日。

〔註 160〕1943 年 3 月 23 日。

〔註 161〕王實味在文中針對「天塌不下來」、「伙夫」等毛澤東習慣用語進行了批評和

澤東原本批判「自由化」的計劃徹底攪亂。正如黨史研究者陳晉所說：「這種思潮漸漸超出整風運動的初衷和毛澤東等中央領導人能接受的程度，乃至同延安主流生活所顯示出來的熱烈的時代氣氛，形成了不協調的衝撞。於是，整風整到這些文化人頭上，就勢所難免了。」〔註 162〕當時主管黨的幹部教育工作的中宣部副部長李維漢後來說：「整風的對象，主要是老幹部（當時是中年幹部）。但整風剛開始時中央研究院的一部分青年知識分子出來刮了一陣小資產階級歪風，影響很廣，如果不首先加以端正，就不可能把整風運動納入正路。因此，在一段時間內，整風矛頭首先對準了青年知識分子中的這股歪風。但過後不久，毛澤東還是把整風矛頭撥回到領導幹部的思想路線方面……。」〔註 163〕

對於這股自由文藝之風，匪氣十足的王震、賀龍等軍界人士意見尤為鮮明〔註 164〕。王震在范文瀾陪同下看過牆報後不滿地說：「前方的同志為黨為全國人民流血犧牲，你們在後方吃飽飯罵黨。」〔註 165〕毛澤東也在晚上由衛兵陪同提著馬燈看了牆報，並當即指出：「思想鬥爭有了目標了。」〔註 166〕據胡喬木和王首道回憶說，毛澤東閱讀《野百合花》的「三四節」後更是「猛拍辦公桌上的報紙」，厲聲喝道：「這是王實味掛帥，還是馬克思主義掛帥？」當即給《解放日報》打電話，「要求報紙作出深刻檢查」。〔註 167〕1942 年 3 月

諷刺。參見高華：《紅太陽是怎樣升起的：延安整風運動的來龍去脈》（簡體版），香港中文大學出版社，2011 年，第 326～330 頁。

〔註 162〕《文人毛澤東》，上海人民出版社，2005 年，第 223 頁。

〔註 163〕《回憶與研究》（下），中共黨史資料出版社，1986 年，第 478 頁。

〔註 164〕蕭軍認為「軍人方面不高興文藝作家寫部隊黑暗方面的事」。見《蕭軍延安日記 1940～1945》上卷，香港牛津大學出版社，2013 年，第 438 頁。

〔註 165〕李維漢：《中央研究院的研究工作和整風運動》，《延安中央研究院回憶錄》，湖南人民出版社，1984 年，第 17 頁；鄧力群：《延安整風以後》，當代中國出版社，1998 年，第 6 頁；高浦棠在《召開延安文藝座談會的決策過程考辨》中說：王震「當晚就向毛澤東作了彙報」。《延安大學學報》2006 年第 4 期。

〔註 166〕李維漢：《中央研究院的研究工作和整風運動》，李言：《對中央研究院整風運動的幾點體會》，《延安中央研究院回憶錄》，湖南人民出版社，1984 年，第 17、105 頁；另見李維漢：《回憶與研究》（下），中共黨史資料出版社，1986 年，第 483 頁。鄧力群回憶說：「毛主席提著馬燈去看了牆報，什麼沒說，走了。」見鄧力群：《延安整風以後》，當代中國出版社，1998 年，第 6 頁。

〔註 167〕《胡喬木回憶毛澤東》，人民出版社，1994 年，第 449 頁；王首道：《回憶毛澤東在延安時期對幹部的培養和關懷》，《南方日報》，1978 年 12 月 17 日。

31日《解放日報》的改版會上賀龍當面不客氣地說：「丁玲，你是我的老鄉呵，你怎麼寫出這樣的文章？跳舞有什麼妨礙？值得這樣挖苦？」〔註168〕毛澤東則有所暗示地說：「關於整頓三風問題，各部門已開始熱烈討論，這是很好的現象。但也有些人是從不正確的立場說話的，這就是絕對平均主義的觀念和冷嘲暗箭的辦法。」〔註169〕丁玲回憶說，4月初的一次高級幹部學習會上，賀龍批評說：「我們在前方打仗，後方卻有人在罵我們的總司令……」〔註170〕何其芳則進一步回憶補充說：「當時我在延安，還聽說過，賀龍同志還直接對寫過『暴露黑暗』的作品的人說：『我們在晉西北，是這樣對軍隊講的：你們在這裡，有很重要的任務：就是保衛毛主席，保衛黨中央，保衛延安。』你們有些人卻說延安有黑暗。如果真是這樣，那麼，我們就要『班師回朝』了！」〔註171〕

這股批評之風還沒有結束。1942年4月2日中共中央政治局會議上，康生、王稼祥、博古等人將批評矛頭指向文藝界。4月3日，中宣部做出「四三決定」，開始對整風運動進行「糾偏」。4月6日，毛澤東在中央高級學習組討論會上指出：在整風發動階段中存在三個問題：幹部中思想不一致、青年中有不滿和不安情緒、文藝界有一個方針問題。〔註172〕4月22日，新華總社播發了《有關延安文藝運動的「黨務廣播」稿‧關於延安對文化人的工作的經驗介紹》，其中說道：

> 在邊區文協大會上，毛主席提出了新民主主義的文化，作為團結進步文化人的總目標。但是毛主席提出的這個方針，當時許多文化工作同志，並未深刻理解，文委亦未充分研究，使其變為實際。且強調了文化人的特點，對他們採取自由主義態度。加以當時大後方形勢逆轉，去前方困難，於是在延安集中了一大批文化人，脫離工作脫離實際。加以國內政治環境的沉悶，物質條件困難的增長，

〔註168〕《胡喬木回憶毛澤東》，人民出版社，1994年，第55頁。賀龍還當面罵過《三八節有感》的作者丁玲是「臭婊子」，但不能確定是否在這次會上。見戴晴：《梁漱溟　王實味　儲安平》，江蘇文藝出版社，1989年，第102頁。

〔註169〕《在本報改版座談會上，毛澤東同志號召整頓三風要利用報紙》，《解放日報》，1942年4月2日。

〔註170〕丁玲：《延安文藝座談會的前前後後》，《新文學史料》，1982年第2期。

〔註171〕《毛澤東之歌》，《何其芳全集》7，河北人民出版社，2000年，第394頁。

〔註172〕黃昌勇：《生命的光華與暗影——王實味傳》，胡平、曉山編：《名人與冤案——中國文壇檔案實錄》(一)，群眾出版社，1998年，第56～57頁。

> 某些文化人對革命認識的模糊觀念，內奸破壞分子的暗中作祟，於是延安文化人中暴露出許多嚴重問題，如對政治與藝術的關係問題，有人想把藝術放在政治上，或者脫離政治。如對作家的立場觀點問題，有人以為作家可以不要馬列主義立場觀點，或者以為有了馬列主義的立場，觀點就會妨礙寫作。如對寫光明寫黑暗問題，有人主張對抗戰與革命應「暴露黑暗」，寫光明就是公式主義（所謂歌功頌德），還是「雜文時代」（即主張用魯迅對敵人的雜文來諷刺革命）一類口號也出來了。這種（由）非無產階級的思想出發，如文化與黨的關係問題，黨員作家與黨的關係問題，作家與實際生活問題，作家與工農兵結合問題，提高與普及問題，都發生嚴重的爭論；作家內部的糾紛，作家與其他的方面糾紛也是層出無窮。為了清算這些偏向，中央特召開文藝座談會，毛主席作了報告與結論。〔註 173〕

對於延安整風，毛澤東在 1945 年「七大」上也說得很明白：「黨要統一思想才能前進，否則意見分歧。王實味稱王稱霸，就不能前進。42 年，王實味在延安掛帥，他出牆報，引得南門外各地的人都去看。他是『總司令』，我們打了敗仗。我們承認打了敗仗。於是好好整風。」〔註 174〕胡喬木後來補充說：「整風運動是全黨範圍內的運動，包括各個部門和各級幹部在內，文藝界和文藝工作者當然也不例外。不過文藝界的整風有文藝界的特殊內容。」「按照中央領導的分工，文藝界的整風運動由毛主席分管。」〔註 175〕可見，整風運動由黨內高層蔓延到整個文藝界，既是偶然，也是必然。然後就是延安文藝座談會的召開了。

〔註 173〕唐天然：《有關延安文藝運動的「黨務廣播」稿》，《新文學史料》，1991 年第 2 期。

〔註 174〕戴晴：《梁漱溟　王實味　儲安平》，江蘇文藝出版社，1989 年，第 74～75 頁。

〔註 175〕《胡喬木回憶毛澤東》，人民出版社，1994 年，第 251 頁。

第二章　《講話》生成的過程

第一節　圖騰的形成過程

既然整風運動蔓延到文藝界，那麼如何有效地進行整風——按照黨的意志改造和統一文藝家的思想、確立黨在文藝界的指導方針，是擺在毛澤東面前的一個迫切需要解決的問題。

一、前期調研準備

回顧那一歷史時段可以發現，「四三決定」後，中央開始對整風運動「糾偏」，毛澤東也加大密度調研，先後約見蕭軍、歐陽山、草明、艾青、羅烽、白朗、舒群、何其芳、嚴文井、周立波、陳荒煤、曹葆華、姚時曉、周揚、丁玲、李又然、蕭向榮、劉白羽，以及魯藝美術系的華君武、蔡若虹、張諤等多人，瞭解和掌握文藝界的動態。

其過程大致是這樣的：1942 年 4 月 7 日，蕭軍在日記中記下：「毛說最近他感到這文藝政策等重要，也開始留心這些問題，也要懂得些。他提出三個文藝上的問題：①內容與形式。②作家的態度。③作家與一般人關係。再就是新雜文問題。」〔註 1〕4 月 11 日在與歐陽山和草明夫婦交談中，毛澤東開宗明義提出，要召開一個會，與文藝界的同志們共同研究一下文藝工作的問題，接著就文藝的定義、文藝政策、文學創作的對象和作家深入生活、思

〔註 1〕《蕭軍延安日記 1940～1945》上卷，香港牛津大學出版社，2013 年，第 438 頁；《人與人間——蕭軍回憶錄》，中國文聯出版社，2006 年，第 369 頁。

想改造等問題交換了意見。〔註2〕4月11日與艾青的談話中提出：「現在延安文藝界有很多問題，很多文章大家看了有意見。有的文章像是從日本飛機上撒下來的；有的文章應該登在國民黨的《良心話》上。」兩天後，再次給艾青寫信，要求代為「收集反面的意見」。〔註3〕接著艾青根據自己與毛澤東交談寫作了《我對目前文藝工作的意見》，並結合毛澤東所談的關於「歌頌與暴露」的問題，再次修訂後經毛澤東審閱發表在5月15日的《解放日報》上。文中主要談了五點：文藝與政治、作者的立場和態度、寫什麼、怎樣寫、作家的團結等。4月13日約談舒群時，也提出要他「代為搜集反面的意見（各種各色）」〔註4〕。4月13日再致信歐陽山夫婦，要「搜集反面的意見。」〔註5〕這期間，毛澤東還責成文協支部書記劉白羽聽取黨員作家座談意見。〔註6〕劉白羽晚年講到：《講話》中「批評的『不是立場問題，立場是對的，心是好的，意思是懂得的，只是表現不好，結果反倒起了壞作用』，就是我彙報中的一條。」〔註7〕4月中下旬，在與周揚、何其芳、周立波等「歌德派」交談中，一邊安慰他們，一邊對延安文人進行了尖銳的心理分析：知識分子到延安以前，按照小資產階級思想把延安想得一切都很好。延安主要是好的，但也有缺點。這樣的人到了延安，看見了缺點，看見了不符合他們的幻想的地方，就對延安不滿，就發牢騷。……小資產階級喜歡講人性，講人類愛，講同情。〔註8〕在與老朋友蕭三的談話中，毛澤東推心置腹地說：我本來不管文藝的，現在文藝的問題碰到鼻子上來了，不能不管一下。接著向蕭三透露了要在5月間召開文藝座談會的內容。〔註9〕與此同時，中央組織部部長陳雲、宣傳部代部長凱豐等也分別找作家談話。〔註10〕正如陳晉所言：「如

〔註2〕劉益濤：《十年紀事：1937～1947年毛澤東在延安》，中共黨史出版社，2007年，第225頁。

〔註3〕艾青：《漫憶四十年前的詩歌運動》（上），《詩刊》，1982年第5期。

〔註4〕《舒群年譜》，董興泉編：《舒群研究資料》，知識產權出版社，2010年，第27頁。

〔註5〕《毛澤東書信選集》，人民出版社，1983年，第194頁。

〔註6〕《我與胡喬木同志》，《中流》，1995年第3期。

〔註7〕《我與胡喬木同志》，《中流》，1995年第3期。

〔註8〕何其芳：《毛澤東之歌》，《何其芳全集》7，河北人民出版社，2000年，第410～411頁；艾克恩主編：《延安文藝紀盛》，文化藝術出版社，1987年，第343頁。

〔註9〕陳晉：《文人毛澤東》，上海人民出版社，2005年，第229頁。

〔註10〕《胡喬木回憶毛澤東》，人民出版社，1994年，第256頁。

此廣泛地搜集材料，找人談話，足見毛澤東當時要弄清並解決文藝問題的決心是多麼地大，方法也是頗不一般地精細。」〔註11〕

在一系列緊張、有序的調查和摸底的同時，1942年4月10日，毛澤東在中共中央書記處會議上正式提議，準備以毛澤東、博古、凱豐的名義召集延安文藝界座談會，擬就作家立場、文藝政策、文體與文風、文藝對象、文藝題材等問題展開討論。4月27日，毛澤東和周揚、李伯釗、舒群等商定了一份參加座談會的百人名單，並隨之印發了請柬。

5月2日召開了延安文藝工作者座談會第一次會議，毛澤東、朱德、陳雲、任弼時、王稼祥、博古、康生等中央政治局委員，以及一些中央和部門的負責人悉數蒞臨。毛澤東作了講話，即《在延安文藝座談會上的講話》的「引言」部分。5月16日毛澤東與朱德出席第二次會議。5月21日中共中央政治局會議上，中央社會部部長康生介紹了自己所掌握的情況，毛澤東指出的延安文藝界工作中存在的偏向，確定了黨的基本文藝方針是為群眾和如何為群眾等結論問題，並且明確提出：延安文藝界的小資產階級自由主義很濃厚，整風的性質是無產階級和小資產階級的作戰。〔註12〕5月23日，毛澤東、朱德出席最後一次會議。在朱德一番思想改造的現身說法後，毛澤東作了會議總結發言，即《講話》的「結論」部分。

二、從「講話」到《講話》

從計劃文藝界整風、召開座談會，到頻繁約見眾多文藝家；從5月10日中央書記處會議上的提議，到5月2日的「引言」，再到5月23日的「結論」，這中間，毛澤東顯然不是厚積薄發、成竹在胸的，而是歷經不斷摸索、反覆修訂等環節，才漸次提出和確立了自己的或黨的文藝指導思想。這樣闡釋的依據，除了審閱毛澤東此前相關文藝理論積累外，還可以通過座談會召開後毛澤東的幾個舉措窺見端倪。

5月2日，毛澤東在座談會第一次會議上發表「引言」後，作為黨的機關報的《解放日報》卻沒有反應，這一點既不符合改版後《解放日報》的「喉舌」身份，也不符合越來越重視意識形態的毛澤東的處事風格。更何況，中央政治局剛剛通過《解放日報》改版的決議，改正之前的「一國際，二國內，

〔註11〕《文人毛澤東》，上海人民出版社，2005年，第229頁。
〔註12〕陳晉：《文人毛澤東》，上海人民出版社，2005年，第233頁。

三邊區，四本市」等與黨的政策和中心工作宣傳不力的局面，並且宣布「要使《解放日報》能夠成為真正的戰鬥的黨的機關報」〔註 13〕。原《解放日報》編輯黎辛的回憶或者可以解開這個謎底。他說：「報上之所以沒有發表消息，是毛主席不讓發表。他說這是些新問題，很複雜，他要多考慮考慮，也多聽聽意見。」黎辛還記述道：毛澤東做會議總結後，很多人都希望「講話」早日發表，舒群還曾多次直接催問，毛澤東總說文藝問題要慎重些，最後還不耐煩地說：「不要再催問了，到發表的時候，他會拿出來的。」〔註 14〕毛澤東這樣審慎的態度，一方面是出於工作的認真，不成型的東西不能拿出來；另一方面也是自身不夠自信、沒有充分把握的一種體現，他需要胡喬木、周揚等黨內文藝理論家的修正、潤色。

還有座談會進行中的 5 月 12 日，毛澤東指示《解放日報》復刊特闢一個專欄「馬克思主義與文藝」，並責成黨內理論家博古翻譯了列寧的《黨的組織與黨的文學》，作為專欄的第一篇文章在 5 月 14 日發表。之後專欄又陸續發表了《恩格斯論現實主義》摘錄（5 月 15 日）、《列寧、斯大林等論黨的紀律與黨的民主》（5 月 16 日）、《拉法格論作家與生活》摘錄（5 月 19 日）、《列寧論文學》和魯迅的《對於左翼作家聯盟的意見》（5 月 20 日）。富有意味的是，5 月 20 日這天的報紙，列寧作為無產階級的世界革命領袖，在版面的安排上，竟然屈居次席，魯迅這個階級革命的同路人，卻被安排在報紙的頭牌位置，而且還有一段按語：「這是 1930 年 3 月 20 日魯迅先生在左翼作家聯盟成立大會上的講話。其中對於左翼作家與知識分子的針砭，對於文藝戰線的意見，都是說得很正確的，至今完全有用。今特重載於此，以供同志們研究。」今天重新審視這個按語，其隱喻是鮮明而又隱晦的。所謂鮮明而又隱晦，目的是在警告那些自以為革命的左翼文人，不經過思想改造，其革命是很容易滑向資產階級和小資產階級那邊去的。

事實表明，1942 年 5 月 23 日的「講話」並不能等同於 1943 年 10 月 19 日《解放日報》發表的《講話》，與 1953 年《毛澤東選集》中收入的《講話》更有很大差別。1943 年首次發表的《講話》版本，是在毛澤東 5 月 23 日的講話提綱、現場速記員的記錄、胡喬木協助整理和增刪並最終經毛澤東核定、

〔註 13〕《致讀者》（社論），《解放日報》，1942 年 4 月 1 日。

〔註 14〕《關於「延安文藝座談會」的召開、〈講話〉的寫作、發表和參加會議的人》，《新文學史料》，1995 年第 2 期。

周揚修補的基礎上才逐步完成的。在「講話」原始文本無法看到的前提下〔註 15〕，這中間又經歷了怎樣的一番增刪修補，無法考證其中的細節。1982 年 8 月 16 日艾青在接受採訪時證實說，在《解放日報》上看到公開發表的《講話》時，感覺「很多東西同原來講的（有）很大差別」。艾青還指出，實際上毛澤東「很推敲啊，很深思熟慮的」。〔註 16〕關於《講話》的現場版和發表版存在不同，其實毛澤東在「講話」的「結論」中就已經說明。他說：「現在的發言不是最後結論。要等到中央大家討論後做出的結論才算最後結論。」〔註 17〕儘管這句話毛澤東說看起來那樣輕鬆，好像信口而出，聽者和研究者也常常忽視，甚至還會被解讀為領袖的謙虛表現，而實際其寓意是明顯又明白的，那就是他當天的「講話」是個未完成本，還需要後續的補充、修訂。

那麼從未完成的「講話」到《講話》發表，這其中又經歷了怎樣一個不斷豐富、完善的過程呢？有這樣幾個問題需要關注：

其一是毛澤東在 5 月 28 日的中央高級學習組會上，除了通報三次座談會的情況外，還對他在座談會上的一些觀點進行了補充。他說，召開文藝座談會的目的，就是要解決一個「結合」問題，「文學家、藝術家、文藝工作者和我們黨的結合問題，與工人農民結合、與軍隊結合的問題」，否則，總是格格不入。某些文章作品沒有弄好，是屬於部分的性質，不難解決。嚴重的問題是，有的文藝家離徹底運用馬克思主義思想，達到革命性、黨性與藝術工作的完全的統一還差得很遠，不破除他們頭腦中的資產階級和小資產階級思想，讓它發展下去，是很危險的。這就需要「解決思想上的問題」，即「要把資產階級思想、小資產階級思想加以破壞，轉變為無產階級思想」，「以工

〔註 15〕1993 年孫國林歷經 15 年尋訪，找到了當時的速記員周昆玉，證實確實有速記稿，但是沒有保存下來。但是李潔非、楊劼認為：速記稿有可能被保存下來，因為與「講話」相隔近幾天的毛澤東的另一談話《文藝工作者要同工農兵相結合》的記錄稿在 1990 年代由中央文獻研究室根據中央檔案館保存的文檔整理並公開於《毛澤東文集》第二卷中。見《尋訪延安文藝座談會的速記員》，《中華讀書報》，2002 年 5 月 16 日；《解讀延安——文學、知識分子和文化》，當代中國出版社，2010 年，第 158 頁。

〔註 16〕1982 年 8 月 16 日採訪錄音。李潔非、楊劼：《解讀延安——文學、知識分子和文化》，當代中國出版社，2010 年，第 158 頁。

〔註 17〕歐陽山尊：《主席握你的手是真心實意的》，王海平、張軍鋒主編：《回想延安·1942》，江蘇文藝出版社，2002 年，第 250 頁。

農的思想為思想，以工農的習慣為習慣」。〔註 18〕在講到普及與提高的關係上，他說，我們認為革命性是從低級到高級，藝術性也是從低級到高級。在統一戰線中，對大地主，你講馬列主義他不會來，講抗日，他會來；民族資產階級又不一樣，他們要抗日，也要民主，講馬列主義他不會來；只有無產階級和無產階級化了的知識分子，才真正相信馬列主義，實行馬列主義。在藝術上，我們採取的政策和革命性一樣，從萌芽狀態的，如牆報、娃娃畫、老百姓唱的歌、民間故事，到高級的，如托爾斯泰、高爾基、魯迅這類精湛的藝術，我們都要。因此，不能輕視普通的文藝工作者。將來大批的作家將從工人農民中產生。現在是過渡時期，我看這一時期在中國需要五十年，這五十年是很麻煩的，這是資產階級、小資產階級出身的文藝家和工人農民結合的過程。我們的政策是小心地好好地引導他們，使他們看中低級的東西，指導普通的文藝工作，並從後者吸收養料，這樣才有出路。〔註 19〕對照《講話》可見，毛澤東針對延安中央領導的這一段講話，可以說是對 5 月 23 日「講話」的「結論」部分的強化和補充，後來在「講話」成文中有所取捨和偏重。

其二是 5 月 30 日毛澤東到魯藝的講話。毛澤東首先以《帶槍的人》中塑造的列寧形象為例，說明社會生活比文學藝術更豐富，文藝作品中反映出來的生活要比普通的實際生活更高、更強烈，更富有集中性，更典型，更理想，更帶有普遍性。〔註 20〕對於普及與提高的關係，毛澤東形象地說：長征經過的毛兒蓋，那地方有許多又高又大的樹，那些樹也是從豆芽菜一樣矮小的樹苗苗長起來的。提高要以普及為基礎，不要瞧不起普及的東西。不要把「豆芽菜」隨便踩掉了。關於文藝與工農兵的問題，毛澤東說，你們現在學習的地方是小魯藝，只在這裡學習還不夠，還要到大魯藝學習，大魯藝就是工農兵群眾的生活和鬥爭。廣大的勞動人民就是大魯藝的老師。你們到大魯藝去，就是外來幹部。不要瞧不起本地的幹部，不要以為自己是洋包子，瞧不起土包子，並以柳宗元的《黔之驢》為例，繪聲繪色地提醒知識分子不要擺臭架子，高踞群眾之上，嚇唬群眾，等到群眾看透了，就不佩服你。王明那

〔註 18〕《胡喬木回憶毛澤東》，人民出版社，1994 年，第 261 頁；陳晉：《文人毛澤東》，上海人民出版社，2005 年，第 225 頁。所引文字為兩個文獻的綜合。

〔註 19〕陳晉：《文人毛澤東》，上海人民出版社，2005 年，第 235～236 頁。

〔註 20〕這一句與《毛選》中的《講話》原文是重合的。

種比豬還蠢的教條主義者及其當時「滿天飛」的「欽差大臣」，就是這樣一些可笑至極的外來的貴州的「驢勾子」。〔註21〕可見，毛澤東的這段講話是有所選擇、有所針對地加強和突出5月23日的「結論」，並有所補充、強調和深化。對此，郝懷明總結說：《講話》是根據文藝座談會上的講話，以及「在整風高級學習組和魯藝關於文藝問題的講話整理而成的」。〔註22〕

關於發表過程中的增刪現象。據胡喬木回憶，《講話》1943年10月19日全文發表時，正值「搶救運動」，又加進了一些適時的言辭。如：「在中國，除了封建文藝、資產階級文藝、漢奸文藝之外，還有一種『特務文藝』；在文藝界黨員中，除了思想上沒有入黨的人以外，還有一批更壞的人，『就是組織上加入的也是日本黨、汪精衛黨、大資產階級大地主的特務黨，但是他們隨後又鑽進了共產黨和共產黨領導的組織，掛著『黨員』和『革命者』的招牌。」對此胡喬木注解說：「這些原來講話所沒有、同全文精神極不協調的不實之處，在建國後把《講話》收入《毛澤東選集》時，完全刪除了。」〔註23〕據參加座談會的何其芳回憶，在「引言」的開頭部分，毛澤東的原話是「我們有兩支軍隊，一支是朱總司令的，一支是魯總司令的」，1943年發表時被替換為「手裏拿槍的軍隊」和「文化的軍隊」。〔註24〕胡喬木也在回憶中說，因為蕭軍堅持魯迅是發展而不是轉變，所以講話發表時，將「我們有兩支軍隊，一支是朱總司令的，一支是魯總司令的」〔註25〕一句改為「在我們為中國民族解放的鬥爭中，有各種的戰線，就中也可以說有文武兩個戰線，這就是文化戰線和軍事戰線。我們要戰勝敵人，首先要依靠手裏拿槍的軍隊，但是僅僅有這種軍隊是不夠的，我們還要有文化軍隊，這是團結自己戰勝敵人必不可少的一支軍隊。」在講批判地吸收文藝遺產時，原話「屁股坐在中國的現在，一手伸向古代，一手伸向外國」被刪掉。〔註26〕即便到了「講話」發表前已經出了報紙清樣的情況下，毛澤東「又刪去五六百字，加寫了六百字以上」，

〔註21〕何其芳：《毛澤東之歌》，《何其芳全集》7，河北人民出版社，2000年，第447～448頁。

〔註22〕《如煙如火話周揚》，中國文聯出版社，2008年，第90頁。

〔註23〕《胡喬木回憶毛澤東》，人民出版社，1994年，第262～263頁。

〔註24〕何其芳：《毛澤東之歌》，《何其芳全集》7，河北人民出版社，2000年，第416頁。

〔註25〕《胡喬木回憶毛澤東》，人民出版社，1994年，第259頁。

〔註26〕何其芳：《毛澤東之歌》，《何其芳全集》7，河北人民出版社，2000年，第431頁。

當年曾經手發表《講話》的編輯黎辛還追憶說：「毛主席校對的清樣正確無誤，勾畫的清楚，加寫的字跡瀟灑。」〔註 27〕至於從「四三年版本」到「五三年版本」，據學者粗略統計，共修改 266 處，其中刪掉原文 92 處，增補文字 91 處，作文字修飾的 83 處。〔註 28〕胡喬木晚年對此評述說：「《講話》在收入《毛選》時，是作了一些修改。……可以說明毛主席詳細考慮了哪些問題，可以看出他的思想的發展。」〔註 29〕可見，《講話》從提綱到定稿、發表以及收入《毛選》經歷了一個十分複雜的修訂、完善過程。

關於從「講話」到《講話》，還有一個問題需要明確，那就是一段時間以來，學界過分倚重胡喬木晚年在回憶錄中提及的「稿子整理後並沒有立即發表」，是因為毛澤東「要對稿子反覆推敲、修改」，而他「當時能夠抽出的時間實在太少了」、「要等發表的機會」這一說法。〔註 30〕毛澤東「要對稿子反覆推敲、修改」是不錯的，但是將理由解釋為沒有時間、等發表機會是站不住腳的。因為座談會後從來沒有認真抗戰的毛澤東，並沒有比 1942 年前或 1943 年後更忙，無論在黨內政治博弈，還是軍事指揮等方面都非常清閒。而查看這一時期他的文字量，也並沒有比其他時間更多，何來「抽不出時間」呢？黎辛就認為「是慎重，不是忙。毛澤東一個禮拜能給報紙寫三個社論、三個頭條新聞。毛澤東一個月內審看報社社論、重要新聞，審看中央負責同志的文章不知有多少，卻從來沒有耽誤過一分鐘。」〔註 31〕有研究者也曾分析說：「《在延安文藝座談會的講話》在座談會召開一年半以後才發表，相隔的時間之長，在延安時期是絕無僅有的」，「也許並不是因為工作繁忙，再忙，再難也不會超過 1942 年。1942 年毛澤東寫作與發表作品是比較多的，但是都沒有壓那麼長時間的」。〔註 32〕再有，魯迅逝世紀念雖然也算是個大事，但是在

〔註 27〕《關於「延安文藝座談會」的召開、〈講話〉的寫作、發表和參加會議的人》，《新文學史料》，1995 年第 2 期；黎辛在《這時也是延安文藝最活躍的時期之一》中說是「去掉了有六百字左右」。王海平、張軍鋒主編：《回想延安·1942》，江蘇文藝出版社，2002 年，第 217 頁。

〔註 28〕孫國林：《〈講話〉的版本》，王志武編：《延安文藝精華鑒賞》，陝西人民出版社，1992 年，第 29～30 頁。

〔註 29〕《胡喬木回憶毛澤東》，人民出版社，1994 年，第 57 頁。

〔註 30〕《胡喬木回憶毛澤東》，人民出版社，1994 年，第 262 頁。

〔註 31〕《這時也是延安文藝最活躍的時期之一》，王海平、張軍鋒主編：《回想延安·1942》，江蘇文藝出版社，2002 年，第 215 頁。

〔註 32〕杜忠明：《延安文藝座談會紀實》，中央文獻出版社，2012 年，第 70 頁。

一年多的時間內具有重要意義的事件何止這一件？陳晉對此有過一段評述：「即使整理花去一兩個月的時間，也不致等到次年 10 月才發表，如果為了等到合適的時機，如魯迅逝世紀念，那 1942 年 10 月也是一個機會的，講話稿整理出來，也不致在當年 10 月以後。因此，唯一的解釋，恐怕是毛澤東對這篇稿子刻意求精，反覆修改。」〔註 33〕這一說法具有一定的道理，因為從毛澤東 1938 年開始提出「馬克思主義中國化」著意樹立自己「君師合一」的精神追求，以及 1949 年後以國家意志強力推行《講話》的行徑等大思想背景來看，無疑也能夠證明毛澤東對《講話》的重視和審慎程度。

當然，更令人信服的觀點是高浦棠所分析的：「……毛澤東實際也看出了審幹『搶救運動』中的偏差，但他所預期的整頓人心、整頓組織的目的無疑達到了。特別是對文藝界那些在座談會上前和座談會討論中表現出嚴重偏向的文藝家們，均不同程度地進行了審查、整頓、搶救。〔註 34〕……只有到這個時候，毛澤東才覺得發表《講話》的時機成熟了。於是在 1943 年 10 月 19 日借紀念魯迅逝世 7 週年之際，《講話》全文 2 萬多字在《解放日報》一次性公開刊出。由此，我們可以肯定地說，文藝座談會與整風、審幹『搶救運動』之間的內在邏輯關係就是《講話》其所以要推遲發表的謎底。」〔註 35〕

儘管這一說法本身已經很具有說服力，但是《講話》推遲發表還有一些其他因素也需要考慮。如《講話》發表前的 1943 年 9 月國民黨的五屆十一中全會上通過了《文化運動綱領》，主張以國家與民族至上的民族文化建設為旨歸。這一文獻的出臺，督促毛澤東加快了修訂《講話》以便及時刊出，以回應重慶的主流政治話語，並正面樹立和宣傳延安的文藝和文化政策。〔註 36〕

再如，自 1943 年 3 月始，延安文人響應毛澤東、中央文委和中組部的號召，紛紛奔赴農村、部隊、工廠，造成延安文化界的空巢現象，這段空檔期，

〔註 33〕陳晉：《文人毛澤東》，上海人民出版社，2005 年，第 240 頁。劉忠在《〈在延安文藝座談會上的講話〉研究》（人民文學出版社，2009 年，第 146～147 頁）中有雷同的論述，雖然語句稍有不同，有盜用或抄襲之嫌。

〔註 34〕幾乎除蕭軍、王實味外，所有延安的作家都以實際行動轉變，如丁玲、艾青、劉白羽、張仃、舒群、陳學昭、羅烽、何其芳、張庚、周立波、嚴文井等都公開發表檢討、表態文章；雷加、馬加以創作表明追隨《講話》；吳奚如、吳伯簫、于黑丁反覆檢討自己的特務行徑等。

〔註 35〕《〈講話〉公開發表過程的歷史內情探析》，《西南民族大學學報》，2006 年第 7 期。

〔註 36〕袁盛勇：《〈講話〉的邊界和核心》，《文藝爭鳴》，2012 年第 5 期。

顯然不適宜發表《講話》，而只有等下鄉的作家們都回來，參加了嚴酷的「審幹——搶救運動」並經過下鄉的實際考驗和被馴服後，才予以發表，也才能夠確立其毫無爭議的權威地位。

三、整風運動與「講話」的出臺

一直以來，學界對於整風運動與文藝整風及座談會召開間的關係，也即如何看待「講話」出臺的問題，還存在一些爭論，尚未達成共識。其實，對於這個問題，早有答案。前述提及的 1942 年的「四三決定」，即所謂的整風運動糾偏說，已經說得很明白。因為延安文藝界不合時宜的「搶鏡」，使得毛澤東原本就要進行文藝界整風的計劃提前了，文藝界的整風運動也成為本來針對王明、周恩來等中央高級幹部的整風運動的一個插曲。當年曾親身參與整風運動的老幹部李維漢晚年回憶證實說：「整風的對象，主要是老幹部（當時是中年幹部）。但整風剛開始時中央研究院的一部分青年知識分子出來刮了一陣小資產階級歪風，影響很廣，如果不首先加以端正，就不可能把整風運動納入正路。因此，一段時間內，整風矛頭首先對準了青年知識分子中的這股歪風。但過後不久，毛澤東還是把整風矛頭撥回到領導幹部的思想路線方面……最終地清算了王明『左傾』冒險主義在政治上、軍事上、組織上和思想上的錯誤。」〔註 37〕而事實也確實如此，待文藝界整風運動歷時半年而順利完成後，毛澤東又重歸整風運動的初衷，即召開 1943 年的「九月會議」，直至完全確立毛澤東思想在黨內、軍內和意識形態領域的絕對權威地位。

再一個是毛澤東在 1942 年 5 月 28 日中央高級學習小組會上也說得很明確。毛澤東說：召開文藝座談會的目的，就是要解決一個「結合」問題，「文學家、藝術家、文藝工作者和我們黨的結合問題，與工人農民結合、與軍隊結合的問題」，〔註 38〕「要讓文藝家與在黨政軍經工作的同志結合，否則，總是格格不入」。〔註 39〕這一段話的信息量是很大的。其中所謂「格格不入」是指文藝界此前以小說、雜文和牆報等方式針對延安的特權、老幹部輕視文化人與戀愛問題、舞會、缺少關愛等所謂陰暗面進行批判，造成了王震、賀龍等軍界人士的不滿；周揚、何其芳、劉白羽等「歌德派」因為丁玲、艾青、蕭

〔註 37〕《回憶與研究》（下），中共黨史資料出版社，1986 年，第 478 頁。
〔註 38〕《胡喬木回憶毛澤東》，人民出版社，1994 年，第 261 頁。
〔註 39〕陳晉：《文人毛澤東》，上海人民出版社，2005 年，第 225 頁。

軍、王實味等「暴露派」的打擊而「委屈」;《日出》《雷雨》《婚事》《慳吝人》等「提高型」作品和《打漁殺家》《群英計》《玉堂春》等舊戲曲佔據延安文藝舞臺，造成士兵和地方農民難以欣賞或沉迷於舊文藝等。這種局面產生的根本原因，在毛澤東看來，就是延安文人還不能克服頭腦中的「資產階級和小資產階級思想」，不能實現「革命性、黨性與藝術工作」的統一，說到底還是不願、不能與工農兵結合，不能成為黨的工具，因此就需要進行整風以統一思想，而統一思想，就需要制定一個文藝規範。於是座談會應運而生，「講話」也就隨之出爐了。

第二節　評估毛澤東的文藝理論

究竟該如何客觀、準確地看待這部誕生於七十多年前的文獻，以避免在無謂的爭論中耗費學術資源，是相關領域的學者需要認真思考的。但是在現時代的大陸中國，想要充分表達觀點和見解也是一件很困難的事情。不妨還是回到《講話》本身，來探究一下其內部要義及構成，即回歸到本體研究，或者更有意義，因為涉及這部文獻也好，涉及毛澤東文藝思想和文藝理論修養也罷，水平到底高還是低只有他或它自身能夠證明。

西諺有，上帝也大不過細節，因為只有細節才能證明上帝。哲學史學家科林伍德說:「歷史的思維就是這樣一項想像的活動，通過它，我們盡力為這個天賦的觀念提供細節性的內容。我們做到這一點，是通過把現在當作其自身過去的一種證據來使用。每一個現在都有其自身的過去，任何對過去想像性的重新建構，目的都是重新建構這個現在的過去。」〔註 40〕在這種思路下來探求毛澤東的文藝理論修養，無疑將能夠最大限度地接近本真，而不是玄而又玄。

關於毛澤東的理論尤其是文藝理論修養高低的評價，一直以來存在爭議。本文無意去評判，更不想介入無謂的意氣之爭、口水之戰。作為學理研究，第一要遵守實事求是的原則，第二要做到具體問題具體分析，避免宏觀論、籠統論、整體論。因此，為了使問題更趨集中，探討毛澤東的理論包括文藝理論修養問題的時間截止到 1943 年《講話》發表前。

關於毛澤東的理論修養，一個共識是，至少在 1930 年代初還基本談不

〔註 40〕《歷史的觀念》，尹銳等譯，光明日報出版社，2007 年，第 193 頁。

上，儘管在 1920 年毛澤東在北京時曾讀過《共產黨宣言》、考茨基的《階級鬥爭》和一本有關社會主義史的中譯本，但與毛澤東交往較多的李璜回憶：「那時他已二十五歲了；因被環境所限制，故他讀書不多，而中西學術的根柢那時都很差；但其頭腦都欠冷靜，而偏向於實行一面，這是給我印象很深的。」〔註 41〕毛澤東 1929 年 11 月 28 日在致李立三的信中也坦承自己的「知識饑荒到十分」〔註 42〕。博古等臨時中央政治局領導人在「蘇區」瑞金時，對毛澤東「沒讀過幾本馬列著作，滿口盡是些『子曰』『詩云』，打仗居然靠《三國演義》，還老寫古詩」〔註 43〕等很不以為然。有學者考證，毛澤東早年和中年讀得最有心得的是所謂「稗官野史」，如《水滸傳》《三國演義》之類，其「史學」最初也是從蔡東藩所編著的《中國歷代通俗演義》入門。1945 年重慶六位參政員訪問延安，其中傅斯年和佐舜生都不約而同地感覺毛澤東活像《水滸傳》裏的宋江，而且也都承認他舊小說讀得非常之熟。傅斯年更為敏銳，他已察覺到毛澤東大量從後方收購各種舊說部，是為了研究中國下層社會的心理。有雜誌在 1937 年報導紅軍長征的訊息時曾這樣描繪說：「毛於共產主義，初無深切之研究。彼嘗謂中國社會，應從實際工作去體認考察，即使不去莫斯科學習亦可以成為『山林中的馬克思主義』。……博古等常譏其老氣橫秋，為非『布爾扎維克的生活』，彼仍我行我素，略不措意，且反譏博古等為『洋房子先生』。」〔註 44〕楊奎松教授曾有一段評述比較客觀：「學歷只及中專，既沒有系統地研讀過理論，又沒有喝過洋墨水的毛澤東，不論如何不服氣，這個時候在馬列理論方面也只能下狠心找些有關的書籍報紙去學習，斷不至於拿他對列寧主義理論的那些知識去和滿嘴『馬列』的留蘇學生比個高低。」〔註 45〕

〔註 41〕李璜：《學鈍室回憶錄》，傳記文學出版社，1978 年，第 37 頁。

〔註 42〕《毛澤東書信選集》，人民出版社，1983 年，第 28 頁。

〔註 43〕陳晉：《文人毛澤東》，上海人民出版社，2005 年，第 97 頁；特里爾在《毛澤東傳》中關於長征中的情形寫道：1930 年代初「毛澤東此時還不很通曉馬克思和列寧。他的內心世界的確部分地還是《水滸傳》裏的世界。」「在他個人的行李中永遠都有那把傘和一些書。行軍的過程中那些書是會變化的，但《水滸傳》一直都形影不離。」中國人民大學出版社，2010 年，第 147、161 頁。

〔註 44〕柳雲：《赤匪首領「朱毛」逆跡記》，《逸經》第 11 期，1936 年 8 月 5 日。此文後收於南轅選編：《長河流月〈逸經〉散文隨筆選萃》，天津人民出版社，1998 年，並將題目改為《毛澤東側記》。

〔註 45〕《毛澤東與莫斯科的恩恩怨怨》，江西人民出版社，2012 年，第 33～34 頁。

1929年，尤其是在「狹隘經驗論」論爭後，備受歧視和自感理論匱乏的毛澤東就開始了充電。1959的廬山會議上，毛澤東在發言中回顧說：「華北座談會後，也想搞點馬克思主義。我的『狹隘經驗主義』稱號，是任弼時加的；對我有很大幫助，讀了幾本書，很感謝他。德波林的《歐洲哲學史》，就是打水口期間讀的。」〔註46〕毛澤東在江西和長征中還閱讀過《兩個策略》《「左派」幼稚病》《反杜林論》等。〔註47〕1936年入主保安、延安後更加「發憤讀書」〔註48〕，主要閱讀了米丁、艾森堡、西洛可夫等著李達、沈志遠等譯的教科書《辯證法唯物論教程》《辯證唯物論與歷史唯物論》（上冊）等〔註49〕。此外，這時期毛澤東的閱讀書目還有「讀了十遍」的《聯共（布）黨史簡明教程》〔註50〕。其他書目還包括艾思奇的《大眾哲學》《思想方法論》《哲學與生活》《新哲學大綱》，李達的《社會學大綱》等。〔註51〕儘管經過一段時間的「惡補」，毛澤東「已經有了一些理論成就」〔註52〕，但是高華對此卻並不認可，他說：「毛所讀的幾乎都是當時蘇聯官方哲學家——米丁、尤金、西洛可夫等為斯大林著作作注解的教義問答式的『解釋學』。」〔註53〕這話的意思

〔註46〕李銳：《廬山會議實錄》，春秋出版社／湖南教育出版社，1989年，第227頁。

〔註47〕逄先知：《毛澤東讀馬列著作》，龔育之、逄先知、石仲權：《毛澤東的讀書生活》，三聯書店，2009年，第22頁；特里爾對此有不同見解。他認為，長征中，「沒有任何證據表明，他攜帶著任何馬克思或列寧的著作。」《毛澤東傳》（名著珍藏版），中國人民大學出版社，2010年，第161頁。

〔註48〕郭化若：《毛主席抗戰初期光輝的哲學活動》，《中國哲學》，1979年第一輯。

〔註49〕中共黨史人物研究會編：《中共黨史人物傳》第8卷，陝西人民出版社，1983年，第48頁；龔育之：《從〈實踐論〉談毛澤東的讀書生活》，龔育之、逄先知、石仲權：《毛澤東的讀書生活》，三聯書店，2009年，第38～41頁；忻中：《毛主席讀書生活紀實》，《社會科學戰線》1981年第4期。其中關於前一本書毛澤東的批註最多，近一萬三千字，單條最長的近千字。

〔註50〕郭化若：《在毛主席身邊工作的片斷》，楊春貴編《毛澤東的哲學活動——回憶與評述》，中共中央黨校科研辦公室出，1985年，第56、157頁。

〔註51〕龔育之：《從〈實踐論〉談毛澤東的讀書生活》，龔育之、逄先知、石仲權：《毛澤東的讀書生活》，三聯書店，2009年，第39～41頁。

〔註52〕楊奎松：《毛澤東與莫斯科的恩恩怨怨》，江西人民出版社，2012年，第100頁。

〔註53〕《紅太陽是怎樣升起來的：延安整風運動的來龍去脈》（簡體版），香港中文大學出版社，2011年，第191頁。田松年在《對幾本哲學書籍的批註》中列舉了毛澤東經常閱讀和批註的七種（八本）著作，印證了高華的判斷。見龔育之、逄先知、石仲權：《毛澤東的讀書生活》，三聯書店，2009年，第56～62頁；另見龔育之：《〈實踐論〉三題》，《論毛澤東哲學思想》，人民出版社，1983年，第66～86頁。

很明顯，是說毛澤東的讀書停留在教科書階段，理論深度還很不夠。

對於毛澤東這一時期的讀書情形和效果究竟如何？儘管斯諾在《西行漫記》中大加讚賞說：「毛澤東是個認真研究哲學的人。我有一陣子每天晚上都去見他，向他採訪共產黨的歷史，有一次一個客人帶了幾本哲學新書來給他，於是毛澤東就要求我改期再談。他花了三、四夜的工夫專心讀了這幾本書，在這期間，他似乎是什麼都不管了。他讀書的範圍不僅限於馬克思主義的哲學家，而且也讀過一些古希臘哲學家、斯賓諾莎、康德、歌德、黑格爾、盧梭等人的著作。」〔註 54〕但遺憾的是，除斯諾本人外，尚缺乏足夠的事實證明其判斷足夠準確，反而相反的例證和論斷卻大量存在。

如蕭軍在日記中就曾針對流行一時現仍被奉為經典的《新民主主義論》評議道：「這只是一本概括性的，說明性的文章。它底長處是明白通順。短處，文章組織不精密，平面化，缺乏一種深沉的，集中的，鼓動與震撼的力量。文章作風不統一，欠嚴肅，輕佻，報紙作風，感覺性的，比喻和幽默得不恰當，缺乏一種斬釘截鐵的力量。」〔註 55〕針對《解放日報》社論「評國民黨十一中全會及三屆二次國民參政會」，蕭軍在日記中評述道：「這是毛澤東手筆，從那筆調不統一文體底鬆懈，語調底流利，俏皮可以看出。」「毛並不是思想周密的人。漂浮是他的缺點。」〔註 56〕

不僅蕭軍如此認識。菲力普・肖特在《毛澤東傳》中寫道：「20 年前當他還是學生時，他就沒有系統地鑽研過哲學課程，此時他發現前景十分可怕。那年冬天（指 1937 年——本文注），他以訓詁的形式研讀了由蘇聯的一群理論家撰寫的好幾本大部頭著作，其中包括斯大林的家庭哲學家馬克・米丁的著作在內。」「毛貪婪地閱讀凡找得到的每一本馬克思主義教材——甚至，像是他學生時代的一種回聲，開始記一種『閱讀日記』了，記錄他曾讀過的書〔註 57〕。」「在以後的生活中，毛在哲學思維中開發出一種真正的樂趣，而且，無論是私下談話還是政治討論，他的言談都充滿了對於深奧論點的神秘晦澀的推理和難解的引經據典，甚至他的政治局同事們也常常要磕磕絆絆地

〔註 54〕北京三聯書店，1979 年，第 67～68 頁。

〔註 55〕1943 年 6 月 21 日，《蕭軍延安日記》下，香港牛津大學出版社，2013 年，第 147～148 頁。

〔註 56〕1943 年 10 月 5 日，《蕭軍延安日記》下，香港牛津大學出版社，2013 年，第 245 頁。

〔註 57〕《毛澤東哲學批註集》，中央文獻出版社，1988 年。

才能跟上他的話。」〔註 58〕

這樣的評判應該說比較客觀，因為即便是毛澤東刻苦努力、聰慧過人，也不可能在如此之短的時間裏將哲學包括馬列哲學都搞清楚，如被恩格斯稱為工人階級《聖經》、列寧稱為馬克思主義「百科全書」的《資本論》，毛澤東就沒有讀過，〔註 59〕更遑論斯賓諾莎、康德、歌德、黑格爾、盧梭等人的著述了。說到底，學習是需要一個積累過程的，囫圇吞棗，只能是消化不良。或者不妨參看中外研究者曾對毛澤東著作所做的統計和觀察：他「引用的最多的是孔夫子和新孔夫子的原話，其次是斯大林和列寧的著作，而馬克思和恩格斯的著作引用得最少。」〔註 60〕曾任過張聞天的秘書何方說過：「他（指毛澤東——本文注）在講話中經常以古喻今，可以長篇引證原文，順手拈來，毫不費力，但從未見他引證過馬克思、恩格斯的大本原著上的話。」〔註 61〕陳晉也證實說，《毛澤東選集》中引用中國古籍比馬列（又以斯大林為最多）要多出四倍。陳晉還說過，毛澤東還經常挑選《後漢書》的《張魯傳》、枚乘的《七發》等印發給中央領導或某個會議參加者看，有時還要考問一些領導人看了幾遍《資治通鑒》？直到臨終前還要人給他念庾信的《枯樹賦》、賈誼的《鵬鳥賦》以及岳飛、張元乾等人的詞。〔註 62〕這樣的統計和觀察，很大程度上是可以檢驗毛澤東的讀書效果的。

事實上，毛澤東應該也是有自知之明的。如 1943 年 4 月 22 日，他在關於宣傳「毛澤東主義」致凱豐信中也據實寫道：「我的思想（馬列）自覺沒有成熟，還是學習時候，不是鼓吹時候；要鼓吹只宜以某些片段去鼓吹（例如整風文件中的幾件），不宜當作體系去鼓吹，因我的體系還沒有成熟。」〔註 63〕廬山會議上，他坦誠自己「讀書少，後來養成讀書興趣，一拿就是歷

〔註 58〕中國青年出版社，2004 年，第 290、292、292 頁。

〔註 59〕李銳：《毛澤東的早年與晚年》，貴州人民出版社，1992 年，第 122～123 頁；何方：《黨史筆記：從遵義會議到延安整風》(修訂版)(上冊)，利文出版社，2010 年，第 107～108 頁；據莫洛托夫回憶，毛澤東曾當面向他承認，自己沒有讀過《資本論》。見〔蘇〕丘耶夫：《莫洛托夫訪談錄》，軍事科學院外國軍事研究部譯，吉林人民出版社，1992 年，第 123 頁。

〔註 60〕〔美〕尼克．賴特：《西方毛澤東研究：分析及評價》，《毛澤東思想研究》，1989 年第 4 期。

〔註 61〕何方：《黨史筆記：從遵義會議到延安整風》(上冊．修訂版)，利文出版社，2010 年，第 98 頁。

〔註 62〕《毛澤東之魂》，吉林人民出版社，1993 年，第 402～405 頁。

〔註 63〕《毛澤東書信選集》，人民出版社，1983 年，第 212 頁。

史、小說、筆記，這些較柔和。理論書太硬。《政治經濟學》我就沒讀過……我也不懂多少理論，不是教授，只是知道一些。教授要讀很多書。我書讀得少，是些什麼意思，大體懂一點。如杜威主義，不懂，太複雜，簡單意思懂一點。柏格森主義、無政府主義、唯心論、哲學史，看過一些，沒有作過深入研究。看書和研究是兩回事。」〔註 64〕晚年他對衛士長說：「毛澤東也是個普通人，他也沒有想到他會做黨和國家的主席。他本來是想當個教書先生，想當個教書先生也不容易呢？」〔註 65〕

如果排除盲目的領袖崇拜和聖人情節，這些謙辭完全是一種客觀陳述，雖然總是被後來的闡釋者所誤讀。比這樣的謙虛更為嚴重的是，當斯諾 1965 年問及 1937 年毛澤東做過的系列關於辯證唯物主義的講演以及《辯證法唯物論（講授提綱）》這部著作時，毛澤東明確予以否認，並迫使斯諾的訪問記作為 The long revolution 的附錄再版時做出修訂。〔註 66〕毛澤東何以如此呢？據海外學者考證，「《辯證法唯物論（講授提綱）》的第一章在很大程度上只是蘇聯作者所理解的希臘和西方哲學史的概述。在這裡，毛澤東只能復述他的資料來源，無法加入任何他自己的東西」。〔註 67〕也有學者注意到，《辯證法唯物論（講授提綱）》大多取自 Mitin（米丁）發表在 Soviet Encyclopedia 上的同名文章及 Mitin 的 Dialectical Materialism（Moscow，1933）一書。後者部分地被譯出並收在艾思奇的《哲學選輯》中。〔註 68〕

至於學界習慣例舉的最能體現毛澤東讀書境界高的帶有哲學意味的《矛盾論》和《實踐論》，不過是其當年做辯證唯物論系列演講中的兩篇，也即《辯證法唯物論（講授提綱）》的兩個章節，事實上也並不很成熟。如曾著有《為毛澤東辯護》的許全興也不得不承認，《矛盾論》《實踐論》「就整個體系講，基本框架和內容則來自蘇聯教科書」〔註 69〕。《實踐論》結尾時對認識根

〔註 64〕李銳：《廬山會議實錄》，春秋出版社／湖南教育出版社，1989 年，第 228～230 頁。

〔註 65〕權延赤：《走下神壇的毛澤東》，曉園出版社，1991 年，第 224 頁。

〔註 66〕〔美〕施拉姆：《毛澤東的思想》，中國人民大學出版社，2005 年，第 57～58 頁。

〔註 67〕〔美〕施拉姆：《毛澤東的思想》，田松年、楊德等譯，中國人民大學出版社，2005 年，第 60 頁。

〔註 68〕參見 Karl August witt fogel 和 C. R. Chao 的文章「Some Remarks on Mao Handling of Concepts and Problems of Dialectics」，載於 Soviet, Thought, 3: 251~277。

〔註 69〕《全面評價毛澤東的〈辯證法唯物論（講授提綱）〉——兼析施拉姆對毛澤東

本規律所做的概括和總結源於《大眾哲學》。〔註 70〕美國學者魏斐德曾針對毛澤東《實踐論》中那句著名的「你要知道梨子的滋味，你就得變革梨子，親口吃一吃」而提出質疑：「人們為了得到一種感覺就必須變革它的來源。難道人們為了看太陽就一定要變革太陽嗎？這樣的謬誤，在《實踐論》中很快就被忽略了，因為毛澤東把他的哲學論證從事物轉移到事件，從而把參與等同於列寧的意識階段理論。」〔註 71〕施拉姆則指出，「《矛盾論》的原文中，毛澤東仿傚這些來源，收入了整整一節批評形式邏輯與辯證法不相容的文字。」而且，關於《矛盾論》，「蘇聯人也發現毛澤東對辯證法的理解是奇特的，帶有異端色彩」。〔註 72〕對此，黨史研究專家龔育之曾解釋說，毛澤東在 1951 年刪去了這一節，因為他讀過斯大林的《馬克思主義和語言學問題》，也注意到蘇聯哲學界隨之展開的討論，他改變了觀點。〔註 73〕以毛澤東的秉性，如果認準了事情，是很難改變的。他之所以改正，還是表明對自己當年的認知表示了懷疑和否定。施拉姆還談道，毛澤東在 1964 年拋棄了馬克思主義和黑格爾辯證法三個基本規律中的兩個，包括否定之否定，而 1937 年他的觀點產生卻是從馬克思主義派生出來的。毛澤東 1937 年在演講筆記的原稿中提到列寧闡釋的對立統一是「辯證法的核心」，1957 年他還繼續加強了這一論斷，但令人尷尬的是，列寧的評述是在讀黑格爾《邏輯學》的簡略筆記和一段概括黑格爾提及否定之否定及質量互變觀點的話中出現的。〔註 74〕針對這些有理

的非議》，《毛澤東鄧小平理論研究》，2012 年第 11 期；趙越勝在追憶周輔成的文章中提到，1970 年代中後期，自己「尚不知道《矛盾論》大半借用蘇聯黨校的哲學教科書。」見《輔成先生》，丁東編：《先生之風》，中國工人出版社，2010 年，第 258 頁。

〔註 70〕《〈大眾哲學〉與〈實踐論〉》，《為毛澤東辯護》，當代中國出版社，1996 年，第 222～230 頁。

〔註 71〕《歷史與意志：毛澤東思想的哲學透視》，中國人民大學出版社，2005 年，第 213 頁。

〔註 72〕〔美〕施拉姆：《毛澤東的思想》，田松年、楊德等譯，中國人民大學出版社，2005 年，第 60 頁。

〔註 73〕1951 年 3 月 8 日，毛澤東寫信給陳伯達、田家英，指示說，他對《矛盾論》作了一次修改，但是最後一部分還需要進一步縮改，故此篇不擬收入即將出版的《毛澤東選集》第一卷裏。參見〔美〕施拉姆：《毛澤東的思想》，田松年、楊德等譯，中國人民大學出版社，2005 年，第 59 頁。

〔註 74〕〔美〕施拉姆：《毛澤東的思想》，田松年、楊德等譯，中國人民大學出版社，2005 年，第 60 頁；趙越勝曾提及，《實踐論》在辯證唯物的真理論中，實踐標準是至高無上的。列寧在《唯物主義與經驗批判主義》中卻認為，實踐標

有據的質疑，一直以來致力於維護毛澤東形象的許全興也底氣不足地表示過：「毛澤東不是專門的哲學家，也無意去精心創建自己的哲學體系，他只是發揮自己的所長，在實踐學說和矛盾論這兩大方面結合中國革命經驗和中國哲學文化進行闡發。」〔註 75〕可見，過高提升毛澤東的讀書境界，常常會導致闡釋上的勉強與尷尬。

儘管不能以哲學家或學者的專業素養去要求作為政治家、軍事家的毛澤東，但是稍稍學術些、嚴謹些，其哲學家、理論家的身份就要大打折扣，或者說只能是在相對意義上被認可。畢竟一個人的精力和能力都是有限度的，不可能在全方位上都至高至善，這本是人之常情，亦無可厚非，但是因為一些非正常因素的影響，這樣的常識卻很難達成共識，以至於造成大陸學界長時期以來不能客觀評述毛澤東的理論素養，神化、曲解、誤讀的現象迄今仍不能得到很好清理，很是遺憾。至於 2011 年劉澤華等學者公開指出毛澤東的《矛盾論》有抄襲嫌疑，〔註 76〕並由此引發了一場有關領袖的「抄襲——打

準並不是絕對的，它永遠不能達成對真理的完全證實。康德在《純粹理性批判》中也有類似的表述。若從康德哲學論，《實踐論》中所談的實踐之為真理標準仍屬知性範疇，它不過是知性運用範疇統一感性材料的過程。列寧對實踐標準絕對性的保留與康德界定理性認識能力想通。見《輔成先生》，丁東編：《先生之風》，中國工人出版社，2010 年，第 259 頁。

〔註 75〕《〈實踐論〉和〈矛盾論〉對馬克思主義哲學中國化的啟示》，《中國社會科學》，2013 年第 12 期。

〔註 76〕劉澤華：《我在「文革」中的思想歷程》，《炎黃春秋》，2011 年第 9 期；陳定學：《〈矛盾論〉是毛澤東的原創嗎？》，《炎黃春秋》，2011 年第 12 期。據質疑者說，《矛盾論》的很多觀點和論述來自 1930 年代出版的《社會學大綱》。而據該書編著者楊秀峰說，其中關於「矛盾」問題的觀點和論述是從蘇聯學者那裡轉述過來的。

還有，《毛澤東選集》中收錄的《中國革命和中國共產黨》，內容與張聞天 1938 年在抗大時的講義《中國革命基本問題》《中國現代革命運動史》（合稱《中國問題》）大同小異，而且其中有的章節即張聞天分工參與起草。見《張聞天年譜》上卷，第 624 頁；毛澤東在名篇《論持久戰》中，參考了張聞天 1937 年 8 月洛川會議上關於抗日戰爭戰略是持久戰的論述。見程中原：《張聞天傳》之第十三章「洛川會議前後」，當代中國出版社，1993 年。毛澤東的「新民主義論」，張聞天做出過不小貢獻。見何方：《黨史筆記：從遵義會議到延安整風》（修訂版）（上冊），利文出版社，2010 年，第 72 頁。

另外，據蘇聯問題和冷戰問題專家沈志華研究發現，蘇聯駐華使館在對《論十大關係》進行分析後作出的評論是：在毛澤東提出的十項方針中，最重要的幾項同蘇共二十大的決議緊密相關，尤其是在強調關注提高人民群眾福利和進一步發揚民主問題等方面。因此可以確定，毛澤東的《論十大關係》基

假」以及追求歷史真相和維護領袖權威的重要論爭，為新世紀大陸中國思想界的熱點又添一亮色，則更是後話了。

關於毛澤東讀書不求甚解，其實很可以理解，因為他讀理論類書籍本就是一種實用和工具的心理——「為我所用」——遠遠高於對理論本身的學習，這也就因此導致他在運用理論解釋具體問題時僅僅停留在表面的摘章斷句或生搬硬套〔註 77〕，很難上升到一定層次，更談不上融會貫通。正如菲力普·肖特所評說的：「對於毛來說，哲學實際上是一根魔術棒，或者說是進入思想領域內的一塊跳板，而不是在於它本身的內在魅力。在建立他的作為一位理論家的資歷方面，和在加強他對黨的領導權方面，《實踐論》和《矛盾論》是很重要的，而他只是發現寫起來太辛苦了點。寫作手法是呆板的說教，缺少他平素的尖刻與機敏。純理論只是達到某一目的的手段，不是毛從中獲得樂趣的一個題目。」〔註 78〕見解獨到的特里爾也指出：「在毛澤東引用歐洲大師這一新習慣上，有個自相矛盾之處，就是他讀得越多，就越不敬畏他們。毛澤東引用馬克思、列寧和斯大林，為的是支撐或美化不僅是歐洲式的而且是中國式的思想架構。」〔註 79〕

具體到文藝理論方面。儘管，毛澤東曾熟讀《三國演義》《水滸傳》《資治通鑒》《昭明文選》《紅樓夢》、韓愈的詩文，也涉獵過一點兒西方的文藝理

本是照搬蘇聯赫魯曉夫的總結報告和部長會議主席布爾加寧的「六五計劃」報告。參見沈志華主編：《中蘇關係史綱 1917～1991 年中蘇關係若干問題再探討》，社會科學文獻出版社，2011 年版，第 149 頁；沈志華、李丹慧搜集整理：《俄國檔案原文複印件彙編：中蘇關係》第 11 卷，華東師範大學國際冷戰史研究中心藏，第 2690～2708 頁。

此外，有傳聞說《沁園春·雪》《愚公移山》《紀念白求恩》《講話》等文章的著作權屬於胡喬木等。相關傳聞和澄清文章見周海濱：《胡木英回憶父親胡喬木：讀書寫作一輩子》，《中國新聞週刊》，2009 年第 48 期；武在平：《胡喬木與〈毛澤東詩詞選〉》，《黨史博採》，1999 年第 6 期；《中央文獻研究室斥胡喬木替毛澤東撰文作詩謠言》，人民網 http://news.sohu.com/20110526/n308569976.shtml，2011 年 5 月 26 日。

〔註 77〕毛澤東的「摘錄」有十九頁之多，手稿保存至今。見《中國哲學》第 1 輯，北京三聯書店，1979 年。1937 年毛澤東致艾思奇的信寫道：「你的《哲學與生活》是你的著作中更深刻的書，我讀了得益多，抄錄了一些，送請一看是否有抄錯的。」見中共中央文研究室：《毛澤東書信選集》，中央文獻出版社，2003 年，第 102 頁。

〔註 78〕《毛澤東傳》，中國青年出版社，2004 年，第 292 頁。

〔註 79〕《毛澤東傳》，中國人民大學出版社，2010 年，第 213 頁。

論知識，還曾寫作一定數量的古詩文、雜文以及關於魯迅的相關評述文章。陳晉等黨史研究者曾以「文人毛澤東」為名著書立說；臧克家 1956 年撰文稱讚《沁園春・雪》「論氣魄的雄偉，情調的豪邁，恐怕是前無古人。就拿宋東坡那首以雄壯見稱的《念奴嬌》(『大江東去……』) 和它比，也未免遜色」〔註 80〕；山東大學名教授高亨在 1964 年參加「筆談學習毛主席詩詞十首」後揮筆寫下的《水調歌頭》，其中有這樣的頌詞：「細撿詩壇李杜，詞苑蘇辛佳什，未有此奇雄。攜卷登山唱，流韻壯東風」〔註 81〕；天才詩人郭沫若 1965 年 2 月為詮釋毛澤東的《清平樂・蔣桂戰爭》而在《紅旗躍過汀江》中說：「主席並無心成為詩家或詞家，但他的詩詞卻成了詩詞的頂峰。主席的墨筆字每是隨意揮灑的。主席更無心成為書家，但他的墨蹟卻成了書法的頂峰」〔註 82〕；劉白羽晚年依然堅持說：「毛澤東的文藝思想是文藝方面的、文藝哲學方面最高的。」〔註 83〕但是，無論考察毛澤東在湖南一師求學、北大旁聽和做圖書館管理員工作，還是 1920 年代初期創辦《湘江評論》和出任國民黨中宣部代理部長；無論是革命初期開展湖南農民運動、領導井岡山革命和在江西蘇區與國民政府對抗，還是到延安後一邊發展壯大隊伍一邊著力進行邊區文化建設；無論考察「毛澤東與文藝傳統」〔註 84〕、「毛澤東的文化性格」〔註 85〕，還是「毛澤東的讀書生活」〔註 86〕，「毛澤東讀史」〔註 87〕，至少在 1942 年文藝座談會召開前，很難挖掘出他在文藝理論，尤其是馬列文藝理論方面有何建樹。

關於毛澤東本人的馬列文論修養問題，有大量證據表明他並不是很擅長。例如丁玲當年在跟劉白羽、陳企霞等幾個作家談天時，曾漫不經心地說過：「主席懂什麼文藝，可能還是周副主席稍微懂一些。」〔註 88〕這樣的

〔註 80〕《雪天讀毛主席的詠雪詞》，《臧克家全集》第九卷，時代文藝出版社，第 347 頁。

〔註 81〕《文史哲》1964 年第 1 期；高亨把此詞連同一張恭賀春禧的短函寄給毛澤東，並收到了毛澤東的回信。見謝泳：《陳寅恪批評自己的學生》，《往事重思量　雜書過眼錄三集》，上海中華書局，2013 年，第 15 頁。

〔註 82〕郭沫若：《紅旗躍過汀江》，《光明日報》，1965 年 2 月 1 日。

〔註 83〕《決定我一生的是深入火熱的鬥爭》，王海平、張軍鋒主編：《回想延安・1942》，江蘇文藝出版社，2002 年，第 65 頁。

〔註 84〕陳晉：《毛澤東與文藝傳統》，中央文獻出版社，1992 年。

〔註 85〕陳晉：《毛澤東的文化性格》，中國青年出版社，1991 年。

〔註 86〕龔育之、逄先知、石仲泉：《毛澤東的讀書生活》，三聯書店，2009 年。

〔註 87〕張貽玖：《毛澤東讀史》，中國友誼出版公司，1991 年。

〔註 88〕丁玲口無遮攔評價毛澤東不如周恩來懂文藝後，劉白羽很快就向毛澤東作了彙

私密話語，可以說最能夠體現出丁玲的判斷。丁玲晚年回憶中還曾這樣記述道：「他給我的印象是比較喜歡中國古典文學，我很欽佩他的舊學淵博。他常常帶著非常欣賞的情趣談李白，談李商隱，談韓愈，談宋詞，談小說則是《紅樓夢》中的人、事為例，深入淺出，通俗生動，聽課的人都非常有興趣。他同我談話，有幾次都是一邊談，一邊用毛筆隨手抄幾首他自己作的詞，或者他喜歡的詞。」〔註 89〕這些話自然是意在頌揚領袖的文采風雅，但同時也透露出，毛澤東更感興趣於古代文藝，而於現代文藝和馬列文藝則很少觸及。蕭軍，作為赴延安最具獨立特性的作家，曾當面跟丁玲談：「這裡除開洛甫以外，真正懂得文學的人是沒有的。」〔註 90〕在座談會前的日記中曾記下這樣的話：「毛說最近他感到這文藝政策等重要，也開始留心這些問題，也要懂得些。」〔註 91〕關於毛澤東座談會最後的「結論」，蕭軍一方面肯定「這是一個值得歡喜的結論」，同時也指出其「深刻浸澈力不夠」，「先做到了寬而不夠深」。〔註 92〕在另一次與毛澤東夜談後，蕭軍在日記中寫道：「他……有些農民頑固性。……他現在正讀著魯迅小說和雜文，這對他底深度有大幫助。……他居然也和我發起文藝見解來了。」〔註 93〕作為延安時期非常崇敬毛澤東的蕭軍，在日記中寫下這樣真實的感受，可見毛澤東的文藝修養並沒有讓蕭軍折服。

不僅丁玲和蕭軍，何方也有類似表述：「毛對中國古籍百讀不厭，但對通行於世界的經濟學、社會學、國際關係理論一類書卻讀的不多，對外國文學更沒有多大興趣，很少讀什麼世界名著，據說只讀了《毀滅》《簡・愛》兩本

報。據陳企霞講，丁玲再去毛澤東家裏時，一進門就發現毛澤東不同往常那樣笑臉相迎，拉長著臉，神色難看，也不向丁玲打個招呼，自顧自倒了杯茶，轉身就向裏屋走去，一邊對江青說：「你給丁玲同志打盆洗臉水，讓她好好洗個臉。」丁玲正莫名其妙時，江青一旁插話提示說：「以後你說話千萬要注意對象。」陳恭懷：《悲愴人生——陳企霞傳》，作家出版社，2008 年，第 150 頁。

〔註 89〕《延安文藝座談會的前前後後》，《新文學史料》，1982 年第 2 期。

〔註 90〕《蕭軍延安日記 1940～1945》上卷，香港牛津大學出版社，2013 年，第 129 頁。

〔註 91〕《蕭軍延安日記 1940～1945》上卷，香港牛津大學出版社，2013 年，第 438 頁。著重號為本文所加。

〔註 92〕《蕭軍延安日記 1940～1945》上卷，香港牛津大學出版社，2013 年，第 476 頁。

〔註 93〕《蕭軍延安日記 1940～1945》上卷，香港牛津大學出版社，2013 年，第 488 頁。

外國小說，《紅與黑》還是只看電影沒看原著。但他對中國古籍讀得多，記憶力又好，許多古文、詩詞，可以倒背如流。」〔註 94〕當年駐延安的蘇聯工作人員彼得．弗拉基米洛夫曾指出：「毛澤東懂得中國的古典文學，他的同胞所以給他唬住了，這是主要原因。他對於西方哲學瞭解得很少，對馬克思主義的看法是庸俗的。」「我們誰也沒有在他那裡見過莎士比亞、斯丹達爾、契訶夫、巴爾扎克和托爾斯泰的中譯本。」「他經常看的，是一套中國百科全書，古代哲學論文，和一些舊小說。」〔註 95〕曾不遺餘力誇讚毛澤東詩詞卓有成就的臧克家，在寫於 1957 年修改於 1980 年的文章中強調的也不過是「毛主席的文藝修養很高，他讀過許多古典文藝作品，從中吸取了許多精美的東西」〔註 96〕，卻不是毛主席馬列文藝修養很高云云。

關於文藝修養的不足，毛澤東自己在 1936 年中國文藝協會成立大會上的講話中就曾說過：「中國蘇維埃成立已很久，已做了許多偉大驚人的事業，但在文藝創作方面，我們幹得很少。……過去我們都是幹武的。」〔註 97〕這則講話透露出來的信息是，毛澤東至少在 1936 年前於文藝方面確實給予關注不夠。黎辛回憶也證實說：「1936 年中央還在保安，丁玲從上海過來，10 月中國文協成立，毛澤東在會上發表講話，說我們革命要有文武兩條路線。以前我們只搞武的，沒有文的，現在是要文武雙全。從那個時候起毛澤東開始抓文藝。可是召開文藝座談會他非常慎重，因為他雖然 1936 年 10 月說過我們也要注意文的，在《新民主主義論》裏面他講了一些文的，可是畢竟還是研究得少。」〔註 98〕

關於毛澤東文藝理論修養是否高深的問題，研究者的觀點也值得重視。如延安問題和《講話》研究專家高浦棠（曾用名高杰）說：「延安時期毛澤東在文藝理論方面的儲備是不充分的。」針對《講話》遲遲不發表，他還說：「毛澤東對《講話》中提出的理論是否成熟、是否具有權威性缺乏絕對的自信。」〔註 99〕臺灣學者陳永發也曾說：「不論他的馬列主義造詣如何，他確實

〔註 94〕《黨史筆記》（上．修訂版），利文出版社，2010 年，第 98 頁。

〔註 95〕《延安日記》，東方出版社，2004 年，第 167～168 頁。

〔註 96〕《臧克家全集》第九卷，時代文藝出版社，2003 年，第 367 頁。

〔註 97〕《紅色中華．紅中副刊》第一期，1936 年 11 月 30 日。

〔註 98〕《這時也是延安文藝最活躍的時期之一》，王海平、張軍鋒主編：《回想延安．1942》，江蘇文藝出版社，2002 年，第 213 頁。

〔註 99〕《周揚與〈講話〉權威性的確立》，《文學評論》，2006 年第 1 期。

能講出一套令人眩服的道理。其實，他最令下級折服的，恐怕還是對中國古書的涉獵之廣和造詣之深。……尤其是對文史掌故和民間俚語之熟悉，信手拈來，自然活潑，在近現代政治人物中確實難有匹敵。」〔註 100〕《毛澤東傳》的作者特里爾指出毛澤東「經常用毛筆寫字」，「仍然喜歡把心思沉溺於中國歷史小說中的古老世界」。〔註 101〕施拉姆在《毛澤東的思想》中這樣寫道：「不管怎樣，在這些著作中，他經常引用《孫子》和歷史典籍以及諸如《三國演義》《水滸》這類小說中的話，這是毫無疑問的。」〔註 102〕

因為中國自古就有宗朱頌聖的文化傳統，再加之無產階級革命勝利的豐功偉績，以及毛澤東本人刻意追求「君師合一」的文化心理，無疑都為神化、聖化領袖奠定了堅實的基礎。因此，無論是親身參與座談會的文藝家，還是主流學界眾多的研究者們，都習慣性地將毛澤東闡釋為文藝造詣很高、熟讀各類馬列文藝經典的馬列經典文論家，其實質不過是一種想像性的虛構或心理預期在作怪而已。當然，這樣說並不是否定毛澤東不讀書或讀書甚少——尤其是相比於行伍出身的朱德、彭德懷、賀龍、王震、譚震林等將領，而是如果以馬列主義理論家，尤其是馬列文論家的高標準嚴格要求，毛澤東的理論功底還是很不夠的。

正是因為在馬列文論方面準備不足，所以他雖然早就對延安 1942 年前的文藝自由化問題表示了關注，但是對於召開文藝座談會以及出臺文藝理論指導方針，毛澤東起初並無足夠的信心，直到 4 月中旬才最終確定要召開座談會。這期間，也才會出現頻繁約見各位作家，做各種調查研究的情形。即便是這樣，毛澤東依然無法成竹在胸，從第一次座談會後的 5 月 14 日開始，便責令博古和《解放日報》翻譯和刊發了列寧的《黨的組織與黨的文學》等一系列文章，既為座談會討論做輿論引導，也為自己撰寫「結論」而不斷充電，並最終形成「講話」提綱，而後又歷經一年半之久的修訂才公開發表《講話》。需要特別提醒的是，在座談會做「結論」前，毛澤東曾獨自拿著稿子一邊看一邊悄然歎息道：「哎呀，這個文章很難做啊」〔註 103〕。這種私密性的

〔註 100〕《中國共產革命七十年》修訂版（上），聯經出版事業股份有限公司，2010 年，第 31 頁。

〔註 101〕中國人民大學出版社，2010 年，第 203 頁。

〔註 102〕田松年、楊德等譯，中國人民大學出版社，2005 年，第 48 頁。

〔註 103〕羅工柳：《大樹是從苗苗長起來的》，王海平、張軍鋒主編：《回想延安·1942》，江蘇文藝出版社，2002 年，第 122 頁。

舉動，堪稱他最為真實的心理和表現，然而一直以來卻幾乎沒有人真正重視和鑽研過。而毛澤東在座談會「結論」時開首說的那句後來被刪掉的話：「我對文藝是小學生，是門外漢，向同志們學習了很多」〔註 104〕，本來是一種客觀平實的描述，卻也被各路方家們過度解讀為領袖的謙遜、虛懷。

第三節 《講話》的理論和實踐資源

一個基本事實是，《講話》出臺前毛澤東缺少相關文藝理論準備，所以作為他的第一個關乎文藝理論的文獻，不可能是他閉門造車的結果。正如支克堅教授所說：「我們必須明白，《在延安文藝座談會上的講話》絕不是毛澤東在延安的窯洞裏憑空想出來的。」〔註 105〕那麼尋求和探究《講話》的理論資源就顯得十分必要。

儘管延安此前出版了總書記張聞天主持編譯的《馬恩叢書》十冊和《列寧選集》二十卷，以及《馬克思、恩格斯、列寧論藝術》〔註 106〕，還先後發表了《列寧與高爾基》〔註 107〕《論藝術工作者應學取馬列主義》〔註 108〕《學習馬克思、恩格斯、列寧的批評態度與批評方法》〔註 109〕《馬列主義和文藝創作》〔註 110〕《高爾基論藝術與思想》〔註 111〕《列寧論文化與藝術》〔註 112〕《列寧與藝術創作底根本問題》〔註 113〕等，但是沒有跡象表明毛澤東認真閱讀並因此受到多大影響。

細讀《講話》文本可知，毛澤東對馬克思、恩格斯的文藝思想的借鑒，並非直接來源於馬恩文集，而主要是通過瞿秋白翻譯、評介的《海上述林》和上述馬列文論文章，以及由此引發 1942 年 5 月座談會期間《解放日報》接

〔註 104〕何其芳：《毛澤東之歌》，《何其芳全集》7，河北人民出版社，2000 年，第 417 頁。

〔註 105〕《周揚論》，河南大學出版社，2004 年，第 70 頁。

〔註 106〕曹葆華、天藍譯，周揚校訂，新華書店，1940 年。

〔註 107〕渺加譯，《大眾文藝》第 1 卷第 3 期，1940 年 6 月 15 日。

〔註 108〕蕭三譯，《中國文化》第 1 卷第 6 期，1940 年 8 月 25 日。

〔註 109〕楊思仲譯，《中國文化》第 2 卷第 3 期，1940 年 11 月 25 日。

〔註 110〕歐陽山譯，《解放日報》，1941 年 5 月 19 日。

〔註 111〕羅烽譯，《文藝月報》第 7 期，1941 年 7 月 1 日。

〔註 112〕蕭三譯，《中國文化》第 2 卷第 6 期，1941 年 5 月 20 日；單行譯本由讀者出版社，1943 年 4 月出版。

〔註 113〕曹葆華譯，《穀雨》第 1 卷第 2、3 合刊，1942 年 1 月 15 日。

連刊發《黨的組織和黨的文學》等 6 篇文獻。

《海上述林》是由魯迅代亡友瞿秋白編輯出版的一部關於馬克思主義文藝理論的譯著，其中涉及馬克思、恩格斯、列寧、普列漢諾夫、高爾基等人的文藝觀點。毛澤東深受該作影響是有證可查的。如 1942 年 5 月 28 日，在延安中央學習組的會議上，毛澤東說起：高爾基很高，但他和下面有著廣泛的聯繫，他看到 13 歲小孩寫的信，非常喜歡，改了幾個字發表出來，「在《海上述林》中便有。」〔註 114〕中共中央政治局於 1942 年 7 月 25 日召開會議，討論《解放日報》稿荒問題，毛澤東提出一個變通的辦法：印《魯迅全集》《海上述林》。〔註 115〕延安作家李又然回憶證實說，延安文藝座談會召開之後，毛澤東把《講話》稿「放了半年才拿出來，在這半年之中，主席閱讀了《海上述林》等等。」〔註 116〕綜上可見，毛澤東對《海上述林》的熟悉和重視程度非同尋常。具體考證如下：

首先，座談會進行中的 5 月 12～20 日，毛澤東責成博古翻譯和刊登了《黨的組織和黨的文學》等系列文章，是針對第一天的座談會開得不好而有意做輿論規範和指導，同時為下一次座談會或日後的「結論」做理論上和宣傳上的準備，而這幾篇文章與《海上述林》的關係堪稱密切。如《解放日報》在刊文的「前記」中有這樣的提示語：「列寧那篇著名的文章——《黨的組織和黨的文學》——部分地說起來，也是為著這個問題而寫的。（海上述林上卷六三頁）」〔註 117〕可見，正是因為《海上述林》中關於列寧的兩篇文章中引用了《黨的組織和黨的文學》，毛澤東在閱讀中發現了這一信息，於是在文藝座談會進行中，要博古翻譯並在《解放日報》予以刊發，從而為自己召開文藝座談會和做「結論」提供完整的理論基礎和具體指導。黎辛曾回憶證實說：「列寧的《黨的組織與黨的文學》，以前有人翻譯過，可是在延安找不到稿子，只好由博古重新翻譯。三十年代，在《海上述林》裏，瞿秋白介紹過《黨的組織與文學》這篇文章，說列寧所以寫這篇文章是為了當時的形勢需要，為了讓人們正確看待文學，另外也是為了同巴爾蒙特之類的頹廢派作家作鬥

〔註 114〕毛澤東：《文藝工作者要同工農兵相結合》，《毛澤東文集》第 2 卷，人民出版社，1993 年，第 431 頁。

〔註 115〕陳晉：《文人毛澤東》，上海人民出版社，2005 年，第 243 頁。

〔註 116〕李又然：《毛主席——回憶錄之一》，《新文學史料》，1982 年第 2 期。

〔註 117〕《解放日報》，1942 年 5 月 14 日。文字照錄原文，著重號為本文所加，以示突出。

爭。當時博古說，俄文『地屆拉多啦』是多義詞，當時博古就說暫時翻譯成文學。瞿秋白在《海上述林》中也是這麼介紹的。……毛澤東有《海上述林》，知道此文。」〔註 118〕

《解放日報》5 月 15 日刊發的《恩格斯論現實主義》，儘管更大程度上取自周揚編校、曹葆華和天藍翻譯的《馬克思恩格斯列寧論文藝》中的三篇文章：《恩格斯給哈克納斯的信（論現實主義）》《恩格斯給明娜・考茨基的信（論傾向文學）》《馬克思恩格斯給拉薩爾的信（論革命悲劇）》，但其中「摘錄」的第一段「給哈克納斯的信」在文字翻譯和表達上與《海上述林》（上）中的《恩格斯論巴勒扎克——給哈克納斯女士的信》有所不同，〔註 119〕甚至高杰認為「相去甚遠」〔註 120〕，但是畢竟早在 1933 年馬克思和恩格斯論藝術的相關信件是瞿秋白最先譯介到中國〔註 121〕，天藍和與魯迅關係要好的曹葆華重新翻譯時應該有所參考；《海上述林》中已收錄恩格斯的《恩格斯：論巴勒扎克——給納克納斯女士的信》；「給拉沙爾的信」與《海上述林》中

〔註 118〕《這時也是延安文藝最活躍的時期之一》，王海平、張軍鋒主編：《回想延安・1942》，江蘇文藝出版社，2002 年，第 214 頁。

〔註 119〕《海上述林》（上）的文字是：「照我看起來，現實主義除開詳細情節的真實性以外，還要表現典型的環境之中的典型的性格。你所描寫的性格，在你所給的範圍之內是充分的典型性的了。然而說到他們周圍的環境，驅使他們的行動的環境，那就不能夠說是典型性的。在『城市姑娘』裏面，工人階級是些消極的群眾，不能夠幫助自己什麼，甚至於並不企圖幫助自己。……假使在……一八〇〇年到一八一〇年的時候，這是正確的描寫，那麼，到了一八八七年，……這種描寫就不對的了。工人階級對於壓迫他們的環境的革命的抵抗，他們的緊張的嘗試——不論是半自覺的或者自覺的——都在爭取自己的人的權利，這些事實已經是歷史的一部分，應當要求現實主義文學之中的地位了」（四川人民出版社，1983 年，第 25～26 頁）；《解放日報》上的文字：「照我看來，現實主義是除開細節底真實之外還要真實地表現出典型環境中的典型性格。你所描寫的性格，在你所描寫的範圍之內是充分典型化了，然而說到環境他們，驅使他們行動的環境，那就不能說是典型的了。在《城市姑娘》裏面，工人階級被描寫成消極的群眾，不能夠幫助自己，甚至也不企圖去幫助自己。……。假如在一八〇〇年～一八一〇年……，這是真實的描寫，……那麼，在一八八七的今天，……這樣的描寫就不是真實的了。工人階級對於四周壓迫的革命反抗，它們爭取自己的人的權利的緊張的企圖——不論是半自覺或自覺的——都是屬歷史的一部分，因此可以在現實主義的領域中要求一個地位。」

〔註 120〕《延安文藝座談會紀實》，陝西師範大學出版社，2013 年，第 97 頁。

〔註 121〕李今：《蘇共文藝政策、理論的譯介及其對中國左翼文學運動的影響》，《中國現代文學研究叢刊》，2002 年第 1 期。

的《馬克思恩格斯和文學上的現實主義》的引文雖然在文字和用語上有些差異，但是畢竟《海上述林》中早已提供了大量可參考的譯文。〔註122〕可以設想，熟讀《海上述林》的毛澤東，必然注意到這些信息，然後再命人結合《馬克思恩格斯列寧論文藝》在《解放日報》上刊發《恩格斯論現實主義》這篇文獻。

《解放日報》5月19日刊發的《拉法格論作家與生活》中，其「摘錄」顯然是取自《海上述林》(上)的《拉法格和他的文藝批評》《拉法格：左拉的「金錢」》《關於左拉》。有研究者早已核對過：「經查對，《解放日報》所摘錄刊登的四個段落與《海上述林》中的原文幾乎在文辭上都沒有出入，可以肯定地說它的出處顯然是瞿秋白的《海上述林》。」〔註123〕瞿秋白在《海上述林》(上)的「後記」中還提示說：「不但拉法格的文藝批評在中國這是第一次的介紹，而且這種馬克斯主義的大學者的『具體的』文藝批評，是應當特別注意的。」〔註124〕可見，毛澤東對《海上述林》給予的重視非同一般。

當然，除《海上述林》外，《解放日報》還參看了延安已有的出版物。例如高杰就認為《恩格斯論現實主義》一文是「從周揚編校的《馬克思恩格斯列寧論藝術》一書中摘錄而來」，並且比照了部分字句和語意。〔註125〕研究者李今曾考證並強調《海上述林》沒有完整收錄《解放日報》上刊載的三封信。〔註126〕至於《列寧、斯大林等論黨的紀律與黨的民主》《列寧論文學》等

〔註122〕例如《海上述林》(上)的文字是：「人的性格不但表現在他做的是什麼，而且表現在他怎麼樣做。在這一方面，我以為你那篇戲劇的思想上的內容，決不會受著什麼損失，如果把各個人的性格更加鮮明的互相對立起來。用古代的風格來描寫性格，在現在已經不夠的了，我以為你在這裡可以不受什麼損害的更加注意些莎士比亞在戲劇發展史上的意義。」(四川人民出版社，1983年，第7頁。)《解放日報》上的文字是：「人物底性格不僅表現在他做的是什麼，而且表現在他怎麼做，根據這個觀點，你的劇本底思想內容決不會受著什麼損失，如果把各個人物更加鮮明地互相對比和並列起來。古代風格底特徵在我們的時代是不適合的，而在這點上，我覺得你可以毫無害處地更多注意於沙士比亞在戲劇發展歷史上的意義。」

〔註123〕高杰：《延安文藝座談會紀實》，陝西師範大學出版社，2013年，第100頁。

〔註124〕《海上述林》上，四川人民出版社，1983年，第217頁。

〔註125〕《延安文藝座談會紀實》，陝西人民出版社，2013年，第98頁。

〔註126〕李今考證說：陸侃如、胡風、樓適夷、歐陽凡海等人雖然也從法文和日文轉譯過馬恩論藝術的相關書信，陸侃如從法國翻譯的《恩格斯未發表的兩封信》(一封致哈克納斯，一封致特里爾)刊於1933年6月《讀書雜志》；胡風翻譯的恩格斯的《與敏娜・考茨基論傾向文學》《致拉薩爾的信》和《易卜生

文應該也受到瞿秋白以及《海上述林》的影響和啟發。或者說，只有魯迅的《對於左翼作家聯盟的意見》與《海上述林》的內容無關，其他則無不受到其影響。

《講話》與《海上述林》更直接的關係，還是文本間的語詞、句段等內容的重合、雷同。如，《講話》中多次出現的「立場」、「現實主義」、「無產階級現實主義」〔註 127〕、「為藝術而藝術」、「主觀主義」、「唯心論」、「教條主義」、「辯證唯物論」、「機械論」、「改造」、「小資產階級」、「資產階級」、「人性論」、「功利主義」、「貴族式」、「頹廢」、「虛無主義」、「超階級」等詞彙，以及藝術的源泉、文學來源於生活而高於生活、具體的人性與抽象的人性等表述，在《海上述林》的《馬克斯恩格斯和文學上的現實主義》《恩格斯和文學上的機械論》《文藝理論家的普列哈諾夫》等文中均有大量體現。就是《講話》核心觀點中所涉及到的「為什麼人」、「如何為」等問題提出的方式，在《海上述林》中也有雷同的表述：「無產階級的布爾塞維克的藝術和文藝評論……為著自己的階級利益，也就是為著全人類的社會主義改造的利益，而去從事於藝術和文藝評論；他們要堅定的站在真正為著這種社會主義改造而鬥爭的黨派方面。他們不但要研究藝術是什麼，而且要研究藝術應當怎樣……」〔註 128〕「恩格斯以及一般馬克斯主義對於文藝現象的觀察方法，並且說明文藝理論不但要『解釋和估量文藝現象』，而且要指示『文藝運動和鬥爭的方法』。文藝理論不但要說明『文藝是什麼』，而且要說明『文藝應當怎麼樣』。」〔註 129〕

不妨僅以《馬克斯恩格斯和文學上的現實主義》《恩格斯和文學上的機械

論——給包爾厄斯特的信》分別刊於 1934 年 12 月《譯文》第 1 卷第 4 期和 1935 年 1 月的《文藝群眾》；樓適夷將盧那・卡爾斯主編的《馬克思恩格斯論藝術》由日文轉譯為中文以《馬克思、恩格斯藝術論》為名於 1933 年出版；歐陽凡海編譯的《馬恩科學的文學論》於 1939 年出版。參見《蘇共文藝政策、理論的譯介及其對中國左翼文學運動的影響》，《中國現代文學研究叢刊》，2002 年第 1 期。

〔註 127〕1943 年發表的《講話》中使用這個名稱，1953 年收入《毛澤東選集》時，改為「社會主義現實主義」。

〔註 128〕《文藝理論家的普列哈諾夫》，《海上述林》上，四川人民出版社，1983 年，第 60、65 頁。著重號為原文所加。

〔註 129〕《「現實」——科學的文藝論文集・後記》，《海上述林》上，四川人民出版社，1983 年，第 217 頁；《「現實」——馬克斯主義文藝論文集・後記》，《瞿秋白文集・文學編》第 4 卷，人民文學出版社，1986 年，第 225 頁。

論》兩文中的幾段文字為例，以探求《海上述林》中的很多話語表述與《講話》的相關性：

《海上述林》：資產階級性的現實主義不能夠描寫真正的工人階級的鬥爭。資產階級的作家，意識上抵抗著辯證法的唯物論，或者誤解了這種新的方法論，他們就始終不能夠瞭解工人階級的鬥爭和目的，不能夠明白平民群眾，尤其是無產者的人物，典型和性格，尤其是集體性的新式英雄。〔註 130〕

《講話》：學習馬列主義，不過是要我們用辯證唯物論和歷史唯物論的觀點去觀察世界，觀察社會，觀察文學藝術。〔註 131〕

《海上述林》：社會的動亂劇烈的時期，在統治階級崩潰的過程之中，一些傾向革命，或者簡單的厭惡現存制度的文學家，又往往因為自己的小資產階級的不穩定的立場，也要無意之中掩飾自己的面目，否認文藝的階級任務和目的。

《講話》：……小資產階級出身的人們總是經過種種方法，也經過文學藝術的方法，頑強地表現他們自己，宣傳他們自己的主張，要求人們按照小資產階級知識分子的面貌來改造黨，改造世界。

《海上述林》：這篇小說不是充分的現實主義的。照我看起來，現實主義除開詳細情節的真實性以外，還要表現典型的環境之中的典型的性格。〔註 132〕

《講話》：因為雖然兩者都是美，但是加工後的文藝卻比自然形態上的文藝更有組織性，更有集中性，更典型，更理想，因此就更帶普遍性。

《海上述林》：他們認為一切社會現象，以及文藝現象，都是一

〔註 130〕《海上述林》上，四川人民出版社，1983 年，第 19 頁。著重號為原文所加。

〔註 131〕《解放日報》，1943 年 10 月 19 日。本文所引《講話》內容均根據這一版本，以下不再標注。同時，本文作者也贊同吳敏教授的批評觀點，一些學者（如《病的隱喻與文學生產——丁玲的〈在醫院中〉及其他》的作者黃子平、《延安文學研究——建構新的意識形態與話語體系》的作者黄科安、《中國 20 世紀文學理論批評史》的主編黃曼君等）在研究延安文學和《講話》等關鍵問題上不去翻看和參照《解放日報》等歷史文獻，卻直接以 1953 年修改後《毛澤東選集》為藍本，學術上表現得很不嚴謹。

〔註 132〕《海上述林》上，四川人民出版社，1983 年，第 23 頁。

定的概念，典型，主義的表現；而一切概念，主義等等又只是機械的反映，觀察，考究客觀事實的範疇，都不能夠影響社會的運動。這樣，實際上他們就變成了多元論的，唯心論的代表。所以恩格斯一開始就警告愛倫德說：機械的運用唯物論的方法，結果是走到了唯物論的反面。〔註 133〕

《講話》：唯心論者是強調動機否認效果的，機械唯物論者是強調效果否認動機的，我們與這兩者相反，我們是辯證唯物主義的動機與效果的統一論者。

《海上述林》：「青年派」說：社會主義實現以前不會有無產階級的藝術；而托洛茨基說：——就使社會主義實現之後，也不會有無產階級的藝術，因為那時候已經是無產階級的社會了。〔註 134〕

《講話》：……其實質就像托洛斯基那樣：「政治——馬克思主義的；藝術——資產階級的」。

當然，這樣的摘章引句雖然只能粗淺地、局部地、表面地反映《講話》與《海上述林》之間的關係，尚不能充分證明二者間的必然關係，畢竟毛澤東對馬恩著作研讀不多，其話語表達方式又以通俗化、口語化見長，又「精於對馬克思主義作簡化處理」，而且「尤其善於把中國民間俗語、俚語引入到馬克思主義」，〔註 135〕再加之《講話》經過周揚、胡喬木等人的修改、潤色，一定程度上都會改變很多話語的表述，但是通過這種直觀比照，二者間的密切關係還是能夠一定程度地呈現出來。

學界的一個共識是，毛澤東對列寧文藝理論的重視——包含直接引用列寧的論述——遠超過馬恩，儘管在《講話》中毛澤東習慣性地使用「馬克思列寧主義」、「馬克思主義」這樣的句式。曾為毛澤東管理圖書報刊 17 年的逄先知說：「在馬恩列斯的著作中，毛澤東尤其喜歡讀列寧的著作。讀得最多、下工夫最大的恐怕也是列寧的著作。」〔註 136〕毛澤東研究專家陳晉曾坦言：

〔註 133〕《海上述林》上，四川人民出版社，1983 年，第 46、47 頁。著重號為原文所加。

〔註 134〕《海上述林》上，四川人民出版社，1983 年，第 46 頁。

〔註 135〕高華：《紅太陽是怎樣升起來的：延安整風運動的來龍去脈》（簡體版），香港中文大學出版社，2011 年，第 189 頁。

〔註 136〕《毛澤東讀馬列著作》，龔育之、逄先知、石仲權：《毛澤東的讀書生活》，三聯書店，2009 年，第 22 頁。

「毛澤東讀列寧、斯大林著作確實要比馬克思、恩格斯著作多些。」〔註 137〕毛澤東自己曾說過，他是「先學列寧的東西，後讀馬克思、恩格斯的書」。他還說了自己喜歡讀列寧的書的原因：「他說理，把心交給人，講真話，不吞吞吐吐，即使和敵人鬥爭，也是如此」。〔註 138〕

的確，相比於馬恩文論，毛澤東在《講話》中更直接、鮮明地引用了列寧的觀點。

具體對照《講話》可以發現，毛澤東召開文藝座談會和發布《講話》，其根本目的和方向旨歸，就是以《海上述林》中瞿秋白在《文藝理論家的普列哈諾夫》中的引文〔註 139〕和 V·亞陀拉茨基等的「注解」中提到的、也是後來博古翻譯並刊登在《解放日報》的列寧的《黨的組織和黨的文學》為指導思想，有針對性地將延安文人及其創作納入到黨的組織系統中，也即《講話》的核心觀點和思想邏輯就是毛澤東在座談會第一天的「序言」中所說：「我們今天開會，就是要使文藝很好地成為整個革命機器的一個組成部分；作為團結人民，教育人民，打擊敵人，消滅敵人的有力的武器，幫助人民同心同德地和敵人作鬥爭」；在最後一天的「結論」中所說：「無產階級的文學藝術是無產階級整個革命事業的一部分，如列寧所說，是整個革命機器中的『齒輪和螺絲釘』〔註 140〕。因此，黨的文藝工作，在黨的整個革命工作中的位置，

〔註 137〕《毛澤東與文藝傳統》，中央文獻出版社，1992 年，第 11 頁。

〔註 138〕分別為 1958 年 4 月 6 日在武漢會議上的插話；1965 年 4 月 21 日與中共中南局負責人的談話。逄先知：《毛澤東讀馬列著作》，龔育之、逄先知、石仲權：《毛澤東的讀書生活》，三聯書店，2009 年，第 22 頁。

〔註 139〕「無黨派的文學家滾開！超人的文學家滾開！」「社會民主主義的無產階級，應當反對著資產階級的習慣，反對著資產階級的企業式的商業化的出版界，反對著資產階級的文藝上的陞官主義和個人主義，老爺式的無政府主義和賺錢的狂熱——而提出黨的文藝的原則，發展這個原則，而且僅可能的在完全的充分的形式裏去實行這個原則。」《海上述林》上，四川人民出版社，1983 年，第 57 頁。著重號為原文所加。

〔註 140〕列寧的這一比喻只是斷句，後面接有：「德國俗語說『任何比喻都是有缺陷的』。我把寫作事業比作螺絲釘，把生氣勃勃的運動比作機器也是有缺陷的。」列寧還指出，寫作事業不能與黨的其他事業刻板地等同。關於列寧被通譯的《論黨的組織與黨的文學》，最早的中譯本出現在 1926 年 12 月《中國青年》6 卷 19 號上。署名一聲的作者將其譯為《論黨的出版物與文學》，其中將俄文「литература」全部誤譯為「文學」，並將列寧對黨報黨刊的要求，解讀為對一般的文學家的要求，即「文學的工作應當極嚴格地隸屬於其他的黨的社會主義工作。文學家應當無條件加入黨。出版的設置，書店，閱覽室，圖書館，一切和文學有關的東西都歸黨底管理。」將德國俗語那一句誤譯為：「比

是確定了的，擺好了的。反對這種擺法，一定要走到二元論或多元論，而其實質就像托洛斯基那樣：『政治——馬克思主義的；藝術——資產階級的。』我們不贊成把文藝的重要性過分強調，但也不贊成把文藝的重要性估計不足。文藝是從屬於政治的，但又反轉來給偉大影響於政治。革命文藝是整個革命事業的一部分。是螺絲釘，與別的部分比較起來，自然有輕重緩急第一第二之分，但它是對於整個機器不可缺少的螺絲釘，對於整個革命事業不可缺少的一部分。〔註 141〕如果連最廣義最普通的文學藝術也沒有，那革命就不能進行，就不能勝利，不認識這一點，是不對的。」

關於《講話》的核心觀點取自於《論黨的組織與黨的文學》，黎辛進一步證實說：「我看毛澤東做『結論』，有些觀點很明顯就是從這兒來的。列寧說黨的文學是黨組織的齒輪和螺絲釘，毛澤東就說文學是黨的工作的一部分，是要用來團結人民，教育人民，打擊敵人，消滅敵人的。他不僅承認文學是黨組織的螺絲釘，『一部分』的意思也就是黨的文學了。」〔註 142〕周揚為此也在《王實味的文藝觀與我們的文藝觀》中強調和重申「『文學應當成為黨的文學』，『文學事業應該成為總的無產階級事業的一部分』，這就是文學

較能使真相明顯，是一句德國的格言。我把文學和機器底輪齒相比較頁如此。」稍後，馮雪峰在 1930 年《拓荒者》1 卷 2 期上根據岡譯秀虎的日譯文將列寧的文章譯為《論新興文學》，該文的翻譯特點是將「黨」譯為「集團」，這樣「黨的文學」就變成了「集團的文學」。不過馮雪峰將列寧的那個比喻句還原為原意：「『比較都是跛足的』——德國底俗諺這樣說。我所說的文學和一個車輪的這比較，也是跛足的。」之後，瞿秋白的譯文根據 V.V.亞陀拉茨基等關於列寧論托爾斯泰的文章注解部分地譯出，作注者延續了「拉普」的前身「崗位派」關於將文學的階級性看作是文學的唯一特性的文藝觀，瞿秋白接受並繼續傳播了這一思想，將「黨的出版物」譯為「黨的文學」。張聞天刊登在 1942 年 5 月 14 日《解放日報》的譯本和周揚 1944 年編的《馬克思主義與文藝》以及後譯的《列寧選集》的注解，都遵從了瞿秋白的誤譯，毛澤東的《講話》也受此影響。直到 1982 年《紅旗》雜誌第 22 期刊載了新譯文，將貫穿列寧全文的關鍵詞「литература」分別譯為「寫作」、「出版物」，其引起誤譯的部分也改為：「報紙應當成為各個黨組織的機關報。寫作者一定要參加到各個黨組織中去。出版物和發行所、書店和閱覽室、圖書館和各種書報營業所，都應當受黨的監督，向黨報告工作。」以上參見艾曉明：《中國左翼文學思潮探源》，北京大學出版社，2007 年，第 260～266 頁。

〔註 141〕1943 年 11 月 7 日，中共中央宣傳部發布《關於執行黨的文藝政策的決定》，再次確認《講話》為「黨的文藝政策」。見《解放日報》，1943 年 11 月 8 日。

〔註 142〕《這時也是延安文藝最活躍的時期之一》，王海平、張軍鋒主編：《回想延安·1942》，江蘇文藝出版社，2002 年，第 214～215 頁。

上列寧主義的最高原則，和托洛茨基主義是正相反的。」「我們要遵守文學上的列寧主義原則：『文學應當成為黨的文學，』把這個原則和列寧的下面的意見溶合起來：『藝術是屬於民眾的，它應當審慎植根於勞動群眾中間。它應當為這些群眾所瞭解，所愛好。』毛澤東同志也在文藝座談會上已經號召了我們：文藝應當為大眾。這就是我們在文學藝術上的根本立場、觀點和方針。」〔註 143〕

此種說法和判斷得到學界的認同，李潔非、楊劼指出：「細讀《講話》，將發現它的基本話語和理論合法性，都來自於、依託於《黨的組織和黨的文學》，對後者的引用不斷出現在《講話》的基本邏輯層面，支撐了《講話》的所有關鍵性立論。」〔註 144〕袁盛勇教授也接連撰文闡釋說：「《講話》的核心確乎是為了闡明黨的文藝觀念以及由此所決定的文藝整風即知識分子的思想改造問題，而非其他。」〔註 145〕高華教授更是在其名著《紅太陽是怎樣升起來的：延安文藝整風的來龍去脈》中認為《講話》標誌「包括了從創作主體、文藝功能，到創作題材和創作形式等文藝學的所有領域，構成一個嚴密的『黨文化』體系」，「直接師承斯大林，與具有極其強烈的政治功利性和反藝術美學的日丹諾夫主義一脈相承」，「較俄式的『黨文化』觀更加政治化，表現出更濃厚的反智色彩」。一言以蔽之，毛澤東的文藝思想「實質是將文藝視為圖解政治的宣傳工具，將文藝家看成是以贖罪之身（身為知識分子的『原罪』）為黨的中心工作服務的『戰士』」。〔註 146〕

可以說，毛澤東召開文藝座談會和發表《講話》，就是要解決文藝如何為政治——政黨服務的根本問題，這是「本」、「體」或者說是目的、宗旨，而通常所說的「文藝為什麼人」、「如何為」、文藝與生活的關係、歌頌與暴露的關係等問題，不過是「表」、「用」或者說是手段、策略而已。或者可以這樣說，馬恩文論對《講話》的影響體現在概念、部分觀點、具體問題論述等相關方面，而列寧的文藝觀點，尤其是「黨的文藝觀」，直接決定了《講話》

〔註 143〕《解放日報》，1942 年 7 月 28、29 日。

〔註 144〕《解讀延安——文學、知識分子和文化》，當代中國出版社，2010 年，第 141 頁。

〔註 145〕袁盛勇：《「黨的文學」：後期延安文學觀念的核心》，《中國現代文學研究叢刊》2005 年第 3 期；《〈講話〉的邊界和核心》，《文藝爭鳴》，2012 年第 5 期；另見《歷史的召喚：延安文學的複雜化形成》，中國戲劇出版社，2007 年。

〔註 146〕香港中文大學出版社，2011 年，第 352～353 頁。

的主要內容和核心觀點。如果延展一下文學史，還可以說，列寧的「黨的文藝」不但影響和建構了延安後期的文藝，還一直貫穿了1949年後所謂的「當代文學」。所以，有研究者這樣評述說：「毛澤東認為必須像蘇聯那樣控制文藝，是十分清楚的。後來的實踐表明，中國對於文藝的控制，還超過了前蘇聯。」〔註147〕

還不僅於此，《講話》與《海上述林》《論黨的組織與黨的文學》間還有很多對應之處。簡單示例如下：

瞿秋白在《海上述林》中轉述列寧的文藝主張中有這樣一段話：「藝術一方面反映生活，別方面也還是生活的一部分，藝術固然是經濟政治現象的間接的結果，是研究社會現象的一些意識形態方面的材料，然而同時，也還是社會鬥爭和階級鬥爭之中的一部分實際行動，表現並且轉變意識形態的一種武器。」〔註148〕如果熟悉《講話》，應該可以找出這樣兩段可以作為其注腳的話：「一切文化或文藝都是屬於一定的階級，一定的黨，即一定的政治路線的。……文藝是從屬於政治的，但又反轉來給偉大影響於政治。」「無論是那一等級的作為觀念形態的文藝作品，都是人民生活在人類頭腦中的反映和加工的結果，革命的文藝，則是人民生活在革命作家頭腦中的反映和加工的結果。」

此外，《黨的組織和黨的文學》中說：「因為這種文藝並不是給吃飽了的姑娘小姐去服務的，並不是給胖得煩悶苦惱的幾萬高等人去服務的，而是給幾百萬幾千萬勞動者去服務的，這些勞動者才是國家的精華，力量和將來呢。」〔註149〕這段話如果解讀為「文藝為工農兵服務」，應該說是有一定學理依據的。

再有，《講話》1943年發表版本中有一句，而後在1953年版本中又被刪掉：「高爾基在主編工廠史，在指導農村通訊，在指導十幾歲的兒童……」，在瞿秋白翻譯的史鐵茨基所作的《馬克西謨·高爾基四十年的文學事業》中有這樣的語句：「高爾基……寫新聞紙上的論文編輯『工廠史』和『國內戰爭史』。」〔註150〕至於「指導農村通訊」、「指導十幾歲的兒童」，在《海上述林》

〔註147〕支克堅：《周揚論》，河南大學出版社，2004年，第74頁。

〔註148〕《文藝理論家的普列哈諾夫》，《海上述林》上，四川人民出版社，1983年，第60頁。

〔註149〕《解放日報》，1942年5月14日。

〔註150〕《海上述林》（下），四川人民出版社，1983年，第282頁；《瞿秋白文集·

的《高爾基論文選集》目錄中可以看到《給集體農場的農民通信員的信》《金礦工人的信》《關於小孩子》〔註 151〕等文章的標題。

通過以上簡要的材料羅列和比照可見，《講話》與《海上述林》《論黨的組織與黨的文學》之間的關係非同一般。

除了理論參考，促使《講話》出臺的延安文藝座談會，還有實踐的資源和依據。

延安文藝界的自由派作家們「搶」了整風運動的風頭，忙於黨內政治鬥爭的毛澤東自然為此大傷腦筋，不得不分出精力來面對這一問題。以毛澤東在黨內和延安權威如日中天的態勢來說，解決這一問題的方式應該有很多，但何以選擇座談會這一形式？

考察歷史可知，無論是當事人回憶還是學者們的研究，原因是多方面的，例如延安一向以會議多著稱，開座談會解決問題也屬自然，文藝方面自然也不例外〔註 152〕；作為具有政治智慧的領袖，解決文化人的問題最好的方式莫過於開座談會。對此，一些當事人也曾有過真切回憶：李又然當年曾說過：「毛主席，什麼時候文藝界開個大會，毛主席親自主持！」〔註 153〕艾青在被約談時曾諫言：「開個會，你出來講講吧」〔註 154〕；蕭軍與毛澤東談話後決定「先個別開座談會，而後開一總座談會」〔註 155〕等。這些都是座談會召開的重要事由，也是學界一再考證、重申的重點，但還有一些因素學界以往注意得不夠。例如在延安文藝座談會召開前，還有其他邊區也曾召開過規模、人數不等的文藝座談會，有一定的實踐經驗。或者說，延安文藝座談會並非首創，而是有先例可參照的，其中有這樣兩次會議較為重要：

第一個是 1940 年 2 月 8 日朱德和八路軍總政治部副主任兼宣傳部長陸定

文學編》第 5 卷，人民文學出版社，1987 年，第 313 頁。

〔註 151〕《海上述林》(上)，四川人民出版社，1983 年，第 392～431 頁。

〔註 152〕僅以文藝為例，如 1939 年 2 月的邊區文藝工作者創作問題座談會；1939 年 2 月的中華戲劇界抗敵協會邊區分會成立大會；1939 年 5 月的生產運動大合唱座談會；1939 年 6 月的邊區戲劇座談會；1940 年初的陝甘寧邊區文協代表大會；1940 年 10 月的魯迅逝世四週年紀念大會；文藝月會歷次月會；1941 年初的魯迅研究會；1941 年 10 月邊區劇協召開的部隊戲劇座談會等。

〔註 153〕《毛主席——回憶錄之一》，《新文學史料》，1982 年第 2 期。

〔註 154〕《漫憶延安詩歌運動》，王海平、張軍鋒主編：《回想延安・1942》，江蘇文藝出版社，2002 年，第 374 頁。

〔註 155〕《蕭軍延安日記 1940～1945》上卷，香港牛津大學出版社，2013 年，第 438 頁。

一，在武鄉縣王家峪八路軍總部舉辦了一個由晉東南文協 40 多個文化人組成的團拜會，後來有人稱之為「總司令召開的太行山文藝座談會」〔註 156〕。

這個座談會上，有幾個元素值得注意。其一是，朱德在講話中說：「抗戰要文武兩條線並肩作戰，甚至筆桿子要超過槍桿子，先搞好文藝宣傳，才能發動起群眾性的游擊戰爭。」〔註 157〕有論者據此說：「這話的意境聽起來竟然和毛澤東在延安文藝座談會上的講話是那麼的相似、默契。」〔註 158〕當然，還要知道的是，朱德在更早 1939 年 11 月 28 日參加的中華全國文藝界抗敵協會晉東南分會成立大會上還曾表達過：「我們廣大敵後根據地，……必須在文武兩條戰線上奮起還擊！……這就要求我們發展壯大自己的文化大軍，以文藝為武器，揭露日偽漢奸的一切陰謀，歌頌在戰爭中湧現出來的英雄模範人物。」「在敵後參加艱苦抗戰的一切文藝工作者，要帶自己的筆到群眾中去，到戰壕裏去，為記錄這血與火的鬥爭歷史……」〔註 159〕瞭解到這一背景，可以說作為時間靠後的《講話》的意境與朱德所說相似才更有說服力。〔註 160〕其二是陸定一在座談會上作了主題發言。其中談到民族形式和民間形式融合創造出新的抗戰文藝問題，「第一，融合外國藝術和中國藝術，而創造出一種新的形式；第二，採用民間藝術形式，深入群眾，學習傳統藝術，在向群眾學習的過程中，同時改變藝術形式。」〔註 161〕為此有論者

〔註 156〕征里、解蘊恒：《朱總司令主持召開的「太行文藝座談會」》，《縱橫》，2000 年第 8 期。

〔註 157〕王照騫、郝雪廷：《武鄉——敵後文化的中心》，陝西人民出版社，2011 年，第 158 頁。著重號為本文作者所加。

〔註 158〕杜忠明：《延安文藝座談會紀實》，中央文獻出版社，2012 年，第 180 頁。

〔註 159〕王照騫、郝雪廷：《武鄉——敵後文化的中心》，陝西人民出版社，2011 年，第 148 頁。著重號為本文作者所加。

〔註 160〕1936 年毛澤東在中國文協成立大會上說過：「過去我們都是幹武的。現在我們不但要武的，我們也要文的了，我們要文武雙全。」《毛澤東文集》第一卷，人民出版社，1993 年，第 461 頁；1939 年 12 月 9 日，毛澤東在「一二九」四週年紀念大會上作的講話中說：「如果知識分子跟八路軍、新四軍、游擊隊結合起來，就是說，筆桿子跟槍桿子結合起來，那麼，事情就好辦了。拿波侖說：一隻筆可以當的過三千毛瑟槍，但是，要是沒有鐵做的毛瑟槍，這個筆桿子也是無用的。你們有了筆桿子，再加上一支毛瑟槍，根據拿波侖的說法，那麼，你們就有三千零一支毛瑟槍了。有了這，什麼帝國主義也不怕，什麼頑固分子也不怕。」見中共中央文獻研究室編：《毛澤東年譜（1893～1949）》中卷，人民出版社／中央文獻出版社，1993 年，第 148 頁；《一二九運動的偉大意義》，《紅旗》1985 年第 23 期。

〔註 161〕轉引自李志寬：《太行敵後抗戰文藝工作紀實》，《抗戰文藝研究》，1983 年

說：陸定一的這個報告「引起毛澤東的重視，對 1942 年在延安召開的文藝座談會頗有影響」〔註 162〕。其三是，太行山文藝座談會的參加者中，李伯釗、胡一川〔註 163〕、羅工柳後來回到延安，都參加了延安文藝座談會。尤其是李伯釗，座談會前曾被毛澤東約見。李伯釗為此回憶說：「在延安召開文藝座談會前夕，我找毛主席談敵後文藝工作問題。」「我還談了批判作品，政治標準是主要的。還有社會標準。」自己還曾就「寫光明未必偉大」、「有人愛寫自殺結尾」、「一提提高問題就是資產階級的」等說法表示了反對意見。〔註 164〕據此應該能夠推斷出，任職於北方局宣傳科長兼總部前方魯迅藝術學校校長的李伯釗，不會錯過彙報太行山文藝座談會的事。當然，即便是李伯釗不說，或者彙報前毛澤東已經決定召開座談會，但是作為會議的重要組織者的朱德、陸定一，尤其是作為主管文藝、宣傳工作的陸定一應該也會與毛澤東彙報、交流過。

儘管尚不能證明延安文藝座談會與《講話》直接受太行山文藝座談會以及朱德、陸定一等講話內容影響，但正如有論者說太行山文藝座談會「為延安文藝座談會提供了極為生動的文藝素材，為延安文藝座談會的召開做了必要的和及時的精神準備」〔註 165〕，在一定意義上是有說服力的。

第二個是 1942 年 1 月 16～19 日八路軍一二九師政治部與中共晉冀魯豫邊區黨委聯合召開 420 多人參加的太行山文化人大型座談會。這次文化人座談會的直接起因是上年黎城縣發生了會道門動員農民造反事件。這一事件暴露出邊區文化宣傳工作、教育工作中存在的嚴重問題，如如何使文化工作成為有力的戰鬥武器、如何團結新老文化人加入到統一戰線中、文化如何為廣大群眾服務、文化人如何深入群眾等，因而引起了軍方和宣傳部門的高度

第 6 期；中共武鄉縣委宣傳部、中共武鄉縣委黨史辦公室編：《武鄉烽火》上，1985 年 8 月版，第 335 頁。

〔註 162〕征里、解蘊恒：《朱總司令主持召開的「太行文藝座談會」》，《縱橫》，2000 年第 8 期。

〔註 163〕胡一川 1991 年 12 月 6 日接受高浦棠採訪時說：「座談會召開前不久，我們還在太行山根據地，為粉碎敵人的九路圍攻掃蕩，搞詩文繪畫宣傳。回到延安剛好趕上了座談會。主席通過李伯釗瞭解了我的情況，向我發了請柬。」見《延安文藝座談會參加人員考訂》，《黨的文獻》，2007 年第 1 期。

〔註 164〕高浦棠：《延安文藝座談會討論議題形成過程考察》，《延安大學學報》（哲社版），2006 年第 2 期。

〔註 165〕杜忠明：《延安文藝座談會紀實》，中央文獻出版社，2012 年，第 186 頁。

警惕。

鄧小平在開幕會上做《新的形勢與對文化工作者的希望》的報告中提出五點希望，其中講道：「文化工作者應該服從每一個具體的政治任務，應該是今後文化運動的指針。過去本區的文化工作，缺乏和政治任務取得密切聯繫，常常趕不上政治任務的需要，有時甚至發生脫節現象。」文化工作者「要為廣大群眾服務，必須瞭解群眾，瞭解群眾的生活和要求，要接近群眾，才能夠提高群眾，過去有很多脫離群眾的現象，作品還不能夠普遍的為群眾歡迎。」他還提示邊區文化工作「依靠於全體文化人」，「真正地發展文化的統一戰線」。〔註 166〕針對鄧小平的談話，有論者評價說：「鄧小平在這次座談會上的重要講話，從文獻價值和文藝價值兩方面來看都顯得彌足珍貴，與延安文藝座談會相得益彰，開創了解放區文藝發展的新紀元。」〔註 167〕

根據鄧小平的講話精神和座談會上的各方爭議和意見，太行區委書記李雪峰在座談會後發表了《關於文化戰線上的幾個問題》的談話。其中第二點談及提高與普及問題時，他說：「文化工作者不深入現實，便不會有普及，也不會有提高，普及與提高都必須從深入中得來，而兩者間的中心源泉，是現實鬥爭。……我們要深入到農村、農民，工廠、工人，連隊、士兵及學校、學生中去，從深入鬥爭與實踐的戰線中去研究、總結，來提高我們藝術（包括內容、形式與技巧）。」第三點談及內容與形式問題時，他說：「我們要有深入群眾中去進行調查的決心和方法，才能獲得我們所需要的內容。」「各種可以利用的形式的吸收與改造，即通過各種適當的過渡形式，把群眾落後的思想內容加以改造與提高，乃是我們今天的現實要求！」第四點談及文化統一戰線問題時，他說：「舊劇團……就是一個應該聯合、利用與改造的問題。」第五點談及文化工作者的修養問題時，他再次重申文化工作者「應當到老百姓中去工作」。〔註 168〕

簡單比照即可知，延安文藝座談會和《講話》中觸及的普及與提高、形勢與內容、統一戰線、深入工農兵等內容，至少在太行山文化人座談會上都已被提出，所以有論者說：「太行山文化人座談會則是在延安文藝座談會之前

〔註 166〕華山：《文化人座談會熱烈舉行，四百文化戰士大聚會》，《新華日報》（華北版），1942 年 1 月 1 日；另參見中共中央文獻研究室編：《鄧小平年譜》（上），中央文獻出版社，2009 年，第 415～416 頁。文字略有出入。

〔註 167〕杜忠明：《延安文藝座談會紀實》，中央文獻出版社，2012 年，第 195 頁。

〔註 168〕《華北文化》第 3 期，1942 年 6 月 5 日。

召開的、曾經有力地推動了解放區文學發展的一次重要文藝會議，其意義足以載入史冊。」〔註 169〕

儘管因為相關資料不足等因素尚不能證明延安文藝座談會和《講話》直接受這兩次座談會影響，但是無論在開會形式上，還是座談會的話題，以及領導講話的重視程度等方面，這兩次座談會都與延安文藝座談會和《講話》形成諸多交集，這確是顯而易見，為此說它們為延安文藝座談會的召開和毛澤東的《講話》的出臺奠定了基礎也是能夠成立的。

第四節 《講話》修訂的幕後力量

審視毛澤東文藝思想以及《講話》的生成，不能不說，除了毛澤東本人的貢獻外，還有另外三個人需要特別提及。

一、首要人物瞿秋白

其一是。關於瞿秋白與毛澤東的關係，儘管有研究者將二人間的關係上溯至 1923 年的初次相遇〔註 170〕，但事實上他們之間真正有思想上的交流和溝通是在 1927 年。據楊之華回憶，這一年瞿秋白曾大力推介、印刷了備受陳獨秀、彭述之打壓的毛澤東的《湖南農民運動考察報告》，並為其撰寫了辯白性的序言，高度讚揚了毛澤東。〔註 171〕到了 1930 代初同樣受排擠、不得志時，瞿、毛之間可以說是真正做到了坦誠相見，〔註 172〕正所謂患難見真情。瞿秋白的秘書莊曉東曾說過，當時二人是「最接近的戰友」、「觀點經常是一致的」。〔註 173〕馮雪峰曾回憶說：「那時，毛主席對瞿秋白很有感情。有一次，他們彼此談了一個通宵，話很投機，兩個都是王明路線的排擠對象，有許多共同語言。後來瞿秋白死了，毛主席認為這是王明、博古他們有意把瞿秋白當作包袱甩給敵人造成的。」〔註 174〕對於瞿秋白和毛澤東兩人

〔註 169〕王維國：《鄧小平與太行山文化人座談會》，《黨的文獻》，2004 年第 4 期。

〔註 170〕黃允升等：《紅色檔案：毛澤東與中共早期領導人》，西苑出版社，2012 年，第 6 頁。

〔註 171〕《回憶秋白》，人民出版社，1984 年，第 68～69、76 頁；菲力普·肖特：《毛澤東傳》，中國青年出版社，2004 年，第 148～149 頁。

〔註 172〕王鐵仙主編：《瞿秋白傳》，人民出版社，2011 年，第 400 頁。

〔註 173〕莊曉東：《瞿秋白同志在中央蘇區》，《新文學史料》1980 年第 3 期；另見《憶秋白》，人民文學出版社，1981 年，第 335 頁。

〔註 174〕陳早春：《夕陽，仍在放光發熱——追憶馮雪峰的晚年》，《新文學史料》，1985

關係的這一段歷史，當年有報告文學作者這樣記述道：「自博古等入赤區，漸以剪除其勢力，彼乃以中央蘇維埃政府主席之名義，退處『元老』地位，得暇即詠吟舊體詩，與瞿秋白相唱和，兩人亦最相得。」〔註 175〕對於瞿秋白被強行留在蘇區，毛澤東後來曾悲憤地說：「為什麼不把瞿秋白帶到長征的大隊伍中去。」直到 1940 年延安曾親身參與長征的蘇進去楊家嶺提到此事時，毛澤東仍不平地說「長征出發的時候，像瞿秋白、劉伯堅，還有我的愛弟毛澤覃等人都應該帶出來的，教條主義搞宗派，把他們留在蘇區，給敵人殺掉了」。〔註 176〕待到大業建成的 1950 年代，毛澤東在《瞿秋白文集》上仍給出這樣的評價：「瞿秋白同志是肯用腦子想問題的，他是有思想的。他的遺集的出版，將有益於青年們，有益於人民的事業，特別是在文化事業方面。」〔註 177〕至於瞿秋白被批判、被定性為叛徒，那已經是 1964 年和「文革」時期的事情了。〔註 178〕

正是在江西瑞金時節，毛澤東應該瞭解到，「有點舞文弄墨的積習」〔註 179〕、「唯一真正懂得馬克思主義理論」〔註 180〕的瞿秋白，在靠邊站的三年間，在重病纏身的情況下，完成涉及文藝理論、詩歌、雜文及蘇聯文學的譯著近 200 萬字。〔註 181〕至於瞿秋白在蘇區主編《紅色中華》和《蘇維埃文化》、組建工農劇社、創辦工農戲劇學校、組織集體編排和上演《李寶蓮》《繳槍》等話劇和舞劇等，也給毛澤東留下極為深刻的印記。〔註 182〕

瞿秋白儘管於 1934 年就已不幸就義，但是其與毛澤東文藝思想間的互動

年第 4 期。

〔註 175〕柳雲：《赤匪首領「朱毛」逆跡記》，《逸經》第 11 期，1936 年 8 月 5 日。

〔註 176〕莫文驊、蘇進：《憶馮雪峰》，《新文學史料》，1985 年第 4 期。

〔註 177〕毛澤東的題詞（1950 年 12 月 31 日），《毛澤東文集》第六卷，人民出版社，1999 年，第 128 頁；《瞿秋白文集》當年刊出時並未收錄這段話。

〔註 178〕起因是司馬璐在 1962 年出版了《瞿秋白傳》，其中提及《多餘的話》，引起毛澤東等人的高度重視，繼而在 1964 年停止宣傳瞿秋白，並在隨後的「文革」中將其列入叛徒名單。其實，《多餘的話》首次刊發於 1935 年 8、9 月的《社會新聞》（國民黨中統背景）雜誌，1937 年再次在《逸經》第 25、26、27 期發表。毛澤東等可能這時尚未發現瞿秋白這篇文章。

〔註 179〕張國燾：《我的回憶》第 1 冊，東方出版社，1998 年，第 298 頁。

〔註 180〕李玉貞、杜魏華編：《馬林與第一次國共合作》，光明日報出版社，1989 年，第 246 頁。

〔註 181〕總計 500 萬字，文藝類約占 40%；《瞿秋白文集．文學編》1～6 卷，人民文學出版社，1985～1988 年。

〔註 182〕王鐵仙主編：《瞿秋白傳》，人民出版社，2011 年，第 404～412 頁。

性與連續性，除前述的《海上述林》外，還有幾處值得關注。

例如，毛澤東在《講話》中提及的「亭子間」〔註183〕；「我們的文學藝術都是為人民大眾的，首先是為工農兵的，為工農兵而創作，為工農兵所利用」，「我們知識分子出身的文藝工作者，要使自己的作品為群眾歡迎，就得把自己的思想感情來一個變化，來一番改造。」「中國的革命的文學家藝術家」「必須到群眾中去……」；以及「文藝為什麼人」、「如何為」等諸多提法，瞿秋白在1932年的《普羅大眾文藝的現實問題》中就早有類似表達：「難道還只當作亭子間……」；「革命的作家要向群眾去學習」，「至少要去做『工農所豢養的文丐』。不是群眾應該給文學家服務，而是文學家應該給群眾服務。不要只想群眾來捧角，來請普洛文學導師指導，而要去……受受群眾的教訓」；「應當在思想上意識上情緒上和一般文化問題上，去武裝無產階級和勞動民眾——手工工人、城市貧民和農民群眾」；「普洛大眾文藝應當立刻實行，應當認真的解決一些現實的問題：第一，用什麼話寫。第二，寫什麼東西。第三，為著什麼而寫。第四，怎麼樣去寫。第五，要幹些什麼」；「這裡，當然首先是描寫工人階級的生活，描寫貧民，農民，兵士的生活，描寫他們的鬥爭」；「為著普洛現實主義的鬥爭，必須實行更深刻的自我批評。」「必須立刻回轉臉來向著群眾，向群眾去學習，〔註184〕同著群眾一塊兒奮鬥，才能夠勝利的進行。」〔註185〕再有就是，諸如《講話》中提及的「提高」、「文藝工作者」、「連群眾的言語都不懂」、「大眾化」等在該文中均有體現。可以這樣說，無論是《講話》的全文主旨和核心表述，還是《講話》的具體用詞、表達，都

〔註183〕1938年4月10日，毛澤東在魯迅藝術學院成立大會上也曾提及：「亭子間的人弄出來的東西有時不大好吃，山頂上的人弄出來的東西有時不大好看。有些亭子間的人以為『老子是天下第一，至少是天下第二』；山頂上的人也有擺老粗架子的，動不動，『老子二萬五千里』。」見《新中華報》第四三二期，1938年4月30日；1938年4月28日，毛澤東在魯迅藝術學院的講話中說：「許多能寫作的人卻只坐在都市的亭子間，缺乏豐富的生活經驗。」見《毛澤東文集》第二卷，人民出版社，1993年，第125頁。

〔註184〕瞿秋白在1932年的《我們是誰》中也曾指出：「這些革命的智識分子——小資產階級，還沒有決心走近工人階級的隊伍，還自以為是大眾的教師，而根本不瞭解『向大眾去學習』的任務。……這就是革命的文學家……企圖站在大眾之上去教訓大眾。」見《瞿秋白文集·文學編》第1卷，人民文學出版社，1985年，第486頁。

〔註185〕《瞿秋白文集·文學編》第1卷，人民文學出版社，1985年，第461～483頁。著重號為原文所加。

能夠在《普羅大眾文藝的現實問題》找到一定的對應。

關於《講話》與瞿秋白的文藝思想「有高度的一致性、連續性」〔註 186〕的其他方面，也早有研究者曾總結並對照過〔註 187〕。如在文藝的階級性方面，《講話》中的表述是：「在現在世界上，一切文化或文學藝術都是屬於一定的階級，屬於一定的政治路線的。」瞿秋白此前的表述是：「事實上，著作家和批評家，有意的無意的反映著某一階級的生活，因此也就贊助著某一階級的鬥爭。」〔註 188〕在文藝為政治方面，《講話》中的表述是：「無產階級的文學藝術是無產階級整個革命事業的一部分」；「文藝服從於政治」。瞿秋白的表述是：「文藝應當是改造社會底整個事業中的一種輔助的武器」〔註 189〕；「文藝也永遠是，到處是政治的『留聲機』。」〔註 190〕聯繫到《講話》「引言」中關於「工作對象」的文字：「文藝作品在根據地的接受對象，是工農兵及其黨政軍幹部。根據地也有學生，但這些學生和舊式學生也不相同，他們不是過去的幹部，就是未來的幹部。各種幹部，部隊的戰士，工廠的工人，農村的農民，他們識了字，就要看書看報，不識字的，也要看戲、看書、唱歌、聽音樂，他們就是我們文藝作品的接受對象。」再結合瞿秋白的《歐化文藝》《大眾文藝和反對帝國主義的鬥爭》《大眾文藝的問題》《「五四」和新的文化革命》《再論大眾文藝答止敬》《文學的自由和文學家的不自由》等文〔註 191〕，也可以明顯感受到，二者的文藝思想和思路具有同一性的特點。尤其這一句：「文藝大眾化的問題，就成了無產文藝運動的中心問題，這是爭取文藝革命的領導權的具體任務。」〔註 192〕在《講話》中的體現更為直接。

〔註 186〕單世聯：《馬克思主義對現代中國的影響——以瞿秋白、毛澤東為中心》，汝信、王德勝主編：《美學的歷史：20 世紀中國美學學術進程》，安徽教育出版社，2000 年，第 553 頁。

〔註 187〕單世聯：《馬克思主義對現代中國的影響——以瞿秋白、毛澤東為中心》，汝信、王德勝主編：《美學的歷史：20 世紀中國美學學術進程》，安徽教育出版社，2000 年，第 553～554 頁。

〔註 188〕《文藝的自由和文學家的不自由》，《瞿秋白文集·文學編》第 3 卷，人民文學出版社，1989 年，第 61 頁。

〔註 189〕《馬克思文藝論底斷篇後記》，《瞿秋白文集·文學編》第 3 卷，人民文學出版社，1989 年，第 131 頁。

〔註 190〕《文藝的自由和文學家的不自由》，《瞿秋白文集·文學編》第 3 卷，人民文學出版社，1989 年，第 67 頁。

〔註 191〕《瞿秋白文集·文學編》第 3 卷，人民文學出版社，1989 年。

〔註 192〕《歐化文藝》，《瞿秋白文集·文學編》第 1 卷，人民文學出版社，1985 年，這其中，還不能忘記的是。毛澤東倚靠農民、文藝為工農兵服務的指導思想，應該說是其一直以來的革命指導思想，1927 年的《湖南農民運動調查報告》就是最好的證明。當年，在農運本身過火遭致斯大林和黨的總書記陳獨秀的警告後，毛澤東暴力農運的報告卻得到瞿秋白的大力贊同。這一點從瞿秋白為毛澤東的《湖南農民革命（一）》所撰寫的那篇經典序言中那段著名的辯解文字〔註 193〕明顯可見。

如果再聯想到《講話》發表前後延安的街頭詩、街頭畫報、街頭小說、秧歌劇、詩歌朗誦等文藝活動的蓬勃發展，《解放日報》連篇累牘地刊發各地發來的有關種地、種菜、養雞、喂豬等勞模的通訊特寫，再對照瞿秋白所提倡的：「街頭文學運動——開始做體裁樸素的接近口頭文學的作品：說書式的小說，唱本，劇本等等。這需要到群眾中間去學習。」「工農通訊運動……文藝的通訊應當在一般的工農通訊員運動裏去發展……工農通訊員將要是一種新的群眾的文藝團體的骨幹，這可以是很多種的小團體，在這種團體裏面才能夠得到現實生活的材料，反映真正群眾的情緒。」〔註 194〕二者間的理論指導與實踐操作的關係是明晰可見的。其中關於詩歌朗誦，瞿秋白早有闡釋說：「新文學界必須發起一種朗誦運動。朗誦之中能夠聽懂的，方才是通順的中國現代文寫的作品」，只有「茶館裏朗誦的作品，才是民眾的文藝」。〔註 195〕「現在，革命的大眾文藝大半還需要運用舊式的大眾文藝的形式（說書，演義，小唱，故事等等），來表現革命的內容，表現階級的意識。這種初期的革命的大眾文藝，將要同著大眾去漸漸的提高藝術的水平線。」〔註 196〕

第 492 頁。著重號為原文所加。

〔註 193〕「『匪徒、惰農、痞子……』，這些都是反動的紳士謾罵農民協會的稱號。但是真正能解放中國的卻正是這些『匪徒』。湖南的鄉村裏許多土豪、劣紳、訟棍等類的封建政權，都被這些『匪徒』打得落花流水。真正是這些『匪徒』現在那裡創造平民的民權政治，正是全國的『匪徒』才能真正為民族利益而奮鬥，而徹底反對帝國主義。有『人』說他們是過分了，但是這是不是人話呢？——至少都是反革命派的話。」楊之華：《回憶秋白》，人民出版社，1984 年，第 68～69 頁。

〔註 194〕《普羅大眾文藝的現實問題》，《瞿秋白文集．文學編》第 1 卷，人民文學出版社，1985 年，第 481～482 頁。

〔註 195〕《啞巴文學》，《瞿秋白文集．文學編》第 1 卷，人民文學出版社，1985 年，第 360 頁。

〔註 196〕《歐化文藝》，《瞿秋白文集．文學編》第 1 卷，人民文學出版社，1985 年，第 493～494 頁。

針對瞿秋白對毛澤東文藝思想的影響，有研究者寫下這樣的評語：瞿秋白文藝理論中「所包含的文藝大眾化思想，直接在江西蘇區和以延安為中心的解放區的文藝實踐中得到驗證和深化。……毛澤東《在延安文藝座談會上的講話》的某些觀點，不能說與瞿秋白無關。」〔註 197〕還有研究者認為，瞿秋白的文藝大眾化觀是從「五四」的平民文學到延安的工農兵文學之間的轉折點，而瞿秋白可以說是從胡適的白話文學到毛澤東的工農兵文學的一個「中介環節」〔註 198〕。還有其他研究者也都發表過相關論述：「如果說瞿秋白的文藝論著是探索性、論爭性、理論性的，那麼《講話》則主要是規範性、制約性、政策性的」〔註 199〕。「如果說瞿氏是理想化的，即在理論上設想大眾文藝應當如何；毛澤東則是工具論的，大眾化的關鍵是要讓老百姓喜聞樂見。而在這些背後的是，瞿秋白關心的是在中國建設無產階級的文藝，毛澤東卻把這一問題置於馬克思主義怎樣才能『和民族的特點相結合』。」〔註 200〕或者與其委婉地說「秋白同志的大眾文藝理論與毛主席《在延安文藝座談會上的講話》，在基本精神上是完全一致的」〔註 201〕，不如直白地說，在基本精神上《講話》與瞿秋白的文藝思想是完全一致的。

不但在理論上，在江西「蘇區」的文藝實踐中，瞿秋白主導下的戲劇大眾化運動、集體寫作的模式應該也影響到了毛澤東。例如瞿秋白主持制定的《工農劇社章程》中規定，工農劇社「以提高工農勞苦群眾政治和文化的水平，宣傳鼓動和動員來積極參加民族革命戰爭，深入土地革命」〔註 202〕為宗

〔註 197〕黃曼君主編：《中國 20 世紀文學理論批評史》上冊，中國文聯出版社，2002 年，第 333 頁。

〔註 198〕董德福：《「五四」認知模式中革命話語的初步確立——論瞿秋白「五四」觀的政治情結》，《江蘇大學學報》（社科版）2002 年第 3 期；丁言模：《中國新文學建設的「中介環節」——論胡適、瞿秋白和毛澤東的文學觀》，《瞿秋白研究》第 8 輯，上海學林出版社，1996 年，第 337、339 頁。

〔註 199〕單世聯：《馬克思主義對現代中國的影響——以瞿秋白、毛澤東為中心》，汝信、王德勝主編：《美學的歷史：20 世紀中國美學學術進程》，安徽教育出版社，2000 年，第 557 頁。

〔註 200〕單世聯：《馬克思主義對現代中國的影響——以瞿秋白、毛澤東為中心》，汝信、王德勝主編：《美學的歷史：20 世紀中國美學學術進程》，安徽教育出版社，2000 年，第 563 頁。

〔註 201〕楊之華：《一個共產黨人——瞿秋白》，《憶秋白》，人民文學出版社，1981 年，第 50 頁。

〔註 202〕汪木蘭、鄧家琪編：《蘇區文藝運動資料》，上海文藝出版社，1985 年，第 16 頁。

旨。《工農劇社社歌》的歌詞開首都是「我們是工農革命的戰士，藝術是我革命的武器。創造工農大眾的藝術，階級鬥爭的工具。」〔註 203〕對於工農劇社的演出效果，《紅色中華》曾經這樣報導過：閩西上杭縣教育部為配合節省糧食運動，特組織臨時蘇維埃劇團深入各地演出，結果一週內「節省米七十餘擔、大洋二百三十九元四角，布草鞋一千餘雙，布三匹，傘四十把，傘袋三十餘條，乾榮二十三擔，乾糧袋三十個，毛巾十九條。」〔註 204〕劇社演出的實際情形是否如報導一般樂觀不去評說，但就其報導本身和宣傳效果來說，就足以振奮人心了。格外重視宣傳、輿論的毛澤東對此印象頗為深刻。〔註 205〕毛澤東在「二蘇大」的報告中曾提到：「群眾藝術在開始創建中，工農劇社與藍衫團運動有了發展，江西、福建、粵贛三省的 2931 個鄉中，有俱樂部 1656 個。」〔註 206〕斯諾在經毛澤東審閱後譯成中文的《西行漫記》中也曾寫道：「在共產主義運動中，沒有比紅軍劇社更有力的宣傳武器了，也沒有更巧妙的武器了。由於不斷地改換節目，幾乎每天都變更活報劇。許多軍事、政治、經濟、社會上的新問題都成了演戲的材料，農民是不易輕信的，許多懷疑和問題就都用他們所容易理解的幽默方式加以解答。成百上千的農民聽說隨軍來了紅軍劇社，都成群結隊來看他們演出，自願接受用農民喜聞樂見的形式的戲劇進行的宣傳。」〔註 207〕可見，毛澤東對蘇區戲劇大眾化運動是非常看重的。為此，有研究者這樣總結道：瞿秋白的「文藝大眾化思想和蘇區文藝實踐（尤其是集體寫作的文藝政策設計），與毛澤東文藝思想之間的承傳和影響關係更是有稽可考。」〔註 208〕

關於瞿秋白直接影響毛澤東，很多當事人都曾予以證實。如在延安文藝座談會召開前，毛澤東對張聞天的文化政策十分不滿時曾對蕭三表示：「假如

〔註 203〕汪木蘭、鄧家琪編：《蘇區文藝運動資料》，上海文藝出版社，1985 年，第 20 頁。

〔註 204〕《上杭臨時蘇維埃劇團在突擊線上的活躍》，《紅色中華》，1934 年 6 月 14 日。

〔註 205〕莊東曉晚年在《瞿秋白同志在中央蘇區》中回憶說：「毛澤東經常觀看匯演，無形中是三個劇團比賽的主要裁判者。」見《新文學史料》1980 年第 3 期；另見《憶秋白》，人民文學出版社，1981 年，第 335 頁。

〔註 206〕湯家慶：《中央蘇區文化建設史》，鷺江出版社，1996 年，第 129 頁。

〔註 207〕董樂山譯，三聯書店，1979 年，第 99 頁。

〔註 208〕付修海：《時代覓渡的豐富與痛苦——瞿秋白文藝思想研究》，中國社會出版社，2011 年，第 425 頁。

他（指瞿秋白——本文注）活著，現在領導邊區的文化運動該有多好呀！」〔註209〕對此，李又然晚年也曾以自己的親身經歷回憶說：

> 毛主席站在窯洞中間，很高興。談話中我提一句：「毛主席，文藝界有很多問題！」主席一聽，臉上立即顯出愁容——很深很深的愁容裏背弓起來。好容易一步一步走到書桌面前，兩手撐在書桌上，頭低著。臉上越來越憂愁——我從來沒有見過這樣憂愁的臉！一聲不響。我跟過去，站在主席右邊，窗子對面。隔了很久，主席氣憤地說：「怎末有一個人，又懂政治，又懂文藝！」「要是瞿秋白同志還在就好了！』」〔註210〕

李又然這番話起碼道出了兩個實情：一個是，毛澤東因為不擅長文藝理論，所以突然遭遇這個問題時，不知如何是好，就發出了「怎末有一個人，又懂政治，又懂文藝」的牢騷和感慨；另一個就是，遭遇這樣的難題，毛澤東儘管要硬著頭皮迎接挑戰，但也不免想到那個既懂文藝又懂政治的瞿秋白，以求寬慰自己和懷念故友。

綜上可見，不管是按照常理推斷，還是結合毛澤東在延安推行《講話》以及將其付諸文藝實踐，都可以看出，文藝理論和實踐更勝一籌、又曾與魯迅打得火熱的瞿秋白影響並感染了毛澤東。

瞿秋白對毛澤東的影響是多方面的。正如研究者早就注意到的，〔註211〕在文化、文藝影響之外，瞿秋白對於中國革命的貢獻以及與毛澤東後來的革命實踐與理論相契合之處還包括：其一，瞿秋白最早並且一貫強調必須把馬

〔註209〕蕭三：《憶秋白》，《人民日報》，1980年6月18日；《秋風秋雨話秋白》，《憶秋白》，人民文學出版社，1981年版，第176頁。

〔註210〕李又然：《毛主席——回憶錄之一》，《新文學史料》，1982年第2期。

〔註211〕丁守和：《瞿秋白思想研究》，四川人民出版社，1985 年；劉林元、周顯信等：《瞿秋白對毛澤東思想形成的重要貢獻》，中央文獻出版社，2005年；朱輝軍：《西風東漸——馬克思主義文藝理論在中國》，燕山出版社，1994年；黃曼君主編：《中國近百年文學理論批評史》，湖北教育出版社，1997年；陳鳴樹：《二十世紀的偉大工作——論瞿秋白對中國馬克思主義文藝理論的貢獻》，《文學評論》叢刊（第29輯·現代文學專號），中國社會科學出版社，1987年；單世聯：《馬克思主義美學對現代中國的影響——以瞿秋白、毛澤東為中心》，汝信、王德勝主編：《美學的歷史——20 世紀中國美學學術進程》，安徽教育出版社，2000年；朱淨之、季世昌：《中國馬克思主義文藝理論史上的兩座高峰——瞿秋白與毛澤東文藝思想比較論》，《毛澤東思想研究》1998年第3輯，四川省社會科學出版社，1988年。

克思列寧主義理論和中國革命實踐相結合，從實際出發，解決中國革命的問題。他說：馬克思列寧主義理論「當然不能離開實踐」，中國的馬克思主義者必須「應用革命理論於革命實踐」，「中國國民革命的問題——馬克思主義的應用於中國國情，自然要觀察中國社會的發展，政治上的統治階級，經濟狀況中的資本主義的趨勢，以及中國革命史上的策略戰術問題。」「應用馬克思主義於中國國情的工作，斷不可一日或緩」。〔註 212〕其二，瞿秋白首先提出和闡明了無產階級在民主革命中的領導權和統一戰線問題。他說：「無產階級與農民工匠聯盟作為進攻帝國主義官僚買辦地主階級的主力軍，同時決不可以忽視民族資產階級及店東小資產階級，……必須努力取得工農小資產階級的群眾以至於城市貧民及兵士，不斷的打擊民族資產階級的一切妥協主義的影響，隔離民族資產階級而使之孤立。如此無產階級方能爭得革命的領袖權。」〔註 213〕其三，瞿秋白很早就重視農民問題、土地問題是中國革命的基本問題，也是實現無產階級領導權的中心問題。還在 1922 年，他就曾指出：「無產階級革命沒有農民輔助，不能有尺寸功效。」〔註 214〕「三大」時又提出，中國的「國民革命不得農民參與，也很難成功」，無產階級必須「喚醒農民，與之聯合」。〔註 215〕1926 年又撰文指出：「必定要解決農民問題，解決了農民的一切苦痛才能說是國民革命成功。」〔註 216〕後來他又多次強調，「中國國民革命應當以土地革命為中樞」，〔註 217〕不瞭解這一點，也就不能把握他何以為毛澤東的《湖南農民運動考察報告》撰寫那樣的序言。其四，關於

〔註 212〕《〈瞿秋白論文集〉‧自序》，《瞿秋白選集》，人民出版社，1985 年，第 312 頁；關於馬克思主義中國化，張聞天在 1938 年六屆六中全會上所作的關於組織工作的報告提綱中也提到：「要認真的使馬列主義中國化，使它為中國最廣大的人民所接受。」見何方：《黨史筆記：從遵義會議到延安整風》（上冊‧修訂版），利文出版社，2010 年，第 85 頁。

〔註 213〕《中國革命中之爭論問題》，《瞿秋白文集‧政治理論編》第 4 卷，人民出版社，1993 年，第 498～499 頁。

〔註 214〕《新村》，《瞿秋白文集‧文學編》第 1 卷，人民文學出版社，1985 年，第 241 頁。

〔註 215〕《中國共產黨黨綱草案》，《瞿秋白文集‧政治理論編》第 2 卷，人民文學出版社，1988 年，第 117 頁。

〔註 216〕《國民革命中之農民問題》，《瞿秋白文集‧政治理論編》第 4 卷，人民出版社，1993 年，第 391 頁。

〔註 217〕《農民政權與土地革命》，《瞿秋白文集‧政治理論編》第 4 卷，人民出版社，1993 年，第 580 頁。

游擊戰、人民戰爭的問題。瞿秋白早在1927年「八七會議」後就首次提出「游擊戰爭」的概念，其中寫道：「黨應當使這種暴動採取游擊式的戰爭（不去佔領縣城或巨大的地域，長久的時期，不去費力建立大規模的軍隊等等，而以人數雖少卻是團結鞏固的暴動軍，經常不斷的襲擊政府的軍隊或地主的武裝）。這種游擊戰爭，隨後很容易發展而生巨大的農民暴動，進一步而達到在較大的範圍內奪取政權。」〔註218〕後又引入列寧關於城市游擊戰爭（巷戰）的理論，詳細闡述了中國革命現階段農村游擊戰爭的概念、方式及其前途。〔註219〕1934年瞿秋白在《中國能否抗日》一文中就提出：「中國的工人和農民們，必須抗日，必須開展民族革命戰爭，以爭取自己的生存。中國所有的工農士兵群眾，所有的武器，如果都用來抵抗日本帝國主義，那是一定能夠取得勝利的。」〔註220〕其五，關於中國革命的性質、新民主主義論。有研究者指出，瞿秋白解釋過的蘇聯模式，他的「無產階級的『五四』」及文化，毛澤東基本予以接受，並表述為「民族的、科學的、大眾的文化」等「新民主主義」。〔註221〕

正是因為瞿秋白對於毛澤東的重要影響，所以研究者和黨史研究家們才會寫下這樣的話：「從李大釗等開始播種，到結下毛澤東哲學思想的碩果，瞿秋白的辛勤耕耘是促進生長、發育的重要一環。」〔註222〕「瞿秋白不僅比較正確地把握了馬克思主義關於無產階級革命的理論基礎，而且他能夠把馬列主義理論與中國革命實際結合起來，從而得出正確的結論。這些成果都被毛澤東吸收並在實踐中加以豐富、發展，成為毛澤東思想中關於新民主主義革命理論體系的重要組成部分。」〔註223〕「他推動了馬克思主義中國化的進程，為馬克思主義在中國的運用和發展，為中國革命道路和理論的探索、為

〔註218〕《中國現狀與共產黨的任務決議案》，《瞿秋白文集．政治理論編》第5卷，人民出版社，1995年，第95頁。

〔註219〕《武裝暴動》，《瞿秋白文集．政治理論編》第5卷，人民出版社，1995年，第157頁。

〔註220〕《瞿秋白文集．政治理論編》第7卷，人民出版社，1991年，第678頁。

〔註221〕單世聯：《馬克思主義對現代中國的影響——以瞿秋白、毛澤東為中心》，汝信、王德勝主編：《美學的歷史：20世紀中國美學學術進程》，安徽教育出版社，2000年，第549～550頁；姚守中、馬光仁：《瞿秋白對毛澤東思想的貢獻》，陳鐵健等編：《瞿秋白研究文集》，中央黨史資料出版社，1987年。

〔註222〕袁偉時：《試論瞿秋白的哲學思想》，《哲學研究》，1982年第5期。

〔註223〕劉林元、周顯信等：《瞿秋白對毛澤東思想形成的重要貢獻》，中央文獻出版社，2005年，第16頁。

毛澤東思想的形成作出了不可磨滅的突出貢獻。」〔註 224〕「他對毛澤東的真誠扶植，對毛澤東成為全黨的領袖，對毛澤東思想的形成，均具有開拓性的貢獻。在一定意義上可以說，沒有瞿秋白思想，便沒有完整的毛澤東思想體系，沒有瞿秋白的不成熟領導，就沒有成熟的毛澤東。」〔註 225〕具體到文藝上，「瞿秋白……以其充分的思想代表性成為延安新文學傳統的歷史資源之一」〔註 226〕，成為「馬克思主義文藝思想『中國化』的奠基者」〔註 227〕。「作為政治附庸、宣傳部門的人文學科，便是由權勢話語所構建的，以中國現代文學研究為例，它主要是在瞿秋白文藝思想－左翼文學運動－延安文藝政策－新中國成立後 17 年文藝政策的這個逐漸發展完善的權勢話語的理論系統支配下建構學科的。」〔註 228〕

儘管說毛澤東思想主要來自於瞿秋白還需要進一步論證，但是瞿秋白的上述思想主張無不在毛澤東那裡得到貫徹、發揚和光大，這一點卻是誰也要承認的。

二、直接操刀者周揚

在馬列文藝理論方面頗有研究的周揚，與毛澤東的文字緣，早有曾編輯過《周揚文集》的郝懷明感歎過：「在周揚到達延安之後不久，同毛澤東在文字方面的交往就開始了。毛澤東有些文字方面的事情請他幫助閱看，而周揚的一些重要文稿，也常常送毛主席審改，從此開始了與毛澤東長達數十年之久的文字之交。在文化界，像他們之間有過那麼多次重要文字交往的，恐怕除周揚之外沒有第二人。」〔註 229〕研究者高浦棠也曾指出：「1942 年前後，周揚已經成為毛澤東在文藝方面比較倚重的一個人物，如周揚成為參加文藝

〔註 224〕周龍燕、孫金珠：《2011 年瞿秋白研究書評》，江蘇省瞿秋白研究會主辦：《瞿秋白研究文叢》第 6 輯，中國文聯出版社，2012 年，第 313 頁。

〔註 225〕黃允升等：《紅色檔案：毛澤東與中共早期領導人》，西苑出版社，2012 年，第 5 頁。

〔註 226〕傅修海：《時代覓渡的豐富與痛苦——瞿秋白文藝思想研究》，中國社會科學出版社，2011 年，第 347 頁。

〔註 227〕冒炘、王強：《瞿秋白文藝思想片論》，中國常州瞿秋白紀念館、瞿秋白研究會編：《瞿秋白研究》第 1 輯（內刊），1989 年，第 168 頁。

〔註 228〕張先飛：《形而上的困惑與追問——現代中國文學的思想尋蹤》，河南大學出版社，2004 年，第 187 頁。

〔註 229〕《如煙如火話周揚》，中國文聯出版社，2008 年，第 66 頁。

座談會人員名單的主要擬定者這一角色，就極能說明問題。」〔註 230〕劉白羽在 1960 年代初曾感慨說「中國文藝界怎麼能夠沒有周揚呢」〔註 231〕周揚自己也曾說過：「在延安的時候」，「我常到主席那裡去」，「主席對我確實是關係很深，確實對我很熱情、愛護、培養」。〔註 232〕

事實也確實如此，郝懷明在其著作中以書信為證詳細記錄了周揚請毛澤東修改《舊形式利用在文學上的一個看法》、毛澤東請周揚修改《新民主主義的政治與新民主主義的文化》（後改為《新民主主義論》）。〔註 233〕關於周揚與《講話》的關係，郝懷明非常確定地說：「毛澤東思想是黨的集體智慧的結晶，在毛澤東文藝思想的寶庫中，肯定有周揚的貢獻，但到底有哪些是他的思想和手筆，人們現在很難知道。」他為此舉例說，1998 年編輯《憶周揚》一書時，周揚的家人在回憶中也曾說起：「毛主席《在延安文藝座談會上的講話》，周揚曾作過很多的修改，因為改得太多太亂，最後由夫人蘇靈揚謄清，寫了一份，送了上去。」〔註 234〕

顯然，《講話》與周揚之間的關係是超乎尋常的，也是值得進一步深究的。其實關於這樣的問題，如果相關檔案一解密，一切問題都大白於天下。對此，謝泳的呼籲值得關注：「1949 年後的中國文化史非常複雜，現在研究這一時段的歷史，主要依靠回憶錄和個別日記，這很不夠，深化研究的簡單辦法是開放檔案，至少要按檔案法辦事，屆時需要解密的歷史檔案一定要落實，不然徒耗研究者的精力不說，還會對歷史造成許多誤解。」〔註 235〕

解讀周揚之於《講話》的貢獻，在檔案不能解密、當事人生前又因為「為尊者諱」或組織紀律嚴格要求等條件限制下，儘管可能存在繞彎彎的現象，但學術研究並非不能繼續。也就是說，如果周揚確實參與並大量修改

〔註 230〕《召開延安文藝座談會的決策過程考辨》，《延安大學學報》，2006 年第 4 期。

〔註 231〕王林：《文革日記　1966 年 6 月 1 日～1968 年 5 月 19 日》（1966 年 8 月 23 日），王端陽自印 2008 年，第 54 頁。

〔註 232〕周揚：《與趙浩生談歷史功過》，《新文學史料》，1979 年第 2 期。

〔註 233〕《如煙如火話周揚》，中國文聯出版社，2008 年，第 66～69 頁。

〔註 234〕郝懷明：《如煙如火話周揚》，中國文聯出版社，2008 年，第 69 頁。黎辛晚年回憶中說起，他和林默涵看用自來水筆謄抄的「講話」，筆跡比較清秀，猜測是胡喬木所寫，實屬誤判。見《關於「延安文藝座談會」的召開——〈講話〉的寫作、發表和參加會議的人》，《新文學史料》1995 年第 2 期。

〔註 235〕《今天我們如何處理史料》（外二題），向繼東主編：《2009 中國文史精華年選》，花城出版社，2010 年版，第 251 頁。

《講話》，那麼其間一定能夠體現出周揚此前所寫作、發表的文章相映照的情況。翻閱和細讀文本可以發現，這樣的大膽假設是有意義的。不妨略舉幾例：

關於《講話》中提及的「為什麼人」、「如何為」、作家思想改造、深入工農兵等主題，周揚早在 1933 年撰寫的《十五年來的蘇聯文學》中就曾這樣寫道：「直到現在為止，在西歐文學中，關於寫甚麼和怎麼寫的問題從沒有像這樣熱烈而嚴厲地討論過。」「一般地說，這就是從一個階級（資產階級或小資產階級）的立場到另一個階級（無產階級）的立場的意識形態的轉變；……作家們如果不甘落後的話，就有改造自已，把自己的作品提高到這個運動的水準的必要了。」〔註 236〕正是基於這篇文章，高浦棠將延安文藝座談會與蘇共中央 1924 年主持召開的文藝界討論會作了細緻比較，並發現二者間許多驚人的相似之處：背景相似，文藝論爭有「歌頌光明」與「暴露黑暗」、「普及」與「提高」之爭；解決問題的形式相似，都是召開座談會；會議的主題相似，蘇俄文藝界討論會的中心議題是「無產階級文學的性質」，延安文藝座談會的中心議題是「使文藝很好地成為整個革命機器的一個組成部分」；會議的結果一樣，兩個會議最後都形成了一個「黨的文藝政策」；會議之後所促成的文藝形勢基本一樣。〔註 237〕儘管這樣的考證和結論尚待進一步證實，但其中所涉及的問題以及研究路數卻也並非沒有道理。

周揚之於《講話》的貢獻還有很多體現。如《講話》中有這樣一句：「馬克思主義叫我們看問題不要從抽象的定義出發，而要從客觀存在的事實出發……」周揚在 1934 年所寫的《現實的浪漫的》中曾這樣寫道：「一個作家，如果他對現實的根本認識不是從抽象的主觀的概念而是從現實及其本身的客觀規律出發的話，則他的作品即使有把現實幻想化的地方，仍然是現實主義的作品。」〔註 238〕《講話》中提到文藝與生活、作家深入生活等問題，周揚此前有這樣的論述，如：「今天的問題不是向作家要求作品，而是向作家要求生活。生活是第一義，沒有生活的深切的實踐，不會有偉大的藝術產生。」

〔註 236〕《周揚文集》第一卷，人民文學出版社，1984 年，第 82、91～92 頁。著重號為本文所加。

〔註 237〕高浦棠：《召開延安文藝座談會的決策過程考辨》，《延安大學學報》，2006 年第 4 期。

〔註 238〕《周揚文集》第一卷，人民文學出版社，1984 年，第 125 頁。著重號為本文所加。

〔註 239〕「作家是借形象的手段去表現客觀真理的，而形象又是必須從現實中，從生活中去汲取。沒有實際生活的經驗就決寫不出真實的藝術作品。作家必須到實際生活中去體驗。」〔註 240〕《講話》中提及的通俗化、大眾化、舊形式，周揚曾在 1934 年所作的《高爾基論文學用語》中寫道：「問題並不在文藝作品應不應該用大眾語來寫，而在作家怎樣去學取大眾語，然後對它加以選擇和洗煉，使它成為真正的藝術的語言。高爾基勸作家要接近民間的傳說，俚諺，歌謠，就是因為在這些最能表現人民大眾的思想的東西裏面可以找到使藝術豐富的材料。」〔註 241〕後又在 1930 年代末所作的《新的現實與文學上的新的任務》《我們的態度》〔註 242〕中大力提倡過。《講話》中提及的作家間的團結問題，周揚也早有文《新的現實與文學上的新的任務》〔註 243〕呼籲過。

再有就是，周揚發表於 1942 年的曾引起蕭軍等人爭議的《文學與生活漫談》，距離座談會和《講話》時間上最近，關係也更為密切。文章著重闡釋了文學與生活的各種關係，諸如僅有生活未必有文學，作家如何從生活中取材，作家表現生活的思想和能力，作家必須瞭解生活、深入生活，作家創作題材等方面。閱讀那些具體闡釋，再對照《講話》，就可以明白為何主流文學史家、馬列文藝家們著力維護《講話》經典地位，其中一個重要支撐點就是《講話》中用筆較多的關於文學與生活的關係。對此，研究者黃昌勇基於二者間的關係曾這樣評價說：「……蕭軍把論爭雙方的文章（《文學與生活漫談》《〈文學與生活漫談〉讀後漫談集錄並商榷於周揚同志》——本文注）一起寄給毛澤東，毛回信及此後見面談話始終沒有對此發表意見，也許到了延安文藝座談會，蕭軍才能明白，毛澤東講話的一些意見與周揚的幾乎相同。」〔註 244〕支克堅也曾就此反問道：毛澤東的《講話》「能說沒有周揚的影響」？〔註 245〕

〔註 239〕《我所希望於〈戰地〉的》，《周揚文集》第一卷，人民文學出版社，1984 年，第 232 頁。

〔註 240〕《新的現實與文學上的新的任務》，《周揚文集》第一卷，人民文學出版社，1984 年，第 245～246 頁。

〔註 241〕《周揚文集》第一卷，人民文學出版社，1984 年，第 116 頁。

〔註 242〕《周揚文集》第一卷，人民文學出版社，1984 年。

〔註 243〕《周揚文集》第一卷，人民文學出版社，1984 年。

〔註 244〕黃昌勇：《〈野百合花〉的前前後後》，《新文學史料》，2000 年第 3 期。

〔註 245〕《周揚論》，河南大學出版社，2004 年，第 78 頁。

另外，周揚譯注並發表於 1942 年 9 月 16 日《解放日報》上的《蘇聯作家聯盟規約》也應引起注意。因為其中有這樣的句式：「同時藝術的描寫之真實性與歷史的具體性必須與用社會主義精神從思想上去改造和教育勞動人民的任務結合起來。」在文末的注釋中這樣寫道：「這個規約對於今天中國，特別是今天延安的文藝運動有無比巨大的教育意義。許多曾經在我們中間弄迷糊了的問題，如文藝與政治，文藝的黨性與自由，藝術性與革命性，提高與普及，文藝作品的主題傾向，接受遺產與研究實際參加實際等等問題，我們都可在此找到一個正確解決的途徑。」對比《講話》中那些耳熟能詳的內容和字句，兩者間相互印證的關係可見一斑。

對於周揚與毛澤東文藝思想的關係，高浦棠曾認真研究過。他說：「延安文藝座談會是針對延安文藝運動所發生的偏向召開的，毛澤東的《講話》則是針對這些偏向的話語意蘊而發表的。然而，延安時期毛澤東在文藝理論方面的儲備是不充分的，他的糾偏言說更多借助的是政治話語，這樣在承載文藝運動偏向的文藝家與毛澤東之間就自然產生了語境及話語意涵的不可通約性。這正好為周揚提供了一個整合兩種話語意涵、溝通兩種語境的歷史空間和舞臺。」他還分別以「對延安文藝運動政治偏向與毛澤東文藝思想的話語意涵整合」、「對文藝運動思想偏向與毛澤東文藝思想的語境整合」、「對延安文藝價值偏向與毛澤東文藝思想的語境及話語意涵的雙向度整合」等三個方面結合《講話》進行比對和論證，進而得出結論：「周揚後來之所以能成為《講話》的權威闡釋者，正是由於他在《講話》自身權威的確立過程中作出了他自己特有的歷史性貢獻。」〔註 246〕也正是因為周揚有這樣的貢獻，所以研究者這樣寫道：「周揚的文藝思想是毛澤東文藝思想的組成部分，這不僅僅指他在一段較長的時期內是毛澤東文藝思想的權威闡釋者和代言人，更主要的是他結合著不同階段的文藝實踐，對毛澤東文藝思想的系統化和具體化作出了自己的貢獻。」〔註 247〕

儘管周揚之於《講話》的重要貢獻還缺乏直接的證據，相關結論也還有待進一步研究和證實，但是二者間確實存在密切關係是毫無疑問的。

〔註 246〕《周揚與〈講話〉權威性的確立》，《文學評論》，2006 年第 1 期。

〔註 247〕黃曼君主編：《中國 20 世紀文學理論批評史》下冊，中國文聯出版社，2002 年，第 547 頁。

三、幕後參謀胡喬木

1941年，作為1930年代上海左翼文化界的活躍分子，胡喬木憑藉在《中國青年》上發表的一篇署名為《上蔣委員長》的文章被調入楊家嶺擔任了毛澤東的政治秘書，並兼任中央政治局秘書。儘管這之後他擔任過新華社總編輯和社長、中央宣傳部副部長，1949年後還分別擔任過中宣部常務副部長、中共中央秘書長、中共中央書記處候補書記、新華通訊社社長、人民日報社長、新聞總署署長等職，但無論何時、何地，他作為毛澤東秘書的最初身份從來沒有改變過，直到1966年「文革」大規模爆發才中斷。

毛澤東《講話》的產生與發表，究竟與胡喬木有多大的關係，胡喬木自己在晚年的回憶錄中僅交代過這樣幾句：「至於講話怎麼樣形成文字的，沒什麼必要多說。當時有記錄，我根據記錄作了整理，主要是調整了一下次序，比較成個條理，毛主席看後很滿意。整理過的稿子發表時，正在搞『搶救運動』，搞出很多『特務』，所以就把文藝界的『特務問題』特別標示出來。後來《講話》再發表，就是收入《毛選》時，把這些關於『特務』的話刪掉了。《講話》從在《解放日報》發表到收入《毛選》，中間不會有大變動，因為毛主席的講話是不好輕易改動的。……講解放後的修改……這篇講話基本上是毛主席自己改的，很認真，也同我談過，如借鑒和繼承問題。」〔註248〕應該承認，因為政治身份和個人氣質等原因，胡喬木從來都是一個做得多說得少的人，所以上述回憶和敘述也許會存在其自身貢獻被縮小的可能。正如胡繩針對《胡喬木回憶毛澤東》的「初擬稿」所提出的意見：「『延安文藝座談會』一篇，本來有理由企望喬公說出些新的東西，現在這一篇似覺不能令人滿足，但這也可能是永遠的遺憾了。」〔註249〕

其實關於胡喬木之於《講話》的貢獻問題，如果相關檔案一解密，一切問題都大白於天下。可惜，這個號稱偉大、光榮、正確的世界第一大黨，在這方面始終違背世界公義，拒不履行自己的承諾，讓幾代學人蹉跎到老也還是無法解決一些基本的黨史問題。

在檔案不能解密、當事人生前又因為「為尊者諱」或組織紀律嚴格要求等條件限制下，展開正常的學術研究（尤其是考證性的研究）雖然有難度，但也不是無跡可尋。

〔註248〕《胡喬木回憶毛澤東》，人民出版社，1994年，第56～57頁。
〔註249〕《一本論述毛澤東的信史》，《當代中國史研究》，1995年第2期。

作為毛澤東五大秘書〔註 250〕之一的葉子龍曾這樣說：「胡喬木是毛主席工作上的得力助手，是毛主席身邊不可缺少的筆桿子。……喬木同志一生為整理毛澤東著作，闡述和發揮毛澤東思想作出了卓越的貢獻。」〔註 251〕曾長期工作在毛澤東身邊的楊尚昆在回憶中說：「他對黨的歷史的瞭解，對馬列主義的瞭解，他的文字能力，自然就高人一頭。……他的最重要的貢獻還不僅在新聞，而在黨和國家許多重要文件的起草和修改。在這些重要工作中，喬木同志是主要執筆者之一。……他的思想，他的感情，他的期望，都已經流瀉在他畢生寫作的不計其數的文字之中了。這些文字寫上他個人名字的只是一小部分，大量的是用了黨的和國家的名義。」〔註 252〕同為黨內「大秀才」的鄧力群曾回憶說：「胡喬木這個學徒是學得好的，很快就當了主席的比較得心應手的助手。突出表現在兩個方面，一個方面是新聞、政論的寫作。主席出個題目，說個意思，喬木同志就能寫出一篇社論或評論。……主席說：靠了胡喬木，我們有飯吃。」〔註 253〕

如果說這樣的外圍記述太籠統、模糊，尚不能直接證明胡喬木與《講話》間的密切關係，那麼嚴文井晚年在接受高杰採訪時所說可以進一步明證。嚴文井說：「座談會講話前（指 5 月 23 日毛澤東的總結——本文注），中央曾召凱豐、陸定一、胡喬木等人可能商量過一個提綱，發表結論時也召開過這樣的會議。」〔註 254〕何其芳也曾回憶證實說：「毛澤東同志在做結論以前，曾找過當時在中央機關工作的有些同志商量過。毛澤東同志說：要我做結論，講些什麼好呢？這些被諮詢的同志提了一些問題。毛主席準備了一下，寫了一個提綱，又找他們來，對他們講了一遍。大家都說很好。然後毛澤東才用這個提綱在大會上講。」〔註 255〕可見，胡喬木自《講話》形成之初，就參與其中。

胡喬木夫人谷羽的回憶很具有學術價值。她在回憶中寫道：「他那時才 30

〔註 250〕1953 年，毛澤東提出陳伯達、胡喬木、葉子龍、田家英為黨中央主席秘書，後來中央從生活上考慮又增加了江青，這就是通稱的五大秘書。

〔註 251〕《我黨不可多得的「秀才」》，楊尚昆等：《我所知道的胡喬木》，當代中國出版社，1997 年，第 290～291 頁。

〔註 252〕楊尚昆等：《我所知道的胡喬木》，當代中國出版社，1997 年，第 2～8 頁。

〔註 253〕《喬木的一生同黨的事業融成了一體》，《當代中國史研究》，1995 年第 2 期。

〔註 254〕高杰：《延安文藝座談會紀實》，陝西人民出版社，2013 年，第 87 頁。

〔註 255〕何其芳：《毛澤東之歌》，《何其芳全集》7，河北人民出版社，2000 年，第 436 頁。

歲，精力充沛。主席在座談會開始和結束的兩次講話，喬木聽得認真，記得仔細。主席講話只有一個簡單的提綱，後來讓喬木整理成文。喬木在主席身邊，對主席的思想有比較深的領會，所以整理稿把毛主席關於文藝的工農兵方向，關於文藝工作者要學習馬克思列寧主義，學習社會，投入火熱的鬥爭，與工農兵結合，在實踐中轉變立足點，改造世界觀等思想表述得相當完整、準確和豐滿。毛主席很滿意，親自作了修改，在第二年 10 月 19 日魯迅逝世七週年紀念日這一天，在延安《解放日報》全文發表……但是，喬木多年來對自己是『講話』的整理者一事從不提起。」〔註 256〕谷羽的這樣說法是有一定根據的，作為胡喬木密切戰友的鄧力群 1992 年曾回憶證實道：「喬木這一輩子，寫社論，寫評論，寫消息，都不署名。起草中央文件，替毛主席起草電報，起草指示，由毛主席審定發出，更不署名。毛主席授意他做什麼事，給中央寫什麼東西，也不署名。……用他名字發表的理論文章不多，但黨的理論財富中，他所做的貢獻，占著相當大的份額。……尤為可貴的是，他做了很多工作，從來不張揚。……《西藏的革命和尼赫魯的哲學》這一篇，直到最近我才知道是他多次修改定稿的。」〔註 257〕

儘管直接的證據尚不夠充分，但輔之這些間接的旁證，還是能夠窺見到胡喬木對於《講話》的貢獻不可低估。由此也可進一步關注網絡上傳言《沁園春．雪》《愚公移山》《紀念白求恩》《講話》等文章的著作權屬於胡喬木等訊息，也許並非空穴來風。

綜上可見，無論瞿秋白、周揚還是胡喬木，他們對《講話》或有重要影響或起到重要作用，正如馬列理論文藝家黃曼君所說：「毛澤東文藝思想……也是中國共產黨與革命文藝工作者在文化和藝術方面的集體智慧的結晶。」〔註 258〕郝懷明也說過：「那個時代的共產黨人把黨的事業看做是黨的集體的事業，把個人完全地融入了黨的集體的事業之中，是從來不談個人在其中發揮了什麼作用的，尤其是在領袖的著作中，更不會提及個人作出些什麼貢獻。」〔註 259〕事實也確實如此，瞿秋白、胡喬木、周揚等三人之於《講話》

〔註 256〕《五十餘年共風雨——懷念喬木》，楊尚昆等：《我所知道的胡喬木》，當代中國出版社，1997 年，第 432～433 頁。

〔註 257〕《向胡喬木同志學習》，《黨的文獻》，1993 年第 2 期。

〔註 258〕黃曼君：《文藝經典話語的現代性觀照》，黃曼君主編：《毛澤東文藝思想與中國文藝實踐》，華中師範大學出版社，2002 年，第 6 頁。

〔註 259〕郝懷明：《如煙如火話周揚》，中國文聯出版社，2008 年，第 69 頁。

的幕後關係，儘管這些年來學界的研究進展緩慢，但隨著研究的不斷展開和深入，尤其是檔案若能有解密的一天，相信會有「把上帝的還給上帝，把愷撒的還給愷撒」那一天。

第三章　初期《講話》的傳播

第一節　《講話》在延安的傳播

作為整風運動的一環，文藝座談會的召開及《講話》文本的生成，本身就是「毛澤東思想」組成的一部分。因此，如何落實文藝座談會及《講話》精神也就顯得尤為重要了。考察歷史可知，在 1949 年前，文藝座談會及《講話》的傳播呈現出區域性、階段性的特點：

一、《講話》發表前在延安的非正式傳播

因為毛澤東的審慎態度，《解放日報》等主流媒介並沒有對座談會及毛澤東的「講話」(指毛澤東在 5 月 2 日、5 月 23 日的即興發言，因為尚未發表，為表述方便和區別正式發表的《講話》，所以使用這個方式）作跟蹤報導和大肆宣傳，所以在《講話》發表前延安並沒有如一些當事人和研究者所描繪和預期的那樣，隨即進入轟轟烈烈的學習和貫徹落實中。

從會議落實方面，有這樣幾次：其一是 5 月 13 日，邊區政府文化工作委員會戲劇委員會王震之、柯仲平、塞克、肖三、羅烽諸人在文化俱樂部召集戲劇界座談會，討論了「引言」部分內容。其二是 5 月 26 日，邊區音樂界抗敵協會第六屆會員舉行邊區音樂座談會，討論音運成績以及今後的工作的方向，其中涉及「講話」中的普及與提高等問題。其三是 1942 年 9 月，周揚在魯藝學風總結報告中提到「由於整頓三風和文藝座談會，特別是毛澤東同志親臨魯藝的一次講演，改造魯藝的問題提到了我們的議事日程上。」報告中還首次直接援引了毛澤東的「講話」，他說：「毛澤東同志為提高與普及的關係所

規定的一個公式：『在提高指導下的普及，在普及基礎上的提高』，最正確地說明了兩者內在的聯繫。」〔註 1〕其四比較多次提到文藝座談會和「講話」的是 1943 年 3 月 10 日凱豐在黨的文藝工作者會議上的講話。他說：「從去年毛主席召集的文藝座談會以後，快一年了，在那個座談會上，毛主席提出了文藝工作者為工農兵服務，面向工農兵，與工農兵結合的號召。從那次座談會毛主席的號召後，許多文藝工作的同志都要去下鄉，決心下鄉……那時就下去倒反不見得有好處。因為那時雖然經過文藝座談會，在思想上的確得了許多東西，尤其是毛主席對文藝運動的指示，但是如果沒有整風運動，文藝座談會的方針是不能深刻瞭解的。」他在講話中兩次提到：「經過文藝座談會和整風運動」，延安的文藝界、許多黨員文藝工作者都「有了進步，有了改變」。他還在寫光明與寫黑暗的問題時提到：「這個問題，本來在文藝座談會上毛主席的結論中已經是完全解決了的問題。毛主席曾經指出：文藝工作的內容歷來都是讚揚光明和暴露黑暗，只有階級標準的不同。……」最後，凱豐在「對下鄉文藝工作者的希望」中提出：「把毛主席上次座談會的結論，在工作中真正實現起來。」〔註 2〕在歷時一年半的時間裏，僅有上述這麼幾次規模不一、力度各異的會議落實，顯然是各界沒有給予充分重視的表現。

從媒體披露方面，有這樣幾次：其一是 5 月 14 日，《解放日報》第四版上才看到相關信息。信息的披露來自兩個內容：一個是刊訊《告讀者》：「最近由毛澤東、凱豐兩同志主持所舉行的『文藝座談會』是一件大事，尤其對於關心當前文藝運動諸問題的讀者。本版決定將與此有關諸材料，及各作家意見，擇要續刊於此，以供參考與討論。」其二是 1942 年 10 月 16 日，《解放日報》文藝欄闢出「創作和思想的道路」專題發起徵文。徵文啟事中說：自整頓三風特別是「文藝座談會」以來，文藝界同志對自己思想意識和工作的反省與改造，顯著地有所表現。同日刊發何其芳的長文《論文學教育》中寫道：「要徹底消滅不合乎毛澤東同志講話的觀念，深刻檢討自己身上的小資產階級思想。」其三是蕭軍的《對於當前文藝諸問題底我見》。文章為了進一步論述自己在 5 月 2 日座談會上的發言，開篇交代說：「五月二日毛澤東、凱豐兩同志主持舉行過一次『文藝座談會』。作為參加者之一，對當時所提出諸問題，曾口頭上表達過個人見解，並提出幾個問題，算為個人的補充。」雖然這

〔註 1〕《藝術教育的改造問題》，《解放日報》，1942 年 9 月 9 日。
〔註 2〕《關於文藝工作者下鄉的問題》，《解放日報》，1943 年 3 月 28 日。

兩則訊息第一次公開了座談會信息，但卻是以一種非正式的方式呈現的，且語焉不詳。其四是劉白羽寫於 1942 年 5 月 21 日、刊載在 6 月 15 日《穀雨》第五期上的《對當前文藝上諸問題的意見》。文中開篇提到：「在當前文藝上，存在著若干問題，我們應該把它當做新的問題、重要的問題來看待。毛澤東同志在五月二日座談會上所提出的，就正是要我們認識，討論，解決這些問題。」同期丁玲的文章《關於立場問題我見》中也在開篇寫道：「五月二日的文藝界座談會上，毛主席提出了八個問題。」其五是 1943 年 4 月 3 日，何其芳又在《解放日報》撰文《改造自己，改造藝術》。文中寫道：「因為經過了去年五月毛主席在文藝座談會的指示，經過十個月來的整風，大家已經認識到這次下鄉並不是一個簡單的搜集材料的問題，而是一個有嚴重意義的改造自己，改造藝術的問題。」〔註 3〕其六是 1943 年 4 月 4 日，蕭三在《可喜的轉變》中，大量援引了座談會和「講話」的內容。文中他寫道：「首先在思想上，現在大家依據毛主席文藝座談會的《引言》和《結論》中所提出的『文藝為工農兵服務，面向工農兵，與工農兵結合』的口號，更深刻認識文藝為抗戰，為革命，為政治服務。」在例數延安各文藝單位一年來的成績後，蕭三說：「我們在這裡回顧一下，不難想到：所有這些成績，都是整風學習的結果，文藝座談會上毛主席作《結論》的結果，文藝工作者思想上起了革命的結果。」〔註 4〕作為顯性文本大致這些。

此外，還有大量隱性文本。僅以《解放日報》1942 年為例。如 5 月 15 日刊登艾青寫於 4 月 23 日、經毛澤東修改的《我對於目前文藝上幾個問題的意見》，5 月 19 日刊登唯木的《當前的劇運方向和戲劇界的團結》，5 月 23 日刊登塞克的《論戰時藝術工作和創作態度》，5 月 31 日刊登劉白羽的《與現實鬥爭生活結合》，6 月 2 日刊登魏東明的《從學院到實際》，6 月 12 日刊登周立波的《思想，生活和形式》，7 月 4 日刊登楊思仲的《對於題材問題的一理解》，7 月 25 日刊登金燦然的《論雜文》，8 月 22 日刊登馮牧的《關於寫熟悉題材一解》，8 月 31 日刊登默涵的《關於描寫工農兵》，9 月 11 日、12 日刊登張庚的《論邊區劇運和戲劇的技術教育》，10 月 16 日刊登何其芳的《論文學教育》，10 月 17 日刊登柯仲平的《從寫作上幫助工農同志》，11 月 11 日刊登廠民的《關於詩歌大眾化》等，都是圍繞文藝座談會和「講話」的主題展開，

〔註 3〕《解放日報》，1943 年 4 月 3 日。
〔註 4〕《解放日報》，1943 年 4 月 11 日。

但是都沒有直接言及座談會及毛澤東的「講話」。

二、半成品《講話》在延安的亮相

1943 年 3 月 13 日，《解放日報》以一千多字的文字量刊發了毛澤東在文藝座談會上的講話部分內容，這是「講話」首次正式見諸報端。對於《解放日報》這時節發表「半成品」的「講話」這一舉動，關注的人並不多，其中包括艾克恩在《延安文藝紀盛》和《延安文藝史》上有所提及，杜忠明在《延安文藝座談會紀實》一書也多有涉及，但都未深入展開談。而另一些當事人、研究者都忽略了「講話」的這一「半成品」。例如作為《講話》整理者的胡喬木就沒有在其晚年的回憶中提及，其他包括周揚、丁玲、何其芳、劉白羽、艾青、羅烽、蕭軍等諸多延安文人的回憶〔註 5〕中都沒有提及。《講話》版本研究專家孫國林在《〈講話〉的版本》〔註 6〕中詳細考察了《講話》的各種版本，但未觸及這一問題。李潔非、楊劼在《解讀延安——文學、知識分子和文化》〔註 7〕一書中也談及《講話》的版本問題，但也未觸及。《講話》研究的專著也是國家社科基金後期資助項目《〈在延安文藝座談會上的講話〉研究》〔註 8〕中對「《講話》在解放區與國統區的傳播」、「《講話》的版本沿革」等問題都做了論述，但卻一字未提這個「半成品」版本。

事實上，《解放日報》此時刊發「講話」的部分內容，是有很強寓意和政治指向的。

回到 1943 年 3 月的歷史現場可知，在文藝整風運動歷時大半年後，延安文藝界迎來整風的新階段，即延安掀起了作家和藝術家下鄉、入場、到部隊的熱潮。其標誌就是 1943 年 3 月 10 日，中共中央文委與中組部召集黨的文藝工作者 50 餘人所召開的大會。會上中宣部代部長凱豐、中組部長陳雲、華中局書記劉少奇、《解放日報》社長博古、西北局宣傳部長李卓然相繼講話，一個共同的主題就是為實現毛澤東「講話」所指示的新方向，作家們要「深入群眾、改造自己」。3 月 13 日「講話」部分內容被公開發表，正是源起於《解放日報》報導的這一會議消息和指導精神。

這篇報導經毛澤東審閱修改後，發表於頭版頭條，長達七千多字，有研

〔註 5〕王海平、張軍鋒主編：《回想延安·1942》，江蘇文藝出版社，2002 年。
〔註 6〕王志武編：《延安文藝精華鑒賞》，陝西人民出版社，1992 年，第 28～37 頁。
〔註 7〕當代中國出版社，2010 年。
〔註 8〕人民文學出版社，2009 年。

究者稱這是「《解放日報》創辦六年以來發表的最顯著、文字最多的新聞」〔註 9〕。報導以魯迅提出文藝與群眾與實際鬥爭結合為導語，分四個小標題：「毛澤東同志曾指示文藝應為工農兵服務」，下面對應的是毛澤東的「講話」的部分內容，主旨是「講話」中提到的「文藝為工農兵」的問題，黨員文藝工作者不但要在組織上入黨，而且要在思想上入黨，取得工農兵的立場，這個過程是長期的痛苦的；「到前方到農村成為群眾一份子」，下面對應的是凱豐的發言，內容的主旨是要求作家「放下臭架子，甘當小學生」；「反對自視特殊和自高自大」，下面對應的是陳雲的發言，主旨是告誡作家不要「自視特殊和自滿自大」，遵守紀律，老老實實學習；「改造實際中長期學習」，下面對應的是劉少奇的即興發言，主旨是文學工作者要「直接向實際學習，直接從改造實際中學習」，「打倒無知」。這之後，便是延安文藝家們紛紛深入工農兵，在實際生活中改造自己的壯舉了。

三、幾經修訂的《講話》公開發表

在「講話」部分內容發表半年後的 1943 年 10 月 15 日，也是「搶救運動」達到高潮時，毛澤東終於決定發表「講話」。博古拿到稿子後，責成林默涵、黎辛發排。四天後的 19 日，《解放日報》以頭版、四版全版和第二版的五千字的版幅，一次性全文發表了《在延安文藝座談會上的講話》。《講話》發表的當天，中央即用電訊向各抗日根據地黨、政、軍各部門，播發了《講話》的全文。同時，《解放日報》採取「通改報版」的辦法，以報社的名義出版了 32 開本、40 頁的鉛印單行本。這就是通稱的「四三年版本」，也是《講話》未來傳播過程中的參照樣本。

就在《講話》發表次日，中央總學委發布了一個通知：

> 《解放日報》十月十九日發表的毛澤東同志在一九四二年五月延安文藝座談會上的講話，是中國共產黨在思想建設理論建設的事業上最重要的文獻之一，是毛澤東同志用通俗語言所寫成的馬列主義中國化的教科書。此文件絕不是單純的文藝理論問題，而是馬列主義普遍真理的具體化，是每個共產黨員對待任何事物應具有的階級立場，與解決任何問題應具有的辯證唯物主義歷史唯物主義思想的典型示範。各地黨組織收到這一文章後，必須當作整風必讀的文

〔註 9〕杜忠明：《延安文藝座談會紀實》，中央文獻出版社，2012 年，第 62 頁。

件，找出適當的時間，在幹部和黨員中進行深刻的整風學習和研究，規定為今後幹部學校與在職幹部必修的一課，並儘量印成小冊子發送到廣大學生群眾和文化界的黨外人士中去。〔註10〕

這是一份用語和措辭高度講究的整風新文獻，其中「最重要」、「真理」、「教科書」、「典型示範」、「必修的一課」更是將《講話》定性和昇華到了前所未有的高度。只是，與這樣的高調宣傳和訓令不相協調的是，《解放日報》在第一版中間偏下極不起眼位置，以豆腐塊的樣式發布，顯得非常漫不經心，更與《講話》重要性以及研究者們習慣性的誇張描述不相匹配，這一點本應引起重視然而一直以來卻未得到重視。

《講話》在延安傳播中的第三件大事是，1943 年 11 月 7 日中共中央宣傳部做出《關於執行黨的文藝政策的決定》。《決定》中寫道：「十月十九日《解放日報》發表的毛澤東同志《在延安文藝座談會上的講話》規定了黨對於現階段中國文藝運動的基本方針。全黨都應該研究這個文件，以便對於文藝的理論與實際問題獲得一致的正確的認識，糾正過去各種錯誤的認識。全黨的文藝工作者都應該研究和實行這個文件的指示，克服過去思想中工作中作品中存在的各種偏向，以便把黨的方針貫徹到一切文藝部門中去，使文藝更好地服務於民族與人民的解放事業，並使文藝事業本身得到更好的發展。」《決定》還在最後一部分特別警醒和提示說：「毛澤東同志《講話》的全部精神，同樣適用於一切文化部門，也同樣適用於黨的一切工作部門。全黨應該認識這個文件不但是解決文藝觀文化觀問題的教育材料，並且也是一般的解決人生觀與方法論問題的教育材料。」〔註11〕這個由中宣部發布的《決定》，顯然與前述中央總學委的通知在內容上是大體趨同的，精神上也是一致的，其接踵而至，一方面表明中央重視《講話》，另一方面是否也說明《講話》在文藝界以及文藝界以外並未受到應有的重視，所以再由中宣部發文以示提醒和督促，這一點值得深入研究。而根據過往經驗看，後者的可能性更大一些。因為，一個基本常理是，如果總學委的通知得到很好的落實貫徹，中宣部何必再次發文呢？

《講話》在延安傳播的另一重大表現，是周揚所編輯的《馬克思主義與文藝》。在這部理論彙集中，周揚不但將毛澤東納入到馬克思、恩格斯、普列

〔註10〕《解放日報》，1943 年 10 月 22 日。
〔註11〕《解放日報》，1943 年 11 月 8 日。

漢諾夫、列寧、斯大林、高爾基和魯迅等階級革命領袖和文藝大家的行列，使得毛澤東除了在政治、軍事、思想等領域的絕對權威外，還佔據並擁有了文藝理論的話語權。在「序言」中，周揚開篇即寫道：「毛澤東同志的《在延安文藝座談會上的講話》給革命文藝指示了新方向，這個講話是中國革命文學史、思想史上的一個劃時代的文獻，是馬克思主義文藝科學與文藝政策的最好的課本。本書就是企圖根據這個講話的精神來編纂的。」〔註 12〕毛澤東儘管在給周揚信中謙虛地表示「把我那篇講話配在馬、恩、列、斯……之林」「不稱」，並聲言自己的話「是不能這樣配的」，〔註 13〕但是兩天後的《解放日報》還是刊登了「序言」的全文，可見毛澤東的一番謙辭並非出自真心。在周揚的鼎力促成下，《講話》榮膺馬列文論行列，不但因此獲得了理論的確認和昇華，也在傳播過程中具備了絕對的威權性。

此外，《講話》在延安的傳播還有幾處需要提及。

1943 年 11 月 21 日，西北局召集各劇團負責人開會，動員劇團下鄉。宣傳部長李卓然在講話中說：自《講話》發表和中宣部指示下達後，文藝界作了很大努力。今後的任務是到實際工作中學習，幫助各分區的文藝運動，使之認真貫徹毛澤東同志所指出的方向。〔註 14〕1944 年 10 月 11 日，陝甘寧邊區文教代表千人大會上，朱德在講話中說：今天文化教育界的巨大成績，證明毛主席在延安文藝座談會上的正確結論，發生了效果。〔註 15〕1945 年 3 月 18 日，延安文藝界百餘人集會上，剛由重慶返回的何其芳在彙報中提到：《講話》給大後方文化界很大鼓舞，有些進步人士並以實際行動來響應和實踐這個新文藝運動的方針。〔註 16〕1945 年 8 月 24 日，在延安文化界交際處舉行的歡送會上，邊區文協副主席丁玲在開幕詞中代表文抗勉勵去前方的同志要堅持毛主席的文藝政策，為更廣大的工農兵服務。周恩來勉勵大家要貫徹毛主席的文藝政策和魯迅方向，堅持文化統一戰線政策。中組部代理部長彭真指出，文藝工作者經過思想改造，使文藝普及工作有了很大的創造。以

〔註 12〕《解放日報》，1944 年 4 月 8 日。

〔註 13〕《毛澤東書信選集》，人民出版社，1983 年，第 228 頁。

〔註 14〕鍾敬文等編：《延安文藝叢書．文藝史料卷》，湖南文藝出版社，1987 年，第 186 頁。

〔註 15〕鍾敬文等編：《延安文藝叢書．文藝史料卷》，湖南文藝出版社，1987 年，第 212 頁。

〔註 16〕鍾敬文等編：《延安文藝叢書．文藝史料卷》，湖南文藝出版社，1987 年，第 228 頁。

後還要把文藝普及到新解放區和全中國去。〔註 17〕1946 年 8 月 9 日西北局宣傳部召集文藝座談會，錢俊瑞、李伯釗等 30 餘人出席。宣傳部長李卓然在講話中說道：「邊區文藝界遵循毛主席在文藝座談會上所指出的方針，開始為工農兵服務，產生了如《白毛女》《血淚仇》《抗日英雄洋鐵桶》等優秀作品。今後應向一些模範作品如《李有才板話》等學習，不斷提高自己，從實際生活中吸取題材。」〔註 18〕

第二節　《講話》在其他邊區的傳播

隨著延安文藝座談會的召開以及毛澤東的「講話」出臺，文藝整風運動在其他邊區也全面鋪開。但是因為《講話》未能及時發表，或者發表以後，各地區所面對的實際情況和信息傳播渠道不一等因素，所以在傳播中就存在著諸多不同情況。

山東邊區。山東在響應文藝整風運動和傳播「講話」精神方面，起步並不算早。1942 年 12 月 19 日，新成立不久的膠東「文學研究會」召開會議，討論「講話」精神，張靜齋、馬少波、包幹夫、羅竹風等到會，但並未形成有價值的紀要文字，與會人員也罕有相關文字材料。所以，與會人員在多大程度上重視「講話」，這是不好說的問題。1943 年 3 月，延安文藝座談會已召開快一年後，朱瑞在《我對於開展山東文化運動的幾點意見》中仍沒有具體結合「講話」，只在文化工作要「深入到廣大群眾中去，與群眾的利益結合起來」；文化工作者「不要有自高自大的現象」，以及「文化工作者要加強整風」等幾處有很模糊體現。〔註 19〕1943 年 6 月，也即延安召開黨的文藝工作者會議 3 個月後，馬少波發表了配合文藝工作者下鄉的《〈文藝運動新方向〉讀後感》。全文圍繞毛澤東在「講話」中所提出的「文藝為工農兵服務與工農兵結合」精神，結合大眾社編訂的《文藝運動新方向》，號召本地區文藝家「面向工農兵與下鄉」、克服「特殊與自大」的毛病。〔註 20〕1943 年 7 月初，山東分

〔註 17〕鍾敬文等編：《延安文藝叢書・文藝史料卷》，湖南文藝出版社，1987 年，第 237 頁。

〔註 18〕鍾敬文等編：《延安文藝叢書・文藝史料卷》，湖南文藝出版社，1987 年，第 267 頁。

〔註 19〕《山東文化》創刊號，1943 年 3 月 1 日。

〔註 20〕《膠東大眾》第 15 期，1943 年 6 月 25 日。

局宣傳部召集文藝界四十餘人進行了兩天集中討論會，會議指出，山東文藝界普遍存在「文藝活動脫離實際、脫離群眾」，沒有真正為工農兵服務等問題。分局宣傳部長陳沂在傳達完延安的文藝指示後，對這些存在的問題提出批評，並指示「全體同志首先從思想上確立文藝服務於政治鬥爭犧牲自我為群眾服務的觀念」。〔註 21〕1943 年 10 月，山東根據地召開文藝座談會，陳沂作了《怎樣實現文藝政策》的總結報告，報告沒有直接提及「講話」，但在行文中卻體現了諸如「文藝工作面向工農兵」、「文藝與政治的密切結合」、「文藝的普及與提高」等語句。〔註 22〕在《講話》發表後，山東大眾日報社於 1943 年 10 月出版了繼解放社的《講話》單行本後的第二個單行本，這也是延安以外最早的單行本。一個月後，膠東聯合社出版《講話》單行本。同時山東根據地的各分區先後舉辦了多場貫徹《講話》精神的座談會。1944 年 3 月，膠東地區舉辦了擴大的文化座談會，首先學習了《講話》精神。林浩在講話中談到膠東地區存在的文藝家不能真正面向工農兵的問題時說：「這是一個嚴重的問題，是一種病症，這種病症要用毛主席在延安文藝座談會上的講話來診治才行。」〔註 23〕1944 年 5 月，渤海區召開「五四」文化座談會，陳放做了總結報告。在第二個大問題「今後怎樣開展文藝運動」中，陳放指示「每個文藝工作同志要很好的研究毛澤東同志《在延安文藝座談會上的講話》（即《新文藝論》）及《怎樣實現文藝政策》。從學習這兩個文件中，反省自己的思想，檢查自己的工作。」〔註 24〕

晉察冀邊區。在延安文藝座談會已經召開的情況下，聶榮臻在 1942 年 8 月的晉察冀軍區文藝工作會議上，還是只圍繞毛澤東整頓三風的報告作了講話《關於部隊文藝工作諸問題》〔註 25〕，而沒有提及延安文藝座談會和「講話」。沙可夫在 1943 年 1 月所作的總結報告《偉大轉變的一年——初步檢討過去一年邊區文化工作與今後努力的方向》〔註 26〕中，也完全忽視延安文藝座談會和「講話」的存在。1943 年 4 月北嶽區黨的文藝工作者會議上，文聯

〔註 21〕《山東文藝界深入研究面向工農兵的新方向問題》，《群眾日報》，1943 年 7 月 14 日。

〔註 22〕《膠東文化》第 18 期，1943 年 10 月。

〔註 23〕《林浩同志在膠東文化座談會上的講話》，《大眾日報》，1944 年 4 月 17 日。

〔註 24〕《掌握文藝鬥爭武器——對「五四」文化座談會的總結》，《群眾報》，1944 年 5 月 24 日。

〔註 25〕《晉察冀日報》，1942 年 8 月 13 日。

〔註 26〕《晉察冀日報》，1943 年 1 月 31 日。

主席成仿吾和代表軍區與北嶽區黨委的朱良才在發言〔註 27〕中都沒有觸及「講話」，只有代表區黨委的胡錫奎在會議總結中提到「去年毛澤東同志在延安文藝座談會上明確提出文藝要為工農兵服務的口號，最近陳雲同志、凱豐同志、劉少奇同志所發表的意見，更具體地指出如何去實現文藝為工農兵服務的這一正確口號。」〔註 28〕顯然，胡錫奎雖然提及「講話」，但主要針對的還是 1943 年 3 月黨的文藝工作者會議精神。也就是說，在 1942 年延安文藝座談會後至 1943 年 4 月間，晉察冀邊區並沒有做出反應。據周巍峙晚年回憶，他是在 1943 年冬天才看到半部《講話》的油印本，全文是在 1944 年初邊區反掃蕩結束全團集合時看到的。〔註 29〕這個說法相對比較可信，因為冀中的徐光耀在 1944 年 1 月 7 日的日記中這樣寫道：「今天是禮拜日，是時事學習的日子，我學昨天發來的文件——毛澤東同志《在延安文藝座談會上的講話》。」〔註 30〕1944 年 1 月 30 日，《晉察冀日報》全文發表《講話》以及《中共中央宣傳部關於執行黨的文藝政策的決定》。1944 年鄧拓編輯的《毛澤東選集》第五卷中收錄了《講話》全文。冀中的王林在 1952 年的所寫的檢討中說：「毛主席在延安文藝座談會上的講話，在我寫完長篇小說《腹地》一年多以後到北嶽區整風才正式看到。」王林還說道：「1944 年春，上山裏整風，正式看到毛主席在延安文藝座談會上的講話。」〔註 31〕即便是王林當時閱讀過《講話》，也未見得多麼重視，因為 1946 年 5 月 31 日他在致沙可夫的信中寫道：「歷史上兩大文獻——《毛主席在延安文藝座談會上的講話》和《財政問題與經濟問題》還沒有見。因而使我對於暴露黑暗與歌頌光明上以及對於發展經濟，建立革命家務上沒有正確的方向。」〔註 32〕1947 年 5 月中共晉察冀中央局在關於文藝工作的三個決定中，多次提及延安文藝座談會和《講話》。〔註 33〕

〔註 27〕《成仿吾同志在北嶽區黨的文藝工作者會議上的發言》《朱良才同志對邊區文藝工作檢討上的意見》，《晉察冀日報》，1943 年 5 月 21 日。

〔註 28〕《加強文藝工作整風運動為克服藝術至上主義的傾向而鬥爭》，《晉察冀日報》，1943 年 5 月 21 日。

〔註 29〕《「講話」為文藝工作指明了方向》，王海平、張軍鋒主編：《回想延安·1942》，江蘇文藝出版社，2002 年，第 85 頁。

〔註 30〕《徐光耀日記》第一卷，河北教育出版社，2015 年，第 5 頁。

〔註 31〕《我要克服我的自然主義傾向　文藝整風初步反省之一》，《〈腹地〉備忘錄》，王端陽自印，第 15 頁。

〔註 32〕王林日記，未刊，王端陽、楊福增藏。

〔註 33〕《晉察冀日報增刊》第 7 期，1947 年 5 月 10 日。

晉冀魯豫邊區。晉冀魯豫邊區對於貫徹延安文藝座談會和《講話》精神表現比較遲鈍。在 1943 年 3 月召開的太行區文聯擴大的執委會上，主席徐懋庸所做的報告中，無論是「一九四二年文聯工作的簡單總結」，還是「一九四三年的文聯工作的意見」，〔註 34〕都不過是在貫徹 1942 年 1 月間八路軍一二九師政治部與太北區黨委聯合召開的文化人座談會精神，而與延安文藝座談會和「講話」沒有直接關係。對此，秉圭的《文聯擴大執委會發言記要》〔註 35〕中也寫得很清楚。徐懋庸晚年在回憶錄中也寫道：「毛主席《在延安文藝座談會上的講話》，是一九四二年五月在延安發表的，但是不知為什麼在太行區發表，卻在一年多以後。所以，一九四三年三月的『文聯』擴大會上，我根據太行分局的指示所作的報告，沒有反映出毛主席的《講話》精神，只是提出要在太行根據地掀起一個『以新民主主義的民主思想為中心的』、『真正群眾性的、大眾化的』、『新文化啟蒙運動』。」「大約在一九四三年五六月間，毛主席的《在延安文藝座談會上的講話》，終於由《新華日報》華北版發表了，『文聯』的工作，這才真正明確了方向。」〔註 36〕直到 1943 年 6 月 21 日，太行文聯和太行山劇團根據陳雲、凱豐 3 月份黨的文藝工作者會議精神，以及《解放日報》的《從春節宣傳看文藝的方向》，聯合召開了文藝工作及文藝工作者的改造問題座談會，才開始正式學習和貫徹「講話」精神，但在徐懋庸所作的《太行文藝界歪風一斑》的會後總結中，仍沒有直接提及「講話」，可見邊區文藝界並未引起重視。而 1942 年曾大量出版《反對黨八股》《改造我們的學習》《整頓三風文件二十二將》等整風文獻的《新華日報》（華北版）此時也保持著沉默。直到 1943 年 12 月 21 日，《新華日報》（華北版）第三版才刊出「中共華中局　開文藝座談會　深入討論毛主席的報告」的短論〔註 37〕，其中提及華中局為配合中央宣傳部文藝政策的決定，於「上月二十七日及本月四日、十一日召開座談會，對毛澤東同志《在延安文藝座

〔註 34〕《文聯一九四二年的工作總結及一九四三年的工作計劃》，《華北文化》第 9 期，1943 年 3 月 15 日。

〔註 35〕《華北文化》第 9 期，1943 年 3 月 15 日。

〔註 36〕《徐懋庸回憶錄》，人民文學出版社，1982 年，第 150～151 頁。王韋主編的《徐懋庸研究資料》的「徐懋庸年表」（知識產權出版社，2010 年，第 186 頁）中照錄此說。但根據筆者所查，《新華日報》（華北版）1943 年 5、6 間並未發表過任何有關《講話》的文字，徐懋庸的回憶明顯有誤，而王韋則是學術不夠嚴謹。

〔註 37〕全文不足 300 字。引文後是轉述和概括饒漱石的講話。

談會上的講話》作熱烈討論」；12 月 23 日在第四版刊出《毛澤東同志文藝報告精神筆記》〔註 38〕。1944 年，冀魯豫書店出版的《整風文獻》中收錄了《講話》全文，《講話》在晉冀魯豫邊區才終於有了歸宿。

晉綏邊區。1942 年 5 月間，郁文從延安到了興縣，在文聯駐黑峪口部分人中傳達了「講話」。〔註 39〕盧夢 1980 年代曾回憶說，1942 年 6、7 月間「講話」就傳到了晉西北，文聯和劇社的同志都聽取了傳達，並進行了學習和討論〔註 40〕。10 月底，歐陽山尊在興縣政治部駐地文化署較大範圍地傳達了自己在座談會的筆記。〔註 41〕儘管晉西抗聯文化部長亞馬後來回憶說：邊區「隨之迅速展開了為誰服務、如何為工農兵服務的討論」，「大批青年文化、文藝工作者，認真領會和接受了毛澤東《在延安文藝座談會上的講話》的思想，並作為自己的行動指南」〔註 42〕，但從邊區宣傳機構和文藝部門的會議落實以及諸多當事人的言論和後來的回憶文字看，「講話」並沒有得到實質貫徹，亞馬的回憶很大程度上有事後邀功之嫌。1943 年 10 月 30 日，晉綏邊區在其下轄的《抗戰日報》上全文轉載了《講話》，同時刊登了中央總學委的《通知》。這是《講話》首次得以在延安以外的報紙上傳播，儘管時間上還不夠及時，但一定程度上可以看出該地區對於《講話》的重視。而與之不相協調的是，該區除這一舉措外，其他對於《講話》的貫徹和落實的實際行動卻鮮見，只是在 1944 年「七七抗戰」七週年紀念之際，圍繞「七七七」文藝獎金時有所提及。如在「緣起與辦法」中提到：「毛主席在延安文藝座談會上的講話，已經確立的為我們指出了文藝創作的方針。本文為了深刻紀念抗戰七週年，同時為了熱烈響應毛主席的號召，特舉辦『七七七』文藝獎金，以為倡導希望我晉綏邊區文藝界同志互相勉勵。」〔註 43〕在獎金公布後《抗戰日報》的社論中提及「『七七七』文藝獎金獲獎作品……是在毛主席的文藝方針下，

〔註 38〕全文字數近 800 字。

〔註 39〕亞馬：《關於晉綏邊區文化、文藝運動的若干問題》，王一民等編：《山西革命根據地文藝運動回憶錄》，北嶽文藝出版社，1988 年，第 12 頁。

〔註 40〕盧夢：《回顧西北地區文藝運動發展的歷史》，王一民等編：《山西革命根據地文藝運動回憶錄》，北嶽文藝出版社，1988 年，第 29 頁。

〔註 41〕亞馬：《關於晉綏邊區文化、文藝運動的若干問題》，王一民等編：《山西革命根據地文藝運動回憶錄》，北嶽文藝出版社，1988 年，第 12 頁。

〔註 42〕《關於晉綏邊區文化、文藝運動的若干問題》，王一民等編：《山西革命根據地文藝運動回憶錄》，北嶽文藝出版社，1988 年，第 12～13 頁。

〔註 43〕《「七七七」文藝獎金緣起及辦法》，《抗戰日報》，1944 年 3 月 2 日。

我敵後文藝運動的一個很大的收穫。」「我們的文藝批評的態度應該是符合毛主席實事求是、與人為善的精神。」〔註 44〕其他則零星散見於亞馬的《談文藝與群眾結合問題——為紀念「五四」二十五週年而作》〔註 45〕和《關於戲劇運動三題》〔註 46〕、華純等執筆的《晉綏劇運之前瞻》〔註 47〕、馮牧的《敵後文藝運動的新收穫——讀晉綏邊區「七七七」文藝獎金獲獎作品》〔註 48〕、穆欣的《晉綏解放區鳥瞰》第 14 節〔註 49〕等，雖有《講話》精神的體現，但是很難說是在貫徹《講話》。

其他邊區的表現則更差一下。如華東地區。新四軍直屬隊於 1943 年 11 月下旬舉行了文藝座談會。同時印發了《毛澤東在延安文藝座談會上的講話——整風必讀文件之一》。封頁裏還印有中央總學委的《通知》，書後附有中宣部的決定。但是缺乏其他相關輔助學習運動等形式，效果也不明顯。華中地區則直到 1945 年，李守章才在《中國新文化運動的三個階段》〔註 50〕中，突出了《講話》的重要性。

中日戰爭結束後進入到國共內戰時期，《講話》隨著戰事的發展在各地區得到一定程度的傳播。如 1945 年 12 月東北書店出版了《現階段中國文藝的方向》一書，內收《講話》全文。1946 年蘇皖地區的新華書店、東北書店、延邊出版社、山東新華書店出版社分別印行、再版了《講話》單行本。中南軍區和第四野戰軍政治部文化部印行了袖珍本的《講話》單行本。1946 年 3 月「由中共中央南方局書記周恩來撥款並派員在香港籌建的幾個宣傳據點之一」的新民主出版社，從 1946 年至 1950 年以單篇本的方式出版了一套《毛澤東選集》，包括《講話》（出版時名為《論文藝問題》）等。據當事人回憶，這套《毛澤東選集》「每種至少印行 6 萬冊，全套總印行數有 100 萬冊以上」。〔註 51〕1947 年，晉察冀中央局做出「開展邊區文藝創作」、「開展鄉村文藝運

〔註 44〕《「七七七」文藝獎金公布以後》，《抗戰日報》，1944 年 9 月 20 日。
〔註 45〕《抗戰日報》，1944 年 5 月 6 日。
〔註 46〕《抗戰日報》，1944 年 10 月 8 日。
〔註 47〕《抗戰日報》，1944 年 11 月 28 日。
〔註 48〕《解放日報》，1945 年 5 月 6 日；《抗戰日報》，1945 年 6 月 1 日。
〔註 49〕呂梁文化教育出版社，1946 年。
〔註 50〕《生活》第 3 期，1945 年 5 月 10 日。
〔註 51〕吳仲、黃光：《香港新民主出版社分冊出版一套〈毛澤東選集〉簡介》，劉金田、吳曉梅：《〈毛澤東選集〉出版的前前後後（1944.7～1991.7）》，中共黨史出版社，1993 年，第 203～207 頁。吳仲時任新民主出版社經理，黃光是其助手。

動」、「貫徹為兵服務方針，開展部隊文藝工作」等「三個決定」中，多次提及《講話》。〔註 52〕東北書店也在這一年印行了《講話》單行本。1947 年東北的通化日報社印行了《講話》單行本。1948 年太嶽新華書店出版社、東北書店印行和再版了《講話》。

需要說明的是，儘管《講話》早已經「落戶」各地區，但是並未形成延安那樣的貫徹、學習、落實熱潮。例如東北地區，真正開始有意識、有針對性地落實《講話》精神，不可能是惶惶不可終日地被孫立人的「新一軍」驅趕差點跑到蘇俄境內的過程中，而是在戰局已經明顯確定、大批延安文人抵達東北後的 1948 年，其標誌是《文學戰線》的創辦，該刊的創辦就是以貫徹毛澤東的《講話》精神、繁榮東北解放區文藝為宗旨，其刊發的嚴文井的《注意廣大工農兵群眾的文藝活動和要求》〔註 53〕、甦旅的《目前文藝運動的我見》〔註 54〕、胥樹人的《關於文藝上的經驗主義》〔註 55〕等都是經典的宣傳和解讀《講話》的文本。

再有就是 1949 年新政權成立前的短暫時間內，新華書店、華東新華書店、華北大學、東北新華書店、華中新華書店總店、太嶽新華書店、中原新華書店、解放社、成都新華書店、新華書店晉察冀分店、中國大辭典編輯處、華東新華書店隨軍分店第十中心支店、蘇南新華書店、浙江新華書店湖州支店、上海新華書店又印行和再版了《講話》的單行本。而這時期，隨著戰事的推進和大批延安文人的跟進，《講話》也廣泛蔓延、傳播起來。

綜上可見，很多研究者都習慣這樣想像性地描述說：「延安文藝座談會之後，《講話》的精神在延安及各解放區迅速傳播。」〔註 56〕「毛澤東的《講話》和總學委的《通知》以及中宣部的《決定》的發表，在延安及全國各地引起了強烈的反響。」〔註 57〕排除延安一地，這樣的說法，在宏觀上能夠說得通，但是具體到微觀、細節和具體時間段等方面，則存在很大的敘述漏洞，因為各地區、各部門、個人在貫徹和落實《講話》時，在時間早晚、重視程度、具

〔註 52〕《晉察冀日報．增刊》第 7 期，1947 年 5 月 10 日。
〔註 53〕第一卷第二期，1948 年 8 月 25 日。
〔註 54〕第一卷第二期，1948 年 8 月 25 日。
〔註 55〕第二卷第一期，1949 年 3 月。
〔註 56〕孫國林：《〈講話〉的版本》，王志武編：《延安文藝精華鑒賞》，陝西人民出版社，1992 年，第 29 頁。
〔註 57〕艾克恩編：《延安文藝史》（下），河北教育出版社，2009 年，第 64 頁。

體落實等方面是各不相同的，且有一個共同點：《講話》在各邊區的傳播和影響，遠不及延安的聲勢和力度，這一點是毋庸置疑的，儘管那些回憶文章或宣傳數據看上去很壯觀，造成這種歷史敘事與現實差距的原因，只不過是 1949 年的忽然到來，毛澤東和《講話》都被奉為圖騰，所以無論是當年的文藝親歷者，還是事後的黨史學家、黨國學者們，在歷史敘事時努力營造《講話》得到認真貫徹執行的虛假政治宣傳，然後一幫學派內養尊處優的教授們就信以為真地各種論證，又強化了這一虛假政治宣傳，後來的年輕研究者踏著前輩學人的腳印再次加碼，真可謂眾口鑠金，積毀銷骨，

第三節　《講話》在重慶的傳播

在通常的黨國文學史敘事中，《講話》在所謂「國統區」重慶，也得到大力傳播和廣泛接受，例如田仲濟教授 1962 年撰文說：「《在延安文藝座談會上的講話》傳到重慶是很快的，而新華日報社一排印後，重慶文藝界便很快地都傳誦了。」〔註 58〕胡喬木在晚年回憶錄中依然說：「延安文藝座談會的召開和毛主席的講話，在國民黨統治區的進步文化界也發生很大影響。」〔註 59〕老記者廖永祥說：「各方面愛國民主人士，包括文化界進步分子，都自覺根據積極學習。」〔註 60〕文藝理論家王朝聞晚年回憶仍然堅持說：「《在延安文藝座談會上的講話》在國統區的影響也很大」〔註 61〕，《講話》的研究專家劉忠也說國統區作家「積極響應」〔註 62〕，也有論者附和說：「『講話』在解放區廣為傳誦學習的同時，在國統區文藝界也引起了震動和反響」〔註 63〕，在「全國各地引起了強烈的反響」〔註 64〕等。但是考察實情，卻發現《講話》在重慶左翼文藝界的傳播和接受情形，並不如人們預期和描述的那樣樂觀。

〔註 58〕《當〈講話〉傳到重慶以後》，《山東文學》，1962 年第 6 期。

〔註 59〕《胡喬木回憶毛澤東》，人民出版社，1994 年，第 267～268 頁。

〔註 60〕四川省《新華日報》暨《群眾》週刊史學會、重慶市《新華日報》暨《群眾》週刊史學會編：廖永祥撰著：《新華日報史新著——紀念周恩來誕辰 100 週年》，重慶出版社，1998 年，第 181 頁。

〔註 61〕王海平、張軍鋒主編：《回想延安》，江蘇文藝出版社，2002 年，第 103 頁。

〔註 62〕《〈在延安文藝座談會上的講話〉研究》，人民文學出版社，2009 年，第 154 頁。

〔註 63〕王海平、張軍鋒主編：《回想延安・1942》，江蘇文藝出版社，2002 年，第 43 頁。

〔註 64〕艾克恩主編：《延安文藝史》（下），河北教育出版社，2009 年，第 314 頁。

在陪都重慶，延安文藝座談會召開的消息最早見於《新華日報》1942年6月12日轉載的蕭軍《對於當前文藝問題的我見》一文，但這並不能說明重慶在有意識地傳播《講話》，而只是無心插柳的結果。不過，研究者沈振煜卻說這篇文章「復述介紹了毛澤東在《在延安文藝座談會上的講話》的『引言』中提出討論的文藝工作者的立場、態度、工作、學習等重要內容，第一次在國統區披露了《在延安文藝座談會上的講話》的有關精神。」〔註65〕如果閱讀蕭軍的文章和日記即可知道，儘管他文章中出現了「立場」、「態度」、「給誰看」、「寫什麼」等與《講話》相關的描述，但是行文指導思想與《講話》完全不在一個軌道上，甚至與《講話》精神多有齟齬。而且，不得不說的是，在筆者考察的諸多文獻中，未發現哪位作家是因蕭軍的文章開始關注座談會和《講話》的。或者說，儘管蕭軍在文章中將座談會的「信息傳遞到了國統區」〔註66〕，但重慶左翼文化界未給予什麼特別關注、反應和反響。

重慶左翼文化界沒有特別關注延安文藝座談會和《講話》，其實很可以理解，因為截至1942年，那裡的注意力更多地集中在抗戰這一時代、國家的主題上，即便是發生「皖南事變」這樣的嚴重衝突，那些肩負著階級翻身使命的左翼文化人士，也沒有太明目張膽地挑起階級仇恨。或者說，低調的配合和隱忍，是《新華日報》《群眾》的宣傳基調，這一點只要翻看一下當年的《新華日報》即可知。只是這樣的客觀結果並不為後來的絕大多數研究者所認同，人們依然一廂情願地、想當然地或者仿照延安境況，構想《講話》傳播到重慶後所引起的熱切期盼、歡欣鼓舞的畫面：

左翼元老陽翰笙在1982年撰文《〈講話〉在重慶傳播前後》。其中談道：「1942年底，他（指周恩來——本文注）就對國統區的革命文藝工作者講解了《講話》產生的背景及其偉大意義，號召我們認真學習。」他還接著寫道：「在得到正式文件，郭老、乃超和我商量，決定先黨內後黨外，逐步擴大學習範圍。首先在文工會的同志和朋友中學習，然後再是文協、中蘇文協、復旦，以及戲劇電影界的同志和朋友，大家在暗中掀起一個自我學習運動。」

〔註65〕《毛澤東文藝思想對國統區文藝運動的重要影響》，黃曼君主編：《毛澤東文藝思想與中國文藝實踐》（本書是國家社科「九五」重點項目），華中師範大學出版社，2002年，第215頁。

〔註66〕胡喬木：《胡喬木回憶毛澤東》，人民出版社，1994年，第259頁。

「朋友們對毛澤東同志、對《講話》無不心悅誠服。他們說《講話》內容豐富，很系統，有分量，解決的問題多，許多疑難問題俱可以從《講話》中找到答案。」他還寫道：「《講話》在老舍、馬宗融、洪深、史東山這些朋友中也引起強烈反響。他們帶著非常崇敬的心情，說《講話》解決了文藝方面的一系列問題，……」《講話》在國民黨中的威懾力是很強大的，張道藩、潘公展感到吃驚，「說毛澤東很可怕，什麼都懂，《講話》一來，把文藝界的人都拉去了」。〔註 67〕

這樣一番記述看上去很有現場感、很逼真，但認真分析和核對便不難發現其中的問題是多麼荒謬。如 1942 年底，周恩來一直在重慶，沒有回過延安，不太可能得到未曾發表的《講話》文本，《周恩來年譜》中僅收錄周恩來 11 月 26 日在「紅岩嘴召集中共中央南方局工作人員會議，報告整風學習中的若干問題」〔註 68〕，而沒有涉及《講話》。劉白羽在《雷電頌——懷念郭沫若同志》中回憶郭沫若在聽自己和何其芳傳達《講話》時的細節：「郭老對毛主席滿懷虔的敬意，他仔細的認真的傾聽著，臉上時時流露出驚奇的深思和喜悅的笑容。……郭老為『講話』中強烈的真理之光所吸引了，對於知識分子到工農兵中改造這一精闢論述，擊節稱賞。談罷之後，他豪情滿懷、喜極若狂，他無條件的擁護毛主席的講話。」〔註 69〕

這樣的細節描寫同樣證實，在這之前郭沫若沒有閱讀過《講話》，否則何以要「流露出驚奇」呢。而老舍、馬宗融、洪深、史東山等是否對《講話》產生「強烈反響」？沒有其他相關的文字證實，而陽翰笙撰文時，四個人都已經故去，屬於死無對證，視其為一廂情願可以，稱其為胡亂編造也不為過。再有，張道藩、潘公展等國民黨人處於主導和強勢地位，怎麼可能產生那種臉譜化的「害怕」心理而且還被作者看出來？另一可信的甚至堪稱打臉的證據是陽翰笙本人的日記。日記中第一次提到延安文藝是在 1944 年 5 月 27 日，其中記道：「文化界的友人們今日歡迎何、劉兩兄於郭老家。何、劉對大家暢談西北文運至久，大家也都聽得很興奮。」〔註 70〕如果陽翰笙前文真的屬實，也就是說他和周邊的左翼文化人當年如何看重《講話》，那為何當年不

〔註 67〕《人民日報》，1982 年 5 月 26 日。

〔註 68〕中共中央文獻研究室編：《周恩來年譜：1898～1949》（修訂本），中央文獻出版社，1998 年，第 555 頁。

〔註 69〕《人民文學》，1978 年第 7 期。

〔註 70〕四川文藝出版社，1985 年，第 270 頁。

在日記裏寫下認真學習和膜拜的心得呢？

綜上可見，陽翰笙的回憶文章多屬無中生有，紕漏太多，不值一哂。至於《郭沫若傳》的作者們說「正是由於在此前後，毛澤東《在延安文藝座談會上的講話》精神已經逐步傳達」，所以郭沫若「寫了《文藝的本質》和《新文藝的使命》這兩篇有影響的文藝論文」，〔註 71〕更是無稽之談。因為郭沫若 1943 年發表《新文藝的使命》《文藝的本質》〔註 72〕本是就抗戰文藝來談的，與《講話》根本扯不上關係，傳記作者大概太希望郭沫若那樣了，所以完全罔顧事實、隨意比附。

這樣的想像性敘事並未就此終了，當事人和後續的衣缽者不斷加入。

1946 年起便參與《新華日報》工作的廖永祥，在其撰著的史學大作《新華日報史新著》中寫道：「1943 年 3 月 15 日，《新華日報》正式刊登了延安召開文藝座談會和毛主席發表《講話》的消息，並傳達了這次這次講話的基本精神是：『文藝為工農兵服務的原則。』」〔註 73〕趙衛東也在其博士論文中寫道：「1943 年 3 月 15 日，中國共產黨在重慶主辦的《新華日報》正式刊登了延安召開文藝座談會和毛澤東發表《講話》的消息。」〔註 74〕黨史研究專家肖思科在《延安紅色大本營紀實》中宣稱：「到了 1943 年 3 月 15 日，《新華日報》正式刊登了延安召開文藝座談會和毛澤東發表講話的消息。」〔註 75〕軍旅紀實作家丁曉平欣然寫道：「3 月 15 日，《新華日報》正式刊登了延安召開文藝座談會和毛澤東發表講話的消息。」〔註 76〕

這麼多人——既有老新華人，又有博士、黨史研究專家和作家，都在重複同樣一件事，應該說事實確鑿無疑了。但是，翻看這一天的《新華日報》，前後左右、邊邊角角，除了二版上有一則三五百字的通訊《安塞勞動英雄楊朝臣　向吳滿有挑戰　將展開全區生產競賽熱潮》外，不曾看到任何與延安

〔註 71〕龔濟民、方仁念：《郭沫若傳》，北京十月文藝出版社，1988 年，第 306 頁。

〔註 72〕《新華日報》，1943 年 3 月 27；《藝叢》（桂林）創刊號，1954 年 5 月。

〔註 73〕四川省《新華日報》暨《群眾》週刊史學會、重慶市《新華日報》暨《群眾》週刊史學會編：廖永祥撰著：《新華日報史新著——紀念周恩來誕辰 100 週年》，重慶出版社，1998 年，第 178 頁。

〔註 74〕《延安文學體制的生成與確立》，浙江大學 2004 年博士學位論文，指導教師：吳秀明，第 98 頁。

〔註 75〕解放軍文藝出版社，2007 年，第 314 頁。

〔註 76〕《中共中央第一支筆　胡喬木在毛澤東鄧小平身邊的日子》，中國青年出版社，2011 年，第 81 頁。

座談會、講話相關的文字。原因何在呢？誰是事情的始作俑者呢？

廖永祥在《新華日報紀事》中大概揭示出了謎底。書中寫道：「1943 年 3 月 15 日，《新華日報》又在《中共中央召開文藝工作者會議》的消息中，報導了《講話》的基本精神指出：毛澤東提出『文藝為工農兵服務原則，是這次會議的指針，是整個文藝運動的總方向。』」〔註 77〕很明顯，廖永祥在書中將《新華日報》1943 年 3 月 24 日報導《中共中央召開文藝工作者會議》的日期誤記為 3 月 15 日。如果沒有更早的資料，大概這就是錯誤信息的源頭了，而後，趙衛東、肖思科、丁曉平等人又在沒有核對原始文獻的前提下，誤信誤用，終至以訛傳訛。

事實確鑿，重慶正式報導延安文藝座談會及《講話》的消息是 1943 年 3 月 24 日。只不過，無論從報導所佔的版面——非頭版頭條，還是版幅：長 10cm×寬 6.8cm 來說，都顯得太不重視。不妨將報導全文引述如下：

> 短訊全文：延安電　三月十三日解放日報以首頁大部分篇幅刊載中共中央文委及中共中央組織部召開的黨的文藝工作者會議消息。凱豐、陳雲、劉少奇同志之講話，均提綱發表，題目用頭號大字標出。凱豐同志講話之標題為「反對自視特殊」，劉少奇同志講話之標題為「從改造實踐中長期學習」。此外，毛澤東同志去年五月二十三日在文藝座談會上之結語摘要，更在注目地位刊出。毛澤東同志指示，文藝應為工農兵服務，是此次會議的指針，也是文藝運動的總方向。

沈振煜教授針對這則短訊〔註 78〕做足了文章。他先是主觀誇張地說：「這些消息和報導摘要的刊出，給大後方文藝界以極大的鼓舞和啟示、教育。」接著又臆測說，在《講話》「全文未整理發表之前，《新華日報》又有意識地先轉載了一批邊區文藝工作者學習」《講話》的「心得、收穫的文章」，是為了「解國統區廣大文藝工作者的精神饑渴」。他還說：這些文章「有利於幫

〔註 77〕四川大學出版社，1994 年，第 121 頁。

〔註 78〕著重號為本文所加。同日刊發的消息還有：延安電　魯藝秧歌隊八十餘人攜帶慰勞信、秧歌集、木刻畫片、石膏像等禮品，於十二日前赴南泥灣等地勞軍。同時並攜帶蘇聯紅軍歷史畫片，於勞軍時舉行畫展。又中共中央黨校秧歌隊，自春節以來，多次參加群眾活動，獅子高蹺等節目特別精彩，給群眾印象甚深。中央辦公廳特於最近撥款五千元予以獎勵，並去函勉以「藝術工農化」及「提高大藝術」等語。

助國統區進步文藝工作者」對《講話》的學習，擴大《講話》在國統區文藝界的影響。〔註 79〕

《新華日報》刊發這樣短小的簡訊，能否起到著者所說的給大後方文藝者以鼓舞、啟示和教育作用？其形式本身就夠成了反諷。因為長 10cm 寬 6.8cm 這樣小的篇幅、少的可憐的 206 個字符數和第四版很不醒目的位置，讀者稍不留神就會忽略過去，又何談什麼作用呢？至於轉載了幾篇延安文藝工作者學習《講話》的文章〔註 80〕，大概《新華日報》的編者確有這樣的願望，但至於是否「解」了「國統區廣大文藝工作者的精神饑渴」、幫了國統區進步文藝工作者學習了《講話》，現實的情形卻恰恰相反，因為直到這時，《講話》在重慶幾乎沒有收到任何預期中的效果。

陽翰笙在回憶文章中說：「我記得是在這之前（有同志回憶是在這之後），記不清是董老還是徐冰同志約我到辦事處去，交給我《講話》的小冊子，嘉樂紙印的，32 開本。」〔註 81〕這則回憶材料應該不確切，因為那時節《講話》尚未公開發表，重慶不可能先有小冊子。但是廖永祥卻沿著這種思路繼續昇華道：「這種紙當時只有重慶才有，延安是難以得到的。可見，在重慶傳播的《講話》的最初版本，是《新華日報》印的；而這時《講話》尚未在延安《解放日報》發表。」他還據此寫道：「這說明，《講話》在何、劉二人來重慶之前就已有版本流行。」〔註 82〕明眼人一看便知，廖永祥的文章存在著自相矛盾，因為既然《講話》都未曾在延安發表，《新華日報》又怎能在重慶刊印並流傳開來呢？刊印的文檔依據什麼呢？顯然，這樣的敘事是為了製造重慶文化界熱烈學習和貫徹《講話》的假象。廖永祥在《新華日報史新編》中繼續寫道，1943 年 11 月 11 日，《新華日報》「根據《講話》的基本內容，發表《文化建設的先決問題》的社論」，「文章引述《講話》的第一個問題，『我們的文藝是為什麼人的？』」還說「這是《新華日報》為宣傳、貫徹《講話》精神而

〔註 79〕《毛澤東文藝思想對國統區文藝運動的重要影響》，黄曼君主編：《毛澤東文藝思想與中國文藝實踐》，華中師範大學出版社，2002 年，第 215～216 頁。

〔註 80〕主要是指 4 月 24 日林洪的《文藝工作者的思想改革》、5 月 7 日蕭三的《可喜的轉變》、6 月 5 日黄燐的《談中國作風與中國氣派》、6 月 15 日林曦的《大眾文藝小論》、6 月 26 日德君的《談「民族」化》等。

〔註 81〕《〈講話〉在重慶傳播前後》，《人民日報》，1982 年 5 月 26 日。

〔註 82〕四川省《新華日報》暨《群眾》週刊史學會、重慶市《新華日報》暨《群眾》週刊史學會編：廖永祥撰著：《新華日報史新著——紀念周恩來誕辰 100 週年》，重慶出版社，1998 年，第 180 頁。

發表的首篇社論」。〔註 83〕

事實如何呢？只要翻看報紙即可知，這篇社論並非是為配合《講話》而發，社論的開篇已經說的很明白：「今天是陪都『民族文化建設運動週』的第一日，我們很高興的想借這個機會，來抒述一下我們對於當前文化建設運動的意見。」而且，文中的引文並不是「我們的文藝是為什麼人」，而是「我們的文化應該為哪些人而建設」，回答則是「為中國人民大眾的文化」——「勤勞的人民大眾和小有產者佔有百分之九十以上的比例」，這與「文藝為工農兵服務」這個窄化的口號也是不完全重合的。由此也可知，沈振煜教授說：「這篇社論正是按照毛澤東文藝思想的觀點，論述了中國共產黨關於文化建設的方向和道路問題，在國統區文藝工作者面前樹立起共產黨與國民黨截然不同的文化建設觀，使國統區抗戰文藝有了明確的方向。」〔註 84〕這種說法，完全是後來者的一種刻意比附和昇華，與事實相去甚遠。

不僅於此，毛澤東研究專家陳晉在其名作《文人毛澤東》中信誓旦旦地說：《講話》在延安發表後，「重慶的《新華日報》立刻作了轉載。不光是中共南方局的黨員們，恐怕整個重慶文化界也都知道了毛澤東還是個對文藝問題頗有見解的政治家。」〔註 85〕不知道這樣的描述，是文人的異想天開、天馬行空還是領袖崇拜者的一廂情願、情有獨鍾？因為事實很清楚，重慶是在《講話》正式發表兩個半月後才予以轉載，所謂「立刻」、「整個重慶文化界」等想像性描述，不知該作何解釋？至於整個重慶文化界究竟是指哪些人，這些人對毛澤東的文藝思想有何見解？從目前公開的材料看，尚難得出那樣樂觀的描述結果。

其實，無論從發表時間上，還是從報紙報導的重視程度上，以及具體重慶文化人的表現上，都可以看出，以《新華社》為代表的延安駐重慶宣傳機構，這一時期並沒有對延安文藝座談會及毛澤東的「講話」給予及時、高度重視。即便是中央宣傳部在 11 月 7 日制定了《關於執行黨的文藝政策的決定》，其中還刻意寫道：「各根據地黨的文藝工作者，都應該把毛澤東同志所

〔註 83〕四川省《新華日報》暨《群眾》週刊史學會、重慶市《新華日報》暨《群眾》週刊史學會編：廖永祥撰著：《新華日報史新著——紀念周恩來誕辰 100 週年》，重慶出版社，1998 年，第 178 頁。

〔註 84〕《毛澤東文藝思想對國統區文藝運動的重要影響》，黃曼君主編：《毛澤東文藝思想與中國文藝實踐》，華中師範大學出版社，2002 年，第 216 頁。

〔註 85〕《文人毛澤東》，上海人民出版社，2005 年，第 256～257 頁。

提出的問題，看成是有普遍原則性的，而非適用於某一特殊地區或若干特殊個人的問題。無論是在前方後方，也無論已否參加實際工作，都應該找到適當和充分的時間，召集一定的會議，討論毛澤東同志的指示，聯繫各地區各個人的實際，展開嚴格的批評與自我批評。」〔註 86〕重慶文化界的反應不但比較冷淡，而且發生了與延安文藝座談會講話精神相牴牾的行為，那就是「才子集團」〔註 87〕的喬冠華發表了與胡風文藝觀點相近的《論生活態度與現實主義》和《方生未死之間》、陳家康發表《唯物論與唯「唯物的思想」論》。

正是因為重慶文化界漠視和違背《講話》，1943 年 11 月 22 日，重慶辦事處的董必武收到了來自延安中宣部嚴厲批評的電報：「……黨對反共高潮嚴厲反擊，而《新華》卻大捧林森、宋子文、蘇州反省院長，一縣一機與所謂兩年實行憲政，這是失掉立場的。……應根據毛澤東同志新民主主義論、改造學習、整頓三風、文藝座談會講話等文件精神……現在，《新華》《群眾》未認真研究宣傳毛澤東同志思想，而發表許多自作聰明錯誤百出的東西，如 xx 論民族形式，xxx 論生命力，xxx 論深刻等，是應該糾正的。中共宣傳部要求南方局作詳細檢查與具體改革計劃。」〔註 88〕顯然，直到這時，重慶辦事處以及《新華日報》對於《講話》內容和精神尚處於茫然不知或不得要領階段，竟然默許或縱容胡風、陳家康、喬冠華、姚雪垠等人發表與《講話》精神相悖的文章。

儘管重慶左翼文化界貫徹《講話》精神不力而遭到延安的批判，但是他們並沒有引起足夠的重視，這一點可以通過 1943 年 12 月 16 日「董必武關於檢查《新華日報》《群眾》《中原》刊物錯誤的問題致周恩來和中宣部電」中可以看得出。全文儘管立意在檢討，但是並未認真剖析原因，只是輕描淡寫的兩句：「一，政治覺悟不高。二，整風運動未能深入，未深刻研究毛主席文件和思想」，〔註 89〕隻字未提《講話》，足見重慶左翼文化界領導者們仍舊漫不經心、未明就裏。這也就難怪何其芳 1977 年在《毛澤東之歌》中評判說：「延

〔註 86〕《解放日報》，1943 年 11 月 8 日。

〔註 87〕意指周恩來身邊的陳家康、喬冠華、胡繩等人。

〔註 88〕中國社會科學院新聞所編：《中國共產黨新聞工作文件彙編》（上），新華出版社，1980 年，第 137～138 頁。

〔註 89〕中國社會科學院新聞所編：《中國共產黨新聞工作文件彙編》（上），新華出版社，1980 年，第 140 頁。

安文藝座談會已經召開過的一九四三年，而且是毛主席的《在延安文藝座談會上的講話》早就在重慶出版的一九四四年，喬冠華還狂熱地鼓吹資產階級那一套，不能不說是令人吃驚的。」〔註 90〕

直到 1944 年元旦，也就是董必武發出檢討電文的兩週後，《新華日報》才用一個整版（第六版副刊）以《毛澤東對於文藝問題的意見》為題，分為「文藝上的為群眾和如何為群眾的問題」、「文藝的普及和提高」、「文藝和政治」三個小標題摘登了《講話》的主要內容。同時配發了「編者按」:「毛澤東同志在延安文藝界座談會上曾發表過兩次講話，有系統地說明了目前文藝和文藝運動上的根本問題。原文不可能全部發表，只好提要介紹一下。在這三篇文章中，關於普及與提高問題的一篇，全部是毛澤東同志的原文；另外兩篇中加著引號的部分也都是他的原文。原文全部共二萬餘字，此地所節錄出來的自然只能傳達出其中若干基本的論點。」這是《講話》在重慶的正式發表，但已經是延安公開發表《講話》兩個多月的事了。

針對《新華日報》發表《講話》以及「編者按」，廖永祥在《新華日報史新著》中說：「為了打破新聞檢查當局的阻撓，編者將講話兩萬餘字分而化之，變成三篇獨立的論文，各安上不同的作者名字，然後，選幾篇文辭激烈的其他論文一起送審，檢察官扣下這幾篇火氣較大的文章之後，害怕再檢扣，報紙開『天窗』過多，只好允許這幾篇文藝問題的專稿通過。於是，編者就用毛澤東的名字發表出來。」〔註 91〕儘管沒有旁證，但僅憑常識判斷，這其中的漏洞就已經很明顯了。例如，每天都要與新聞檢察官打交道的《新華日報》編者真是如此費盡心機、機智勇敢？報紙送審者竟然不是拿著出版前的校樣去送審？一直被敘述為扼殺新聞和言論自由的國民政府的新聞檢察官，還真富有同情心，竟然還「怕」報紙開天窗？在報紙更換文章作者後不追究責任？這樣的文學敘事，顯然不是史家所為，而是一種政治宣傳手法。

然而，這樣違背學術客觀性的行為還不僅於此。《講話》研究專家孫國林闡釋說：「這個按語，有力地揭露了國民黨反動派扼殺言論自由的罪惡。」

〔註 90〕一名：《毛澤東思想的陽光照耀著我們》，徵求意見本 1977 年，第 109 頁。

〔註 91〕四川省《新華日報》暨《群眾》週刊史學會、重慶市《新華日報》暨《群眾》週刊史學會編：廖永祥撰著：《新華日報史新著——紀念周恩來誕辰 100 週年》，重慶出版社，1998 年，第 178～179 頁；廖永祥：《新華日報紀事》，四川大學出版社，1994 年，第 121 頁。

〔註 92〕沈振煜不但繼續沿用了這種說法，還煞有介事地說：1943 年 10 月 19 日，「當《講話》全文在延安發表後，《新華日報》機智地闖過國民黨設置的層層檢查機關，用《新華副刊》的顯著位置和整版篇幅」發表了《講話》的詳細摘要。〔註 93〕

這種評述儘管在中國大陸學界一直以來都很流行，但今天來看來是不能成立的。因為《毛澤東在延安文藝座談會上的講話》的標題本身並不比《毛澤東對於文藝問題的意見》更敏感，更刺激國民黨宣傳部門的神經。況且，按語中這句「毛澤東同志在延安文藝座談會上曾發表過兩次講話」，已經再鮮明不過地昭示了《毛澤東對於文藝問題的意見》的主題；而按語中的後半句「原文共兩萬餘字」，也已間接說明節錄的原因主要是考慮報紙的版幅問題。再者，如果國民黨真是很敏感「毛澤東」三個字，那麼連《毛澤東對於文藝問題的意見》也不應該讓發表出來，或者一經發表即查封報紙才是，而事實卻並非如此。更為矛盾的是，論者一邊評說：「在國民黨統治區，由於國民黨反動派對進步文化人的殘酷迫害，《講話》的出版十分困難」；一邊又說「《新華日報》還想盡種種辦法，出版了《講話》的單行本」。〔註 94〕其實，這種描述完全經不住推敲。考察歷史可知，1943、1944 年儘管國民政府與延安之間摩擦不斷，但與中共南方局、延安駐重慶辦事處以及《新華日報》之間的關係，並沒有人們想像般的糟糕透頂，用不著「機智地闖過國民黨設置的層層檢查機關」，也無法檢驗「國民黨反動派扼殺言論自由的罪惡」。何況《毛澤東對於文藝問題的意見》僅僅是針對無足輕重的文藝而言，並沒有直接批判國民政府或有破壞統一戰線的不良言論，所以對《新華日報》的「編者按」以及摘要發表《講話》，不應斷章取義和過度解讀。

元月二日，《新華日報》在「讀者與編者」欄中，以極微小的版幅和字幅介紹說：「跨進了一九四四年第一頁的《新副》（昨日）介紹了毛澤東同志在文藝運動上所提出的意見，這些意見不僅是在文藝運動上，而且也是一般的文化工作上的方針，《新副》在今後也將以這個方針作為它的基本原則。同

〔註 92〕《〈講話〉的版本》，王志武編：《延安文藝精華鑒賞》，陝西人民出版社，1992 年，第 32 頁。

〔註 93〕《毛澤東文藝思想對國統區文藝運動的重要影響》，黃曼君主編：《毛澤東文藝思想與中國文藝實踐》，華中師範大學出版社，2002 年，第 216 頁。

〔註 94〕孫國林：《〈講話〉的版本》，王志武編：《延安文藝精華鑒賞》，陝西人民出版社，1992 年，第 32 頁。

時，本報現又在徵集讀者的批評，大多數讀者意見也是新副在以後的前進道路上的準繩。」《新華日報》的這份不足百字的消息，無論從刊發的被重視程度還是結合副刊後來的實際情形看，顯然都不過是一般性的報導，甚至說是在應付延安也未嘗不可。對此，茅盾在 1949 年第一次文代會上所做的《在反動派壓迫下鬥爭和發展的革命文藝——十年來國統區革命文藝運動報告提綱》中就指出：「一九四三年公布的毛澤東的『文藝講話』，本來也該是國統區的文藝理論思想上的指導原則。……但是國統區的文藝界中，一般說來，對『文藝講話』的深入研究是不夠的，尤其缺乏根據『文藝講話』中的精神進行具體的反省與檢討。」〔註 95〕晚年的回憶中，茅盾繼續說：「在延安的文藝理論家何其芳、林默涵來到重慶之前，重慶的文藝理論界是相當冷清的。」〔註 96〕

如此明顯的歷史事實，竟然被當事人、黨史專家和大學教授們塗抹成那樣一種輕飄虛假的敘事，這難道就是傳說中的革命話語建構？還是說這些人枉顧起碼事實而欺騙革命群眾以證實自己當年多麼積極「革命」、響應號召？好在現在形勢一片大好，不然淪落到「文化大革命」初期的抓特務階段，白紙黑字，怕是沒有人能夠逃脫戴高帽子遊街的命運。

〔註 95〕《茅盾全集》第 24 卷，人民文學出版社，1996 年，第 46～47 頁。
〔註 96〕《走在民主運動的行列中》，《新文學史料》，1986 年第 2 期。

第四章　《講話》的接受與受阻

第一節　「歌德派」的積極響應

儘管文藝座談會在延安召開，毛澤東的《講話》在延安又得到最大範圍和程度的傳播，胡喬木晚年描述說：「毛主席在文藝座談會的講話，把延安文藝家們的思想引入一個新的境界」〔註1〕，但是延安文藝界對於《講話》的接受情況並不是整齊劃一、齊頭並舉的。例如毛澤東、賀龍、周揚等所說起的「頌歌派」與「暴露派」〔註2〕，他們在接受《講話》的態度和表現上就值得關注。

關於「歌德派」對於《講話》的響應，胡喬木在晚年的回憶中說過：「文藝界的整風雖然在座談會之前就已開始，但真正開展起來，則是在座談會之後，從這時起，文藝界出現了一種從來沒有的自我反省、相互批評的風氣。」〔註3〕儘管，這樣的描述不能涵蓋全部文藝家，但在大體上或主流上卻是不

〔註 1〕《胡喬木回憶毛澤東》，人民出版社，1994 年，第 263 頁。

〔註 2〕這樣說並非是完全認同周揚（趙浩生：《周揚笑談歷史功過》，《新文學史料》1979 年第 2 期）的劃分，只是行文方便借用這一說法而已。本文作者更贊同吳敏的觀點：「『暴露派』的實質和總傾向，其實是肯定的，是以『歌頌』為總前提總目標的，或者說，丁玲等對延安的批評，正是因為『七月的延安太好了』，不能容許『污漬』浸染；王實味等抨擊延安黑暗的重要原因，正在於『渴望』和為了延安『更好一點』、『更可愛一點』。」（《延安文人研究》，香港文匯出版社，2010 年，第 29 頁）所以實際並不存在所謂的「暴露派」，只是毛澤東、賀龍、周揚等人不適應這種表達，而誤讀和「錯怪」了他們的拳拳愛心。當然，蕭軍應該除外。

〔註 3〕《胡喬木回憶毛澤東》，人民出版社，1994 年，第 263～264 頁。

錯的，尤其是對於那些「歌德派」作家來說。

一、後進變先進的何其芳

作為 1938 年抵達延安的何其芳，歷經近 4 年的磨練和修行，儘管身上還殘存著蛻變時期個人的感傷和困惑，〔註 4〕但作為京派小生的唯美氣質已經慢慢褪去，主動自覺地成為「歌德派」的一員已是他不二的選擇，《我歌唱延安》《夜歌》《白天的歌》《我為少男少女歌唱》等便是明證。周揚晚年時曾評說：「何其芳原來也是資產階級的作家，搞一點唯美主義的東西，當然他要進步，熱情洋溢。」〔註 5〕因此當 5 月 2 日毛澤東發表「引言」後，何其芳在眾目睽睽之下即站起來表態說：「聽了主席剛才的教誨，我很受啟發，小資產階級的靈魂是不乾淨的，他們自私自利，怯懦、脆弱、動搖。我感覺到自己迫切地需要改造。」〔註 6〕相對於何其芳孤僻、脆弱也軟弱的個性來說，能在大庭廣眾之下做出這種舉動，顯然不僅僅是詩人的一時衝動，也不能僅僅看作是一種媚上討好的譁眾取寵，而更大程度上是一種思想服膺的內趨力的外化表現，儘管這種表現並不意味著何其芳瞬間完成思想改造，成為一個徹頭徹尾的馬列主義、毛澤東思想的信徒，或是一個狂熱的職業革命者，而不過是一種特定場域中的政治激情，外加真誠而又虔誠的革命純真。

如果考察何其芳到延安後的思想變化情況可知，這種「發自肺腑」的懺悔是有跡可尋的。如他在 1940 年 5 月答中國青年社「你怎樣來到延安的？」的問題時，就曾這樣寫道：「我那時是那樣狂妄，當我坐著川陝公路上的汽車向這個年輕人的聖城進發，我竟然想到了倍納德·蕭離開蘇維埃聯邦時的一句話：『請你們容許我仍然保留批評的自由。』但到了這裡，我卻充滿了感動，充滿了印象。我想到應該接受批評的是我自己而不是這個進行著艱苦的偉大的改革的地方。我舉起我的手致敬。我寫了《我歌唱延安》。……在這裡，我這個思想遲鈍而且感情脆弱的人從環境，從人，從工作學習了很多很多，有了從來不曾有過的迅速的進步，完全告別了我過去的那種不健康，不

〔註 4〕1942 年 2 月 17 日和 4 月 3 日，何其芳發表《歎息三章》和《詩三首》後，吳時韻、金燦然、賈芝分別撰寫《〈歎息三章〉與〈詩三首〉讀後》《間隔——何詩與吳評》《略談何其芳同志的六首詩》（《解放日報》1942 年 6 月 19 日、7 月 2 日、7 月 18 日），不同程度地給予批評。

〔註 5〕趙浩生：《周揚笑談歷史功過》，《新文學史料》，1979 年第 2 期。

〔註 6〕《毛澤東之歌》，《何其芳全集》7，河北人民出版社，2000 年，第 436～437 頁。

快樂的思想，而且像一個小齒輪在一個巨大的機械裏和其他無數的齒輪一樣快活地規律地旋轉著，旋轉著。我已經消失在它們裏面。」〔註7〕可見，這時的何其芳已經自覺地在改造自己，座談會上那一番當眾的看似表演的思想表態和檢討，也就情有可原了。

何其芳當時的檢討的確具有真誠的一面，這一幕在他三十多年後重病纏身時，仍然滿懷深情地懷念道：「我那時當然不能說已經理解《引言》提出的那些問題的深刻意義。但聽了以後，也感到那是一些很新鮮、很重要、平時自己沒有想到、一聽就終身難忘的問題。特別是毛主席用親身的經驗來說明感情的變化那一段話，我感到是那樣親切、那樣深刻、那樣感動人、那樣觸及人的靈魂、那樣富有教育意義。它使我第一次感到和認識到小資產階級知識分子必須經歷從一個階級到另一個階級的變化，必須到工農兵中去向他們學習，同時也學習馬克思列寧主義，來改造自己的思想感情。」〔註8〕儘管這時節，何其芳經歷了 1949 年後的各種政治運動，尤其是文化大革命的洗禮，思想感情被改造得更加極端、偏狹，但是其中對於毛澤東和《講話》的那份真摯感情和奴才一般的人格，仍可見一斑。

何其芳對於《講話》的接受，還不僅於此。1942 年 5 月 21 日，何其芳在《解放日報》發表了《研究文件的時候怎樣作筆記》。文中，他以深得要領的口吻，並結合自己的學習經歷和經驗，針對四種記筆記的方法、方式作了分析。在談到研究文件、記筆記的目的時說：「改造我們自己，改變別人，改進工作，就是我們研究文件的目的。我們做筆記應該服從於這個目的。」他還特意摘錄了「中央關於增強黨性的決定」中關於「知識分子最容易有的缺點」的一段話：「自高自大，自命不凡，個人突出，提高自己，喜人奉承，吹牛誇大，風頭主義，不實事求是的瞭解具體情況……」針對自己此前以為魯藝沒有「黨八股」的缺點，他檢討說：「這次開始細心的讀文件，才越來越多的、越來越厲害的感到有自己和魯藝的弱點。我即使不打犯教條主義，卻也許犯了主觀主義。魯藝即使黨八股犯得少，卻也許洋八股犯得很多。」

1942 年 9 月，何其芳結合《講話》精神，總結了魯藝教學，並主要「從教育的目的說起」、「培養什麼人才」、「對待文學的態度」、「課程、教員、教

〔註 7〕《一個平常的故事》，《何其芳全集》2，河北人民出版社，2000 年，第 83 頁。
〔註 8〕《毛澤東之歌》，《何其芳全集》7，河北人民出版社，2000 年，第 416 頁。

學法」等幾個方面入手，進行分析和檢討。最後他特別提到：「整風運動和毛澤東同志在延安文藝座談會上的講話給了我很大的教育。這是我到延安來後對於我最有改造意義的教育。許多糊塗觀念，許多非無產階級的思想，我都比過去認識得清楚了。」〔註9〕事實也確實如此，何其芳的思想變化自此更加迅速。

1942年10月，在紀念魯迅逝世六週年時，何其芳撰文說魯迅是「一個執著的為集體的戰鬥者」，是「從資產階級的個性主義走了出來，成為共產主義者」，周作人「是一個道地的個性主義者，其結果就只有對舊社會妥協，屈服，以至於最後成為日本法西斯的工具」。他還針對五四以來的個人主義有所批評說：「中國人的覺醒不能停滯於個人的覺醒或者個性解放。而且實質上中國人的個人的覺醒與民族的覺醒，階級的覺醒，中國人的個性解放與民族解放，階級解放，乃是不可分開的。」〔註10〕顯然，這裡何其芳不但將魯迅誤讀為一個集體主義者，而且，通過批評周作人，這個曾經的師祖，也將自己長久以來的個人主義作了思想清算。

1943年3月10日，黨的文藝工作者大會中央發出「深入生活，改造思想」的號召後，何其芳撰文響應道：「因為經過了去年五月毛主席在文藝座談會上的指示，經過十個月來的整風，大家已經認識到這次下鄉並不是一個簡單的搜集材料的問題，而是一個有嚴重意義的改造自己，改造藝術的問題。」他還貶損「自己原來像那種外國神話裏的半人半馬的怪物，雖說參加了無產階級的隊伍，還有一半或一多半是小資產階級」，「缺乏生產鬥爭知識與階級鬥爭知識，是很可羞恥的事情」，而且「因為被稱為文藝工作者」，「包袱也許比普通知識分子更大一些，包袱裏面的廢物更多一些」，因此必須到「實際裏去，到工農兵中間去」改造。〔註11〕閱讀全文，字裏行間都可以真切地感到何其芳緊跟政策的一片用心。

1945年，他在《星火集．序一》中回顧了自己1939年那次失敗的部隊之旅，並身負罪責而自我檢討道：「這不僅僅是寫作的失敗。更嚴重的乃是走進新的軍隊，人民的軍隊中去了，但並不能和他們打成一片。……這是一

〔註9〕《論文學教育》，《何其芳全集》2，河北人民出版社，2000年，第335頁。

〔註10〕《兩種不同的道路——略談魯迅和周作人的思想發展上的分歧點》，《何其芳全集》2，河北人民出版社，2000年，第337～338頁。

〔註11〕《改造自己，改造藝術》，《何其芳全集》2，河北人民出版社，2000年，第350～351頁。

個可羞的退卻。這是畏難而退。」然後他據此開始分析自己失敗的原因：「小資產階級知識分子與工農兵結合的過程中所必然會碰到的問題：到工農兵中間去了然而並不能與他們打成一片，從思想情感到語言都和他們有著很大的距離。當這距離出現的時候，積極地解決辦法應當是堅決地拋棄自己過去那一套，重新學習，鍛鍊，做一個新人。」〔註 12〕可見，何其芳通過自己切身的經歷和經驗，極具說服力地詮釋和驗證了毛澤東在《講話》中的主題思想，一方面彰顯了自己思想認識的深度，另一方面也起到了教育他人的重要作用。

何其芳在全盤接受《講話》的同時，也贏得的延安上層的認可，成為踐行《講話》的樣板。而且，與周揚等「老」文藝革命家不同，何其芳留給人們的印象還是那個寫作《畫夢錄》的「小資產階級作家」，此時能夠按照《講話》精神幡然悔悟，不斷改造自己，其意義就更具有代表性和說服力。或者正因為這樣，何其芳被選作「文化特使」赴重慶傳經佈道，後又被周恩來選中再赴重慶做四川省委宣傳部長副部長、兼任《新華日報》的副社長繼續從事統戰工作，並接連發言和撰寫《關於現實主義》《大後方文藝與人民結合問題》《關於實事求是——舒蕪先生〈實事求是〉的商榷》《關於「客觀主義」的通信》等批評胡風、舒蕪、路翎、王戎、呂熒、馮雪峰等左翼文人，從而奠定了自己作為延安正統文藝思想和黨內文藝理論家的地位。

儘管何其芳在重慶遭遇了胡風、馮雪峰等人的嚴重挑戰，沒有表現出強有力的氣魄和原則性，也因此被毛澤東差評為「柳樹性太多」〔註 13〕，但這既可以說是個人能力和個性的問題，也可以說是尚未改造好的一個表現，卻不能說何其芳主觀上有意懈怠和進取心不夠。不過這話也可以反過來說，這種不盡如人意直接影響了何其芳在 1949 年後的政治前途和事業發展。因為作為喝過延河水、吃過陝北小米、經歷過延安整風洗禮的「頌歌派」，相比於其他延安文人，1949 年後何其芳的職位與仕途顯然並不怎麼順暢。何以故？原因自然很多，例如個人缺乏領導氣質、官場政治學不精通等，大概還不能排除毛澤東等革命領袖的「柳樹性太多」的定評。也就是說，作為小資產階級出身的何其芳，儘管他主觀上和客觀上都在努力改造思想，但是距離領袖的

〔註 12〕《星火集・後記一》，《何其芳全集》2，河北人民出版社，2000 年，第 100～101 頁。

〔註 13〕《毛澤東之歌》，《何其芳全集》7，河北人民出版社，2000 年，第 453 頁。

要求和期望還相距太遠，所以只能默默做著螺絲釘。

關於何其芳踐行《講話》精神還有值得探討之處。儘管延安文藝界正統派中不乏周揚這樣的重量級人物，但能夠與胡風、馮雪峰等左翼革命派和朱光潛等自由派相抗衡的文藝理論家實在乏善可陳，如何在新政權確立後統領和監管文藝界，是需要武裝和配備相關專業人士的。從後來為上海的「可不可以寫小資產階級」的爭論做結論、批判胡風文藝思想等具體行徑中看，何其芳發揮了應有的作用。面對這樣的人生選擇，何其芳是如何體認的呢？1949 年後他曾多次表示過：「創作是我的第一志願，研究是我的第二志願；第一志願不能實現，能夠做十年八年研究工作也是好的。」〔註 14〕「從我個人志願來說，當然想搞創作。但是，我是個黨員，黨要求我當國文教員，我堅決服從」〔註 15〕「作為一個革命者，首先是服從革命工作的需要……個人志願實在不應過分重視，我本來是想搞創作的……後來到文學所做行政工作兼寫一點批評文章。」〔註 16〕這些比較流行的革命話語，對於大陸中國人來說實在耳熟能詳，從中也能夠感受得到何其芳本人的確是踐行了《講話》精神，但是，這種帶有崇高性的反覆陳說所體現出來「不協調性現象」〔註 17〕，不恰好與魯迅筆下的祥林嫂逢人便說「我真傻……阿毛他……」如出一轍麼？至於晚年時，何其芳一句：「搞研究非我的意願，而是出於被迫。」〔註 18〕足見他內心是多麼地委屈、隱忍。從這一點來說，何其芳 30 多年的思想改造，依然不夠徹底，他身上的小資產階級情緒依然很濃重。

二、足夠聰明又有保護傘的周立波

1937 年 9 月，黨員作家周立波隨周揚、艾思奇等人應召前往西安。1939 年調任延安魯藝，在堂叔兼摯友周揚的關照下出任了編譯處的處長。此一時期的周立波有兩個特點非常鮮明：一個是個性強，老戰友嚴文井後來回憶說：「立波（取自英語 liberty）同志贊成什麼，反對什麼，都表露無餘，從不

〔註 14〕《致楊吉甫》，《何其芳全集》8，河北人民出版社，2000 年，第 56 頁。

〔註 15〕王平凡：《憶何其芳同志如何領導科研工作》，《新文學史料》，1983 年第 1 期。

〔註 16〕《致於武》，《何其芳全集》8，河北人民出版社，2000 年，第 139 頁。

〔註 17〕王學偉：《何其芳的延安之路——一個理想主義者的心靈軌跡》，河南人民出版社，2008 年，第 115 頁。

〔註 18〕《致方敬》，《何其芳全集》8，河北人民出版社，2000 年，第 35 頁。

加以掩飾。他是個熱情的，因而也是個容易爆炸的性格。」〔註 19〕事實也確如嚴文井所說，他曾因為蔡若虹誇讚宋慶齡「是一個真正的偉人」，而不高興地說：「我們黨還有很多偉人，為什麼你不提？」並因此與蔡若虹大吵起來；〔註 20〕另一次是 1940 年夏，魯迅藝術文學院為歡迎從新疆來的茅盾而召開茶話會，因為不滿一個人唱了俄國諷刺歌曲——《跳騷歌》（原為德國詩人歌德的詩劇《浮士德》中的一首諷刺詩），周立波「馬上拿起一把茶壺甩了過去，打得粉碎，使主人和客人都感到很尷尬。」〔註 21〕

儘管周立波在 1941 年 6 月發表了帶有極端自然主義的傾向的小說《牛》，但是他給人留下印象深刻的另一點是作為「時時刻刻以革命利益為重」〔註 22〕的歌德派一員。嚴文井回憶說：「在延安時，他主張歌頌光明，他對抗日民主根據地、對黨的組織和領導人，有一種真誠的感情。」〔註 23〕他曾這樣抒情道：「我要大聲的反覆我的歌，／因為我相信我的歌是歌唱美麗的，／像陽光相信他的溫暖，／……我要強烈的反覆我的歌，／因為我相信我的歌是歌唱真誠的，／共產主義：真誠，／毛澤東：真誠，……」〔註 24〕

1942 年延安文藝座談會後，周立波因為準確站隊而成為魯藝總支部委員會委員，整風中擔任文學部整風學習委員會委員。既然作為貫徹《講話》的帶頭人和執行整風運動的領導者，自然要以身作則起到模範帶頭作用。

1942 年 6 月 12 日，《解放日報》發表了周立波的《思想，生活和形式》。文中，他不無反思地寫道：「我們都是小資產階級出身的人，身子參加了革命，心還留在自己階級的趣味裏，不習慣，有時也不願意習慣工農的革命的面貌」。同時，還受了「資產階級上升期的文藝的影響」，「歌唱個性自由」，「標榜為藝術而藝術」。因此，「對於我們，思想的改造，立場的確定是最要

〔註 19〕嚴文井：《我所認識的周立波》，李華盛、胡光凡編：《周立波研究資料》，知識產權出版社，2010 年，第 91 頁。

〔註 20〕王培元：《抗戰時期的延安魯藝》，廣西師範大學出版社，1999 年，第 214 頁。周立波和蔡若虹當時顯然都不知道，宋慶齡其實早已加入共產國際，身份是秘密黨員。

〔註 21〕嚴文井：《我所認識的周立波》，李華盛、胡光凡編：《周立波研究資料》，知識產權出版社，2010 年，第 91 頁。

〔註 22〕羅銀勝：《周揚傳》，文化藝術出版社，2009 年，第 120 頁。

〔註 23〕嚴文井：《我所認識的周立波》，李華盛、胡光凡編：《周立波研究資料》，知識產權出版社，2010 年，第 91 頁。

〔註 24〕《一個早晨的歌者的希望》，《解放日報》，1941 年 10 月 28 日。

緊的事」，「不站穩立場，甚至於失掉立場」，「是自由主義的表現」。「思想改造了，就是寫工農以外的人們的生活，對於革命，也有益處」。他針對左聯作家因為強調立場只能寫出一些公式主義的作品的論調，反駁說：「左聯真有一些公式主義的作品，那也不能歸罪於思想立場的強調，應該說那些創作家和批評家的思想，還不正派，還有非無產階級思想的成分，主觀主義的成分在裏面。」針對自己在魯藝講授《名著選讀》中注重外國文藝的形式而選讀中國的東西少的問題，他檢討道：「我們小資產階級者，常常容易為異國情調所迷誤，看不起土香土色的東西」。他還說，外國文學的長處要學，例如托爾斯泰這樣的作家，但是「象徵主義，印象主義和『意識之流』等等，是要不得的。」

1943 年 4 月 3 日，《解放日報》在發表何其芳的《改造自己，改造藝術》的同時，也刊發了周立波落實黨的文藝工作者會議精神的表態文章《後悔與前瞻》。文中，周立波結合自己下鄉和到部隊卻沒有寫出好作品的親身經歷，反省並分析了原因：「第一，還拖著小資產階級的尾巴，不願意割掉，還愛惜知識分子的心情，不願意拋除。」「其次，是中了書本子的毒。……不知不覺的成了上層階級的文學的俘虜，……看不見群眾，看不清現實裏的真正的英雄。」「第三，在心理上，強調了語言的困難。」之後他檢討並總結道：「有了這三個原因，使我走了錯誤的一段路，沒有好好的反映我所熱愛的陝甘寧邊區。後悔已無及。我只希望我們能夠很快被派到實際工作去，住到群眾中間去，脫胎換骨，『成為群眾一分子』。」之後他還暢想了作家下鄉後的前景：「在不遠的將來，我們的新文藝，一定會有豐富的收成，毛主席的方針，一定會好好的實現。在不遠的將來，革命歷史上和現實生活裏的真正的英雄，劉志丹，趙占魁，吳滿有和申長林，會光彩奪目的走進我們的書裏，鼓舞我們，並且教育我們的年青的一代。」

周立波真誠接受《講話》精神，主動改造思想，再加之與周揚的特殊關係，自然很快贏得組織的認可。1944 年 2 月他被調入《解放日報》社任副刊部副部長，主編文藝副刊；之後周立波還身體力行地申請隨王震、王首道率領的軍隊南下，在戰火紛飛中改造自己；接著，他又參與到東北土地革命的巨大洪流中，並寫作了《暴風驟雨》——後來獲得斯大林文藝獎金。

應該說，周立波這些接受《講話》的檢討性文字是出自真心的，也不需要懷疑他的那些帶有道德崇高感和革命豪邁精神的壯舉，這也許是絕大多數投奔延安的左翼文藝家們共同的歸宿。但是後來的中國歷史和周立波個人的遭遇，卻與這種真誠的信奉與虔誠的皈依構成反諷。周立波魯藝的學生葛洛回憶說：「到了一九五七年左右，我從他的身上又發現一些變化。過去在延安的時候，他經常在各種會議上慷慨發言，今天，無論參加黨內或黨外的會議，他都發言不多，發起言來也不容易說到點子上。過去，他在待人接物方面雖不精明，卻也不是一個迂夫子，今天，他最大的弱點好像就是不懂得搞好人事關係的重要性。」葛洛還談到一個細節就是，在得知自己被妻子和別人諷刺為「紅領巾」、「書呆子」時，周立波的「臉上呈現出一種很嚴重的尷尬表情，後來轉化成一種無可奈何的苦笑。」更為引人思考的是，葛洛記述說：在寫完《山鄉巨變》後，「他的創作就進入了近於停滯的階段。我站在《人民文學》編輯工作的崗位上，曾經多次催他寫稿，他從湖南寄來過一兩篇寫得很別致的短篇小說，長篇則不再執筆了。過去他曾對我說，他每到一地深入生活，一年以後就開始寫長篇。有一次他來北京，我向他提起這話，問他從事寫作的習慣規律為什麼改變了？他回答說：現在生活變化太快，我看不准，怎麼敢寫長篇啊。」〔註 25〕

三、成為《講話》代言人的周揚

周揚 1937 年奉調延安後，充分施展自己的組織能力和領導才華，很快獲得毛澤東等領導人的信賴，先後被委任為陝甘寧邊區文化界救亡協會主任、陝甘寧邊區教育廳長、延安魯迅藝術學院副院長、中央文委委員、延安大學校長兼延安魯迅藝術文學院院長，協助掌管起整個邊區的文化、教育和文藝工作。特別是 1939 年，為了響應毛澤東在中共六屆六中全會的講話《中國共產黨在民族戰爭中的地位》中所提出的「洋八股必須廢止，空洞抽象的調頭必須少唱，教條主義必須休息，而代之以新鮮活潑、為中國老百姓所喜聞樂見的中國作風和中國氣派」〔註 26〕，周揚撰寫了《對舊形式利用在文學上的一個看法》，不但博得了毛澤東「寫得很好，必有大影響」〔註 27〕的評價，而且將「民族形式」的大討論推向一個高潮，最終確立了自己作為毛澤東所倚重的文藝理論紅人之一。

〔註 25〕《悼念周立波同志》，《北京文藝》，1979 年第 11 期。

〔註 26〕《毛澤東選集》第二卷，人民出版社，1991 年，第 534 頁。

〔註 27〕中共中央文獻研究室編：《毛澤東文藝論集》，中央文獻出版社，2004 年，第 259 頁。

雖然與何其芳、周立波等一樣，都是來自大城市「亭子間」，但是作為「歌德派」的「帶頭大哥」，周揚在接受和貫徹《講話》精神上自然與何其芳、周立波這些被改造的「小角色」有些不同，在更大程度上他是以改造者的身份出現的。

早在 1930 年代就曾直言「文學鬥爭就非從屬於政治鬥爭的目的，服務於政治鬥爭的任務之解決不可」〔註 28〕；「要完成民主革命，必須憑藉千百萬群眾的力量。工農大眾是這個革命的有力的依靠，當其他階級背離了這個革命的時候，他們也還是能把革命進行到底」〔註 29〕的周揚，延安文藝座談會後，很自然地接受並順應「文藝為政治服務」、「文藝為工農兵服務」的《講話》精神，並如願成為毛澤東文藝思想的闡釋者、代言人。具體表現如下：

會議落實方面。針對魯藝存在「關門提高」的問題，周揚在學風總結會上作了《藝術教育的改造問題——魯藝學風總結報告之理論部分：對魯藝教育的一個檢討與自我批評》的報告。報告中，周揚儘管也坦承關於魯藝的重提高輕普及、對現實主義的理解偏差、革命性與藝術性未能很好結合、技術主義、主觀主義和教條主義等問題自己「應當負主要責任」，但是他的通篇報告卻主要針對「魯藝」的學風問題在做宏觀性的檢討。〔註 30〕這可以看作是周揚的一個策略，既一定程度上檢討了自己，在態度上無可指責，又將自身問題分散、化解；同時也體現出周揚作為改造者的一種特權。在周揚調任晉察冀邊區後，他主持召開了文藝座談會。會上他在總結發言中指出，當前文藝運動要「進一步發動與組織文藝界的力量，反映偉大愛國自衛戰爭，反映有空前歷史意義的土地改革，反應大生產運動，表揚群眾的新英雄主義」，「發動與幫助工農兵積極參加文藝的改造，自己反映自己的生活鬥爭」，「文藝工作者與工農兵更好地結合，進一步貫徹毛主席的文藝方針。」〔註 31〕可見，在內戰的大環境下，周揚不但堅持貫徹《講話》精神，而且有意突出毛澤東所強調的「文武兩個戰線」，「文化的軍隊」是「戰勝敵人必不可少的一支軍隊」〔註 32〕的一面。

〔註 28〕《文學的真實性》，《周揚文集》第 1 卷，人民文學出版社，1984 年，第 67 頁。
〔註 29〕《從民族解放運動中來看中國新文學的發展》，《周揚文集》第 1 卷，人民文學出版社，1984 年，第 273 頁。
〔註 30〕《解放日報》，1942 年 9 月 9 日。
〔註 31〕《談文藝問題》，《晉察冀日報》增刊，1947 年 5 月 10 日。
〔註 32〕《解放日報》，1943 年 10 月 19 日。

周揚貫徹落實《講話》的另一體現是對王實味發起批判。在近 2 萬字的長文中，周揚首先指出，「反對王實味的思想，在文學領域內，就是要反對他在這個領域上的托洛茨基主義，就是要為馬列主義的文學理論鬥爭。」王實味是「一個化裝了的托派，他的文學見解和他的老祖宗托洛斯基一模一樣」。這樣的定性，儘管不是周揚首創，但是已經使後面針對「文藝與政治的關係問題」、「文藝是反映階級鬥爭，還是表現所謂人性的問題」、「今天的文藝作品應寫光明，抑應寫黑暗的問題」失去文藝論辯的味道了，至於「王實味則是實際上為反革命服務的」、「一切王實味的反動思想都在堅決掃蕩之列」等狠話，也就自然可以理解了。不過，有個注解材料應該在此列出，那就是 1982 年周揚曾對參與編輯他的文集的人講過，批判王實味等文章是毛主席改的，為了改這篇文章，政治局會議都停下來了，文章中很厲害的話是他加的，我也覺得好。〔註 33〕

1930 年代，周揚曾撰文說：「如果把文藝比做一面鏡子，那麼，人不能因為照出了醜惡的東西，便把過錯推在鏡子上。要作家只寫光明，不寫黑暗，只寫前進，不寫落後，這種公式主義的批評現在早已過去。」〔註 34〕「現實主義的文學是說直話的文學，對人生社會的批判是現實主義的不能少的要素。批評並不一定是破壞，然而卻往往因此遭遇了嫉視和摧折。」〔註 35〕1941 年在《魯藝訂藝術工作公約》中第四條寫道：「不對黑暗寬容；對於新社會之弱點，須加積極批評與匡正。」〔註 36〕1942 年周揚還在批判王實味時指出：「文藝是以自己的特殊姿態去服從政治的。它有它特殊的一套：特殊的手段，特殊的方法，特殊的過曾。這就是：形象的手段，一定的觀察和描寫生活的方法，組織經驗的一定過程。而形象是最基本的東西，藝術家觀察和描寫生活，組織自己的經驗，都依靠形象。因為這個形象的特點，所以，第一，藝術的語言不能同於政治的語言，因為表現的形式各有不同；第二，藝術也不是單純地把政治原則形象化就行了；它必須直接描寫生活，寫自己的經驗；政治傾向性必須從作品中所描寫的活生生的事實本身中表現出來。文藝服從

〔註 33〕郝懷明：《如煙如火話周揚》，中國文聯出版社，2008 年，第 85 頁。

〔註 34〕《論雷雨和日出——並對黃芝岡先生的批評的批評》，《周揚文集》第一卷，人民文學出版社，1984 年，第 199 頁。

〔註 35〕《現實主義和民主主義》，《周揚文集》第一卷，人民文學出版社，1984 年，第 228 頁。

〔註 36〕《解放日報》，1941 年 5 月 24 日。

政治的複雜性就在這裡。」〔註37〕

在文藝評論方面。客觀地說，《講話》所主張的文藝為工農兵服務，對於習慣文藝為大眾的延安文人，實在需要一個轉變和適應過程，符合《講話》精神的作品短期內不可能出現（是否能出現也是個問題），但是形勢的發展又需要這樣的作品大量湧現，否則作為文藝理論指導的《講話》將面臨一個有理論而無作品支撐的尷尬境地，極具政治嗅覺的周揚不會意識不到這個問題。因此，在一番考察後，孔厥這個原本並不起眼的作家被注意到了。周揚選中孔厥的理由是，他的處女作小說《過來人》塑造了「一個自稱老革命、吹牛皮、苛求而又小氣的知識分子」的畫像，周揚對此評價說「作者選取了一個好對象，他的諷刺沒有用錯，而且很有斤兩」。顯然，周揚的這個舉措意在迎合《講話》中毛澤東關於未曾改造的「知識分子不乾淨」的論調。之後周揚著意肯定了孔厥轉向寫農民題材和運用口語寫作的小說《郝二虎》《苦人兒》《父子倆》，並說：「由寫知識分子（而且是偏於消極方面的）到寫新的，進步的農民，旁觀的調子讓位給了熱情的描寫，這在作者創作道路上是一個重要的進展。口語的大膽採用更形成了這些作品的一個耀目的特色。」周揚此番論說的背後，意在配合《講話》的「文藝為工農兵服務」這一主題。當然，周揚對孔厥的這幾個小說也提出了教育意義不夠、主題挖掘有待提高等問題，並在文末委婉地提示「還在農村工作著」的作者，能夠寫出「更多的更好的作品」。〔註38〕這所謂更多更好的作品，當然是指更符合《講話》精神的作品。周揚的這種用意和期待還體現在他為《把眼光放遠一點》《同志，你走錯了路》的「序言」中，他稱前者「以它所描寫的內容的新鮮和它的藝術的力量，以及它的大眾性和藝術性的結合程度」，「在抗戰以來所產生的劇本中，算得是最特出的，非常優秀的一個」；〔註39〕稱後者在內容和形式上都「是一個優秀的，具有深刻教育意義的政治劇本」。他還對劇本中藝術工作者與實際工作者、工農幹部在藝術上的合作進行了肯定，並稱這種集體創作「應當成為目前重要的創作方

〔註37〕《王實味的文藝觀與我們的文藝觀》，《解放日報》，1942年7月28、29日。另，這番話周揚曾在給魯藝的同學上課中提到過。見駱文：《延安時代，他總在思考探索》，王蒙、袁鷹主編：《憶周揚》，內蒙古人民出版社，1998年，第68～69頁。

〔註38〕《略談孔厥的小說》，《解放日報》，1942年11月14日。

〔註39〕《〈把眼光放遠一點〉序言》，《解放日報》，1944年9月5日。

式之一。」〔註 40〕

客觀地說，無論是孔厥的小說，還是劇作《把眼光放遠一點》《同志，你走錯了路》等，雖然都意在貫徹《講話》精神，但在藝術性以及影響所及上，還遠遠不能滿足周揚的預期。那些褒揚之詞，不過是為了肯定和鼓勵作者的創作路向而發，其中的過譽之處是明顯的。直到 1946 年他赴任晉察冀宣傳部部長後，偶然間發現了趙樹理這個「新人」——「一位在成名之前已經相當成熟了的作家，一位具有新穎獨創的大眾風格的人民藝術家」。〔註 41〕隨後，周揚在張家口的《長城》上發表了《論趙樹理的創作》一文，隨後《解放日報》《北京雜誌》《東北文化》等紛紛轉載。文中，周揚進一步深化所謂「一點兩線」〔註 42〕的批評模式。他說：「趙樹理同志的創作就反映了農民的智慧、力量和革命樂觀主義」，「他沒有以旁觀者的態度，或高高在上的態度來觀察與描寫農民」，「不只是一個農民作家」，「思想的水平不是降低到了『農民意識』」，而是具有「群眾觀點」，將「人民大眾的立場和現實主義的方法」真正結合起來。在語言形式上，他「執行了他自己作品的創造的任務」，「是真正的新形式，民族新形式」，「是群眾的活的語言」，「是他實踐了毛澤東同志的文藝方向的結果」。最後，周揚還不無深意地寫道：「『文藝座談會』以後，藝術各部門都達到了重要的收穫，開創了新的局面，趙樹理同志的作品是文學創作上的一個重要收穫，是毛澤東文藝思想在創作上實踐的一個勝利。」〔註 43〕在周揚的影響下，郭沫若和茅盾分別發表了《「板話」及其他》《讀了〈李家莊的變遷〉》和《關於〈李有才板話〉》《論趙樹理的小說》。再後，西北局宣傳部召開文藝座談會，提出要向《李有才板話》學習；〔註 44〕太嶽文聯籌委會召集座談會提出應學習趙樹理的創作；晉冀魯豫邊區文聯在中央局宣傳部的指示下召開了文藝座談會，並最終提出「趙樹理方向」。這樣，一個印證和實踐《講話》精神最得力的文化旗手便

〔註 40〕《關於政策與藝術——〈同志，你走錯了路〉序言》，《解放日報》，1945 年 6 月 2 日。

〔註 41〕《論趙樹理的創作》，《解放日報》，1946 年 8 月 26 日。

〔註 42〕溫儒敏認為，周揚 1940 年代的批評模式可以概括為「一點兩線」：「一點」是指其批評總是著眼於作品的教育意義；「兩線」是指思想內容和語言形式分析兩條線。《中國現代文學批評史》，北京大學出版社，1993 年，第 193 頁。

〔註 43〕《論趙樹理的創作》，《解放日報》，1946 年 8 月 26 日。

〔註 44〕《人民日報》，1946 年 8 月 28 日。

被周揚挖掘和打造出來，儘管趙樹理創作之初並沒有受到《講話》的任何影響。〔註 45〕

延安文藝整風後，文壇處於蕭寂狀態，為了彌補這一尷尬，同時也是為了貫徹《講話》的主旨——文藝為工農兵服務，延安邊區出現一股寫勞動模範的報告文學或特寫熱潮，《解放日報》「綜合副刊」上大量刊載此類作品，周揚選取了不但是種地能手而且還能「做詩」的勞模孫萬福作為寫作對象。他這樣評說道：「假如把吳滿有比做一個美妙的散文家，孫萬福就可真算得是一個優秀的詩人了。」面對孫萬福半通不通的「詩句」：「咱們毛主席比如一個太陽。／比如東海上來一盆花，／照到咱們邊區人民是一家。／比如空中過來一塊金，／邊區人民瞅到一條心。」他辯解說，不能「根據修辭學的迂腐觀點來責備他的隱喻的混亂」，這才是「真正老百姓的詩」。他還說：「這樣的戰鬥的政治的詩歌，你看他每一句都歌唱得多麼正確，他的是地地道道的人民的觀點。」〔註 46〕顯然，在政治正確的大前提下，即如吳敏所指出的，那個深諳晚清民初文學（如高度評價王國維、梳理晚清民國文學與五四文學的關係）〔註 47〕的周揚已經完全言不由衷了。

在寫農民勞模之外，最引人注目的是 1943 年後延安興起的熱火朝天的秧歌。面對這一應《講話》而生的、延安中央推動和肯定的純粹民間性的藝術形式，周揚在《表現新的群眾的時代——看了春節秧歌以後》中充分肯定了新的秧歌與「舊的秧歌完全不同」，稱其不再是老百姓所說的以調情、戀愛和色情為基調的「溜勾子」，而是「全場化為一群工農兵」的解放了的「鬥爭秧歌」，工農群眾「做了積極的參加者」，「表現出了他們創作能力和勇氣」，藝術工作者及一般學生知識分子「向群眾學得了東西」，「體驗了知識分子與工農兵結合、文藝為工農兵的方針的正確」，而且群眾已經將秧歌「當作一種自己的生活和鬥爭的表現，一種自我教育的手段來接受」。在形式上，周揚也認為與「原來的形式已大不相同」，「是一種熔戲劇、音樂、舞蹈於一爐的綜合的藝術形式」，「是一種新型的廣場歌舞劇」。周揚還滿懷信心地宣稱：「秧歌的前途是無可懷疑的，它已經成了廣泛而熱烈的群眾的藝術運動，已經在群眾當中站定腳跟了。完全證明了毛主席在文藝座談會講話中所指示的文藝新

〔註 45〕商昌寶：《作家檢討與文學轉型》，新星出版社，2011 年，第 285～294 頁。
〔註 46〕《一個不識字的勞動詩人——孫萬福》，《解放日報》，1943 年 12 月 26 日。
〔註 47〕《延安文人研究》，香港文匯出版社，2010 年，第 1 頁。

方向的絕對正確。」〔註 48〕只是這樣充滿信心的周揚，是否還能記起幾年前自己的另一番信誓旦旦的宣言：「我們不容許文壇上的命令主義，獨斷主義，我們要養成一種自由競賽的風氣。用思想的卓越性和作品的質來取得讀者中間的威信，這是最公平的辦法。以政治思想的前進來彌補藝術技巧的缺陷，對於其他作家的一切嚴肅真摯的努力取著一種輕視的態度，這是要不得的。」〔註 49〕面對這樣的翻手為雲覆手為雨，真是令人失語。

在理論確認和提升方面，如前所述，周揚對《講話》的宣傳和鼓吹，最大的貢獻要算在《馬克思恩格斯列寧論藝術》基礎上加以改造、重新編輯出版了《馬克思主義與文藝》。這一舉動本身，就充分表現出其敏銳的政治嗅覺和高瞻遠矚的理論視野。作為黨的最高文藝政策，周揚無論是在補充、修繕《講話》中，還是傳播、貫徹《講話》精神上，都要適時調整，及時跟上，並且不遺餘力。如同研究者〔註 50〕所關注到的，周揚此前的「小資觀」中有這樣的表述：「作家是敏感的知識分子中最敏感的，……」〔註 51〕；「作家走著他特有的藝術知識分子的步伐……」〔註 52〕「無論如何，小資產階級知識分子的人物在中國民族解放鬥爭中所起的作用是不能否定的，……」〔註 53〕在《〈馬克思主義與文藝〉序言》中，周揚完全接納毛澤東有關「小資產階級」的批判，轉而說：「在革命文藝陣營內部，小資產階級的思想對於無產階級的思想來說卻又是反動的東西。……毛澤東同志有力地指謫了革命文藝工作者的小資產階級思想和作品的缺點，這一切缺點都只有在文藝工作者真正做到了和工農大眾結合可能克服。」在體現全書中心思想時，周揚既將毛澤東在《講話》中強調的「文藝從群眾中來，必須到群眾中去」納入到馬列文論體系，又刻意突出《講話》在「文藝如何到群眾中去」問題上的新發展、新貢獻和新超越。周揚還進一步說道：「毛澤東同志《在延安文藝座談會上的講

〔註 48〕《表現新的群眾的時代——看了春節秧歌以後》，《解放日報》，1944 年 3 月 21 日。

〔註 49〕《現實主義和民主主義》，《周揚文集》第一卷，人民文學出版社，1984 年，第 228 頁。

〔註 50〕吳敏：《延安文人研究》，香港文匯出版社，2010 年，第 162～167 頁。

〔註 51〕《新的現實與文學上的新的任務》，《周揚文集》第 1 卷，人民文學出版社，1984 年，第 245 頁。

〔註 52〕《文學與生活漫談》，《解放日報》，1941 年 7 月 19 日。

〔註 53〕《從民族解放運動中來看中國新文學的發展》，《周揚文集》第 1 卷，人民文學出版社，1984 年，第 270 頁。

話》最正確、最深刻、最完全地從根本上解決了文藝為群眾與如何為群眾的問題。他把列寧的原則具體化了，豐富了它的內容，使它得到了輝煌的發展。他解決了中國革命文藝運動的許多根本問題，首先是明確地全面地解決了革命作家人生觀的問題，並且把這個問題作為全部文藝問題的出發點，同時這個問題的提出和解決恰是糾正了過去革命作家對於這個問題的疏忽和不理解。」周揚最後暢言說：「新民主義的偉大時代也應當產生它的偉大的作品，而且我相信，只要有了正確的方向和堅持的努力，一定會產生偉大的作品，我們急起直追吧，毛澤東同志的《在延安文藝座談會上的講話》就是對於我們的一個有力的鞭策和號召！」〔註 54〕顯然，周揚在這裡側面否定了自己以往的文藝和思想觀點，正如研究者所言：「1942 年周揚的『轉變』，相對於他以前的『轉』，從文學理論的總體成果上說，是滑坡、下旋的『轉』，」「甚至不惜為『政治』違背了一些基本的文學學理原則，顯現出文化人格的變異」。〔註 55〕

周揚這樣不遺餘力地抬高毛澤東在文藝意識形態的地位，以及對於《講話》的極端溢美之詞——如前所述，使得他不但從此擁有了《講話》權威闡釋者和代言人的身份——1946 年他曾在《表現新的群眾的時代・前記》中寫道：「努力使自己做毛澤東文藝思想、文藝政策之宣傳者、解說者、應用者」〔註 56〕，也贏得了巨大的政治資本。郝懷明對此評述說：「周揚的這本書及其序言，為確立《講話》在我國革命文藝運動中的指導地位起了重大的作用，也為周揚作為毛澤東文藝思想的權威的宣傳者、闡釋者和卓越的貫徹者、執行者，乃至黨的文藝政策的制定者，奠定了基礎。」〔註 57〕支克堅也說：「在馮雪峰、胡風等人執著於自己思考的權利和結論之時，周揚『脫穎而出』。這好比一次賽跑，一個原本並不出眾、甚至還稍稍落後的選手，在彎道處對手略一遲疑，他卻幾步搶在了前頭。」〔註 58〕

「搶在了前頭」的周揚從此順風順水，1949 年後出任文化部副部長兼黨組書記、中宣部副部長，雖然也有被最高領袖批評「政治上不開展」的時候，但是直到「文革」爆發，一直扮演著文藝總管的角色，可謂權傾一時，風光無

〔註 54〕《〈馬克思主義與文藝〉序言》，《解放日報》，1944 年 4 月 11 日。

〔註 55〕吳敏：《延安文人研究》，香港文匯出版社，2010 年，第 166～167 頁。

〔註 56〕太嶽新華書店，1946 年。

〔註 57〕《如煙如火話周揚》，中國文聯出版社，2008 年，第 96 頁。

〔註 58〕《周揚論》，河南大學出版社，2004 年，第 76 頁。

限。儘管遭遇「文革」被剝奪了公民權利，但是待到撥亂反正後，他滿懷感恩地對趙浩生說：「在 1942 年的整風運動以前，儘管我寫了不少宣傳馬克思主義的文章，我沒有認識到自己還不是馬克思主義者，還不是個共產主義者，經過整風以後我才認識到這一點。……後來文化大革命時人家怎麼搞我，我對別的都不難過，就是毛主席對我的這個期望，我辜負了他，我沒有很好地跟群眾結合，沒有到群眾中去，都是高高在上。」〔註 59〕

何其芳、周立波、周揚等作為「歌德派」的代表，他們的態度、意見以及表現，顯然與絕大多數延安文藝家們具有共同和共通性，這是顯而易見的。

第二節 「暴露派」的轉向與緊跟

與「歌德派」同時存在的是一定數量的「暴露派」，這些人在歷經文藝座談會以及整風－審幹－搶救運動後，開始緊跟與轉向，並檢討自己此前的思想、行為，揭批王實味、蕭軍等拒不合作者，這其中劉白羽、艾青和丁玲比較具有代表性。

一、幡然悔悟的劉白羽

儘管劉白羽在延安多數情況下都是中規中矩的革命文藝工作者，而且還擔任了「文抗」的支部書記，但在延安文藝整風前的那段「自由空氣」中——他後來將其描述為「蔓延開來的文藝濁流影響」——「思想也搖擺了」〔註 60〕，先後寫出兩篇頗具諷刺和批判意味的小說《胡鈴》和《陸康的歌聲》。前一篇是屬於那種後來流行的批評：美化小資產階級而醜化工農出身的幹部；後一篇是歌頌一個虛無主義的孤獨的個人主義者。劉白羽晚年在《我與胡喬木同志》一文中仍不忘自我批評道：發表這兩篇作品，「輕一點說，起碼是『小資產階級的自我表現』，重一點說，也可以屬於『暴露黑暗』。」〔註 61〕劉白羽的自我判斷和認知應當說比較符合當時的情形，即他雖然未成為王實味、丁玲、蕭軍那樣的「出頭鳥」，但是作為「暴露派」的普通一員，是沒有異議的。

不過，劉白羽雖然作為「暴露派」，但是能夠及時剎車、幡然悔悟。在晚

〔註 59〕趙浩生：《周揚笑談歷史功過》，《新文學史料》，1979 年第 2 期。
〔註 60〕劉白羽：《我與胡喬木同志》，《中流》，1995 年第 3 期。
〔註 61〕劉白羽：《我與胡喬木同志》，《中流》，1995 年第 3 期。

年的回憶文章中，他這樣記述了自己在座談會召開前面見毛澤東後的情景：「經毛主席兩次教誨，我已覺得自己犯了錯誤，所以提出了『犯了錯誤怎麼辦？』」以及「要是寫了錯誤的文章，白紙黑字印了出來呢」的問題，而毛澤東則回答說：「犯了錯誤，你在什麼範圍犯的，你就在什麼範圍收回來。」「一個人講了錯誤的話，是影響不好的，如果寫成了文字印了出來，就更大的傳播了謬誤，那影響的範圍就更大更久，真正有好心的人應該在原來發表文章的地方，再寫一篇文章，批判錯誤，收回影響。」〔註 62〕劉白羽自然領會最高領袖的教導，伺機表達自己的思想認識。恰在座談會召開在即，為了使會議順利召開，中組部長陳雲事先專門找了黨員作家丁玲和劉白羽「諄諄教導」，要他們「在會上站穩立場」〔註 63〕。

正是因為有這樣的思想基礎和事前通氣，5 月 21 日，也即文藝座談會尚在進行中，劉白羽即根據毛澤東 5 月 2 日的「引言」寫就了《對當前文藝上諸問題的意見》，成為最早接受「講話」的文本之一。文中，關於「文藝和政治」問題，他認為文藝「應該服從政治」。「一個優秀的作家」應該是「那一時代的革命鬥爭的戰士」，「他的全部生活，就是政治的鬥爭」。關於「立場」問題，他認為「世界上沒有沒立場的事」，「小資產階級有時所表現的立場不夠」，是因為「從舊社會長期生活中所受統治階級思想的影響」。「資產階級立場」強調「發展個人，扯散集體」，「使人民都在個人利害煩瑣中兜圈子，減少團結反抗的力量」。因此，「為了立場的堅強穩定」，就要「向自己的腦子開刀」，要「清除舊的，批判舊的文藝理論創作上的非馬列主義，非唯物辯證法的根深蒂固的影響」。關於「寫光明還是寫黑暗」的問題，他說：「我們是光明的，作家作品中能成為反映這一時代的精神的主導的方向，是要寫光明的鬥爭的。」在「作家的路」問題上，他認為「每一個作家，文藝工作者」，都與「現實生活結合不夠」，喜歡「在固有的理論中，空談中兜圈子」，因此「都要有一番檢討」。他還說：「假如——作家是改造人民，而將來又被人民摒棄在後面，那才是悲哀的事呢。」〔註 64〕

座談會結束後一週，劉白羽又撰寫了《與現實鬥爭生活結合》一文發表在《解放日報》上。文章指出，革命不僅改造人類社會生活的制度，更重要的

〔註 62〕劉白羽：《我與胡喬木同志》，《中流》，1995 年第 3 期。
〔註 63〕劉白羽：《延安文藝座談會的前前後後》，《人民文學》，2002 年第 5 期。
〔註 64〕《穀雨》第 5 期，1942 年 6 月 15 日。

是改造人類的靈魂。「作家注意自己思想意識之改造，鍛鍊，修養，是非常重要的事情。」「你要永遠正確的去改造旁人的思想，你必須先向自己改造，好保證——你那陰暗思想不去同你讀者陰暗思想結合而起損害作用。」「一個作家在從革命到革命勝利的過程，自己也一定是被改造的一個。不但如此，同時正因為他是作家，時代的喉舌，他應該更敏感、更徹底的改造自己。」「作家的思想革命：一方面是學習馬列主義，掌握黨的政策；最好的方法是把自身投入勞動人民的溶爐，消滅舊我，產生新我，同他們結合起來。」劉白羽還針對左翼作家發表見解說：「那些十餘年來參加革命鬥爭，左翼運動的先進的作家們，我們是尊敬他們，而且學習他們，但是，說到思想革命，無疑問的，還是我們共同的事……由此而發生的個人主義，野心主義，自由主義，宗派主義種種惡劣傾向，卻是不正當的，它妨礙著集團的結合。」〔註 65〕「馬列主義的作家，要把這些作為條件，去檢點自己與舊社會的資產階級作家，小資產階級作家之區別，究竟何在；要時時想，自己作為完成新時代巨擔的作家，是需要自己有一番大大的改造。」

儘管劉白羽已經盡可能地遵照《講話》精神有意識地改造自己，但是這樣積極的表現和進步並未得到組織的認可。劉白羽後來回憶說，整風時，自己因為被「挑戰」，受命寫思想自傳，結果一連被否定了八次，在準備向張如心提交第九稿時，〔註 66〕他這樣寫道：「我突然灰心了，我躑躅不前，向下看著那深深的河水，我想，不如跳下去算了。真可怕呀！」當得到張如心「造就了新生」的表揚後，自己「胸口一熱，眼淚幾乎奪眶而出，心裏只是念著一句話：我總算通過了！我總算通過了！」〔註 67〕可見，即便是劉白羽如此真誠地接受《講話》、改造思想，「過關」仍不是一件簡單的事情。不過，

〔註 65〕《解放日報》，1942 年 5 月 31 日。

〔註 66〕劉白羽在《心靈的歷程》（上．新版）中說是寫到第五稿後，被張如心叫去，路上產生這樣的想法。具體描述語言也有所變化：「當我來到山巔之上，一種冷酷的感情緩緩升上心頭，我的眼前一下發焦發黑，絕望之感猛然襲來，這樣活下去實在沒有什麼意思，我不如死了好，我忽然想從高高的懸崖跳下去……」劉白羽的遭遇在當時比較普遍，如中央黨校二部學員的反省材料一般都修改三五遍，有的修改了八次才完成，少數人甚至修改了十三遍。見《中央黨校二部學風學習總結》（1944 年 9 月 17 日），延安中央黨校整風運動編寫組編《延安中央黨校的整風學習》第 2 集，中共中央黨校出版社，1989 年，第 278～279 頁。

〔註 67〕《延安文藝座談會的前前後後》，《人民文學》，2002 年第 5 期；《為歷史作證》，《人民日報》，2002 年 5 月 23 日。

晚年的劉白羽對於這樣的精神煉獄仍情有獨鍾：「對於一個小資產階級知識分子來說，這種否定的否定，批判的批判，是多麼不容易啊。……脫胎換骨的思想改造是不容易的……一個人要成為真正的人，必須嚴格解剖自己，才能批判現實，正因為如此，延安整風，成為我整個人生的一個徹底的大轉折。」〔註 68〕

在經歷了一番煉獄式的考驗後，劉白羽表示自己的「信仰堅定了，認識提高了」，「決心要做的第一件事就是按照毛主席的指導，進行公開的自我批評，不抱殘守缺，要光明磊落」。所以當胡喬木告訴他：「現在，毛主席在文藝座談會上的講話要在《解放日報》發表了，最好有人寫點文章表示自己的態度。」劉白羽立刻附和說：「我正在準備寫一篇文章，絕不欠黨的債，欠人民的債。」〔註 69〕之後，劉白羽花了幾個通宵，於 1943 年 11 月 19 日黎明時寫出了《讀毛澤東同志〈在延安文藝座談會上的講話〉筆記》。經過胡喬木修改後，此文於 1943 年 12 月 26 日發表在《解放日報》，成為《講話》發表後的第一個、也是最有代表性的接受文本。文中，劉白羽開篇即表示：「擁護毛主席面向工農兵的方向，對於我，首先應該進行自我批評。」在援引《講話》後，他即表示要「清算自己由於不正確的立場在群眾事業上所做的錯誤，脫離地主資產階級思想統治著的文藝範圍，走到新的以工農兵為主的真正屬於群眾的文藝方向中間來。」說過去「我還是把鼻子、嘴連眼睛，埋在小資產階級煙霧裏，看不見群眾」，「自己口頭上講『人民大眾』，但是看不見人民大眾」，「我不瞭解他們，他們也不瞭解我，因此我寫的人物只能說是穿了農民衣服的知識分子」；「不粉碎這些小資產階級的思想意識，我就不能認識我的錯誤」。針對自己在 1942 年春文藝整風運動前的「暴露」寫作，他說是自己放棄了「所寫也是所『愛』的『農民』，『突然』的站到頑固的小資產階級立場上」，是「在無產階級領導的人民群眾陣營裏發出囈語」。在《胡玲》與《陸康的歌聲》中，體現了自己「糊塗的在地主資產階級思想影響下把他們的罪惡當做『真理』。」他還進一步批判胡玲是個「染有濃厚小資產階級惡習的女孩子，帶了許多毒素到革命中間來」，陸康是「一個瘋子一個神經衰弱的變態者」，「在工農群眾面前做了無謂的呻吟與哀號」。在剖析自己創作這兩篇小說

〔註 68〕劉白羽：《心靈的歷程》（上・新版），解放軍文藝出版社，2003 年，第 392～393 頁。

〔註 69〕劉白羽：《我與胡喬木同志》，《中流》，1995 年第 3 期。

的原因時，他說自己的腦經被舊社會「弄得極愚昧了」，以致於犯「立場錯誤」，為此他檢討道：「我看不見改造的鬥爭，我更以一點點個人狹隘的眼光掩蓋了革命客觀環境，把一部分自己的錯覺誇張為現實。」「我失掉了黨的立場，也就無從得到正確的藝術的觀念。」「我的責任，是因為在革命的鬥爭中離開了工農群眾離開了黨，在真理的行程上投下了阻礙，違背了工農群眾與黨的意志。」【結尾按胡喬木意見修改的〔註70〕】面對這樣的學習心得，劉白羽晚年時仍然若有所思地補充說：「從前只把《講話》當做一篇文藝理論來對待，現在，我知道這是一個階級、一種宇宙觀的最根本的人生哲學。」〔註71〕看來，《講話》之於劉白羽已經沁入心脾了。

1944年，劉白羽作為文化特使入駐《新華日報》，在中共中央發布《關於執行黨的文藝政策的決定》後，又及時寫作了《新的藝術，新的群眾》予以呼應。文中寫道：新的群眾，新的英雄，是「四二年以後才矗然以一種燦爛耀目的姿態出現在藝術作品裏面，——這是毛澤東同志《文藝座談會講話》，分開了在這以前和以後顯著的不同；他那有歷史意義的講話，將劃分著中國文藝史上兩個不同的階段。」接著，劉白羽從自己在延安時的切身體會，肯定了以農民勞動者為主角的秧歌劇《一朵紅花》《牛永貴受傷》等代表著「文藝走進了一個新的偉大的時代」，因為它們「能正確地反映時代，能正確地把群眾生活表現出來」，「從內容到形式」「調協一致，生動，活潑」，「真正表現了群眾真實的情感」。他批評了延安前期的《穀雨》《草葉》等刊物被非群眾的「小資產階級個人瑣細與抒情擠佔了」，聲言「文藝家不先深入到群眾中去『化』了自己，只停留在把大眾看成『落後』或『空想人物』的觀點上，脫離群眾」，其實質「就是一種剝削階級思想意識的露骨表現」。他還曆數了陝甘寧邊區1942年以後取得的各項藝術成就，並號召藝術工作者向群眾學習，創造出新的群眾的藝術，這種藝術才是未來文藝的樣板。〔註72〕劉白羽在大後方發表接受《講話》的心得，一方面是通過現身說法，表明自己經過整風後思想得到極大提升，另一方面也是為了帶動和動員重慶左翼文化界檢討自己，皈依《講話》。

由上可見，劉白羽對《講話》的服膺和各種積極表態，已經徹底從「暴

〔註70〕《我與胡喬木同志》，《中流》，1995年第3期。
〔註71〕《心靈的歷程》（上·新版），解放軍文藝出版社，2003年，第395頁。
〔註72〕《群眾》第9卷第18期，1944年9月30日。

露派」中走出，完全變成一個改造好的「緊跟派」，直到 1990 年代劉白羽還堅持說：「延安整風是我人生中一大轉折。胡喬木兩次談話，給我很大推動」，《講話》發表後，「我的文章也在《解放日報》上發表了。現在在我新出版的《心靈的歷程》一書中，我將我這篇筆記（即《讀毛澤東同志〈在延安文藝座談會上的講話〉筆記》——本文注）作為一章，全部保存，題名為《我的宣言》，想把我的錯誤與認識留給人們，作為那以後檢查我在為人及為文中有沒有違背我的宣言，也可為人之明鑒」。〔註 73〕劉白羽這樣執著的表態和信仰，著實令人讚歎，但弔詭的是，1949 年初，面對從香港北上的胡風，時任《東北日報》記者的劉白羽卻在私底下道出了自己在工作、待遇和創作上的苦悶。胡風這樣記寫劉白羽的牢騷：

> 迫切的政治意識動員——有時妨礙對內容作深入的把握。
>
> 創作，每一次像爬一次高坡，有時還會失敗（請三個月假不一定寫得出）。
>
> 對於已當行政、企業、黨務首長，同行們的心情（訪問李雷前的心情），即丁玲所說的受外界影響。
>
> 對於報告、通訊的看法（炭畫式的特點）——現象的與本質的。
>
> 工農幹部把作品內容當作真人真事〔註 74〕

如果胡風所記屬實——沒有明顯證據表明胡風會杜撰這樣的文字，那麼面對劉白羽這樣前後矛盾、表裏不一的行徑，又該如何去解讀那些接受《講話》後的肺腑之言呢？作家林斤瀾近年來曾說過：「倘若文壇有老狐狸，劉白羽也算一條。」〔註 75〕看來，很多事、很多人，還需要歷史的淘洗和再認識。更需要反省的是，劉白羽是個案還是普遍現象的一個代表呢？

〔註 73〕劉白羽：《我與胡喬木同志》，《中流》，1995 年第 3 期。

〔註 74〕《胡風全集．日記》（1949 年 1 月 19 日）第 10 卷，湖北人民出版社，1999 年，第 6 頁。

〔註 75〕程紹國：《讀資中筠〈憶楊朔〉》，《文匯讀書週報》，2013 年 11 月 1 日。另，王林日記載，方紀公開談起劉白羽在延安時期與周揚關係並不怎麼樣，1958 年反丁、陳勝利後，才跟緊周揚。方紀還說，在給中央寫反丁、陳鬥爭勝利的彙報時，劉白羽「爭功甚突出」，所以自己對劉白羽的「印象不佳」。見王林：《文革日記　1966 年 6 月 1 日～1968 年 5 月 19 日》（1966 年 8 月 23 日），王端陽自印 2008 年，第 54 頁。

二、積極表現又差點折戟的艾青

1941 年初，艾青在周恩來的授意和安排下由重慶抵達延安。在延安文藝整風前，艾青儘管沒有什麼出格的行為，還寫作了《給太陽》《野火》《風的歌》《雪裏鑽》等頌詩，但在思想上屬於典型的「暴露派」代表，這一點可以從其為受老幹部批評的人鳴不平的文章《瞭解作家，尊重作家》〔註 76〕中看出來。文中，他秉筆直書道：「作家並不是百靈鳥，也不是專門唱歌娛樂人的歌妓。……他不能欺騙他的感情去寫一篇東西，他只知道根據自己的世界觀去看事物，去描寫事物，去批判事物。在他創作的時候，就只求忠實於他的情感，因為不這樣，他的作品就成了虛偽的，沒有生命的。」「希望作家能把癬疥寫成花朵，把膿包寫成蓓蕾的人，是最沒有出息的人——因為他連看見自己醜陋的勇氣都沒有，更何況要他改呢？」「作家……用生命去擁護民主政治的理由之一，就因為民主政治能保障他們的藝術創作的獨立的精神。」〔註 77〕儘管艾青的夫人高瑛回憶說，艾青當時之所以產生寫這篇文章的衝動，最主要的原因是不懂政治，容易被人利用。〔註 78〕但是如果審讀文章的基本思想可知，這是典型的文藝自由主義的體現。或者正如研究者所指出的：「很顯然，在艾青的潛意識裏，那個在他內心世界裏一直糾纏不清的『時代與個人』的難題，實際才是促使他提筆寫文章的根本原因！」〔註 79〕

與劉白羽的經歷頗類似，艾青也是較早認識到「錯誤」的作家。艾青晚年回憶，在座談會召開前與毛澤東的接觸中，「談的主要是歌頌與暴露的問題」，自己有所反悔後「就根據當時所理解的程度，把文章加以改寫，成了《我對目前文藝工作的意見》」〔註 80〕，刊發於座談會進行中的 5 月 15 日的《解放日報》上。

〔註 76〕馬加寫作了小說《間隔》。講的是老幹部娶了女大學生，但是兩人因文化水平、生活習慣不一樣，難於溝通，感情越來越間隔。博古從楊家嶺帶回消息說，王震聽說此事後罵了娘，說：「他媽的，老子幹革命，找個老婆你們還有意見！」作為《解放日報》文藝欄的負責人丁玲感受到了壓力，於是求助艾青出來「說說話」，支持一下。艾青於是連夜寫作此文，反對對號入座、對作家亂打棍子。見艾青：《延安文藝座談會前後》，《詩刊》第五期，1982 年 5 月 10 日；程光煒：《艾青》，中國華僑出版社，1999 年，第 171 頁。

〔註 77〕《解放日報》，1942 年 3 月 11 日。

〔註 78〕程光煒：《艾青》，中國華僑出版社，1999 年，第 171 頁。

〔註 79〕程光煒：《艾青》，中國華僑出版社，1999 年，第 171 頁。

〔註 80〕《漫憶四十年前的詩歌運動》（上），《詩刊》，1982 年第 5 期。

在座談會進行中刊發的《我對於目前文藝上幾個問題的意見》一文，艾青儘管一方面強調「文藝並不就是政治的附庸物，或者是政治的留聲機和播音器」，但是一方面也說：「文藝是從心理上組織民族或階級，促成民族或階級團結的武器。文藝是使革命隊伍擴大和鞏固的工具」，「在為人民大眾謀福利，為大多數的勞苦的人類而奮鬥的，這崇高的目的上，文藝和政治，是殊途同歸的。」「在為同一的目的而進行艱苦鬥爭的時代，文藝應該（有時甚至必須）服從政治，因為後者必須具備了組織和彙集了一切力量的能力，才能最後戰勝敵人。」在這一文藝思想指導下，在論述「寫什麼」的主題中，艾青這樣寫道：「寫集體主義的抬頭，寫廣大人民的覺醒與抬頭，寫新民主義的抬頭」，「寫時代的新的英雄——群眾。寫廣大的有團結的有組織的群眾。這是中國革命的最堅固的基礎。」在涉及「怎樣寫」的「寫光明呢，寫黑暗呢」的問題時，艾青寫道：「我們現在所生活的地區——邊區，沒有暴力的統治，沒有政治上的腐化，沒有中世紀的黑暗，沒有令人難於提防的恐怖，沒有監視光明行動的陰影……這些對於一個長期地受過迫害的知識分子是會慢慢地感到的。」〔註 81〕有論者認為，《對於目前文藝上幾個問題的意見》的觀點與《瞭解作家，尊重作家》屬於同一範圍〔註 82〕，是值得商榷的。因為前文的思想基礎屬於典型的啟蒙、自由主義文藝觀，而後文的立意則是闡釋文藝如何為政治服務，二者的對立性和矛盾之處是很明顯的，雖然艾青強調了文藝的自身屬性，但目的也不過是為了尋求文藝在為政治服務的同時，實現和提高藝術性，而二者事實上是不可能的。或者正如高浦棠所指出的，文中「艾青在重新論述『寫光明』與『寫黑暗』問題時，竟顯得與全文風格不一，邏輯不暢，有些地方生填硬充，有些地方捉襟見肘。後來毛澤東指定《解放日報》在 4 月 15 日刊出此文時，實際上仍然是作為反面意見對待的。」〔註 83〕也是因為認識和領會不足，文藝座談會上，艾青仍然不合時宜地強調文藝創作要站在統一戰線的立場上，因此遭受了朱德的批評：「艾青同志說『生不用封萬戶侯，但願一時韓荊州』，我們的韓荊州是工農兵。」當然，艾青後來表示，自己當場即已深受觸動。〔註 84〕

〔註 81〕《解放日報》，1942 年 5 月 15 日。

〔註 82〕楊匡漢、楊匡滿：《艾青傳論》，上海文藝出版社，1984 年，第 164 頁。

〔註 83〕《延安文藝座談會討論議題形成過程考察》，《延安大學學報》，2006 年第 2 期。

〔註 84〕《漫憶四十年前的詩歌運動》（上），《詩刊》，1982 年第 5 期。

可以檢驗艾青皈依《講話》精神的另一表現，是他對王實味的批判。在1942年6月9日的批判會上，艾青作了這樣的發言：「王實味的文章充滿著陰森氣，當我讀它的時候，就像是走進城隍廟一樣。王實味文章的風格是卑下的……他把延安描寫成一團黑暗，他把政治家與藝術家、老幹部與新幹部對立起來，挑撥他們之間的關係，這種立場是反動的，這種手段是毒辣的。這樣的『人』，實在夠不上『人』這個稱號，更不應該稱他為『同志』！」〔註85〕在這個發言的基礎上，艾青撰寫了《現實不容許歪曲》的長文。文中，艾青開篇即寫道：「王實味不僅是我們思想上的敵人，同時也是我們政治上的敵人。他的工作，是從思想上、政治上來破壞我們的隊伍，有利於法西斯強盜侵略中國的工作。」接著，他按照毛澤東的定性，說「王實味和所有的托洛茨基黨徒一樣，是善於以『左』的面貌出現的」。之後，他又逐條反駁王實味在《野百合花》中所提及的延安的陰暗面，將其稱為「靈魂的販賣者」，「用媚笑和『左傾』名詞的脂粉勾引一切天真純潔的靈魂」。他還用很大的篇幅羅列了延安作為中國「理想的政治」地，「人民有充分的言論、集會的自由」、「學術思想的自由」。他還將王實味的藝術家改造靈魂論，說成是「混亂藝術創作的任務」，是比梁實秋的「與抗戰無關論」更「巧妙」、「毒辣」的「漢奸理論的論調」，並聲言「藝術家必須從屬於政治」。針對王實味對延安幹部的批評，艾青將其說成是「違反中國人做人的道德」，「本質的是反革命的行為」，「甚至於是卑鄙無恥的行為」。更富有意味的是，他一改此前的「尊重作家」的態度，說：「藝術家沒有必要裝得像牧師那樣，以為自己的靈魂就像水晶做得那麼透明，而在神聖的革命時代，藝術家必須追隨在偉大的政治家一起，好完成共同的事業，並肩作戰。今天，藝術家必須從屬於政治。」〔註86〕這樣上綱上線、極盡辱罵的言行，一方面固然表明了艾青的立場，同時洗清了自己，但另一方面也助長了延安惡劣的大批判之風。特別是1957年艾青本人被打為「右派」後，遭遇到同樣的待遇，可謂一個天大的嘲諷。

艾青接受和貫徹《講話》精神的實際表現還有很多。

文藝座談會後，艾青先後寫作了《希特勒》《悼詞——獻給反法西斯鬥爭中殉難的朝鮮烈士們》《向世界宣告吧》《開展街頭詩運動》等，也寫信給毛

〔註85〕溫濟澤：《鬥爭日記——中央研究院座談會的日記》，《解放日報》，1942年6月29日。

〔註86〕《解放日報》，1942年6月24日。

澤東要求到晉西北去體驗生活。在中央黨校整風學習期間，儘管遭遇了當年在蘇州反省院「提前保釋」和供職於《廣西日報》副刊社被懷疑的經歷，以至於情緒低落、痛苦地寫交代，有時寫不出一個字來，就焦躁地在窯洞裏轉來轉去，嚇得孩子大氣不敢出。〔註 87〕但好在有驚無險，不但順利過關，而且擔任了秧歌隊副隊長，先後演出了《牛永貴掛彩》《婦紡》《歸隊》《張蘭英》等劇目，收到中央辦公廳獎金和「藝術工農化」、「提高大眾藝術」等表揚性評語。艾青在秧歌劇實踐的基礎上，還寫作了《論秧歌劇的形式》《論秧歌劇的創作與演出》。在前文中，艾青寫道：「我們已臨到了一個群眾的喜劇時代。過去的戲劇把群眾當做小丑，悲劇的角色，犧牲品；群眾是奴順的，不會反抗的，沒有語言的存在。現在不同了。現在群眾在舞臺上大笑，大叫大嚷，大聲唱歌，揚眉吐氣，昂首闊步走來走去，洋溢著愉快，群眾成了一切劇本的主人公。這真叫做『翻了身』！」「舊劇裏的收場，是封建制度的凱旋，寫的是一切維護封建制度的『大團圓』。」新秧歌劇的「大團圓」，「在今天，在新民主主義的社會裏，是表現人民勝利」。〔註 88〕毛澤東看到這篇文章後給予了很高的評價，曾專門給胡喬木寫信說：「此文寫得很切實、生動，反映了與具體解決了多年來秧歌劇的情況和問題，除報上發表外，可印成小冊子，可起教本的作用。」〔註 89〕在一個晚會上，毛澤東還當面對艾青說：「你的文章我看了，寫得很好，你應該寫三十篇。」〔註 90〕

1943 年艾青入住延安南區吳家棗園的勞動模範吳滿有家，不但很快用通俗化的敘事詩形式寫作了長詩《吳滿有》，而且還一句一句地念給農民聽，以此作為修改定稿時的參考。其中有這樣的詩句：「光景象春花春草，／一天更比一天好，／暖炕暖窯。／炕上鋪的是氊子，／藍的馬褥子；／疊的是新被子，／繡花枕子。」「你像一株樹，／年輕的時候，／受夠風吹雨打，／沒有葉，／也沒有枝，／直到老年，／才風調雨順，／開滿花，／又結滿果子。」〔註 91〕對於艾青這種深入工農兵的行為，《解放日報》還專程發表社論稱讚艾青，藉以鼓勵更多的文藝工作者為工農兵寫作。之後，艾青與古元等搭上運鹽駱駝隊深入陝北「三邊」，考察民間藝術。後來寫作了《窗花剪紙》等

〔註 87〕程光煒：《艾青》，中國華僑出版社，1999 年，第 181 頁。
〔註 88〕《解放日報》，1944 年 6 月 28 日。
〔註 89〕《毛澤東書信選集》，人民出版社，1983 年，第 232 頁。
〔註 90〕《漫憶四十年前的詩歌運動》（上），《詩刊》，1982 年第 5 期。
〔註 91〕《解放日報》，1943 年 3 月 9 日。

文。接著，又與蕭三等人率領陝甘寧邊區文化界慰問團到三五九旅勞軍。艾青又寫作了《擁護自己的軍隊——獻給三五九旅》一詩，還親自登臺朗誦詩篇。寫有《人民的城》《歡呼》等。1947 年底至 1948 年春參加獲鹿等縣的土改工作，寫作組詩《布穀鳥》。1949 年 2 月隨解放軍進北京前出版散文集《走向勝利》。

艾青如此身體力行地實踐《講話》精神，自然獲得毛澤東等中央領導的認可。1944 年艾青被推選參加邊區勞模代表大會，獲得由毛澤東簽名的中央直屬機關「模範工作者」的獎狀。中央黨校也為其頒發了「為人民服務的模範」獎狀。對於艾青的進步，中共中央黨校勞動英雄模範工作者選舉總籌委會為其寫下的評語《甲等模範文化工作者——艾青同志》中作了很全面的總結。1945 年，艾青被批准加入共產黨。抗戰慘勝後，艾青遵照延安的指令開始奔赴東北、華北，這其中他出任華北文藝工作團團長，率隊赴張家口。1946 年後任華北聯合大學文藝學院副院長、華北大學第三部副主任，並曾主講「毛澤東文藝思想」的課程。之後便是滿懷喜悅之情等待 1949 年的到來了。

關於艾青的轉向，同時代人蕭軍顯然並不認同。在 6 月 2 日參加題為《批評與自我批評》整頓三風的討論會後，蕭軍在日記中寫道：「除開一些照例的老套而外，連艾青也在要求坦白和公正了。他們全是在那裡瞪著眼睛扯謊。」會上蕭軍還針對座談會上關於「懺悔」的話題發言道：「無論懺悔，反省，自我批評全可以說，但我所要求的是要有『內容』，內容就是行動。不然那就是抒情的遊戲或者騙子的謊言。一般的騙子只是騙個人的錢財或東西，損失的也只是一個人或兩個人……革命的騙子卻要騙取別人的血，別人的腦袋，革命的時間……所以後者就更不容赦。」〔註 92〕蕭軍當年還曾跟毛澤東說起關於艾青的評價問題：「他只是個優秀的詩人，決不是個偉大的詩人，他缺乏深厚的一個偉大的心胸。」〔註 93〕

艾青的這些光鮮的舉措和事蹟聽來很是令人振奮，不過有一些問題卻無法遮掩。例如，在冀中地區，他曾在一次發言中不滿意地說：《白毛女》是先有了主題而後找生活。〔註 94〕這些背後的不滿和牢騷，與那個真心改造自

〔註 92〕《蕭軍延安日記 1940～1945》上卷，香港牛津大學出版社，2013 年，第 486 頁。

〔註 93〕《蕭軍延安日記 1940～1945》上卷，香港牛津大學出版社，2013 年，第 451～452 頁。

〔註 94〕1947 年 3 月 20 日，王林日記。王端陽、楊福增藏。

己、努力寫作工農兵作品的表面艾青，可是有些心口不一。更為重要的是，艾青在嚴酷的整風——搶救運動中的真實心境如何，是一個值得探究的問題。韋嫈晚年接受高杰採訪時說：「艾青被迫交代說他在《廣西日報》編副刊是為國民黨辦事。」〔註 95〕《艾青傳》中的這番話頗值得玩味：「他如何解脫的過程和細節，也未留下片紙隻字，但這件事顯然與周恩來回到延安有關，所以事後他經常心懷感激地講述，還是周公瞭解我，還是周公瞭解我。」〔註 96〕

不僅於此，因為藝術上過於淺淡，像分行的通俗故事，艾青本人後來也承認《吳滿有》在藝術上是不成功的嘗試。〔註 97〕更為尷尬的是，艾青曾大唱頌歌的對象——吳滿有，在胡宗南攻佔延安後「變節投敵」，這讓長詩《吳滿有》成為政治不正確的代表，連存在和傳播的合法性也沒有了。1951 年在開明版《艾青選集》「自序」中，他寫道：「一九四二年參加延安文藝座談會，聽了毛主席的講話，參加一九四二年到一九四五年間的整風學習，對我是一次大改造，我將永遠感激中國共產黨和毛主席所給予我的教育。這個期間，我的創作風格，起了很大的變化，交識了一些勞動人民裏面的英雄人物，寫了一些記錄性的散文，學習採用民歌體寫詩，但因這些作品多半都是學習性質的，也因為有的作品所歌頌的人物已有變化，這個時期的作品就不選了。」「由於長期過的是個人的自由生活，我對於中國社會的瞭解，和對於勞動人民的認識都是不夠深刻的。在我的詩裏，有時也寫到士兵和農民，但所出現的人物常常是有些知識分子氣質的，意念化了的。」〔註 98〕作為詩人，這話裏有話又有苦衷難於言表的心情，是可以理解的，但是當年曲阿逢迎的行為是不是也很有一種偷雞不成蝕把米的感覺呢？

當然，在 1957 年「反右」運動中，努力踐行《講話》精神的艾青也未能幸免，隨著所謂「丁、陳反黨集團」一同覆滅，在眾叛親離、多次自殺未遂後，被發配到北大荒，然後再赴新疆石河子。其實，這樣的遭遇固然令人同情，但對於那代人來說也沒什麼大不了的，只是作為曾經天才的詩人，回顧一下他從 1940 年代赴延安至 1970 年代復出前的三十年，為文學史留下幾首

〔註 95〕高杰：《延安文藝座談會紀實》，陝西人民出版社，2013 年，第 245 頁。
〔註 96〕程光煒：《艾青》，中國華僑出版社，1999 年，第 182 頁。
〔註 97〕楊匡漢、楊匡滿：《艾青傳論》，上海文藝出版社，1984 年，第 167 頁。
〔註 98〕《人民文學》，第二卷第五期。

像樣的詩篇呢？不妨看看艾青自己晚年如何說，能否給出一個令人滿意的答案呢：「初到延安時，我的思想認識並不明確，帶著許多小資產階級的觀念。我在延安只管寫文章，想寫什麼就寫什麼。我是被尊重的，……『講話』範圍很廣。把馬克思主義的文藝理論大大地發展與豐富了。……這是一次思想的大解放。……當年毛主席給我的信件一直帶在身邊，到了『文化大革命』紅衛兵抄家，把信件都抄走了。」〔註 99〕顯然，艾青直到晚年仍然認同自己由「暴露派」而轉向「頌歌派」，只是他隨丁玲案被整多年的原因，大概到老也沒想明白怎麼回事，甚至跟他的搞藝術的兒子完全沒法比。

三、備受摧殘又僥倖保身的丁玲

座談會之前的丁玲，屬於「暴露派」應該是毫無爭議和不折不扣的。無論是撰寫《我在霞村的時候》《在醫院中》《三八節有感》，還是在擔任《解放日報》副刊編輯時刊發暴露延安黑暗的《一個釘子》《廠長追豬去了》《間隔》等小說，無一不體現出丁玲的針砭時弊和率性而為，這是眾所周知的。甚至在延安高幹會（《解放日報》改版會）上被賀龍和王震等公開批評以及毛澤東找其單獨談話後，丁玲仍在座談會的第一次會議上為「炮兵」蕭軍的不合主流的發言「感動地笑著」。〔註 100〕1982 年，丁玲在不經意中流露真情地記述了當年的生活狀態：「我的知己還是作家，還是我們文協山頭上的一些人，沒有事幾個人……就是談知識分子的苦悶吧！對現實的不滿吧！要不就諷刺這個，諷刺那個。」〔註 101〕

但是在 5 月 16 日第二次會議上，被約談後的丁玲來了一個一百八十度的大轉彎。據劉白羽晚年在接受記者採訪時提及：「會議前組織部長陳雲同志找丁玲和我去，實際就是組織上，中央組織部長代表黨跟我們兩個人談話，動員我們要站在黨的立場上，要做一個正確的發言。我們兩個人商議，由丁玲發言。」〔註 102〕從這時起，看清形勢以及在中央整風學習會議上被批評的丁玲及時調整方向，首先發言檢討說，自己不應該撰寫《「三八」節有感》，雖然

〔註 99〕《漫憶四十年前的詩歌運動》（上），《詩刊》，1982 年第 5 期。

〔註 100〕《蕭軍延安日記 1940～1945》上卷，香港牛津大學出版社，2013 年，第 456～457 頁。

〔註 101〕《丁玲全集》第八卷，河北人民出版社，2001 年，第 262 頁。

〔註 102〕《決定我一生的是深入火熱的鬥爭》，王海平、張樹軍主編：《回想延安·1942》，江蘇文藝出版社，2002 年，第 63 頁。

參加革命的時間不短了，但是從世界上來說，還需要脫胎換骨。〔註 103〕之後又在座談會發言基礎上整理成《關於立場問題我見》一文中高調地宣稱：「文藝應該服從於政治，文藝是政治的一個環節，我們的文藝事業只是整個無產階級事業中的一個組成部分。」「共產黨員的作家，馬克思主義者的作家，只有無產階級的立場，黨的立場，中央的立場。」談到敏感的歌頌與暴露的問題，她說：「假如我們有堅定而明確的立場，和馬列主義的方法，即使我們說是寫黑暗也不會成問題的，因為這黑暗一定有其來因去果，不特無損於光明，且光明因此而更彰。」她還深入剖析並帶有檢討性地說：「不可否認的我們是小資產階級出身，當我們還沒有肯定自己要為無產階級服務，要脫離本階級，投身到無產階級中來以前，我們的思想言行是為小資產階級說話的。」「既然是一個投降者，從那一個階級投降到這一個階級來，就必須信任、看重他們，而把自己的甲胄繳納，即使有等身的著作，也要視為無物，要抹去這些自尊心自傲心。」〔註 104〕

1942 年 6 月 11 日，在中央研究院召開的「黨的民主與紀律」座談會最後一天，丁玲一方面斥罵王實味「卑劣、小氣、反覆無常、複雜而陰暗，是『善於縱橫捭闔』陰謀詭計破壞革命的流氓」，他的「思想問題」，「是反黨的思想和反黨的行為，已經是政治的問題」，「要打擊他，而且要打落水狗」。她還含沙射影地將矛頭對準昔日的好友蕭軍，稱要「反對一切對王實味還可能有的小資產階級溫情，人道主義，失去原則的，抽象的，自以為是的『正義感』」；另一方面檢討了自己在黨報副刊上刊發《野百合花》是「最大的恥辱和罪惡」，同時也檢討了《三八節有感》「是篇壞文章」，要求那些同情她遭遇的讀者「讀文件去吧」。最後她還說：「人是不免有錯誤的，怕的是不明白自己的錯誤和無勇氣去改正。我想我是有恒心的，我向著做一個名副其實的共產黨員的目標走去」。〔註 105〕在 6 月 15 日文抗作家俱樂部召開的文藝界「空前未有之座談會」上，作為主席團三人成員之一的丁玲在大會結束時總結說：「此次大會是空前的，是文藝界響應毛主席整頓三分的號召，掌握毛主席和凱豐同志召集之文藝座談會的精神，對於王實味托派思想的清算，並檢討殘存在

〔註 103〕王海平、張樹軍主編：《回想延安・1942》，江蘇文藝出版社，2002 年，第 197～198 頁。

〔註 104〕《關於立場問題我見》，《穀雨》第 5 期，1942 年 6 月 15 日。

〔註 105〕丁玲：《文藝界對王實味應有的態度及反省》，《解放日報》，1942 年 6 月 16 日。

文藝界的小資產階級意識的最有教育意義的一個會。」〔註 106〕1942 年 10 月 18 日，在延安紀念魯迅逝世六週年的千人大會上，作為會議主席的丁玲，義正言辭、不依不饒地與為王實味事件而仗義執言的蕭軍唇槍舌戰，聲稱中共的朋友遍天下，丟掉他不過是九牛一毛。〔註 107〕

儘管丁玲傾盡全力想要擺脫「暴露派」的標簽，並積極向「頌歌派」靠攏，但是至少在座談會結束時，她並沒有得到最高領袖的完全諒解。據見證人林默涵講，座談會結束照相時，毛澤東諷刺地對丁玲說：「女同志坐到中間來吧，免得三八節的時候又要罵娘。」〔註 108〕6 月 2 日毛澤東還對蕭軍說：「丁玲幼稚，不說態度，不肯丟包袱」。〔註 109〕6 月 9 日，《解放日報》第四版以頭題的位置發表燎熒批評《在醫院中時》的文章，而同版的其他文章全部是批判王實味的。在此情形之下，丁玲撰寫了後來未完成的《關於〈在醫院中〉》的檢討。文中，關於陸萍這個人物，丁玲承認是按照自己的「邏輯與意志」來安排的，所以她的「情緒是個人的」，「鬥爭是唯心的」，「仍停留在小資產階級」，自己雖非陸萍，但是「藉了她來發揮」自己的「思想和情感」。關於小說中的環境，她檢討說：「文章失敗是在我對於陸萍周圍環境的氣氛描寫」，「環境之所以寫得那麼灰色，是因為我心裏有灰色，我用了這灰色的眼鏡看世界，世界就跟著我這灰色所起的吸收與反射作用而全換了顏色」。最後她歸結自己創作失敗的主要原因是「立場影響了創作方法」，「不惜歪曲現實」，是從「個人主義出發」，「有些地方寫得太片面性」。〔註 110〕

即便已經開始「繳械」，但在接下來的整風－審幹－搶救運動中，丁玲還是因為南京被軟禁而寫下「悔過書」的歷史問題遭遇了人生的又一次滑鐵盧，被視為「叛徒」，在中央黨校一部度過了難捱的一年，用丁玲當年寫下的文字來說就是「洗心革面」、「脫胎換骨」。不妨來看陳明 2007 年捐贈給中國現代文學館的丁玲日記：8 月 12 日這天，她寫道：「我要堅持對黨的信念我才能得到平安。黨終會明瞭我的。在八月不能搞清楚，九月一定可以，九月不行，今

〔註 106〕《延安文藝舉行座談會，痛斥托派王實味反動思想，建議文抗開除其會籍》，《解放日報》，1942 年 6 月 19 日。

〔註 107〕王德芬：《安息吧，蕭軍老伴！》，《新文學史料》，1989 年第 2 期。

〔註 108〕《解放後十七年文藝戰線上的思想鬥爭》，《人民文學》，1978 年第 5 期。

〔註 109〕《蕭軍延安日記 1940～1945》上卷，香港牛津大學出版社，2013 年，第 488～489 頁。

〔註 110〕李向東、王增如：《丁玲傳》（上），中國大百科全書出版社，2015 年，第 298～300 頁。

年一定行。……我既然知道消極是不對的，我就要極力努力使自己冷靜。一激動我的頭就劇烈的痛，頭一痛便什麼也不能幹了。什麼也不能想了。我何苦更添加一些罪讓自己來受呢？」9 月 14 日中秋節這天，丁玲寫道：「我已經向黨承認我是復興的特務了，我向黨說事實是的，我就該認清，我就該承認，我說我作極力努力靠近黨，用無級（無產階級）的立場思想方法來檢查我的歷史，我對這種研究是有興趣的，我說了我的反黨的罪行，曆數了，把我的什麼都說成是有意反黨的陰謀，我把我認識的人都供了，把我同這些人都說成了特務工作的聯繫，支部書記答覆我說『問題』解決了一部分，現在還須要我反省出國民黨使用我的方法，和我的工作方法，因為他說我是很高明的！」〔註 111〕儘管丁玲最終還是被組織承認恢復了政治身份，但這一歷史遺留問題並未徹底解決，並為 1955 年「丁、陳反黨集團」案埋下伏筆。

不過，已經堅定信仰和服從組織紀律的丁玲，並沒有氣餒，在獲得「解放」後深入工農，為貫徹《講話》精神不遺餘力地進行著創作：寫作了幾個八路軍如何簡單地掙脫繩索逃離日偽軍監押的《十八個》；二十六個村民「只用了二十把板斧，卻得了一門大炮，兩挺機槍，三十八杆步槍，和一萬七千多發子彈。殺了十五個鬼子，自己卻連一個擦破皮的也沒有」的《二十把板斧》；靖邊縣新城區五鄉民辦合作社主任、縣參議員、勞動模範、替老百姓辦實事的《田保霖》；關於麻塔村新人新氣象的《三日雜記》；寫作了富有傳奇色彩的屢建各種奇功的《一二九師與晉冀魯豫邊區》；因上演秧歌劇而熱鬧的《記磚窯灣騾馬大會》；從戲班子逃出來參加邊區劇團、後來被選為代表出席邊區文教大會、發言說要改造自己的《民間藝人李卜》；經過槍林彈雨的老革命重新創辦紡織廠的陝甘寧邊區特等勞動模範《袁廣發》……及至於為她後來帶去巨大政治聲譽和地位的長篇土改小說《太陽照在桑乾河上》。

這些創作是丁玲貫徹《講話》精神的結果，也是她成為「毛澤東的文藝戰士」的重要憑證。因為寫作《田保霖》，毛澤東先是在給丁玲的信中讚揚道：你們的文章引得我在洗澡後睡覺前一口氣讀完，我替中國人民慶祝，替你們兩位的新寫作作風慶祝！〔註 112〕後來又在高幹會上表揚道：「丁玲現在到工農兵當中去了，《田保霖》寫得很好；作家到群眾中去就能寫好文

〔註 111〕李向東、王增如：《丁玲傳》（上），中國大百科全書出版社，2015 年，第 308～309 頁。

〔註 112〕《毛澤東書信選集》，人民出版社，1983 年，第 233 頁。

章。」〔註 113〕

正是有了這樣的政治資本，1949 年後的丁玲志得意滿地享受行政七級（副部級）的政治待遇，先後擔任全國文協常務副主席、文協黨組組長、中宣部文藝處處長，獲得斯大林文藝獎金二等獎、出任文聯機關報《文藝報》主編、主持中央文學研究所，可謂大紅大紫。只是在 1955 年以及 1957 年的「丁、陳反黨集團」案發生後，這一切都不重要了。

關於延安文藝座談會以及《講話》和整風－審幹－搶救運動，歷經磨難的丁玲在「文革」後仍然感激不盡地說：「毛主席在文藝座談會上的講話教育了一代知識分子，培養了一代作家的成長，而且影響到海外、未來。每回憶及此，我的心都為之振動。特別是，在我身處逆境的二十多年裏，『講話』給了我最大的力量和信心。我能夠活過來，活到今天，我還能用一支破筆為人民寫作，是同這一段時間受到的教育分不開的。」「我很情願在整風運動中痛痛快快洗一個澡，然後輕裝上陣，以利再戰。當時在文抗整個機關，每個人都打起精神，鼓足勇氣，每天開會，互相啟發，交換批評，和風細雨，實事求是地檢查自己，這一段嚴肅、緊張、痛苦、愉快的學習經歷，將永遠留在人們記憶中，成為一生中幸福的一頁。」〔註 114〕

這樣的文字看上去不但沒有痛楚而且還充滿著樂觀，如果丁玲內心真的是如此，足可見她思想改造得很徹底，但是在另一篇文章中她卻這樣寫道：「一九四三年審幹，我和許多被國民黨逮捕過的同志們的命運相似，自然是逃不脫這個嫌那個嫌的。……康生鑽了空子，搞什麼『搶救』運動，搶救『失足者』，發精神分裂症似的，傷害過很多同志，損害黨的事業。」〔註 115〕而在私下的日記裏，她更是真實地袒露心聲：《三八節有感》使自己「受幾十年的苦楚」，帶來一生的災難，因而不敢隨意為文，生恐「又自找麻煩，遺禍後代」！〔註 116〕她還曾當著冀中文藝界領導人王林的面說：《白毛女》的創作是魯藝想搞一個大形式以壓迫一切，所以最初怪氣森人。〔註 117〕

劉白羽、艾青、丁玲等作為「暴露派」的代表，他們的態度、意見以及轉變表現，集中顯示了部分延安文藝家們的思想軌跡和心路歷程。

〔註 113〕《丁玲全集》第十卷，河北人民出版社，2001 年，第 285 頁。
〔註 114〕《延安文藝座談會的前前後後》，《新文學史料》，1982 年第 2 期。
〔註 115〕《丁玲全集》第十卷，河北人民出版社，2001 年，第 286 頁。
〔註 116〕丁玲日記，1978 年 10 月 8 日，《新文學史料》，1990 年第 3 期。
〔註 117〕王林日記，1947 年 3 月 20 日。王端陽、楊福增藏。

第三節　抵制《講話》的延安「異見派」

在延安文藝座談會召開以及《講話》生成和傳播的過程中，還有一些異見者與「逍遙派」常常被忽略，以至於造成一種延安及其他邊區的文藝家們普遍地欣然地接受《講話》的假象，尤其是 1949 年後各種當事人的回憶文章和研究著作鋪天蓋地進行一種全方位的功利性敘事，更加增強了這種印象和結果。即便是一些當事人和研究者注意到了蕭軍作為異見派的存在，但是在《蕭軍日記》公開前，也不過是些回憶性文章中的隻言片語或摘章斷句，難以再現細節和全貌。

一、第一次座談會上的異見聲音

關於 5 月 2 日座談會當天的會議情景，蕭軍在日記中記下：「由毛澤東報告了邊區現在危險的政治環境，國際的環境，接著他提出了六個文藝問題，我第一個起立發言，約四十分鐘。對於每個問題，我給了自己的說明，同時也闡明了政治，軍事，文化應該彼此接近和理解。」〔註 118〕這段話表明，蕭軍對於毛澤東提出的問題有自己的看法，這些看法大致可以從他後來發表在《解放日報》上的《對於當前文藝諸問題底我見》中看出來，其中在作家創作存在立場、寫典型性或進步人物、文藝應該制定「文藝政策」等問題基本上可以看作是對毛澤東發言的響應，但在不能脫離和拘泥於現實的現實主義創作態度；內容要深、水準要高、抱有文學啟蒙目的、提高和普遍一定要並行；作家應該是「人類的」「百貨商店」等問題上顯然存有異議，甚至相衝突。〔註 119〕不過，蕭軍日記和文章中的內容，並不如現場精彩，綜合何其芳、羅工柳、張仃等人的回憶，蕭軍在會場大致這樣說道：對於文藝，無所謂黨領導不領導的，紅荷、白蓮、綠葉，儒、釋、道，政治、軍事、文藝，都是一家的，誰也不領導誰。魯迅一直是革命的，從來不寫歌功頌德的文章。馬恩列斯毛占前五位，老子是天下第六，這樣一個會就可以寫十萬字，不服的可以來一場馬拉松賽，是騾子是馬出來遛遛。老子相信羅曼．羅蘭的新英雄主義，不但要做中國的第一作家，還要做世界第一的作家。〔註 120〕蕭軍的發

〔註 118〕《蕭軍延安日記 1940～1945》上卷，香港牛津大學出版社，2013 年，第 456 頁。

〔註 119〕《解放日報》，1942 年 5 月 14 日。

〔註 120〕何其芳：《毛澤東之歌》，《時代的報告》，1980 年第 1～2 期；2004 年 3 月 1 日高杰對羅工柳的電話記錄、1991 年 11 月 22 日高杰對張仃的採訪記錄。

言在當天會上的反響如何呢？他自己在日記中寫道：「我第一個起立發言，約四十分鐘。……我的講話和平時一般，引起普遍注意凝神和歡騰。」〔註 121〕這番話究竟是蕭軍客觀描述還是自我感覺良好或誇大會議氛圍呢？《講話》研究專家高杰（曾用名高浦棠）在大量採訪當事人之後整理出《流動的火焰》，其中記述道：蕭軍第一個發言後，「其他人有表示贊同者，也有表示反對者」。〔註 122〕這兩個材料稍有些差異，也就是蕭軍現場的發言產生的影響，可能並未像他自己描述的那樣樂觀，但是其他當事人的回憶能夠佐證蕭軍的記錄沒有太大誇大的成分，例如劉峴在《瑣事紀實》中回憶說：「記得最先發言的是蕭軍同志，……接著發言的此起彼伏，各不相讓，爭論十分熱烈。」〔註 123〕任桂林回憶說：「大家發言踴躍，爭論得很熱烈。」〔註 124〕

之後，蕭軍日記中提供了進一步的信息：「又然也發言了，他說得很好，很得體。杜矢甲說得不好，我很愉快我的熟人們能發言而發得好。丁玲在我的後面，她為我的話感動地笑著……」〔註 125〕據與會的溫濟澤 1988 年 8 月 25 日接受馮蕙、劉益濤採訪時證實，贊同者中有羅烽。〔註 126〕羅烽是針對「魯迅雜文的文體形式在延安可以廢除了」的觀點進行回應的，〔註 127〕也就是他的《還是雜文的時代》中的觀點。至於李又然等其他「熟人們」究竟說了什麼，雖然現在很難知曉，但他們的基本態度，應該更趨向或符合蕭軍的觀點是可以判斷出來的。至於此時尚不明就裏的丁玲的自然率性的表現，在大體上說也是認同蕭軍觀點的，至少她那句「蕭軍，你是學炮兵的，你第一個開炮吧！」〔註 128〕中的「開炮」，就很值得重視。蕭軍提供的材料外，還有于敏的回憶材料，也即歐陽山在試圖解決蕭軍和胡喬木爭論的發言中談到文藝從書本定義出發，大談外國文學的一些歷史情況和世界觀與創作論的

見高杰：《延安文藝座談會紀實》，陝西人民出版社，2013 年，第 46 頁。

〔註 121〕《蕭軍延安日記 1940～1945》上卷，香港牛津大學出版社，2013 年，第 502 頁。

〔註 122〕《傳記文學》，1997 年第 5 期。

〔註 123〕孫新元、尚德周編：《延安歲月》，陝西人民美術出版社，1985 年，第 145 頁。

〔註 124〕《重回延安思往事》，《延安文藝研究》，1985 年第 1 期。

〔註 125〕《蕭軍延安日記 1940～1945》上卷，香港牛津大學出版社，2013 年，第 456～457 頁。

〔註 126〕陳晉：《文人毛澤東》，上海人民出版社，2005 年，第 232 頁。

〔註 127〕高杰：《延安文藝座談會紀實》，陝西人民出版社，2013 年，第 64 頁。

〔註 128〕蕭軍：《難忘的延安歲月》，艾克恩編《延安文藝回憶錄》，中國社會科學出版社，1992 年，第 114 頁。

關係。但是後來毛澤東在發言中說文藝應該從實際出發，不能從書本定義出發。〔註 129〕

第一次座談會上，蕭軍不僅在發言中與毛澤東同中求異，而且還在會上當面譏諷何其芳表態要改造思想的發言。更為值得說的是，會後第二天蕭軍致信毛澤東要在 18 日出發旅行。這種無視毛澤東最為延安最高領袖用心整頓文藝界的行為本身，就是最大的異見派的體現。當然，在私下裏，蕭軍的異見表現更為深刻，在 5 月 8 日這天的日記中，他寫道：「我終生要作為一個藝術者，入黨那會殺死我藝術的生命！我會失了光芒，而變得可厭。我要獨立地行走自己的路，等什麼時候能把一些可恥的雜念肅清了，毫無所動了，那對我是幸福。」〔註 130〕蕭軍還在 5 月 10 日的日記評價毛澤東說：「按藝術來講，他是近乎希臘的，女性的，非是文藝復興男性的，佛羅凌沙的。」在《解放日報》召開的座談會上，就文藝批評問題「主張批評——對外與對內——越批評越接近，越談論越瞭解」。〔註 131〕此後，蕭軍還寫作了《雜文還廢不得說》發表在《穀雨》上。

不僅蕭軍公開反對「歌德派」們改造思想的發言和舉動，何其芳曾回憶說：在自己第一次發言檢討後的另一次小組討論會上，一個平時與他「很熟、當時追隨『暴露黑暗』論的作家」，當面表示對他的發言很不滿，並說：「你這是帶頭懺悔。」〔註 132〕據高杰與朱寨探討，說話人應為胡風曾提攜過的詩人天藍。〔註 133〕正是因為存在這麼多的異見聲音，陳晉後來對此評論說：「看來，那時的文藝家還不像後來，有了領袖的講話後便眾口一詞地詮釋和演繹，……仍然有不少文藝家在這樣的公開場合發表相反的觀點。」〔註 134〕

顯然，第一次座談會上，蕭軍、李又然、天藍、丁玲以及那些無法考證

〔註 129〕王海平、張軍峰主編：《回想延安・1942》，江蘇文藝出版社，2002 年，第 148 頁；于敏：《銀幕外的聲音》（下），中國電影出版社，2003 年，第 479 頁。

〔註 130〕《蕭軍延安日記 1940～1945》上卷，香港牛津大學出版社，2013 年，第 465 頁。

〔註 131〕《蕭軍延安日記 1940～1945》上卷，香港牛津大學出版社，2013 年，第 466 頁。

〔註 132〕何其芳：《毛澤東之歌》，《何其芳全集》7，河北人民出版社，2000 年，第 437 頁。

〔註 133〕《傳記文學》，1997 年第 5 期；高杰：《延安文藝座談會紀實》，陝西人民出版社，2013 年，第 81 頁。

〔註 134〕《文人毛澤東》，上海人民出版社，2005 年，第 231 頁。

出的贊同者們的不同聲音雖不能說佔據了上峰，但是已經嚴重影響到會議發起和組織者的警覺和擔心。據當年負責《解放日報》專欄的編輯黎辛在 2006 年接受高杰電話採訪時說：「第一次文藝座談會的討論情況不怎麼樣，毛澤東很不滿意。」〔註 135〕基於這種並不樂觀的情況，一方面毛澤東責成《解放日報》接連刊發列寧的《黨的組織與黨的文學》和增設「馬克思主義與文藝」專欄並刊發《恩格斯論現實主義》等文章引領座談會的輿論導向，同時刊發蕭軍的《關於當前文藝諸問題底我見》、艾青的《我對於目前文藝上幾個問題的意見》引發討論；一方面延安中組部部長陳雲出面約談包括劉白羽、丁玲等在內的一些黨員作家，提出：「對於共產黨作家來說，首先是共產黨員，其次才是作家」；「不但組織上要入黨，思想上還要入黨」。對此，劉白羽後來評述說：「陳雲這次找我們談話，顯然是為文藝座談會做準備工作的——要我們站在黨的立場上發言。」〔註 136〕不僅如此，為了防止座談會「失控」，主辦方還對發言方式做了安排，即把上一次的自由無序發言改為先遞條子報名然後由主持人指定發言。

二、第二次座談會上的異見聲音

因為總結了第一次座談會的經驗，也在會前作了充分的思想動員並對會議發言方式做了調整，5 月 16 日舉行的第二次會議，效果要比第一次有所提高。高杰曾總結說：「從後來會議進展的實際情況看，會議的前半程基本上在預期的軌道上進展著，而到了後半程則又完全流為一種自發的、自然的、隨意的、無序的狀態，其具體程序主要是按照發言者的內容邏輯和情緒軌道來推演的。」〔註 137〕如高杰所述，第二次座談會的前半程自然是主流聲音占絕對地位，例如「倒戈」的丁玲作了檢討性的發言並聲言自己要脫胎換骨，〔註 138〕歐陽山尊高調重申了黨要加強對文藝的領導和作家們應該到實際鬥爭中去鍛鍊的觀點。〔註 139〕其他還有艾思奇、柯仲平、周文、周揚等。但是，在文藝家尚未被充分組織化之時，異議者終究要勉力發出聲音來。

〔註 135〕《延安文藝座談會紀實》，陝西人民出版社，2013 年，第 89 頁。

〔註 136〕《心靈的歷程》（上．新版），解放軍文藝出版社，2003 年，第 378 頁。

〔註 137〕《延安文藝座談會紀實》，陝西人民出版社，2013 年，第 103～104 頁。

〔註 138〕王海平、張樹軍主編：《回想延安．1942》，江蘇文藝出版社，2002 年，第 197～198 頁。

〔註 139〕《參加延安文藝座談會的前前後後》，《時代的報告》，1982 年第 4 期。

首先還是蕭軍。針對延安整風，他在發言中語帶譏諷地說：你們共產黨現在整頓三風，是「露陰狂」，將來還要整頓六風。〔註 140〕關於作家立場和暴露與歌頌等問題，蕭軍認為「在光明裏反倒常常看不到光明」，並當場與吳黎平和艾思奇等展開爭論。會後的 5 月 17 日，他還分別給這兩位論爭者寫信繼續申明自己的觀點，並在日記中寫道：「這些人讓書本已經把他們的智慧源泉塞死了。我要挺身和這些論爭，失敗也無關，這可鍛鍊自己，勝利了也有益於他們，有益於人群，這樣糊塗人，如何算為思想戰士。」〔註 141〕

蕭軍之外，戲劇家張庚也發言說：「我也不贊成主席的有些意見，提高是非常必要的，我們共產黨的文化運動搞了那麼多年，難道不要提高嗎？」〔註 142〕根據上下文聯想，一個「也」字表明，張庚之前還有人持這樣的意見，高杰經過考證後認為，曾主張向外國音樂水平看齊的魯藝音樂系主任呂驥在發言中「極有可能發表了支持張庚發言內容的意見」，「伊明的發言內容與張庚」「有明顯關聯」。〔註 143〕溫濟澤後來還補充說張庚在發言中說：「普及和提高都很重要，能不能來個分工？像文工團、演出隊，那自然要做普及工作；像魯藝這樣的學府，能不能主要來做提高的工作？中國目前還是應該有人在文學藝術方面做提高工作的。對這個意見，有贊成的，有不完全贊成的，也沒有展開討論。」〔註 144〕從延安當時的客觀情形說，既要照顧文藝為革命服務的階級文學論，又要相對提高延安文藝的水準，張庚的觀點未嘗不是一個好辦法，因此理論上來說也應該得到一部分人的支持。至於他會後寫檢討《論邊區劇運和戲劇的技術教育》〔註 145〕，則是在會後整風運動深入後背負壓力而認錯的舉動了。張庚、呂驥、伊明之外，陳晉在《文人毛澤東》一書中寫道：繼蕭軍發言後，「吳亮平起來反駁蕭軍的時候，贊同蕭軍的人就起來批他，說你不要在那講課了，這裡不是課堂」。〔註 146〕批評吳亮平的人是

〔註 140〕王海平、張樹軍主編：《回想延安．1942》，江蘇文藝出版社，2002 年，第 198 頁。

〔註 141〕《蕭軍延安日記 1940～1945》上卷，香港牛津大學出版社，2013 年，第 471～472 頁。

〔註 142〕陳晉：《文人毛澤東》，上海人民出版社，2005 年，第 232 頁。

〔註 143〕高杰：《延安文藝座談會紀實》，陝西人民出版社，2013 年，第 125 頁。

〔註 144〕《第一個平反的「右派」：溫濟澤自述》，中國青年出版社，1999 年，第 137 頁。

〔註 145〕《解放日報》，1942 年 9 月 11 日。

〔註 146〕陳晉：《文人毛澤東》，上海人民出版社，2005 年，第 232 頁。

誰，暫時不好考證。不過，異議者中肯定有吳奚如，因為他在此次會上被朱德嚴正批評，「批得很凶」，說他「完全喪失了無產階級立場」，因為他在發言中談到：搞文學的要有個立場，抗日時期，我們最大的敵人是日本侵略者，革命文學應當是一切有利於抗日，國共應該放棄爭鬥團結一致。〔註 147〕

這次會議，除了蕭軍、張庚、吳奚如、呂驥、伊明以及贊同蕭軍、張庚觀點的人之外還有一些不同意見。例如胡喬木回憶說：「會上繼續有人發表『人類之愛』和『愛是永恆的主題』、『不歌功頌德』之類的言論。」「有人在會議上直截了當地說：『我是不歌功頌德的』。」「毛主席開始找作家談話，越談找的人越多，有的談過多次，比如說『不歌功頌德』的那個作家並不出名，他的話就是跟毛主席講的，不是寫文章講的。毛主席在講話時提到這個觀點，我就知道是針對那個作家的話講的。」〔註 148〕據《胡喬木回憶毛澤東》一書的主要整理者之一魯振祥說：「胡喬木說的這個『並不出名』的作家，大概叫李雷。」〔註 149〕高蒲棠考證後證實，李雷確曾在座談會召開前的談話中當面向毛澤東表達了「我是不歌功頌德的」主張，並表示了對這種主張的執意堅守。〔註 150〕吳伯簫回憶說：「輪到大家發言，……有談文藝定義的，有談『人性』和『愛』的，有談『雜文時代』的。」〔註 151〕歐陽山在 1991 年 12 月 7 日接受高杰採訪時說道：「羅烽也說，延安還是雜文時代。」〔註 152〕草明也回憶說：「會上，不少同志勇敢地亮出自己的觀點，提出人性論啦，愛是創作的永恆的主題啦等等。」〔註 153〕儘管持「人類之愛」、「人性論」等異見者除蕭軍、李雷外，顯然還有另外的不同異見者。相關的佐證材料有，據曾克在接受高杰採訪時說：「在文抗，這種思想是普遍的，……像我們這些當時在文抗算是年輕人，這種思想在我們身上僅僅是一種朦朧的影子，不是很嚴重很明顯。

〔註 147〕陳晉：《文人毛澤東》，上海人民出版社，2005 年，第 232 頁。《第一個平反的「右派」：溫濟澤自述》中寫道：「現在建立了抗日民族統一戰線，能不能提出黨員和非黨員作家都站在人民大眾的立場，黨員也不必提無產階級立場和黨的立場，這樣會不會更適合統一戰線一些？」中國青年出版社，1999 年，第 137 頁。

〔註 148〕《胡喬木回憶毛澤東》，人民出版社，1994 年，第 260、255、54 頁。

〔註 149〕高杰：《延安文藝座談會紀實》，陝西人民出版社，2013 年，第 209 頁。

〔註 150〕高杰：《延安文藝座談會紀實》，陝西人民出版社，2013 年，第 216 頁。

〔註 151〕《回憶延安文藝座談會》，《東北日報》，1952 年 5 月 23 日。

〔註 152〕高杰：《延安文藝座談會紀實》，陝西人民出版社，2013 年，第 63 頁。

〔註 153〕《五月的延安》，艾克恩編：《延安文藝回憶錄》，中國社會科學出版社，1992 年，第 119 頁。

這種思想突出的，主要是經過 20 世紀 30 年代，而且有創作成果的老一點的作家。」〔註 154〕

由此可見，即使會議已經做了周密的發言安排，而且會議的前半程又是組織指定的人員發言，就是剩下的後半程中，也仍然有不少於五人持異議。

三、第三次座談會上的異見聲音

關於 5 月 22 日在楊家嶺召開的第三次文藝座談會，當年與會的《解放日報》記者黃鋼在 1977 年曾撰文描述過：「第三次座談會同前兩次一樣，仍是在激烈的論爭中進行。」〔註 155〕儘管黃鋼意在描述座談會的熱烈氛圍，但是客觀上也揭示出一個事實，即座談會儘管召開兩次了，毛澤東、陳雲等人已經為會議做了很多統一思想、輿論引導和組織約束的工作了，但在第三次會上仍存在很多不同觀點。那麼，具體都有哪些異見者和異見聲音呢？

蕭軍一如既往地唱對臺戲。他在日記中記錄下了自己的發言：

> （一）……
>
> ③對何其芳所提的懺悔解釋：
>
> （二）關於王實味的問題：
>
> （三）蕭三那是一種阿 Q 式的一般批評法。
>
> （四）文學上批評問題：
>
> （五）黨員作家與非黨員作家：
>
> （六）我的態度：A.任何人全可以和我相交。B.為真理而工作，不懼一切讕言（首長路線，借錢等等）。C.我是自負的，願意和任何人競賽。D.欠共產黨的錢我將來一定還補，只要我不死，不病，不窮困到連飯也吃不上。E.我不想仗著過去歷史來這裡混飯吃，我工作。F.除開對真理和我所尊敬的人而外，我沒有謙卑……〔註 156〕

除了上述內容外，蕭軍在會議上還就魯迅的思想是「發展」還是「轉變」的問題與胡喬木進行了爭辯，並在會後的 23 日致信胡喬木繼續討論，在 25

〔註 154〕高杰：《延安文藝座談會紀實》，陝西人民出版社，2013 年，第 78 頁。

〔註 155〕黃鋼：《難忘的延安之夜》，《解放軍報》，1977 年 5 月 21 日。

〔註 156〕《蕭軍延安日記 1940～1945》上卷，香港牛津大學出版社，2013 年，第 475～476 頁。

日面見毛澤東時試圖糾正和說服其認為「轉變」與「發展」沒有區別的觀點。在日記中雖然蕭軍針對毛澤東在座談會上的結論表示「這是一個值得歡喜的結論」，但是他同時還認為毛澤東「深刻浸澈力不夠」，「寬而不夠深」，他還確信地寫道：「我於這些操馬克思主義槍法的人群中，也還是自由殺入殺出，真理是在我這面」。〔註 157〕

再之後，蕭軍還與胡喬木當面爭論魯迅思想，並尋求《死敵》《蘇聯的發明故事》《高爾基創作四十年紀念論文集》《突擊隊》《魯迅的創作方法及其他》送與毛澤東。5 月 29 日這天的日記中他寫道：「散步時候我把前幾天看的幾本書帶給毛澤東，我們要互相教育，互相影響，互相幫助，這裡面毫沒有不潔的動機，我希望他更深地理解文藝，理解魯迅先生，這對於革命，他自己，文藝本身全有好處。」〔註 158〕他還在致毛澤東的書信中寫道：「關於魯迅與尼采一文，願您讀完或先給喬木同志看看，因為此中關於魯迅底『發展』或『轉變』問題，比我同他解釋得清楚的多。」6 月 2 日，蕭軍在日記中寫下了自己與毛澤東夜談後的體會：「他居然也和我發起文藝見解來了，我只好聽著。他要在老婆面前賣賣聰明。」〔註 159〕至於 6 月 15～18 日在文抗作家俱樂部舉行的延安「空前之未有」批判王實味大會上蕭軍仗義執言不惜引火燒身，10 月 18 日紀念魯迅逝世六週年的千人大會上蕭軍以一人敵全體等言行，就更是顯示他拒不妥協的見證了。

《蕭軍日記》還顯示，第三次座談會後，他在去找毛澤東談話回來的路上，遇見方紀和鄧發，他們有過一番談話。蕭軍在日記中記道：「他（指方紀——本文注）說聽昨天我的講話，幾乎要馬上過來擁抱我，他為了我言語的力量所激顫：『我一年多……你是不知道的，我是在你那「強」力的影響下生活著……我很想和你接近，但又不敢，因為我們是不同啊……你也許不理解我，我是哈姆雷特式的人物……』」〔註 160〕蕭軍在日記中記述了他與鄧發遭遇後，鄧發「熱情地抓住」自己的手。另有楊女士，她說蕭軍的「文章有一種

〔註 157〕《蕭軍延安日記 1940～1945》上卷，香港牛津大學出版社，2013 年，第 475～477 頁。

〔註 158〕《蕭軍延安日記 1940～1945》上卷，香港牛津大學出版社，2013 年，第 483 頁。

〔註 159〕《蕭軍延安日記 1940～1945》上卷，香港牛津大學出版社，2013 年，第 488 頁。

〔註 160〕《蕭軍延安日記 1940～1945》上卷，香港牛津大學出版社，2013 年，第 477 頁。

偉大的無所顧忌的，引人向上的大力」。〔註 161〕顯然，方紀、鄧發、楊女士等人至少表面上都贊同蕭軍的觀點，像這類在會場上無法或不敢發聲的文藝家究竟還有哪些，雖然不好考證，但是這種現象本身就說明，座談會上還有很多聲音被壓抑了。

此外，魯藝的幹學偉在 2006 年 5 月 23 日接受高杰的電話採訪時說：「在第二次會議上有人批評魯藝的『關門提高』，我不同意這樣的批評」，「在第二次和第三次會議之間，我準備了發言的內容」，但魯藝領導「周揚不同意我發言。他說：『現在你發言不是時候』」。〔註 162〕可見，幹學偉是被取消了發言權，不然應該也算是《講話》的又一反對者，儘管這反對也僅僅是針對部分觀點的。據高杰採訪，晚年的于敏曾談起毛澤東做結論時說「依了你們，就是依了大地主、大資本家，就有亡黨、亡國、亡頭的危險」一句時，自己「頗為反感，怎麼拿大地主與我們畫等號呢」？〔註 163〕幹學偉在 2006 年接受高杰的採訪時就說：「在第二次和第三次會議之間，我準備了發言的內容，在第二次會議上有人批評魯藝的『關門提高』，我不同意這樣的批評。我認為提高是必要的……我們按照社會主義的藝術體系作標準進行提高，有何不可呢？」〔註 164〕于敏的反感反應和幹學偉的固執己見，應該說是很明顯地屬於那種被壓抑的異見聲音。

更富有諷刺意味的是，即使座談會上那些持主流意見的文藝家，也還有言不由衷者。例如吳亮平在會上反駁了蕭軍的發言，但在座談會不久的 5 月 27 日就私下裏去找蕭軍「解說那天座談會發言的事，並無惡意」。蕭軍為此在日記中評述道：「這些人總有一種愚蠢，自大和不真實的牆和人隔開著，使人感到淺薄、公式而不愉快。」〔註 165〕同一天，那個表面上宣稱接受《講話》精神、積極改造思想的李又然在私下裏對蕭軍訴說了自己的悲怨：「書我也不想去教了……那太呆板，學生程度也不齊，還是廣闊一點生活去吧。看我這樣子，能吃，能睡，能跳舞……只有半身疼痛，無氣力……需要吃些好的，誰

〔註 161〕《蕭軍延安日記 1940～1945》上卷，香港牛津大學出版社，2013 年，第 477～478 頁。

〔註 162〕高杰：《延安文藝座談會紀實》，陝西人民出版社，2013 年，第 38～39 頁。

〔註 163〕高杰：《延安文藝座談會紀實》，陝西人民出版社，2013 年，第 142 頁。

〔註 164〕高杰：《延安文藝座談會紀實》，陝西人民出版社，2013 年，第 38～39 頁。

〔註 165〕《蕭軍延安日記 1940～1945》上卷，香港牛津大學出版社，2013 年，第 481 頁。

知道這痛苦，有母親還可以在母親面前撒撒嬌……為革命他媽的什麼全丟了……跟了這樣多年……誰來管你……」蕭軍為此評價說：「他是有悲哀的：悲自己，悲環境，忽然興奮，忽然消沉，忽而驕傲，忽而謙卑……這是一個神經質的多血質的易衝動的人物……他將為自己的性格，一生演著一串小悲喜劇度過著……這也是個時代的殉道者。」〔註 166〕

經過以上不完全的梳理和考證，可以做一個統計學上的直觀認識，即三次座談會共有不少於十五人是作為「反對派」和異見聲音而存在的，如果以發言者四十多人〔註 167〕為基數，異見者所佔比例就是三分之一左右了；如果按照孫國林說「座談會上發言的人主要是搞文學的……其他搞繪畫、音樂的人……很少發言」〔註 168〕，再排除第二次會議、第三次會議被組織上事先安排的發言人，這個比例應該達到或超過與會作家的一半了。

四、會場內外潛在的異見聲音

儘管延安文藝座談會召開了三次，但是畢竟會議上不是所有人都能發言，特別是自第二次會議後與會人員並沒有進行自由發言和充分辯論，所以很多文藝家並不能充分表達自己的觀點，可能存在的異議聲音也就被壓抑了。

例如，座談會之前歐陽山曾提出：「馬列主義妨礙文藝創作。」〔註 169〕既然已經存有這樣的觀念或成見，通過三次會議就在主觀上自覺、迅速地轉變思想並皈依《講話》，怕是難讓人信服。劉白羽也回憶證實說，座談會前夕，當自己將毛澤東後來在「引言」中所談的內容向文抗的作家們宣講後，「會場上就一哄而起，議論紛紛」。〔註 170〕這些「起哄」的文抗作家，顯然不會在文藝座談會上迅速迷途知返，改換文藝思想，只是因為座談會的發言時間有限，沒有得到發表意見的機會罷了。

再如，據當事人何其芳說，第一次座談會召開後的 5 月 13 日，「四十多位劇作家、導演、演員、劇評家和劇運工作者，在文化俱樂部的涼亭裏開了

〔註 166〕《蕭軍延安日記 1940～1945》上卷，香港牛津大學出版社，2013 年，第 482 頁。

〔註 167〕高杰：《延安文藝座談會紀實》，陝西人民出版社，2013 年，第 39 頁。

〔註 168〕2004 年高杰採訪孫國林的電話記錄。高杰：《延安文藝座談會紀實》，陝西人民出版社，2013 年，第 37 頁。

〔註 169〕《胡喬木回憶毛澤東》，人民出版社，1994 年，第 253 頁。

〔註 170〕劉白羽：《延安文藝座談會的前前後後》，《人民文學》，2002 年第 5 期。

一整天討論會」，圍繞普及和提高兩個問題開展爭論，「在他們當中存在著兩種意見的分歧：一種認為普及和提高是同一工作的兩個方面，既要有明確的分工，又要有有機的聯繫；另一種認為普及和提高應該而且可以各自專門化起來。爭論的實質是：是不是重視普及工作，把普及工作擺在什麼樣的地位，兩者的關係究竟是怎樣」。〔註 171〕爭論中那些不重視普及工作的文藝家，經過後兩次座談會即使在客觀實踐中開始重視普及工作了，但在主觀意願上應該不會那麼強烈和堅定。

還有一種情況應該也引起注意，那就是一些延安文藝家當時未能與會，所以即便持有不同意見，也無法公開表達。例如，據與成仿吾關係密切的牛漢晚年講：「成仿吾在延安就不完全贊成毛澤東的《在延安文藝座談會上的講話》。」〔註 172〕在 1949 年後的政治環境中，成仿吾私下裏對牛漢的態度，顯然是比較真實的。據參加座談會的胡績偉晚年自述中說到，當自己將毛澤東講話精神傳達到《邊區群眾報》報社時，就聽到反對的聲音，尤其是對他所傳達的毛澤東所說的「知識分子不乾淨」、「工人農民不髒」等論調，報社的人笑說毛澤東「實際上並沒有長期生活在農村，在農村時也不是真正同農民一起同吃同住同勞動」，因為不能否認「農民不講衛生以及生活上比較髒的事實」。〔註 173〕成仿吾與《邊區群眾報》報社的人，雖然未能與會，但是這種私底下的觀點應該說更真實。如果他們與會，想必也是作為異議者而存在。

對《講話》精神持激烈批判態度的大有人在，高長虹便是最典型的一個。1943 年 12 月 24 日，高長虹在致蕭三的信中這樣寫道：「你的詩也是不容易找到發表地方的。有時候叫我們覺得這是一種時間的浪費。……最近魯藝的交通很發生問題，各部院不能來往，買東西都不能出門，所以住起來非常不便。我已另找住處。現在每天是看書，寫文章，寫文章，看書，連很少的幾個朋友都不能一談，的確是很畸形的生活。後方的報紙、雜誌一份都看不到，像在井裏一樣。」〔註 174〕這封信側面反映出高長虹並不認同座談會以及文藝整風後的延安文化生態。這種不滿情緒並非一時的情感宣洩，1944 年 1 月 8 日，高長虹在寫給蕭三的信中再次寫道：「我們如藉口民眾不懂，不翻譯，不

〔註 171〕《毛澤東之歌》，《何其芳全集》7，河北人民出版社，2000 年，第 398 頁。

〔註 172〕《我仍在苦苦跋涉——牛漢自述》，何啟治、李晉西編撰，三聯書店，2008 年，第 88 頁。

〔註 173〕《胡績偉自述》第一卷，卓越文化出版社，2006 年，第 269 頁。

〔註 174〕許建輝：《翰墨書香中的追尋》，文化藝術出版社，2014 年，第 33 頁。

創作，只把流行的民間文藝傳寫傳抄，報上發表，這裡朗誦，那裡朗誦，即使很賣力氣，聽者歡迎，但我們終不會就因此自滿起來。音樂家們比我們『幸運』的一點是音樂的歷史發展過於落後，以至社會上把歌唱演奏當做音樂的全部，把作曲只當作□（原件折疊遮蔽，下同）外的工作。要說大眾音樂，□不可能介紹，不可能創作，創作的、介紹的大眾音樂是大眾不可能領□□，那麼，蕭斯托可維基、普羅科夫耶夫，豈不要不能出蘇聯一步了嗎？希望你從生活經驗，從書報（瀏）覽，把蘇聯的榜樣時常介紹宣傳一點，給我們的姊妹行藝術一點刺激，叫她們時常醒醒，記起來往前走路。半身不遂的病是很不好過的呵！」〔註 175〕顯然，這時的高長虹仍然未能接受《講話》，並敢於在整風——審幹的肅殺氣氛裏發洩不滿的情緒。為此，有研究者這樣評述說：「作為一種不可複製的歷史遺存，它們以『鐵證如山』的『白紙黑字』，為我們還原了一個可觸可感的文學現場，讓我們看到了『延座』召開之後的延安文壇一隅之情景，看到了活動在這一隅中的具體『人』之精神狀態。」〔註 176〕高長虹在 1943、1944 年整風和審幹運動進入高潮之際仍持這樣的觀點，相信如果他參加座談會，應該也不會是「歌德派」。

其實，如果稍微瞭解一下延安 1942 年 5 月時的情況，就會對座談會上這種爭論的情況見怪不怪。因為儘管針對張聞天等黨內高層的整風運動早就在 1941 年「九月會議」時開始，但中低層和文藝家並不瞭解，尤其是加上張聞天和毛澤東在延安執掌大權前期所塑造的延安相對自由寬鬆的環境，散漫自由的文藝家們還不懂得審幹——搶救運動的殘酷，自然會踊躍發言、激烈爭論，也因此吳伯蕭后來回憶說：「輪到大家發言，論點都相當龐雜。……座談會儼然成為思想論爭的課堂。」〔註 177〕草明在《五月的延安》回憶說：「不少同志勇敢地亮出自己的觀點……真是五花八門。」〔註 178〕歐陽山更是回憶說：「座談會期間，人們暢所欲言，對的也講，錯的也講……這是一個真正的『雙百方針』的會。」〔註 179〕可見，關於延安文藝座談會，蕭軍等異見派的聲音，無論在會場內還是會場外，都是不容忽視和難以改造的存在，只是因

〔註 175〕許建輝：《翰墨書香中的追尋》，文化藝術出版社，2014 年，第 35 頁。
〔註 176〕許建輝：《翰墨書香中的追尋》，文化藝術出版社，2014 年，第 39 頁。
〔註 177〕《回憶延安文藝座談會》，《東北日報》1952 年 5 月 23 日。
〔註 178〕艾克恩編：《延安文藝回憶錄》，中國社會科學出版社，1992 年，第 119 頁。
〔註 179〕高杰 1991 年 12 月 7 日採訪歐陽山的記錄。高杰：《延安文藝座談會紀實》，陝西人民出版社，2013 年，第 41 頁。

為當時被有組織地壓抑，表現得不那麼強勢，再加之後來主流歷史有選擇地敘事，才形成今天人們片面固化的歷史認知。

其實，異議也好爭論也罷，就其本身本體來說，對於作家們本也不是什麼大不了的事，是再正常不過的文藝生態，因為文藝本不應該制定什麼統一標準，而在延安戰時條件下非要制定為政治、為軍事服務的文藝標準，非要以一種表面上民主的方式進行貫徹，遭遇異議甚至抵抗，也是正常不過；就左翼文藝發展到延安文藝的特定藝術樣式來說，異議和爭論也是不可避免的，因為從 1920 年代產生所謂革命文藝、左翼文藝或大眾文藝來說，來自蘇聯內部的理論爭論就從來沒有停止過，作為下游或理論傳承的中國左翼文藝家們，怎麼可能如此簡單達成文藝思想統一？何況左翼文藝在延安又遭遇了「中國化」這一新時代命題呢！

第四節　重慶左翼文人對《講話》的牴觸

因為《講話》在重慶正式傳播後，情形和效果仍無好轉，於是，延安相繼派出何其芳、劉白羽、林默涵、周而復、袁水拍等作為「欽差大臣」抵達重慶，開始督導重慶左翼文化界學習《講話》。

1944 年 3 月中旬，由中華全國文藝界抗敵協會負責人馮乃超召集，〔註 180〕在重慶鄉下召開了小型座談會學習和討論毛澤東的《講話》精神。會上，何、劉二人報告了延安整風的情況，並按照《講話》精神強調了作家的階級性和思想改造的重要性。「文協」的常務理事兼研究部主任胡風在發言中先是強調國統區「當地的任務要從與民主鬥爭相配合的文化鬥爭的角度去看，不能從文化建設的角度去看」，「應該從『環境與任務的區別』去體會並運用《講話》的精神」，後又提出國統區「當時的主要任務還不是培養工農作家」，〔註 181〕

〔註 180〕臧雲遠在《在重慶學習毛主席〈講話〉》中說：「一九四二年在重慶山城，有一天周恩來同志在徹夜的形勢報告中，提到中央將派兩位文藝界同志，到重慶傳達毛主席的《在延安文藝座談會上的講話》。過些天兩位同志就到重慶來了，一位是何其芳，另一位是劉白羽。」見《作家在重慶》，重慶出版社，1983 年，第 161 頁。

〔註 181〕《關於解放以來的文藝實踐情況的報告》，《胡風全集》6，湖北人民出版社，1999 年，第 311 頁；胡風在《再返重慶（之二）——抗戰回憶錄之十六》中說：「在國民黨統治下面的任務應該是怎樣和國民黨的反動政策和反動文藝以至反動社會實際進行鬥爭，還不是，也不可能是培養工農兵作家。」見《新文學史料》，1989 年第 1 期。

導致「關於『講話』的討論未能如期進行下去」〔註 182〕。據劉白羽講，宋之的也發表了不同意見〔註 183〕，只是細節不得而知。陽翰笙在 3 月 18 日的日記中記道：「乃超約談文藝問題，參加的人有胡、杜、蔡、梁、何諸公。胡說得很多。惜我因事去了，未聽全。」〔註 184〕對於重慶左翼作家們的這種異議，劉白羽晚年在回憶中這樣解釋說：「由於周副主席的囑咐，我們理解國統區與解放區處境不同、際遇不同，絕不能把對解放區人們的要求，強加在國統區人們的身上，我們沒有這樣做，而是認真地聽取意見。」〔註 185〕何其芳在 1949 年撰文回憶說：「還是我第一次到重慶去的時候，我對一位做文藝工作的同志敘述我們在延安魯迅藝術學院那一段錯誤的工作經歷，如我在《關於藝術群眾化問題》裏面所敘述的那樣。我熱心地講完了以後，他說：『你們怎麼搞的呵，那些問題不是我們在上海的時候就已經解決了的嗎？』」〔註 186〕

胡風的牴觸情緒是明顯而嚴重的。例如在 1944 年 5 月 25 給舒蕪的信中他譏諷說：「有兩位從遠路來的穿馬褂的作家要談談云」。〔註 187〕7 月 12 日給舒蕪的信中又說：「因兩位馬褂在此，豪紳們如迎欽差，我也只好奉陪鞠躬。還有，他們說是要和我細談，其實已談過了兩次，但還是要細談。好像要談出我的『私房話』，但又不指明，我又怎樣猜得著。這一回，我預備談時請他們出題，我做答案。這是他們特選的機會」。〔註 188〕對於這種情形，茅盾後來評說：「當時胡風是理論權威，而在他背後支持其態度觀點的，還有另一位理論權威馮雪峰。因此，在延安的文藝理論家何其芳、林默涵來到重慶之前，重慶的文藝理論界是相當冷清的。」〔註 189〕胡風後來在 1954 年的「三

〔註 182〕李輝：《文壇悲歌》，花城出版社，1998 年，第 85 頁。

〔註 183〕《心靈的歷程》（中冊．新版），解放軍文藝出版社，2003 年，第 440 頁。

〔註 184〕即胡風、杜國痒、蔡儀、梁文若、何成湘等。見《陽翰笙日記選》，四川文藝出版社，1985 年，第 252 頁。

〔註 185〕《心靈的歷程》（中冊．新版），解放軍文藝出版社，2003 年，第 440～441 頁。

〔註 186〕《關於現實主義．序》，《何其芳全集》2，河北人民出版社，2000 年，第 296 頁。

〔註 187〕注：此兩人係指從延安來的劉白羽和何其芳。《胡風致舒蕪書信選》，曉風、曉谷、曉山整理輯注，《新文學史料》，1998 年第 1 期。

〔註 188〕《胡風致舒蕪書信選》，曉風、曉谷、曉山整理輯注，《新文學史料》，1998 年第 1 期。

〔註 189〕《走在民主運動的行列中——回憶錄（三十一）》，《新文學史料》，1986 年第 2 期。

十萬言書」中說：「何其芳同志報告了延安的思想改造運動，用的是他自己的例子『現身說法』的。由於何其芳同志的自信的態度和簡單的理解，會後印象很不好。何其芳同志過去的情況還留在大家印象裏，但他的口氣卻使人只感到他是證明他自己已經改造成了真正的無產階級。會後就有人說：好快，他已經改造好了，就跑來改造我們！連馮雪峰後來都氣憤地說：『他媽的！我們革命的時候他在哪裏？』」〔註 190〕劉白羽晚年在回憶中也證實：「在重慶文藝界受到大多數人擁護，但也並不都是同意的，有的在會上直率提出反對文藝為政治服務，不得不引起一些辯論。至於胡風則當面冷眼旁觀，暗中誣衊《講話》是『圖騰』，他還勾結黨內早已拋出『方生未死之間』那樣的人，形成一種勢力，阻撓破壞貫徹宣傳毛澤東文藝思想。」〔註 191〕

關於胡風以文協的名義召開的座談會，陽翰笙在日記中記道：「由何、劉先後報告他們那兒文化活動狀況後，大家提了許多問題來問他們，彼此都談得很熱烈。」〔註 192〕所謂「熱烈」不知該作何解釋，或者陽翰笙大概還沒有看出會中的不和諧問題，因為會後，何其芳、劉白羽將胡風等人的文藝思想寫進給延安的報告。不過，這報告何其芳沒有直接寫自己的入黨介紹人沙汀幾次拒絕他盛情邀請赴重慶參與整風和學習《講話》〔註 193〕，否則就更能說明問題了。

直到 1944 年 8 月 26 日，《新華日報》全文刊登了中共中央宣傳部《關於執行黨的文藝政策的決定》。9 月 30 日，同為中共領導的《群眾》在第九卷第十八期〔註 194〕，才以「文藝問題特輯」專欄做出呼應，其中余約伯（夏衍）的《如何做大眾的牛——讀〈文藝問題〉札記之一》、何其芳的《關於藝術群眾化問題》、劉白羽的《新的藝術，新的群眾》等三篇文章或者直接提及延安文藝座談會和《講話》，或者貫穿《講話》精神於文中，算是重慶左翼文化界比較集中、認真地重視了《講話》。不過，頗為戲劇的是，該欄目的頭篇文章是郭沫若的《謝陳代新》，既沒有隻字觸及座談會，更談不上貫徹《講話》精

〔註 190〕《關於解放以來的文藝實踐情況的報告》，《胡風全集》6，湖北人民出版社，1999 年，第 312 頁；胡風：《再返重慶》（之二），《新文學史料》1989 年第 1 期。

〔註 191〕《雷電頌——懷念郭沫若同志》，《人民文學》，1978 年第 7 期。

〔註 192〕《陽翰笙日記選》，四川文藝出版社，1985 年，第 283～284 頁。

〔註 193〕季風：《何其芳致沙汀的一封未刊書簡》，《四川大學學報》，1987 年第 4 期。

〔註 194〕半個月前的 1944 年 9 月 15 日，《群眾》在第九卷第十六、十七期上開設了「認識邊區專號」中，都未提及任何與座談會和《講話》相關的內容。

神，與其他文章很不協調，但是廖永祥卻堅持說，郭沫若根據《講話》精神發表了文章，〔註 195〕真真讓人不知該說什麼才好。

1945 年初，《新華日報》以《文藝問題》為書名，發行了《講話》小冊子。田仲濟 1962 年撰文說自己「親自到《新華日報》門市部買了一本『講話』，土紙 32 開本，沒有印上印刷和發售的書店或地點」〔註 196〕。徐遲在《重慶回憶》中說：「一九四四年裏，……一本小冊子開始傳出那是一本三十二開、三十頁左右、用黃色土紙印刷的薄本子。一張白礬紙作封面，上寫《文藝問題》四個毛筆字。那就是毛主席的《在延安文藝座談會上的講話》在大後方的《新華日報》社印行的出版本。」〔註 197〕徐遲對《講話》小冊子的回憶與田仲濟相仿，但時間上有誤。而陽翰笙、廖永祥的記述應該也是在這時，不可能是《講話》未發表前。同時，《新華日報》發行《講話》的小冊子在當時產生的影響應該也不是很大，正如前文所說，否則陽翰笙詳實的日記中也不會漏掉這一事件。

或者不如再來看看親歷者的一些說法。據彭燕郊在《荃麟——共產主義的聖徒》中介紹：「毛澤東《在延安文藝座談會上的講話》全文刊登在延安《解放日報》上，報紙傳到重慶，荃麟讀了讓我讀，問我有什麼印象，他自己先說了一句『這裡面所講的文藝好像和我們講的不大一樣。』我心裏想：豈止不大一樣，簡直很不一樣。我只是說：『為工農兵服務，當然很好，只怕在國統區實踐起來不容易，我們是不是必須丟掉五四新文學運動以來的基本讀者群：青年知識分子？』當然我還有一些想法，自己覺得很不成熟，就沒有說出來。比如說，像荃麟這樣的知識分子，是不是也比手上有牛屎的農民骯髒？在上海住亭子間的左翼作家，生活非常艱苦，冒著生命危險到工廠裏去和工人結合，好像也不應該一口抹煞。」〔註 198〕這則材料表明，無論是邵荃麟還是彭燕郊，當時對《講話》都不是那麼認可，甚至懷有牴觸情緒，只是礙於情勢沒有公開表達罷了。

不僅如此。1962 年，茅盾在《講話》出臺二十週年的紀念文中說：「第一

〔註 195〕四川省《新華日報》暨《群眾》週刊史學會、重慶市《新華日報》暨《群眾》週刊史學會編：廖永祥撰著：《新華日報史新著——紀念周恩來誕辰 100 週年》，重慶出版社，1998 年，第 180 頁。

〔註 196〕《當〈講話〉傳到重慶以後》，《山東文學》，1962 年第 6 期。

〔註 197〕《作家在重慶》，重慶出版社，1983 年，第 26 頁。

〔註 198〕《新文學史料》，1997 年第 2 期。

次讀到《在延安文藝座談會上的講話》，記得是在重慶；那時，抗日戰爭剛剛勝利，……在這樣的時候，讀到了『講話』。大概那時印數不多，一本書傳閱多人，傳到我的手裏，這本土紙印的小冊子已經半爛，有些字句必須反覆猜詳，方能得其大意。但儘管有這樣的困難，我還是在一天內把它讀完。……真像是在又疲倦又熱又渴的時候喝了甘洌的泉水一樣，讀完這本書後全身感到愉快，心情舒暢，精神陡然振發起來。」〔註 199〕茅盾這番話很值得回味。第一，他陳述了一個事實，他是在「抗日戰爭剛剛勝利」時才「第一次」讀到《講話》，也就是 1944 年元旦《新華日報》發表《講話》時也並未閱讀，延安文化欽差赴渝宣講、督導《講話》落實時也沒有引起注意；第二，他是否「一天內」讀完，是否讀後如「喝了甘洌的泉水一樣」、「全身感到愉快，心情舒暢，精神陡然振發起來」？恐怕這種文學誇張的描寫只有歷經 1950 年代持續不斷的思想改造和 1960 年代特定的政治氛圍的人才能夠體會。茅盾還接著解釋說：「當時在國民黨統治區，……就一般作家而言，對於寫工農兵，就有點口是心非，他們以為解放區與國民黨統治區情況不同，條件不同。在國民黨統治區寫工農兵是『無的放矢』、『不合時宜』。至於一個作家如果當真願為工農兵服務，首先得改造自己的思想，這在那時的一般作家也是認識不足，或者全無認識的。至於理論家和批評家，對於此書一些根本問題的論斷，真能透徹理解的，恐怕也不多，他們在實際工作中，還是照老一套的簡便方法，摘取『講話』的詞句以裝飾自己的內容單薄的文章，或者把『講話』的一些詞句作為批評作品的法寶，而不大願意動腦先把「講話」消化……」〔註 200〕這樣的評述儘管另有立意，但與第一次文代會的報告相映照，更可以從側面看出《講話》當年在重慶等國統區的實情。

1944 年 11 月中下旬，備受整風煎熬的周恩來回到重慶，並召集徐冰、喬冠華、陳家康和夏衍開會，傳達了《講話》精神和文藝整風後延安邊區文藝工作的動向，並展開重慶左翼文化界的整風運動。〔註 201〕不過，此整風不比延安整風那般秋風掃落葉，不過是走走形式和過場而已。因為周恩來認為，學習《講話》應該在文委和新華日報社兩部門展開，「如欲擴大到黨外文化人，

〔註 199〕《學然後知不足》，《人民文學》，1962 年第 5 期。

〔註 200〕《學然後知不足》，《人民文學》，1962 年第 5 期。

〔註 201〕中共中央文獻研究室編《周恩來年譜　一八九八——一九四九》（修訂本），中央文獻出版社，1998 年，第 602 頁。

似非其時」，「即便對文委及《新華日報》社同志的整風，歷史的反省固需要，但檢討的中心仍然應多從目前實際出發，顧及大後方環境，聯繫到目前工作，以便引導同志們更加團結，更加積極地進行對國民黨的鬥爭，而防止同志們相互埋怨、相互猜疑的情緒的增長」。〔註 202〕

1945 年 2 月 18 日，為慶祝《新華日報》成立七週年等活動，延安派出了體現《講話》精神的秧歌劇團，算是給重慶文化界再一次的精神洗禮。陽翰笙在這一天的日記中寫道：「應《新華》諸友之邀，午後去紅岩看《兄妹開荒》《一朵紅花》《劉永貴受傷》三秧歌劇。觀後我與芝崗、家寶都覺得非常新鮮有力，因此在途中我們對於民間藝術形式的改造及發展的前途談論至久。」〔註 203〕與陽翰笙的平實記述不同，散文家劉白羽則在多年後仍然「激動了」「心靈」，他記述說：重慶文化界人士紛紛前來圍觀，「把一個廣場擠得滿滿的。不但報社裏邊的廣場，就連報社外面幾面山坡上，也都密密麻麻地站滿了觀眾」。〔註 204〕關於重慶左翼文化界漠視《講話》，邵荃麟早在 1948 年避居香港時就曾在檢討中透露過：「……這個座談會的成果，在後方沒有得到應有的普遍和熱烈的討論，倒毋寧說是一般地被冷淡了。……一直到一九四五年春，我們才提出了『面向農村』的口號，指出了人民文藝的方向，但是也僅是作為一種理論的宣傳，沒有把它和實踐結合起來。」〔註 205〕

這中間，作為左翼文藝理論權威的胡風，不但不虛心接受和學習《講話》精神，反而在 1944 年 10 月撰文《置身在為民主的鬥爭裏面》予以辯駁。文中寫道：「如果說，不是自由解放了的人民大眾，那所要爭得的自由解放的民族不過是拜物教的幻想裏面的對象」，「作家應該去深入或結合的人民，並不是抽象的概念，而是活生生的感性的存在」，他們「隨時隨地都潛伏著或擴展著幾千年的精神奴役的創作」，「承認以至承受了這自我鬥爭，那麼從人民學習的課題或思想改造的課題從作家得到的回答就不會是善男信女式的懺悔」。〔註 206〕不僅如此，胡風還鼓動舒蕪撰寫《論主觀》。這一點可以通過 1945

〔註 202〕《關於大後方文化人整風問題的意見》，南方局黨史資料徵集小組編：《南方局黨史資料．文化工作》，重慶出版社，1990 年，第 25 頁。

〔註 203〕《陽翰笙日記選》，四川文藝出版社，1985 年，第 351 頁。

〔註 204〕《心靈的歷程》（中冊．新版），解放軍文藝出版社，2003 年，第 453 頁。

〔註 205〕《對於當前文藝運動的意見——檢討．批判．和今後的方向》，《大眾文藝叢刊》第一輯《文藝的新方向》，香港 1948 年，第 91 頁。

〔註 206〕《希望》第 1 集第 1 期，1945 年 1 月；《胡風全集》3，湖北人民出版社，1999 年，第 186～190 頁。

年 1 月 28 日給舒蕪的信中可見一斑。信中他寫道：「抬頭的市儈首先向《主觀》開炮，說作者是賣野人頭，抬腳的作家接上，胡說幾句，蔡某想接上，但語難成聲而止。也有辯解的人，但也不過用心是好的，但論點甚危險之類。最後我還了幾悶棍，但抬頭的已走，只由抬腳的獨受而已。但問題正在開展，他們在動員人，已曉得是古典社會史的那個政客哲學家……你（指舒蕪——引者注）現在，一要預備雜文，二要加緊對這個問題作更進一步的研究。準備迎戰。可惜你不能看一看第五位聖人的材料。要再接再厲。」〔註 207〕

正是因為胡風、馮雪峰等人的拒不配合，1945 年 1 月，何其芳回到延安後將重慶文化界的情況向毛澤東、周恩來作了彙報，建議重慶文藝界也進行整風。1945 年 1 月、2 月，由馮乃超和周恩來主持召開了兩次批判座談會。周恩來甚至單獨告誡過胡風，理論問題只有毛主席的教導才是正確的，要改變對黨的態度〔註 208〕；周恩來在胡風離渝赴滬前直接挑明說，延安在反對主觀主義時，你卻在重慶反對客觀主義。〔註 209〕「可惜胡風聽懂之後卻不能照此辦理，他根本就不認為自己對黨的態度有問題，也根本不承認自己理論與毛澤東理論相左」。〔註 210〕

何其芳 1945 年 8 月再次抵達重慶後，組織了多次文化批評活動，主要展開對毛澤東文藝思想的學習和研討。但是，《講話》在重慶的傳播與接受，並未收到預期中的效果。為此，毛澤東從重慶回延安時，留下胡喬木進一步瞭解重慶等大後方文藝思想，並試圖解決革命文藝界內部的思想糾葛，以及繼續整頓《新華日報》。〔註 211〕

1945 年 10 月 21 日，周恩來在「文協」易名聯歡會上介紹了延安的文藝活動情況，尤其是對作家們「從城裏走到鄉村，走到廣大的農民中去」〔註 212〕，給予肯定。同期，在周恩來的主持下，重慶左翼文藝界以新文藝運動的過去和現在的檢查及今後的工作為主題，進行了幾次漫談會。馮雪峰應邀參加並

〔註 207〕注：抬頭的市儈指茅盾，抬腳的市儈指葉以群，蔡某指蔡儀，辯解的人指馮雪峰，政客哲學家指侯外盧，聖人疑指毛澤東。《胡風致舒蕪書信選》，曉風、曉谷、曉山整理輯注，《新文學史料》，1998 年第 1 期。

〔註 208〕《舒蕪口述自傳》，中國社會科學出版社，2002 年，第 147 頁。

〔註 209〕胡風：《胡風回憶錄》，人民文學出版社，1993 年，第 353 頁。

〔註 210〕胡學常：《胡風事件的起源》，《百年潮》，2004 年第 11 期。

〔註 211〕劉白羽：《我與胡喬木同志》，《中流》，1995 年第 3 期。

〔註 212〕《文協聯誼晚會，周恩來應邀講延安文藝活動》，《新華日報》，1945 年 10 月 22 日。

做了報告《論民主革命的文藝運動》，但是從內容看仍舊與《講話》精神相背離。據舒蕪講，1945 年馮雪峰與他和胡風的談話中對周揚等在延安的舉措譏諷道：「通俗化、大眾化，叫他們用秧歌體翻譯《資本論》，看他們能不能翻譯得出來。」〔註 213〕對此，黎之在《文壇風雲錄》中曾闡釋說：「毛澤東的《講話》的偉大意義和巨大影響是人所共知的，也是深入人心的。但是，在當時左翼文藝運動內部（尤其是在大後方）對《講話》的理解並不是，也不可能是完全一致的。」〔註 214〕

1945 年 11 月，周恩來先後在郭沫若的住處天官府街和中央代表團住處曾家岩召開整風文藝座談會。周恩來在自我批評後強調文藝界要認真學習毛澤東思想，檢查和改進文藝界的工作。

1945 年底到 1946 年初，為貫徹毛澤東的講話精神，重慶左翼文藝界組織了關於《清明前後》和《芳草天涯》的「現實主義」座談會。這其中，滯留重慶的胡喬木作為延安最高權力的監督者，始終與會並不時發言，私下裏也與胡風多次接觸、溝通。即便是這樣，正如劉白羽後來所說，「由於胡風態度頑固，會也開得毫無結果。」〔註 215〕

不僅胡風，還有王戎和馮雪峰。何其芳在《關於現實主義》的「序言」中說：「毛澤東同志《在延安文藝座談會上的講話》到達了國民黨統治區，並不久就成為那個區域的革命文藝工作的指南，而這種明確的無產階級的文藝路線就必然要破壞各種資產階級的文藝理論，從此以後，對於這種理論傾向的堅持就實質上成為一種對於毛澤東的文藝方向的反對了。這種反對的公開化是從一九四五年年底發表在重慶《新華日報》副刊上的王戎的兩篇文章開始的。王戎是這種理論反對的信奉者之一。……我為這個討論寫的《關於現實主義》……在看了我這篇文章以後，王戎還在上海的一個刊物上發表過一篇回答我的論文，他在那裡面仍然堅持他的意見。」〔註 216〕在這場關於《清明前後》和《芳草天涯》的論爭中，王戎寫作了《從〈清明前後〉說起》，批評了作品的「唯政治化傾向」。〔註 217〕

〔註 213〕《舒蕪口述自傳》，中國社會科學出版社，2002 年，第 152 頁。

〔註 214〕河南人民出版社，1998 年版，第 313 頁。

〔註 215〕劉白羽：《我與胡喬木同志》，《中流》，1995 年第 3 期。

〔註 216〕何其芳：《關於現實主義．序》，《何其芳全集》2，河北人民出版社，2000 年，第 292～293 頁。

〔註 217〕《新華日報》，1945 年 12 月 29 日。

馮雪峰在 1945 到 1946 年發表了《論藝術力及其他》《論民主革命的文藝活動》《題外的話》，系統地批判了正甚囂塵上的文藝機械論和公式主義，反對將作品的政治性與藝術性分割開來。馮雪峰不客氣地指出：「研究或評價具體作品，用什麼抽象的『政治性』、『藝術性』的代數學式的說法，也說是甚麼都弄糟了。如果這樣地去指導創作，則更壞。」這種看法在當時被認為是「反對毛澤東的」〔註 218〕。

胡風、馮雪峰、舒蕪、王戎等左翼人士並未將《講話》視為「圖騰」，其實可以理解，畢竟與黨內文人不同，他們雖然受著黨的領導，但這種接受領導主要是靠著一種文學追求、思想信念而非組織形式，所以喬冠華被批判後可以「立地成佛」〔註 219〕，而胡風不但「在解放以前的文字裏面沒有正面地表示過擁護《講話》」〔註 220〕，還在印行《講話》的宣傳冊《論文藝問題（在延安文藝座談會的講話）》〔註 221〕中大肆批註、糾正、刪改毛澤東的相關表述；王戎則在 1946 年繼續發表《一個文藝上的問題》〔註 222〕與何其芳論戰。

顯然，《講話》在重慶的傳播經歷了一個初期冷冷清清，後期稍有振作、漸次普及的過程，而轉折點是 1944 年春，這與座談會的召開已經相距近兩年，與《講話》的正式發表也相隔大半年之久，這顯示出重慶文化界並未如很多當事人的回憶以及一些研究者所描述的那樣及時、積極地學習和貫徹落實《講話》。另一個事實是，重慶文化界後來雖然逐漸接受《講話》，但也遠不如延安以及其他邊區那樣順利、效果顯著，更未能達成延安文藝界那樣的高度一致的共識。這其中的原因需要進一步探索，但現象本身就已經顯示問題的嚴重。

稍向後延伸歷史即可知，正是因為胡風等「國統區」左翼文藝家們這一時期抗拒《講話》和思想改造，直接導致了 1948 年香港左翼文化界集中展開批判，翻看《大眾文藝叢刊》《華商報》上登載的文章，那種戰火硝煙味迄今

〔註 218〕陳湧：《關於雪峰文藝思想的幾件事》，包子衍、袁紹發編：《回憶雪峰》，中國文史出版社，1986 年，第 216 頁。

〔註 219〕胡風：《關於喬冠華》，《胡風全集》6，湖北人民出版社，1999 年，第 513 頁。

〔註 220〕《關於解放以來的文藝實踐情況的報告》，《胡風全集》6，湖北人民出版社，1999 年，第 313 頁。

〔註 221〕新民主出版社，1949 年。原件藏於魯迅博物館藏。

〔註 222〕《麥籽》（上海）第五期，1946 年 4 月。

仍能夠聞到。至於 1949 年後胡風、馮雪峰等人遭受政治冷遇和清剿，乃至於身陷囹圄幾十年，也就可想而知了。

第五章 《講話》後的延安文藝生態

第一節 新變態下的延安文藝

延安文藝座談會後，針對文藝家們的整風運動也隨之進入高潮，此前延安文藝相對自由的空氣，霎時變得緊張起來，王實味被清算，蕭軍被趕走，其他無論「暴露派」還是「頌歌派」，都在《講話》的「指揮棒」下或主動或被動地放棄過往文藝思想，同時貶抑和否定既往的創作。如周立波在《思想、生活和形式》《後悔與前瞻》中，對自己「小資產階級王國」進行反省。何其芳的《改造自己 改造藝術》，對個人歷史做出全面否定，他表示「舊我未死，心無雜念，不但今天在革命隊伍中步調不一致，甚至將來能否不掉隊都很擔心」。〔註 1〕此外，還有艾青的《我對於目前文藝上幾個問題的意見》、蕭三的《可喜的轉變》、舒群的《必須改造自己》等大量檢討刊發在《解放日報》上。

一、新問題：停刊整頓與稿荒問題

因為文藝家們不明就裏地攪亂黨內整風，所以座談會後，就是一頓刊物整肅。尤其在進入審幹搶救的階段中，僅存的《詩刊》《穀雨》《文藝月報》等8種文藝刊物在1942年全部停刊。同時，此前很活躍的幾十個社團幾乎全軍覆沒。《解放日報．文藝》副刊全面改版，「文藝欄」取消，改為綜合副刊，此後的所有文藝作品除了單本發行外，全部都登在《解放日報》這一「黨的喉

〔註 1〕何其芳：《改造自己，改造藝術》，《解放日報》，1943年3月31日。

舌」的報刊上。

作為昔日叛逆並勇於反抗的延安文藝家，這個時候，除了極個別的文藝家還敢在私下裏悄悄表達不同的意見，在公開層面則不但不再反抗，而且特別懂得明哲保身、趨利避害；不但很少像以前那樣聚會熱鬧、談笑風生，而且連鍾情的文藝創作也偃旗息鼓，其中一部分處在不停參加整風的政治學習和運動中察言觀色、靜觀其變中，另一部分即使想寫一時間也不知該從何下手。

文藝家們不敢寫或寫不出可以理解和寬宥，但是作為每天都要更新的《解放日報》等主流媒體卻不能在那等米下鍋，尤其是作為輿論導向同時又是整風對象的《解放日報》以及博古這個被毛澤東批判多次的負責人之一，一時間更不知道該如何是好。偏巧，已經成為延安意識形態最高領導的毛澤東又特別重視宣傳和輿論。於是，《解放日報》稿荒的問題就成為迫不及待需要解決的時代課題了。

1942 年 7 月 25 日，中共中央政治局召開會議，討論《解放日報》稿荒問題。會上，毛澤東提出一個變通的辦法：「有富裕排印時間的話，可印《魯迅全集》《海上述林》、小說、呂振羽的《中國政治思想史》。」〔註 2〕偉大領袖的確有辦法，但是這個辦法適用於一時，卻不能真正解決好稿荒問題，於是毛澤東又於 9 月 15 日會同《解放日報》社長博古專門研究該報工作，並致信中宣部副部長何凱豐說：「解放第四版缺乏稿件，且偏於文藝，我已替舒群約了十幾個人幫助徵稿，艾、范、孫雪葦及工、婦、青三委都在內。青委約的馮文彬，擬每月徵 6000～10000 字的青運稿件」〔註 3〕。9 月 20 日，毛澤東親自起草《〈解放日報〉第四版徵稿辦法》，「約請鄧發、彭真、吳玉章、蔡暢、范文瀾、艾思奇等十六人為第四版徵集稿件」。〔註 4〕還不僅於此，毛澤東接著還在棗園召開「鴻門宴」，當眾宣讀了一個徵稿名單和辦法：

> 荒煤同志，以文學為主，其他附之，每月一萬二千字；
>
> 江豐同志，以美術為主，其他附之，每月八千字，此外並作圖畫；

〔註 2〕《毛澤東年譜　一八九三～一九四九》中，中央文獻出版社，2013 年，第 394 頁。

〔註 3〕《毛澤東書信選集》，人民出版社，1983 年，第 203 頁。

〔註 4〕《毛澤東年譜　一八九三～一九四九》中，中央文獻出版社，2013 年，第 404 頁。

張庚同志，以戲劇為主，其他附之，每月一萬字；

柯仲平同志，以大眾化文藝及文化為主，其他附之，每月一萬二千字；

王震之同志，以戲劇為主，其他附之，每月五千字；

艾思奇同志，以文化及哲學為主，其他附之，每月一萬字；

周揚同志，以文藝批評為主，其他附之，每月一萬字；

呂驥同志，以音樂為主，其他附之，每月五千字。〔註5〕

1943年12月26日《解放日報》在第四版發布了一個「啟事」:「為著貫徹執行黨的文藝政策，今年延安各劇團都下鄉去了，新年的文藝活動，就落到我們各機關、部隊、學校自己的身上。這一定是一個新的、廣泛而熱烈的運動，它一定不僅只有新年娛樂的意義，而且一定會配合著我們黨的政治任務，發揮出偉大的宣傳教育的作用。」

在這種硬性攤派和普遍動員中，《解放日報》的稿荒問題，一時間倒是得到了解決，只是這種解決問題的奇葩方式，實在是有些貽笑大方，或者說開創了古今中外報刊界的一個先例，也未嘗可知。還要注意，這可是其他幾乎全部文藝雜誌都被停刊僅剩《解放日報》一家媒體的狀態下，如果媒體再多幾家，恐怕毛澤東再智慧，那些文藝幹部再能寫，也怕是難以保證刊物正常出刊的。另外，有研究者認為，整風後《解放日報》綜合副刊每月的六七萬字，與整風和《講話》前的幾十萬字不可同日而語。〔註6〕

二、新手段：文藝家們被下鄉改造

文藝的問題，說到底還是要靠文藝家，毛澤東顯然想到了這一點，但是如何讓這些人寫出適合工農兵、符合自己意志的作品來？靠以前的辦法不可以，因為那樣不但容易滋生自由創作的思想，而且不容易馴服他們做文藝的螺絲釘。不過，熟讀古書深得馭人之術的領袖自然有他的辦法。

1943年3月10日，中央文委和中央組織部聯合召開黨的文藝工作者座談會，中宣部副部長凱豐在《關於文藝工作者下鄉的問題》中提出，許多文藝工作者因為整風還沒有下去，但現在要下去了。中組部長陳雲在《關於黨

〔註5〕艾克恩:《延安文藝運動紀盛》，文化藝術出版社，1987年，第393～394頁。
〔註6〕王克明:《延安文藝：從繁榮到沈寂》，《炎黃春秋》，2013年第3期。

的文藝工作者的兩個傾向問題》中提出，文藝工作者存在兩個不良傾向，一是特殊，二是自大，以文化者自居，不遵守黨的紀律，不重視革命實際，忽視學習馬列主義。4月22日，「起著中共中央指示的作用」〔註7〕的黨務廣播播發了《關於延安對文化人的工作的經驗介紹》，其中指出：「過去我們的想法，總是把文化人組織一個文協或文抗之類的團體，把他們住在一起，由他們自己去搞。長期的經驗證明這種辦法也是不好的，害了文化人，使他們長期脫離實際，結果也就寫不出東西來，或者寫出的東西也是不好的。真正幫助文化人應當是分散他們，使之參加各種實際工作。」「在現在延安文抗全部文化人下鄉去工作，而文抗也無存在之必要了」。

在這一政策的命令下，獻身革命的作家們就得密切配合，但是如何寫呢？尤其是如何貫徹領袖的「文藝為工農兵服務」指導思想呢？經歷過思想洗禮的劉白羽開始呼籲：「作家不只要寫井岡山，要寫湘南暴動，要寫土地革命的故事，要寫長征的史詩，要寫抗日戰爭中無數的悲壯事情，更重要的是：從這豐富的歷程中立起的新的人物；老實說，這些新的人群已站在時代的最前面，他們就提給作家一個大的課題；去瞭解他們，去研究他們，去親近他們，去愛他們，去和他們一道呼吸，是最重要的事；我們馬列主義的作家，不寫他們還去寫誰呢？」「現有的創作形式以及舊的格調，並不會適合於表現哪種新的內容，必需創造新的形式和技巧。」「作家的思想革命：一方面是學習馬列主義，掌握黨的政策；最好的方法是把自身投入勞動人民的溶爐，消滅舊我，產生新我，同他們結合起來。」〔註8〕

但是大聲呼籲並不能解決實際問題，畢竟每個創作者不是一夜之間變換一種寫作思路，第二天就倚馬可待地寫出作品來。怎麼辦？毛澤東本人是否焦慮先不去說，周揚等文藝幹部們一定是無比焦急的，因為既然領袖的文藝指導思想那麼偉大光榮正確，文藝工作者們就應該拿出像樣的貨色去驗證或陪襯，否則不等於說要麼那文藝指導思想本身有問題，要麼就是圖騰的追隨者們陽奉陰違。

不過有一個問題確實在下鄉過程中得到解決，那就是知識分子作家在階級立場的衡量準則之下，以一切為黨，一切為革命的目標來進行創作，向「工

〔註7〕唐天然：《有關延安文藝運動的「黨務廣播」稿》，《新文學史料》，1991年第2期。

〔註8〕《與現實鬥爭生活》，《解放日報》，1942年5月31日。

農兵文學」努力靠攏的趨勢，最終由自由撰稿人蛻變成延安整風後合格的「文藝工作者」。

三、新成就：集體創作與新文藝樣式

既然個人的能力有限，那麼就開展集體創作。文藝大內總管周揚率先發出指示：「在戰時文藝家的一切活動中，集體創作的活動應當占一個地位。創作只能是個人的，不能是集團的，這種陳腐的傳統觀念是應當拋棄了。創作的集體的方式和個人的獨創性不是互相排斥而是互相補充的。要迅速地反映當前不斷發生的許多事變，尤有賴於集體的力量，在這方面我們是已經有了一些初步的嘗試。由劇作家夏衍等集體創作的《保衛盧溝橋》一劇在舞臺上收到了成功；由小說家張天翼、艾蕪、沙汀等共同執筆的《盧溝橋演義》也在上海抗戰的前後完成了，雖然因為戰爭的影響而沒有能夠印行。集體創作並不一定要用專門的作家，而可以由許多非作家的作家來寫，已出版的《中國的一日》便是例子。抗戰中巨大的多方面的經驗需要大批有這些經驗的人們集體地來記錄。即使這些人不都是專門的作家，寫出來的都是片鱗半爪，在藝術上不完整的粗糙的東西，也將會比對於這些經驗生疏的作家所寫的含有更多的生活的真實和意義。」〔註 9〕

為了落實自己的指示，首先需要做的就是重新整合寫作隊伍，於是文藝整風進行中時，周揚就建議上級把少數作家暫時從中央黨校三部和魯藝調出，住到「創作之家」，集中精力寫出體現毛澤東文藝思想的文學作品。被抽調的人包括艾青夫婦、塞克夫婦、楊朔、高長虹等非黨作家，以及蕭三、周而復等黨員作家。〔註 10〕

或許是周揚的工作推動力度大，或者是延安的作家們的確適合集體創作，極具延安特色的所謂文藝創作方式隨之應運而生。比如 1943 年 4 月 25 日《解放日報》開始連載由王大化、李波、路由等集體編劇的秧歌劇《兄妹開荒》。1944 年 3 月 17 日，劉白羽、吳伯蕭、金肇野、周而復為紀念彭雄、田守堯等同志殉難一週年，集體撰寫報告文學《海上的遭遇》。此外，還有軍法處秧歌隊集體創作的街頭劇《鍾萬財起家》以及《〈鍾萬財起家〉的創作經

〔註 9〕《抗戰時期的文學》，《周揚文集》第一卷，人民文學出版社，1984 年，第 240 頁。

〔註 10〕《如煙如火話周揚》，中國文聯出版社，2008 年，第 88 頁。

過》等。

除了集體創作，下鄉改造後，文藝工作者們不再沉溺於自我抒情的「小資產階級」情調，只寫符合政治需要的作品，這也意味著從整風運動和《講話》發表開始，絕大多數作家們投入到了「新主題」下體制話語的生存創作，佔據延安文壇的是政治化色彩濃重的報告文學，此外還有通訊、秧歌劇、街頭詩等藝術形式作為補充。其中尤為值得說的是，延安工廠、學校、部隊、機關紛紛組建業餘的、專業的秧歌隊，從秧歌劇、秧歌舞到花鼓，各色齊全。僅1944年春節期間，就出動了27個秧歌隊。中央黨校秧歌隊春節節目精彩，中央辦公廳特撥款五千元予以獎勵，並去函勉以「藝術工農化」〔註11〕等。

翻看那一時期的《解放日報》，只見鋪天蓋地的勞模報告和秧歌劇，尤其是一些名不見經傳的工農兵模範成為報告文學的主人公，並集中地佔據了綜合副刊的版面：模範黨員申長林、模範青年戰士蘭俊傑、模範工人范耀武、模範合作社主任呼天祐、養豬英雄楊老婆、養羊模範劉占海、擁軍模範張振隆、開荒英雄霍殿林、紡織英雄李蘭英、勞動英雄李學義、炭工英雄蔡自舉、模範班長張秉權、難民勞動英雄陳長安、勞動詩人孫萬福……

再以作家的創作情況來看，丁玲寫作了《田保霖》《民間藝人李卜》《袁廣發》和《十八個》等，歐陽山寫作了《活在新社會裏》《人山人海》等，魏巍寫作了《晉察冀　英雄多》，荒煤寫作了《模範黨員申長林同志》，劉白羽寫作了《海上的遭遇》《人們在戰鬥著》《爆炸的土地》等。其他還有周立波的《王震將軍記》、孔厥的《一個女人翻身的故事》、賀敬之的《選舉》、師田手的《快樂的秋天》、馬加的《減租》、蕭三的《我又來到了南泥灣》等諸多報告文學作品。孔厥、西戎等之前名不見經傳的作家也因為報告文學的創作而活躍在文壇上。

這股報告文學熱的初期，作品主要刊登在《解放日報》綜合副刊，後來隨著整風運動的深入開展和《講話》精神的強化傳達，有一段時期，關於「怎樣養羊、怎樣養豬、怎樣提高棉花產量」等宣傳文字取代了對抗戰進程的報導，大量的生產消息充斥報端，其中包括哪個村開荒多少，哪一家的婆姨紡紗多少，勞動英雄的生產工作進展如何，誰又打破了生產記錄……最高潮時，整個《解放日報》副刊版面幾乎全部被歌頌、獎勵工農兵勞動模範或是表現

〔註11〕鍾敬之等主編：《延安文藝叢書．文藝史料卷》，湖南文藝出版社，1987年，第176頁。

農業生產競賽、合作社的報告文學所佔據。而且這其中呈現出這樣幾個寫作特點：勞動模範在作品中基本是以「高大全」式的英雄形象被書寫，報紙成為不斷向勞動英雄喝彩的宣傳冊，新老作家一起高唱頌歌。

簡單歸納和概括，可以這樣說：歌頌農民、勞動英雄等「工農兵」方向的文字幾乎佔領了當時所有的文藝領地，報告文學的興起所體現出的形式和語言的單調也成為了整風後延安文學的特徵。秧歌劇、街頭詩、信天遊體小說等大眾化文學形式更是代替雜文、文藝爭鳴、散文、翻譯作品變為延安文藝的中流砥柱。在「文藝面向工農兵」的指導思想下，與表現工農兵最為貼近的報告文學實現了跨越式的大繁榮、大發展，延安文藝的整體形式發生了轉折。對此，周揚頗富成就感地在 1944 年 3 月 21 日發表《表現新的群眾的時代》一文，文中針對延安春節期間的秧歌運動，他從理論上總結說「這是實踐毛主席文藝方針的初步成果」。周揚還說：「這些秧歌並不是那一個個人創造的，而是一次完全的秧歌集體創作。參加創作的不僅有詩人、作家，戲劇音樂工作者，行政工作者，知識分子，學生，這一回特別值得注意的是工人，農民，士兵，店員參加了。」〔註 12〕

周揚的總結固然是毛澤東的《講話》指導的結果，不過其中並非那麼具有原創性，因為瞿秋白早在江西「蘇區」主持制定的《俱樂部綱要》中就規定：蘇區「戲劇及一切表演的內容必須具體化，切合當地群眾的需要，採取當地群眾的生活的材料，不但要一般的宣傳紅軍革命戰爭，而且要在戲劇故事裏，表現工農群眾的日常生活，……發揚革命的集體主義相戰鬥精神」。〔註 13〕對此，有研究者說：「瞿秋白把集體寫作與文藝大眾化理論相結合，把革命政治理論、革命文藝事業的規劃設計與中央蘇區革命實際需要、蘇區現有的文藝生長環境相結合，將集體寫作制度化與規範化，從而基本生成可操作性的蘇區文藝基本政策，漸而成為日後延安文藝政策和文藝活動的基本模式。」「集體寫作政策的設計，是瞿秋白文藝大眾化思想的革命再出發，也是此後蘇區和解放區建設工農大眾藝術的文藝政策雛形。」〔註 14〕

基於這個借鑒性，基本可以看出，黨國文人和御用學者們極度推崇的

〔註 12〕《解放日報》，1944 年 3 月 21 日。

〔註 13〕《俱樂部綱要》，1934 年 4 月。

〔註 14〕傅修海：《時代覓渡的豐富與痛苦——瞿秋白文藝思想研究》，中國社會科學出版社，2011 年，第 322、346 頁。

《講話》及其精神，事實上在很大程度上不過是毛澤東又照搬了一下瞿秋白的所謂「蘇區」文藝實踐而已。不過，這個結論不能太直白地說出來，否則不但有損領袖的智慧，而且容易傷害到匍匐在地的敬虔者。

四、新主題：文藝徹底工農兵化

需要指出的是，從多篇描寫勞模英雄、農業生產的一系列報告文學作品中可以看出，文藝工作者們開始明確自己「為黨為政治服務」的文藝工作者身份，也認識到文學作品服務於政治的功能，拋棄原來充滿了獨創性的文學創作體式，寫作大量以「真人真事」為描寫對象的通訊、速寫和報告文學作品。艾青就曾說過「我們跟在政策的屁股後面追，人家進行土改時，我們寫減租減息，人家進行覆查了，我們寫清算，人家進行生產建設了，我們寫土改……」〔註 15〕此時的文藝工作者們對於「寫什麼」、「怎麼寫」都比較自覺地聽命領導，聽從組織，作品中的典型人物——英雄勞模，也無不在體現著政治寓意。

在這一創作態勢下，延安文藝呈現出幾個比較突出的特點：

首先是作為知識分子的作家身份開始隱退。文藝座談會後，政治和權威的力量使得知識分子與工農兵大眾之間的關係發生置換，知識分子成為大眾改造的對象，所謂的啟蒙者成為被啟蒙者，而工農群眾變成為教育知識分子的主體。在這樣的轉換過程中，延安邊區的知識分子迅速看準形勢，及時表示要改造思想，跟上組織。如曾是「暴露派」的丁玲，在《關於立場問題我見》中深刻檢討了自己的「小資產階級」出身，提出了「即使是感人的東西，只要有不合與當時無產階級政治的任務之處，就應該受到批評，就不是好作品。」〔註 16〕曾是「頌歌派」的周立波，也以真誠的自我解剖和下鄉行動落實毛澤東提出知識分子要進行「思想改造」的要求。他說「在不遠的將來，革命歷史上和現實生活裏的真正英雄，劉志丹、趙占魁、吳滿有和申長林，會光彩奪目的走進我們的書裏，鼓舞我們，並且教育我們年青的一代」。〔註 17〕這些作家、藝術家們，在一系列的整風、審幹、搶救運動中不斷進行著自我改造與精神懺悔，以求洗心革面，重新做人。在這個背景下，大部分新成長

〔註 15〕艾青：《創作上的幾個問題（一九四八年夏天在華北大學文藝研究室的發言）》，《艾青全集》（第五卷），花山文藝出版社，1991 年，第 445 頁。

〔註 16〕丁玲：《關於立場問題我見》，《穀雨》，1942 年第 5 期。

〔註 17〕周立波：《後悔與前瞻》，《解放日報》，1943 年 4 月 3 日。

的延安作家欣然走上了「為無產階級政治服務」和「為工農兵而創作」的文學道路。

文學作品中的知識分子同樣完成退席。在整風運動前的文學作品中，知識分子曾佔據著「啟蒙者」的地位，他們常是帶著批判的眼光來看待相對閉塞落後環境下的「小生產者」。如從丁玲受批判的短篇小說《在醫院中》中，可以讀出作為知識分子強烈的自我中心意識和對於無知、自私、保守的農村小生產者的批判。但是這種居高臨下的「改造者」姿態在延安整風運動後迅速發生了轉變，並且這種轉變經歷了「知識分子與農民群眾相結合」和「知識分子成為了被改造的對象」兩個階段，於是大量描寫工農兵勞模英雄的報告文學讓知識分子的藝術形象退出了文學藝術的舞臺，即使偶而在文學作品中出現，也是輕視勞動、怕髒、誇誇奇談的反面形象，在勤勤懇懇、任勞任怨的勞動群眾襯托之下顯得異常「渺小」、可笑，成為不斷被取笑、批判、改造的對象。而這些被塑造的知識分子形象，因為思想立場的不純潔，為了表明自己的革命信仰，在改造的過程中用所有可能的方式拋棄「舊我」。在《講話》後的報告文學創作中，丁玲的《田保霖——靖邊縣新城區五鄉民辦合作社主任》、艾青的《養羊英雄劉占海》等創作在當時具有重要的象徵意義，使得邊區英雄高大的形象深入人心。

報告文學在延安時期的繁榮發展也引發了寫作語言的轉變。整風與《講話》發表前的時期，延安文壇主要由左翼作家組成，這些從「五四」走來的作家都曾受過外國文學作品的影響，在寫作過程中不同程度地帶有「歐化」傾向，也就是翻譯化的語言風格。毛澤東在《講話》中論及文藝脫離工農兵的問題時曾批評道：「許多文藝工作者由於自己脫離群眾、生活空虛，當然也就不熟悉人民的語言，因此他們的作品不但顯得語言無味，而且裏面常常夾著一些生造出來的和人民的語言相對立的不三不四的詞句」，「應當認真學習群眾的語言，如果連群眾的語言都有許多不懂，還講什麼文藝創造呢？」〔註 18〕

在這樣的要求之下，作家們意識到必須要調整語言，修正曾經習慣的表達方式，要拋棄那些學生腔、八股調和歐化語言，讓自己盡快融入到勞動群眾中。於是，作家們紛紛下鄉搜集材料和方言俚語，努力使語言「樸實」、「豐富」、「口語化」。當時的很多作品都體現了作家在語言運用方面的轉變，而且

〔註 18〕毛澤東：《在延安文藝座談會上的講話》，《解放日報》，1943 年 10 月 19 日。

這種變化尤其廣泛地運用在了刻畫工農兵勞模的報告文學中，他們用陝北的口語，俗語，民謠等具有民間特色的語言來描寫勞模和農業生產。例如在改版後的《解放日報》上，有對「生產英雄」吳滿有連篇累牘的報導，其中大量使用了民間口語，在敘述的過程中也盡可能通俗易懂，這一點在艾青的長詩《吳滿有》中也有所體現。雖然來自五湖四海的作家們，對這種所謂通俗化的語言，在具體運用中時常很牽強，但是這種在《講話》的響應下興起的工農兵語言卻奠定了農村題材文學作品的發展。這種語言上的「去知識分子化」，導致的結果是，從此之後有著口語化通俗化語言的農村題材作品不斷湧現，趙樹理、柳青、浩然、周立波等一大批善於寫農民的作家活躍在中國文壇上。為此，有研究者認為，延安時期文學語言方式的轉變是「現代漢語史的第二次語言革命」〔註 19〕。

簡單總結說，經歷整風運動和《講話》洗禮的作家們，經過一段創作的「沈寂期」後開始轉變原有的寫作風格和表達方式。其標誌就是幾乎完全放棄雜文、小說、散文的創作；變歐化的語言為最簡單的口語、俚語以貼近大眾；作品內容由起初的「暴露黑暗」，轉向讚美邊區的生活面貌、新人新事和勞動模範；先前以批判、暴露、諷刺為基調的雜文銷聲匿跡，取而代之的是秧歌劇、街頭詩歌、通訊、報告文學等更加「通俗化，大眾化」的民間藝術樣式。再進一步說就是，以延安整風運動與《在延安文藝座談會上的講話》的發表為界，延安作家在創作思維、革命意識、語言表達方式和創作題材的選擇等方面都出現了巨大的轉變，報告文學以最直觀的方式展現了這種轉變的發生，也由此可以窺視出整個延安文藝轉型時期的概況。在延安文人一篇篇書寫「真人真事」的文字中，潛移默化地影響著後期延安文學的走向，幾乎奠定中國文藝的「新方向」，從此建立了「黨的文學」、「中國社會主義文學」的基本樣式。

這種新狀態，完全可以說是一種變態，是毛澤東嚴重損害、利用和改造文學的結果。不過，那些黨國文學家們並不這樣認為，例如直到 2021 年還有人在文章中直露地讚揚說：「這個時代的文藝不但主題、題材、形式和趣味與以往判然有別，而且還進入了組織起來的狀態。作家藝術家不再僅僅根據個人的教養興趣而寫作，也不再三五同人唱和應酬，而是在人民文藝運動中組織成為一支整體性的文藝工作者隊伍，以筆為旗，匯入到人民的共同奮鬥之

〔註 19〕楊劼：《延安與中國文化轉型》，《文藝爭鳴》，2012 年第 5 期。

中。」〔註20〕足見大陸中國的學術界和學者教授們思想多麼的扭曲了。

第二節 批評成為創作的必殺器

《講話》精神在創作上有所收穫，文藝批評自然也不能太落後，於是有組織的、自發的甚至別有用心的延安文藝批評紛紛湧現。不妨具體來看當年的批評盛況：

1942年5月中旬，延安文藝界開始對王實味的文藝觀進行大規模批評，《解放日報》接連發表批判文章。批評者指斥他此前暴露延安「黑暗面」的雜文是在「製造擴大『延安的黑暗』」〔註21〕，認為他是在「要求極端民主化」、「是我們的思想敵人」〔註22〕，在一系列批評後將其文章定性為表現的是「反革命的托派觀點」〔註23〕，對其文藝觀從根本上予以全面否定。這些文藝批評，顯然是伴隨著王實味批判大會以及群眾運動同時展開，結果是王實味的「錯誤」連升幾級最終被定性為「反黨」、「托派」，從此喪失了表達和人身自由的權力。

作為「歌德派」的何其芳，此前以《歎息三章》和《詩三首》為題的六首詩歌受到批評。吳時韻在批評文章中指出這種獨自唱著「悲哀的歌」的情感與思想都是非常有害的，延安「不需要詩人『一起來歎息』」〔註24〕。金燦然認為延安的工農大眾被何其芳歪曲地表現，他的詩歌情感「與工農之間卻有著一個間隔，不能融成一片」〔註25〕。賈芝也在以工農為出發點的基礎上，表示「時代要求詩人抒寫人民大眾之情，而不是抒寫自己」，批評何其芳的詩歌「是小資產階級知識分子底幻想，情感和激動的流露」〔註26〕。對此，何其芳沒有發表反批評文章，不過從此中止了表現個人複雜情感的詩歌創作，顯然他意識到自己原來的詩歌創作不合時宜，因此後來也就愈加靠攏組織，

〔註20〕林崗：《從戰地文藝到人民文藝——重讀〈在延安文藝座談會上的講話〉》，《中國文藝評論》，2021年第1期。

〔註21〕伯釗：《繼〈讀「野百合花」有感〉之後》，《解放日報》，1942年6月10日。

〔註22〕范文瀾：《論王實味同志的思想意識》，《解放日報》，1942年6月9日。

〔註23〕周揚：《王實味的文藝觀與我們的文藝觀》，《解放日報》，1942年7月28日～29日。

〔註24〕吳時韻：《〈歎息三章〉與〈詩三首〉讀後》，《解放日報》，1942年6月19日。

〔註25〕金燦然，《間隔——何詩與吳評》，《解放日報》，1942年7月2日。

〔註26〕賈芝：《略談何其芳同志的六首詩》，《解放日報》，1942年7月18日。

緊跟領袖文藝思想。

1942 年 6 月，此前接連上演「大戲」的行為受到嚴厲批評。在延安文藝座談會召開期間，邊區文委所轄戲劇委員會就召開座談會，對劇運方向進行了檢討，認為延安一味上演「大戲」有忽視民眾的錯誤傾向。此後在邊區文委臨時工作委員會召開的延安劇作者座談會上，批評者指出延安只演大戲「是一種應糾正的偏向」，主張「今後劇作者應以工農兵為主要對象，要在普及中提高」〔註 27〕，張庚也撰文批評「大戲」脫離現實內容與政治任務，「對於活潑生動的邊區現實生活不發生表現的興趣，失去了政治上的責任感」〔註 28〕。雖然在批評浪潮中石隱發表了表達不同觀點的討論文章，指出「大戲可以為現實鬥爭服務，小戲也可能脫離現實」〔註 29〕，但同樣認為戲劇應當服務於政治。此後延安的「大戲」舞臺趨於沈寂，轉而開始上演《我們的指揮部》《軍民之間》《糧食》等貼合大眾生活，直至《兄妹開荒》《白毛女》等劇誕生。

小說也未能幸免。張棣賡的《臘月二十一》受到集中批評。「魯藝」師生認定「作品是文藝創作中歪風之一例」，批評其「沒有立場」，「起了反宣傳的作用」，「是卑俗的自然主義」〔註 30〕。對於批評者的指責，張棣賡在給周揚的信中做了解釋和辯駁，認為作品雖然存在缺陷，「但它的壞處是不明確，卻不是什麼自然主義，反宣傳，沒有立場」〔註 31〕。對此，周揚在《解放日報》上發表公開信予以回覆，稱小說「的確是一篇很壞的作品」，作者用同樣的方法描寫敵人和中國政府的壓迫，是不正確寫法，並指出「中國政府，不管他的政權的性質，和它的民主制度的缺乏，以及由此而來的許多設施的極端不合理，在抗日一點上總還是革命的，無論如何，不能和敵人相提並論。相提並論就是錯誤的。」小說的作者顯然是「沒有站在人民的、民族的立場上」。《解放日報》在發表此文時還特別加了按語：「《臘月二十一》發表在四月八日本版，內容錯誤頗多；敵友混淆，殊失應有之立場。」〔註 32〕

〔註 27〕《延安劇作者座談會，商討今後劇，運方向》，《解放日報》，1942 年 6 月 28 日。

〔註 28〕張庚：《論邊區劇運和戲劇的技術教育》，《解放日報》，1942 年 9 月 11～12 日。

〔註 29〕石隱：《讀〈論邊區劇運和戲劇的技術教育〉》，《解放日報》，1942 年 10 月 1～2 日。

〔註 30〕《解放日報》，1942 年 11 月 8 日。

〔註 31〕《解放日報》，1942 年 11 月 8 日。

〔註 32〕周揚：《〈臘月二十一〉的立場問題》，《解放日報》，1942 年 11 月 8 日。

此外，像陸地的小說《落伍者》被指責為對小人物的命運寄予廉價的同情，襯托了革命隊伍中人情的冷漠，批評者反問作者為什麼不能使落後的小人物「在熔爐的鍛鍊中得到轉變而成為先進的戰士呢」？〔註33〕莫耶的小說《麗萍的煩惱》被認為在「思想方法和創作方法」〔註34〕上存在問題，「假借藝術形象的手段，散播其錯誤思想」、是「小資產階級搞得鬼名堂」、作品「給反共分子以造謊的口實」。〔註35〕吳伯簫的《論忘我的境界》《客居的心情》等文章被批評「在戰鬥中，忘記了敵人，忘記了自己的隊伍，那不是『忘我』，而是蠢伯的妄舉」，「『忘我』也是有階級性的」。〔註36〕方紀的小說《意識以外》被指責為主題模糊，表現出小資產階級的情緒，認為作者同情主人公的「脆弱與淒婉的抑鬱那是由於作者同樣是脆弱的」。〔註37〕他的《紡車的力量》則被認定為沒有表現出整風運動的巨大力量，小說人物的塑造是失敗的，「主人公的思想轉變僅和整風運動有一點牽強的聯繫，沒有反映出他那高尚的思想境界」〔註38〕。

晉綏文藝界對小說《麗萍的煩惱》的批評後，文藝界還針對小說作者莫耶開展了關於《麗萍的煩惱》的檢討會，在會上批評者「聯繫莫耶的出身將這篇小說定調為『反黨』，認為莫耶是借小說蓄意搞破壞」〔註39〕，莫耶因此被迫做出檢討，並被停止了在戰鬥劇社的工作。她曾在日記中記錄了自己那一時期的思想變化：「這是我個人鍛鍊過程的一個關鍵，是我與自己舊意識鬥爭的重要的一次，我要勇敢地迎接它。」〔註40〕在文藝批判與政治運動的衝擊下，莫耶在文學創作上開始變得小心謹慎，並主動向《講話》精神靠攏。1943年4月開始，《解放日報》上發表了她的《戰鬥沒到的時候》《生產戰線上的被服廠》《軍隊是魚，老百姓是水》等符合《講話》「標準」的「合格」作品。

〔註33〕程鈞昌：《評〈落伍者〉》，《解放日報》，1942年6月25日。
〔註34〕非垢：《偏差——關於〈麗萍的煩惱〉》，《抗戰日報》，1942年6月11日。
〔註35〕沉毅：《與莫耶同志談創作思想問題》，《抗戰日報》，1942年7月7日。
〔註36〕金燦然：《論忘我的境界——借吳伯簫同志的題目就商於吳伯簫同志》，《解放日報》，1942年6月13日。
〔註37〕劉荒：《意識以外》，《解放日報》，1942年6月25日。
〔註38〕方習：《略論〈紡車的力量〉》，《解放日報》，1945年7月11日。
〔註39〕冉思堯、陳文炳：《〈麗萍的煩惱〉檢討會始末》，《文史天地》，2013年第1期。
〔註40〕莫耶日記，轉引自韓三洲：《莫耶的一生就是一部小說》，《海內與海外》，2007年第6期。

對吳伯簫的批評也是如此。吳伯簫的作品在《解放日報》受到指謫後，陝甘寧邊區教育廳在 1943 年 1 月 30 日召開整學會議，會上吳伯簫又被公開指出有政治問題，隨著批判的深入，問題也進一步升級，會議結束後以「重大特嫌」的名義將他逮捕了。隨後吳伯簫被迫做出檢討，進行坦白，被釋放後因為比較「配合」還成為「坦白積極分子」，「在延安的各個機關學校與其他的『坦白典型』一起，趕場似的不斷地做坦白報告」〔註 41〕。吳伯簫檢討與坦白的內容，從他 1944 年 6 月 24 日在「延安文化界招待中外記者團座談會」上做出的聲明中可見一斑。在聲明中，他表示「有生十幾年來，唯有這個時期，我活得最有意義，最自由，最好。……我瞭解為廣大的工農勞苦群眾而服務活著是最光榮的。」〔註 42〕而他的創作也在經歷了一系列批判、檢討、坦白後發生明顯轉向，1943 年後發表的《戰鬥的豐饒的南泥灣》《紅黑點》等報告文學性的散文作品，都是以延安的鬥爭與建設生活為表現對象，表現出強烈的「革命主義情感」。

方紀的小說受到批評後，隨著整風的深入，在「搶救」運動中其創作被指責為是「配合修正主義者向黨和革命進攻」的「黑作品」〔註 43〕，他個人也受到衝擊。此後他公開表示文藝的工農兵方向「對於每一個進步的文藝工作者都是清楚而肯定的」〔註 44〕，從事文學創作必須以正確的政治理論修養為前提，「愛好文藝，必須同時不能放鬆自己政治上的鍛鍊」〔註 45〕。而後方紀的創作也開始遲疑起來，變得「日見謹慎」，此後的作品都是「中規中矩的『遵命』之作，不敢再越雷池半步」〔註 46〕。

延安地區以外還有一個經典案例，就是冀中的王林。他根據所謂冀中抗日創作了長篇小說《腹地》，一方面得到好評，比如冀中的胡蘇看過作品後，興奮得半夜沒睡著，認為「先談人家成為問題者，范世榮『五一大掃蕩』後妥協，不能當暴露黑暗來看。因為范世榮出身地主，為報私仇而參加黨，本質上與基本群眾不同」。同時，他也指出作品「成問題的是范世榮妥協後的處理，

〔註 41〕高浦棠、曾鹿平：《吳伯簫：在搶救運動中》，《書摘》，2002 年第 3 期。

〔註 42〕吳伯簫：《斥無恥的「追悼」》，《解放日報》，1944 年 7 月 3 日。

〔註 43〕張誠，董文璞：《飽經滄桑的作家方紀》，《文史精華》，2001 年第 2 期。

〔註 44〕方紀：《到群眾中去》，《方紀文集》四，百花文藝出版社，1985 年，第 3 頁。

〔註 45〕方紀：《關於新時代的題材及其他——答王鵬同志》，《方紀文集》（四），百花文藝出版社，1985 年，第 24 頁。

〔註 46〕韓曉芹：《體制化的生成與現代文學的轉型：延安〈解放日報〉副刊的文學生產與傳播》，中國社會科學出版社，2012 年，第 156 頁。

應開除。全書中作者立場更不明顯，不夠鮮明」。〔註 47〕梁斌卻對《腹地》發表了批評意見：「經濟生活，階級鬥爭的少，有些像社會主義時代生活了。實際上當時階級鬥爭很複雜的。《夜明珠》是個工人當老鼠洞，《血屍案》又是工人劉忘本。工人們提出了意見。所以弄得他們不敢做主出版，大人物批准出版就沒有人說話了。」〔註 48〕因為有不同意見，王林只好修改作品，他在日記中寫道：「急著修改《腹地》。基本上沒有大改的，只是應該明確階級性者即明確一下。如出差大車厭戰，我即挑明車主多財主，所以有如此消極抵抗行為。我反倒覺得對雙十綱領有批評，對貧富扔懸殊發牢騷，我覺得相當正確，即用今天眼光看來亦如此。胡蘇只是說老明叔的陰鬱的感染力太強，應減輕一些。我同意。」〔註 49〕改過之後，仍然得不到認可，當然也就得不到出版的機會，無奈之下的他打算等黃敬他們開會回冀中的路上攔路喊冤，要求審查和出版自己的《腹地》。〔註 50〕就這樣等著，改著，他也就在日記中一一記錄著事情的進展，比如這天他寫道：「尹喆說蔡毅來檢查工作，說《腹地》已收到。周揚叫一個編輯部人員看呢。竟成一個柏林斯基，這樣官僚主義還是很難成功的。這樣作品，不是驕傲，似乎應該本人看看的。昨夜羅主任問我為什麼不寫作了。我說為什麼寫作呢？他又問土地會議後文藝工作者如何？我說主要的是出版問題。中央要人都過來了，對我的創作可能有人「垂恩」一下，幸甚！」〔註 51〕這一天，他又在日記中寫道：「《腹地》寄去又快半年了，也不看也不提意見，我有什麼必要找他們去。」〔註 52〕瞭解了這些情形，也就明白為何康濯看完《腹地》後這樣寫信說：「我激動得不行！我拼命找黑暗，但找不著！我拼命找『看不出人民力量』的東西，但人民力量都向我湧來！這樣一個在炮火裏出生入死的作家，寫出那麼一部有意義的東西，竟遭遇如此，難怪王林要發瘋了！」〔註 53〕或者也就更理解為何王林在 1947 年的日記中抱怨說：「我後悔不先看了毛主席的文座會講話再寫文章。誰原諒我寫時（原文如此，筆者注），連黨報都看不見，更不知道，將來會有毛

〔註 47〕1947 年 11 月 25 日，王林日記。王端陽、楊福增藏。下同。
〔註 48〕1948 年 2 月 4 日，王林日記。
〔註 49〕1947 年 12 月 14 日，王林日記。
〔註 50〕1947 年 11 月 12 日，王林日記。
〔註 51〕1948 年 5 月 2 日，王林日記。
〔註 52〕1948 年 6 月 7 日，王林日記。
〔註 53〕1949 年 6 月 4 日，王林日記。

主席的文藝座談會講話呢！因此，灰心喪氣了好幾年。」〔註 54〕

此外，不少文藝工作者在整風運動與文藝批判氣氛的影響下，也紛紛對舊的思想觀念做出檢討，表示自己的創作充滿了小資產階級的思想與趣味，這「說明了我們自身存在著嚴重的問題，需要改造，改造我們的思想」〔註 55〕，檢討自己以往的創作是走在一條「舊的錯誤的路」上，「沒有好好的反映我所熱愛的陝甘寧邊區。後悔已無及。」〔註 56〕感到自己在創作上一直持著自信與自負的態度，並沒有真正的成就，「一直還沒有用正確的態度搞過文藝」〔註 57〕，並在檢討後隨之在文學創作上做出轉變。至於那些不同形態的文藝觀念，事實上在「被禁止之前就已經被擯除於產生之外」〔註 58〕了。

綜上可見，後期延安文藝批評在轉變定型過程中都具有一個固定模式：「不符合」《講話》精神的作品出現後，必然是大量批評文章湧現，批評的過程中政治、行政手段介入，文藝問題被上升為政治問題，被批評者在政治壓力下對「錯誤」的思想意識做出檢討，此後或者急轉適應《講話》精神，或者因要避免再次「犯錯」而變得如履薄冰和緘口不言，或者因拒絕接受《講話》而被剝奪寫作的權力。對此，曾訪問過延安的記者趙超構有過評價：這種行為實際上就是「用多數人的意見來控制少數人，在主觀上作家似乎不受干涉，可是敢於反抗批評的作家，事實上也不會有。」延安雖然號稱沒有檢查制度，但是「延安有一種批評的空氣，時時在干涉作家的寫作」〔註 59〕。

至此可以看出，延安文藝座談會後，文藝批評以《講話》作為絕對權威的審美、價值標準發生了一種整體性轉變，以作品是否符合「黨的文藝」的政治性出發進行評價，要求文藝為政治服務，批評不再是平等的藝術交流和對話，而是遵循《講話》精神的權威，不符合《講話》精神的文藝觀會遭到批判、否定，被定性為「錯誤」觀念。在這種「政治性」極強的文藝批評的作用下，「只有當作家的創作符合當道的意識形態的需要，才能得到特定政治文化空間的汲納」〔註 60〕，否則就要被清肅，這就使《講話》中的文藝觀成為延

〔註 54〕1947 年 11 月 10 日，王林日記。

〔註 55〕舒群：《必須改造自己》，《解放日報》，1943 年 3 月 31 日。

〔註 56〕立波：《後悔與前瞻》，《解放日報》，1943 年 4 月 3 日。

〔註 57〕何其芳：《改造自己，改造藝術》，《解放日報》，1943 年 4 月 3 日。

〔註 58〕李潔非、楊劼：《解讀延安——文學、知識分子和文化》，當代中國出版社，2010 年，第 140 頁。

〔註 59〕趙超構：《延安一月》，上海書店出版社，1992 年，第 137～138 頁。

〔註 60〕袁盛勇：《論後期延安文藝批評與監督機制的形成》，《文學理論研究》，2007

安文藝界唯一合法、正確的存在。「我們的文藝是為無產階級的解放鬥爭服務的」〔註 61〕，「文藝工作者的態度在一定意義上是與革命的政治策略相一致」〔註 62〕，「我們的文藝事業只是整個無產階級事業中的一個組成部分」〔註 63〕等呼聲相繼出現，此前延安文藝觀念中的「豐富性在難以抗拒的轉換性生成語境中遭到了被不斷剝離的命運」〔註 64〕，此前多元的文藝格局已無法繼續存在，文藝形態開始向一元化方向發展，並最終在 1949 年後形成一種整體性的轉變。

隨著延安整風——搶救運動的深入，以《講話》精神作為意識形態，作為「無產階級整個革命事業的一部分」〔註 65〕的「高度組織化」的「黨的文藝」體系也逐漸建構起來。在這個文藝轉型的過程中，作為「革命機器螺絲釘」的延安文藝批評，事實上也已經逐步定型，形成機制化的特點。在這個轉型過程中，作為對文藝發展具有重要影響的文藝批評，其存在形態與作用也隨之改變，並且直接影響和決定了 1949 年後文學形態的生成與發展。考察這一特定時間段的文藝批評，無疑對以五四啟蒙文學為代表的現代文學如何轉變為以社會主義現實主義為代表的所謂當代文學具有積極的反省意義。

這樣的批評模式和批評路數，在延安文藝座談會後一再被重複後，自上而下文藝體系的堅固性和一統化不斷得到強化，並在事實上演變成一種高度組織化的「規訓與懲罰的手段」，成為一種有效的「監督機制」〔註 66〕，直到 1949 後昇華為一種國家意識形態式的文藝批評機制。例如《文藝報》等發起針對電影《武訓傳》、蕭也牧的小說《我們夫婦之間》和《在海河邊上》、盧耀武的小說《界限》等一系列大批判，其實質都是在延安文藝座談會後的批評模式基礎上奠定的。所以說，彼時的延安文藝批評正是此後共和國文藝批評的預演，此後共和國文藝發生的一系列轉變，也都可以從延安時期的文藝形態轉變中找到根源。

年第 3 期。

〔註 61〕立波：《思想，生活和形式》，《解放日報》，1942 年 6 月 12 日。

〔註 62〕艾思奇：《談延安文藝工作的立場、態度和任務》，《穀雨》第 5 期，1942 年 6 月 15 日。

〔註 63〕丁玲：《關於立場問題我見》，《穀雨》第 5 期，1942 年 9 月 15 日。

〔註 64〕袁盛勇：《延安文學及延安文學研究芻議》，《文學評論》，2005 年第 1 期。

〔註 65〕毛澤東：《在延安文藝座談會上的講話》，《解放日報》，1943 年 10 月 19 日。

〔註 66〕袁盛勇：《論後期延安文藝批評與監督機制的形成》，《文學理論研究》，2007 年第 3 期。

針對延安文藝座談會以及毛澤東《在延安文藝座談會上的講話》使文藝逐步成為「革命機器的一個組成部分」〔註 67〕，進而成為為政治服務的「新的意識形態」。劉鋒杰教授曾撰文指出：「建立在革命合法性基礎上的《講話》，由於忽略了文化的合法性，或者說，由於不能將革命合法性有效地轉化成文化的合法性，這使它成為一個獨特的革命文本，而非文化的與美學的文本。」〔註 68〕劉峰杰教授的批評很委婉，但也並非沒有指出問題，即延安的文藝批評事實上成為延安文藝乃至 1949 年後文藝創作的矯正器、看門狗和必殺器，只要發現與《講話》精神不一致的作品，連帶作者，都將遭到口誅筆伐，輕則失去寫作、發表權力，重則難逃歷次政治運動被整肅，至於鋃鐺入獄的事情早已經見怪不怪了。

一句話，當《講話》被奉為文藝創作和批評的圖騰，當延安佔領了北京，1949 之後的中國大陸，以文藝代表的意識形態，完全進入到一種紅色極權統治中，除了為世界再次提供極權主義美學的經驗和教訓外，其他一切藝術、審美以及思維方式和價值理念，都與世界文明和藝術背道而馳。

〔註 67〕毛澤東：《在延安文藝座談會上的講話》，《解放日報》，1943 年 10 月 19 日。
〔註 68〕《從革命的合法性到文化的合法性——論回到原典的〈講話〉》，《文藝理論研究》，2002 年第 4 期。

附錄一　拒絕腐敗與良知寫作
——作家楊顯惠論〔註 1〕

毋庸置疑，當社會機制在結構上出現難以治癒的病症，大面積的腐敗是不可避免的。作為社會和政治的「晴雨表」，那些混跡於市場與體制之間的所謂「文藝工作者」——搖筆桿的作家們，自然也不甘落後，借助權力分一杯羹也好，諂媚讀者名利雙收也罷，只要降低身段、不設底線，利益的回報與付出就可以成正比。學者徐賁曾總結說：「以吏為師的社會教化模式由於『吏』的制度性大面積腐敗，不僅完全失敗，而且成為社會的腐敗示範，以致全社會普遍滋生道德懷疑主義和犬儒主義。」〔註 2〕同時，在潛規則盛行的當下中國，堅守底線者、拒不合作者、特立獨行者、拒絕腐敗者必然都是邊緣者、利益受損者。不過，還能讓人心存希望的是，社會總也有這麼一些人，儘管是鳳毛麟角，卻頑強地傲然挺立，那麼孤單而又那麼有力，憑藉《夾邊溝記事》一舉成名的作家楊顯惠，就是這其中的一個。

一、拒絕腐敗的寫作姿態

（一）嚴肅的寫作態度

顯然，楊顯惠不是緊跟主流的闡釋型、歌頌型作家，也不是迎合市場和大眾的碼字型、時尚型作家，更與那種「小罵大幫忙」的「二丑」（魯迅語）型作家不同。或者說，楊顯惠在新世紀的橫空出世與脫穎而出，與其堅定而

〔註 1〕原文刊於《揚子江評論》，2016 年第 1 期。有刪節。

〔註 2〕《統治與教育——從國民到公民》，牛津大學出版社，2012 年，第 554 頁。

嚴肅的寫作態度有著直接的關係。他曾說：「我的寫作還是選擇了文以載道的傳統道路，選擇了重大題材的寫作，這是因為我的寫作開始於文革結束後平反冤假錯案和改革開放的時代，和許多那時候開始寫作的同行一樣，心裏有許多有關國家、民族的重大問題的反思和訴說。」〔註3〕「我覺得應該去反思那段不堪回首的歷史，進而去審視、批判我們國家曾經走錯的路，從而使悲劇不再重演。」〔註4〕

正是因為有了這樣的創作理念，所以楊顯惠的創作過程便自然容不得半點含糊，嚴肅而認真，甚至誠實而準確就成為他創作的必然選擇。對此，楊顯惠自己有著清醒的認識，他說：「我的主要作品寫的都是重大題材，但重大題材又都不是我熟悉的生活，要想寫好就要深入生活。《定西孤兒院紀事》調查了三年。不光是去那個連隊訪問孤兒，我還往定西地區跑了三四趟，每一趟都是兩三個月，訪問了孤兒、孤兒親屬和孤兒院工作人員一百四五十人。寫《夾邊溝記事》之前也是跑了三年訪問了近百人。」〔註5〕對於大陸中國作家和讀者來說，作為「一位有著倫理責任的人道主義者」〔註6〕，楊顯惠的舉動，很容易讓人聯想到產生於1940年代延安整風、後來成為社會主義文藝圖騰的《在延安文藝座談會上的講話》，那裡面有「深入生活」、「深入群眾」、「深入工農兵」等內容，然而幾十年下來，所謂「紅色經典」製造了一大堆，「高大全」——「假大空」成為那個時代文學的共性，經得住考驗的經典作品卻沒剩下一部。這不免讓人懷疑，當年那些真誠的革命作家們，是思想改造得不好，還是沒有真正深入生活？為何獨立自主的楊顯惠深入生活後，那麼不熟悉的題材也能寫得如此盪氣迴腸、感天動地呢？這真是個問題。

在主旋律日益高揚的時代，在快餐文化和娛樂至死盛行（或說傻樂至死更貼切）的社會，如此執著、堅定而又質樸、厚重、嚴肅的寫作態度和理想化人生，顯然是不合時宜的。然而，楊顯惠就這樣默默地投入、堅守著，他的寫作速度緩慢，十幾年下來的顯性收穫也不過是總字數不足百萬的「三個記（紀）事」，與文壇那些高產、多產作家相比簡直是天壤之別，稿費或版稅更是不可同日而語，但是在作品帶給讀者（當然是優質的讀者）的衝擊、震撼

〔註3〕《回答兩個問題——自述》，《小說評論》，2012年第1期。
〔註4〕呂東亮、楊顯惠：《為時代立心　為生民立命——楊顯惠訪談》，《小說評論》，2012年第1期。
〔註5〕《回答兩個問題——自述》，《小說評論》，2012年第1期。
〔註6〕黃桂元：《楊顯惠作品的「另類」觀感》，《揚子江評論》，2012年第2期。

和審美力，在未來作品的經典化、生命力和傳播史等方面——如果社會和文學能夠常態化、常識化，也許結局同樣不可同日而語。對此，邵燕君確鑿地說：「楊顯惠在當今文壇上也算不上是一位很著名的作家。但在未來的文學史上，他卻很可能是一位令同時期人感到驕傲並羞愧的作家。」〔註7〕《上海文學》主編陳思和說：「隨著歷史的推移，許多把肉麻當有趣的文壇泡沫都會銷聲匿跡，但這樣的文字，將會永久地流傳下去。」〔註8〕事實究竟會如何，不妨拭目以待吧！

（二）有良知的寫作動力

曾幾何時，文以載道的文學功利觀一直備受詬病，不過有一個前提若干年來未引起重視，那就是文學所載之道是什麼？如果是王道、霸道和非人道，莫說是文學，莫說是精緻的形式和技巧，都應該大加撻伐，但如果是人道、正道和善道，並且文學不因載道而失去自我，或不唯載道論的話，為什麼不可以名正言順、大張旗鼓地提倡呢？特別是在一個書寫尚存在羈絆的社會中，作為知識分子（Intellectual）的一員，一個嚴肅的作家，有責任也有義務充當社會良知的角色。應該對人類的罪惡懷有普遍的道德問責，正如涅克拉索夫說：「你可以不做一個詩人，但必須做一個公民。」〔註9〕木心也說：「專制獨裁的王國中，有了一個偉大的作家，就等於有了兩個國王。」〔註10〕無疑楊顯惠就是這樣給自己定位的。

應該承認，對於大陸中國來說，「反右」和「大饑荒」是繞不過去的民族創傷和災難印記，然而這樣一個離當下並不遙遠的過去，習慣自詡為勤勞勇敢的民族卻未能很好地清理歷史教訓和遺產，甚至還出現了掩蓋和塗抹歷史真相、混淆視聽愚弄民眾等奇怪現象，而大行其道的犬儒主義者們則擺出一副習慣性的順民形象，並以逆來順受或者「斯德哥爾摩情節」構成典型性奴隸人格，這不能不說是一種特殊國情和國民劣根性的體現。反觀楊顯惠，他不但拒絕同流合污，而且以自己獨特的方式毅然走上一條艱難的還原和反思歷史之路。須知，在現實中國，楊顯惠的選擇本身不但彰顯其拒絕合作的態

〔註7〕《2004：從期刊看小說》（三），《文學報》，2005年2月24日。

〔註8〕阿十：《定西孤兒院紀事：實錄特殊年代飢餓的絕境》，《中國青年報》，2008年2月25日。

〔註9〕《詩人和公民》，《涅克拉索夫詩選》，上海譯文出版社，1980年，第103頁。

〔註10〕木心：《已涼未寒》，《即興判斷》，廣西師範大學出版社，2009年，第39頁。

度，而且還帶有某種「揭人傷疤」、「傷口撒鹽」的性質，寫作風險可想而知，用評論者的話說就是「帶著鐐銬的舞蹈」〔註 11〕，但正如帕斯捷爾納克所說：「沒有風險和自我犧牲，藝術是不可想像的。」〔註 12〕

正是在楊顯惠的努力之下，那堪稱中國的古拉格群島——夾邊溝、定西孤兒院被重新發現，那近三千個「被歷史遺忘的受難者」〔註 13〕——「小右派」們被打撈出來，那些在和平時期被無情遺棄的經受飢餓折磨和屈辱的幼稚兒——孤兒們被歷史見證。

再次重溫一下那些值得回味的鏡頭吧：生前不吃髒東西餓死後被人吃食的右派醫生董建義和為愛千里尋夫的執拗的上海女人；由勞教升級為勞改的李祥年和俞淑敏那一場被終止和扭曲的戀愛悲劇；由工商管理科長、勞動工資科長變成無時不偷的賊骨頭俞兆遠，即便平反回家後仍然習慣性地偷吃生糧食而終於導致離婚；憎恨月亮的席宗祥，接連打死農場的豬和羊想因此獲罪做勞改犯而不得，計劃留守農場後卻意外以「組織反革命集團」的罪名被判 5 年勞改；為了救助「凍零幹」的弟弟一命，出門要飯的姐姐被迫與趁人之危的放羊人發生性關係；獨莊子的展家八口人中，爺爺、父親、大妹妹先後餓死，無人幫忙掩埋以至於屍體腐爛在炕上，餓死的小妹妹被胡麻草燒成黑蛋蛋，出門要飯的二大杳無音信、母親生死未明，只剩下被新姑父救活的展金元和奶奶……

面對這些沁透著歷史真實的記述，陳思和教授說：「我願意把它稱作為信史，稱作為紀錄文學。」〔註 14〕陶東風教授在評價諾貝爾文學獎獲得者威賽爾時說：「寫作不是一種職業，而是一種義務。正是這種道義和責任擔當，意味著見證文學是一種高度自覺的創傷記憶書寫。沒有這種自覺，幸存者就無法把個人經驗的災難事件上升為普遍性的人類災難，更不可能把創傷記憶的書寫視作修復公共世界的道德責任。」〔註 15〕楊顯惠自己說：「我沒有多麼偉大的理想，但我想做一件事：用我的筆記錄自己視野中的那個時代，給未來

〔註 11〕雷達：《楊顯惠的〈夾邊溝紀事〉》，《小說評論》，2003 年第 2 期。

〔註 12〕布萊特：《非常言　來自諾貝爾獎的聲音》，中國友誼出版公司，2012 年，第 178 頁。

〔註 13〕呂東亮：《在歷史邊緣沉思存在——楊顯惠論》，《小說評論》，2012 年第 1 期。

〔註 14〕阿十：《定西孤兒院紀事：實錄特殊年代飢餓的絕境》，《中國青年報》，2008 年 2 月 25 日。

〔註 15〕《文化創傷與見證文學》，《當代文壇》，2011 年第 5 期。

的歷史研究者留下幾頁並非無用的資料。這也是我從事寫作的動力。」〔註 16〕可見，無論評論家還是作家，都存有一份知識分子的良知，而楊顯惠無疑正以自己的實際行動兌現這一切。

二、拒絕腐敗的意義呈現

（一）以細節修復和還原歷史

有關「反右」中的右派人數，過往的權威數據是 55 萬〔註 17〕，但根據 2005 年解密檔案，在這次政治運動洗禮中（含 1958 年反右「補課」），共有 3178470 人被打成右派，1437562 人被定為中間偏右的「中右分子」。〔註 18〕有關「大饑荒」的非正常死亡人數，此前學界基本接受 3000～4000 萬左右的數據，〔註 19〕現在相關檔案已解密，這一數據得到基本證實。

這些大數據在宏大敘事方面自然有高瞻性、統領性和不可替代性等作用，但是僅有這些籠統的大數據，尚不能足以逼近歷史現場和真相，還原歷史還需要更多的個體數據、細節來補充和驗證，而當歷史研究不能充分展開之時，文學也許就有了更適合的舞臺。

〔註 16〕《楊顯惠：記錄受苦人的絕境》，《南方人物週刊》，2007 年 8 月 22 日。

〔註 17〕中共中央黨史研究室：《中國共產黨歷史》第二卷（1949～1978），中共黨史出版社，2011 年，第 457 頁。

〔註 18〕郭道暉：《毛澤東發動整風的初衷》，《炎黃春秋》，2009 年第 2 期；1982 年官方公布的改正右派數字是 552,877 人。關於此數據戴煌：1978 年「全國公職人員中被改正的『右派』五十五萬二千八百七十七人，……這還不包括留下做『樣品』未予改正的，不包括尚未納入國家幹部行列的大學生、中學生、民辦教師、原屬民族資產階級工商界、民主黨派等等不拿國家工資的『右派』；據估計，這樣的『右派』不下十萬人。此外，還有數以萬計的不戴『右派』帽子而『內控』的『右派』。」見《胡耀邦與平凡冤假錯案》，中國工人出版社，2004 年，第 17 頁。另可參考丁抒：《反右運動中派發了一百八十萬頂帽子》，《五十年後重評『反右』：中國當代知識分子的命運》，田園書屋，2007 年。

〔註 19〕金輝：《「三年自然災害」備忘錄》，《社會》1993 年第 4～5 合期；丁抒：《人禍》（修訂版），九十年代雜誌社，1997 年；曹樹基：《1959～1961 年中國的人口死亡及其成因》，《中國人口科學》2005 年第 1 期；楊繼繩：《墓碑——一九五八～一九六二年中國大饑荒紀實》，天地圖書有限公司，2008 年；林蘊輝：《三年大饑荒中的人口非正常變動》，《炎黃春秋》2009 年第 5 期；李澈：《大饑荒年代非正常死亡的另一種計算》，《炎黃春秋》2012 年第 7 期；國家統計局編：《中國統計年鑒》，中國統計出版社，1983 年；國家統計局國民經濟綜合統計司編：《新中國統計資料彙編》，中國統計出版社，2010 年。其中前者明確顯示，1960 年全國總人口比上一年減少 1000 萬。

1959～1961年，共和國出現大面積的非正常死亡現象已不容置疑，三千「右派」被流放到夾邊溝農場也是基本事實，但是這三千人在1959～1961年的運命如何，是否也出現大面積非正常死亡和人吃人等現象呢？不妨借助文史互證的方法論一探究竟。

關於餓死人、人相食的現象。在《夾邊溝記事》中還有《在列車上》《一號病房》《告別夾邊溝》等，《定西孤兒院紀事》中《父親》《獨莊子》《炕洞裏的娃娃》《黑石頭》《姐姐》《頂針》《黑眼睛》等篇章也都有觸及。那麼，這些人間慘劇是個別的、偶然的現象還是被楊顯惠用文學的手段誇大了呢？作為右派幸存者的和鳳鳴在回憶錄中寫道，夾邊溝農場原有勞教人員2800多人，沒有餓死的只有6、7百人。不少死者的遺體被飢餓難耐的難友吃掉。〔註20〕如果這兩則材料還缺乏說服力，其他相關的材料還可以通過趙旭的《風雪夾邊溝》〔註21〕、邢同義的《恍若隔世・回眸夾邊溝》〔註22〕、高爾泰的《尋找家園》〔註23〕等著述中求證。當然，更切實可信的是延安老幹部、時任甘肅省婦聯主席的李磊在回憶錄《悠悠歲月》中給出的數據：臨夏市全市10個公社，41個生產隊，588人吃掉377具屍體，其中僅紅臺公社就有170人，吃掉屍體125具、活人5名。乩藏錦光生產隊，馬希順吃了病人的屍體，自己死了，全家11口也全部死掉。社員白一努先後吃了8個死人，其中有父、妻、女、三代人。……高爾泰在《尋找家園》中寫道：（人死了）「拉出去，丟在野地裏就是了。蘭新鐵路遠著哩，望都望不見，列車上來來往往的乘客，都聞到一陣一陣的惡臭。」「……甘肅省委批准蘭州醫學院到夾邊溝挖掘完整人骨，做實驗和教學用具。那件事本來是嚴格保密的。但醫學院的辦貨人員事先答應附近的農民按計件工資付酬，後來發現不用挖掘，只在農場大門遺跡前面的第一道沙梁子底下撿了一天就夠數了。」〔註24〕可見，楊顯惠所述並非純文學虛構。

關於批斗大會、搜糧隊等暴行。楊顯惠在《定西孤兒院紀事》中多有描述，其中《父親》中記述道：「那次批斗大會我父親也去參加了，他回來說，會場上架著機關槍，民兵們手裏提著明晃晃的大刀。」《獨莊子》中記述道：

〔註20〕《經歷——我的1957年》，敦煌文藝出版社，2001年，第420頁。
〔註21〕作家出版社，2002年。
〔註22〕蘭州大學出版社，2004年。
〔註23〕花城出版社，2004年。
〔註24〕北京十月文藝出版社，2014年，第147、149頁。

「……會計今早上回來，他娘說你不在家，人家把我的腿打折了。會計說，娘，你不要說了，我在外邊也是這樣幹的。」《姐姐》中記述道：「他們拿的矛子、斧頭、鐽子滿牆扎，地上打，聽音，房子、院子裏想到哪兒就挖哪兒，挖了三天三夜。……」這些記述是文學誇張還是事實如此呢？《中央批轉甘肅省委關於通渭縣委完全變質的情況報告》中寫有：1960 年春甘肅省、地委工作組據揭發材料統計，全縣 50 個公社黨委書記當中，有 11 人有人命案，共打死、逼死 79 人。隴陽公社黨委書記李生榮打過 53 人，打死逼死 12 人。馬營公社書記張學聖主持召開了千人鬥爭大會，民兵架起輕機槍 12 挺，步槍和土槍 50 多支助威。〔註 25〕2000 年在通渭縣召開的老幹部座談會上，有當事人講述了當年搜糧隊對群眾採用了各種殘酷刑罰：竹坯子插指頭、站冰塊、雪埋人、打夯、拔鬍子、男女脫褲子互相戴在頭上、用包穀棒子和先麻（一種毒草）塞陰道、用繩子來回拉陰戶等 120 多種。當時的口號是「寧欠血債，不欠糧食。完成糧食任務就是血的鬥爭」；「決心要大，刀子要快，哪裏擋住，哪裏開刀」。在全縣大搜查中，打死、逼死 1300 多人。上述史料可以佐證，楊顯惠所述不僅是歷史事實，而且僅僅是冰山的一角。

關於楊顯惠記述的饑民吃食的東西。《獨莊子》中記述道：「樹皮剝來後切成小丁丁，炒乾，磨碎，煮湯喝。再就是挖草根根……還有駱駝蓬。這些東西拿回來洗淨，切碎，炒熟，也磨成面面煮湯喝。……再就是吃穀衣炒麵，吃蕎皮炒麵。蕎皮硬得很，……磨子磨不碎，要炒焦，或是點上火燒，燒黑燒酥了，再磨成炒麵。穀衣呀草根呀磨下的炒麵扎嗓子，但最難吃的是蕎皮，扎嗓子不說還苦得很，還身上長癬，就像牛皮癬……」其實，有點閱讀經驗和社會閱歷的人都知道，這些細節描寫一定是有過經驗的人的觀察和體會，不可能是個人主觀憑空想像的結果。徐賁對此曾評說：「許多細節之所以被視為『真實可信』，全在於它是一種個人的寫作，不像國家官僚話語的『正史』那樣被嚴格定調。它不需要為政治正確而犧牲真實回憶。這種回憶的真實可信幾乎完全出於『無須說謊』的推導。」〔註 26〕當然，現有的相關史料更可以證實其真實性。如中共通渭縣委在《關於通渭的歷史經驗教訓》中寫道，1959 年冬通渭「全縣 162 個大隊中，就有 102 個大隊三個月沒給社員分過口糧。

〔註 25〕1960 年 4 月 21 日，中共中央文件，中發〔60〕364 號。

〔註 26〕《在傻子和英雄之間：群眾社會的兩張面孔》，花城出版社，2010 年，第 338 頁。

有些地方社員40天沒有吃過糧食，以草根、草衣、樹皮充饑，還出現了人吃人的現象」。〔註27〕也有另外的材料可證實，大饑荒來臨之際，「農民不得不亂找代食品，吃苜蓿稈、洋芋蔓、棉蓬籽、蒟衣子、蕎麥衣等。浮腫、中毒、死亡現象不斷發生。」〔註28〕

關於小說是虛構人物還是寫實問題。《上海女人》一篇中，楊顯惠寫道：上海一家醫院的主治醫師董建義支邊到蘭州省人民醫院任泌尿科主任，在「大鳴大放」後被打成「右派」發配到夾邊溝農場，接著在饑荒來臨的1960年11月活活餓死，死後還被人拋屍荒野，臀部的肉被剜走。楊顯惠曾說，自己在《夾邊溝記事》中所「描寫的故事和細節都來自生活」，不是他個人「杜撰的」。〔註29〕事實如何呢？餓死在夾邊溝的「右派」王景和的妻子和鳳鳴晚年在《經歷——我的1957年》中寫道：「美國哈佛大學醫學院博士（一說是碩士）董堅毅1952年投奔新中國回到上海，在惠民醫院任泌尿科主任。1955年支持大西北建設到蘭州，在省人民醫院工作。在1957年因給領導提意見被定為右派分子，送到夾邊溝農場的新添墩勞動教養。……1960年，夾邊溝的勞改和勞教人員大批餓死。11月上旬的一天，……董堅毅死去，時年35歲。……董堅毅死後7、8天的一個晚上，他的妻子顧曉穎從上海來了。……到了埋葬董的地穴，屍體不見了。經過多方尋找，最後在後溝裏發現，老董的屍體被拋在荒野。……屍體上的肉已被人切割吃完了。……難友們找來一些樹枝和煤油，將屍體火化。劉文漢拿出自己從朝鮮前線帶回來的一條軍用毛毯，把骨灰包好，打成行李，由她帶回上海。」〔註30〕如果閱讀過《上海女人》一定會發現，楊顯惠只是將「董堅毅」換成了「董建義」、將「劉文漢」換成了「李文漢」，其他敘述完全都是真人真事。

通過楊顯惠的《夾邊溝記事》和《定西孤兒院紀事》等文本提供的細節，輔之以相關歷史材料，在這種通常意義的文史互證中，20世紀中期大陸中國的那段淒慘、悲愴的歷史真相便一步步地呈現出來。楊顯惠在《夾邊溝記事》的「後記」中寫道：「希望這樣的悲劇不再重演，並告慰那些長眠在荒漠和戈

〔註27〕《中共甘肅省委關於報送「通渭的歷史經驗教訓」的報告》，中共甘肅省委文件，甘發〔65〕347號。

〔註28〕中共鎮原縣委黨史辦公室：《「大躍進」期間的鎮原冤案》，《百年潮》，1999年第4期。

〔註29〕《回答兩個問題——自述》，《小說評論》，2012年第1期。

〔註30〕敦煌文藝出版社，2001年，第394～397頁。

壁灘上的靈魂：歷史不會忘記夾邊溝。」〔註 31〕是的，歷史不會忘記夾邊溝和定西孤兒院，因為那是真實歷史的印證所在，而這樣的歷史印記離不開楊顯惠這樣的良心作家。

（二）為探尋與反思悲劇提供視角

夾邊溝農場近三千名「右派」何以餓死大半？定西為什麼會有那麼多孤兒？定西孤兒院又因何而生？對於這些悲劇現象，意在揭示問題的楊顯惠在《夾邊溝記事》和《定西孤兒院紀事》中並沒有深挖悲劇的原因，這符合非虛構——紀實性小說的特點，畢竟楊顯惠不是學者型的歷史學家、思想家。但即便如此，楊顯惠還是有意無意地通過文本為研究者提供了探尋和反思 20 世紀中期大陸中國身陷人類大悲劇的隱晦視角或切入點。

這個所謂的隱晦視角或切入點是如何體現的呢？不妨以《定西孤兒院紀事》為例。閱讀細緻的讀者一定會發現，《炕洞裏的娃娃》中有：「我後來才知道的，我大是逃跑回來的，我姐我妹子餓死了，我大心裏急得在洮河工地蹲不住了。」《獨莊子》中有：「我大是得了肺病回來的，要不得病還不叫回來哩。他說在工地就知道家鄉沒飯吃了，因為許多人的家人沒飯吃，往工地跑，投靠兒子和丈夫。」《黑石頭》中有：「1958 年，我大上引洮工地，我哥去靖遠縣大煉鋼鐵，我娘去大戰華家嶺。」《姐姐》中有：「我大是 1959 年舊曆七月從洮河跑回來的。……那時候洮河工地的民工都吃不飽肚子了。」這些引文中有一個共同指向或關鍵詞，那就是洮河工地。

考察歷史可知，所謂洮河工地指的就是當年名噪一時的引洮工程。這個被稱為「山上的運河」是以省委書記張仲良為首的甘肅省委響應中央《關於在今冬明春大規模開展興修農田水利和積肥運動的決定》的政績工程，於 1958 年 6 月 12 日開工，先後動員定西、天水、平涼三個專區近 20 個縣的 3 千職工、10 多萬民工（施工高峰時達 16 萬人）進行大兵團作戰。截至 1960 年底投入直接工 6000 萬個工作者。但因為工作量大、工期長、技術不過關、效益不高等問題，終於在 1962 年 3 月 8 日正式下馬。這個不得不中途而廢的引洮工程三年間共耗費 2.2 億元（其中國家投資 1.6 億元），因工傷、飢餓死亡人數近萬人，完成土石方 1.6 億立方米，僅占計劃量的 8%，一畝地也沒澆上。有人為此評說「引洮工程是急火火的上馬，血淋淋的下馬」。〔註 32〕關於引洮工程，與

〔註 31〕《夾邊溝記事・寫作手記（代跋）》，天津古籍出版社，2002 年。
〔註 32〕楊聞宇：《大躍進年代大西北的荒誕事——「引洮上山」的回憶》，《炎黄春

全國其他省市比，甘肅省在糧食產量上搞浮誇，高指標、高徵購，大辦人民公社、大辦食堂，刮五風等方面顯然沒有多大差別，特別的地方就是引洮工程。引洮工程可謂集「五風」之大成，對甘肅省的饑荒起了重要的加速作用。

當然，不僅是引洮工程，到1960年元月，甘肅省委布置修建了容量在百萬立方米以上的水庫 209 座，動員勞動力最多的時候達到 270 萬人。作為「大躍進」內容之一的大搞農田水利建設——這也是一些學者和民眾不完全否定1958年的理由之一，既為「畝產萬斤」的糧食衛星打基礎，也是「大躍進」那股狂熱浪潮的必然，儘管其出發點是因為隴中、隴東嚴重缺水。但是盲目蠻幹，注定要付出更為沉痛的代價。作為代價之一的就是，因為大量勞動力被抽調引洮工程等項目，導致農村勞動力不足，耕地荒蕪、種好的莊稼爛在地裏。這樣說並非空穴來風。1965年7月5日，通渭縣（屬於定西地區）縣委在《關於通渭的歷史經驗教訓》中就提到，1958年5月，抽調18000多名勞動力（約占總勞動力的20%，此前還抽調了17900人大搞工業）投入引洮工程。8月正當莊稼收割緊張之際，為迎接中央水土保持檢查團，以10多天時間集中5萬多勞動力（占全縣勞動力總數的51.4%），從劉家埂到華家嶺公路沿線擺了60公里長蛇陣，突擊水土保持工程。10月又抽調25000多名勞動力大戰華家嶺、史家山。1959年，又抽調5萬多勞動力興辦水利工程。一個僅有20多萬人口的縣，如此大規模抽調勞動力，直接導致年底荒蕪耕地11萬多畝，糧食產量大幅下降：1957年糧食總產16423萬斤，1958年下降到11576萬斤，1959年降至8386萬斤，1960年更慘到3632萬斤。〔註33〕

當然，糧食減產僅是一個方面，更令人驚詫的是，縣政府不但不正視糧食減產的現實，反而虛報糧食增收，導致上級政府又提高了糧食徵收任務。這樣的結局便出現擠佔、強佔農民口糧問題，而農民餘糧本身不足，徵購遇到困難，地方政府為完成任務也就出現前述的暴力、野蠻搶糧事件，並直接導致了大批人口餓死。據通渭縣委的報告稱：在1959～1960年的大饑荒中，「全縣人口死亡 60210 人，死絕了 2168 戶，1221 個孩子失去了親人成了孤兒，外流 11940 人，土地荒蕪 36 萬多畝……」〔註34〕正是在這種情況下，西

秋》，1993年第3期。

〔註33〕1965年7月5日，《中共甘肅省委關於報送〈通渭的歷史經驗教訓〉的報告》，中共甘肅省委文件，甘發〔65〕347號。

〔註34〕中共通渭縣委：《關於通渭的歷史經驗教訓》，《中共甘肅省委關於報送「通渭的歷史經驗教訓」的報告》，中共甘肅省委文件，甘發〔65〕347號。

北局在劉瀾濤的主持下於 1960 年 12 月 2 日召開蘭州會議，甘肅省委書記張仲良當場被免職，隨後中央、省、地委，派了 250 人的工作組和 128 人的醫療隊以及 3370 萬斤的糧食，並成立了一些孤兒院。〔註 35〕於是也就有了楊顯惠在《定西孤兒院紀事》中所記述的那些真實的故事。

其實，關於定西地區大饑荒的悲劇，很多健在的當事人都有記憶，只是他們不能或不願發聲；很多文獻，包括上述文件、縣志，也都有記載，只是傳播的範圍太窄；再加之新聞、歷史、社會學、人口學等相關信息刻意隱瞞和粉飾，所以定西（包括通渭縣）的大饑荒一直以來不為人所知，而楊顯惠的一部《定西孤兒院紀事》，讓半個世紀前的那場人間悲劇重新逼真地回到世人眼前，這等文學的意義和價值怎麼評說都不過分。

三、拒絕腐敗的境遇

（一）評論界的冷淡

楊顯惠自 2000 年橫空出世以來，應該說受到的關注並不少。2003 年首屆中國小說學會短篇小說獎頒給楊顯惠的《上海女人》，並評價其「以含蓄節制的風格表現了人在面對飢餓、死亡時的慘烈、堅韌、從容，從而使作品獲得了巨大的歷史穿透力和精神衝擊力」。〔註 36〕2005 年，鳳凰網曾製作了「社會能見度・夾邊溝記事」。2007 年，楊顯惠被評為《中華讀書報》年度關注作家。《定西孤兒院紀事》獲得《新京報》2007 年華語圖書傳媒「年度圖書」獎。2009 年蘭登書屋旗下的帕特儂書局在美國出版了楊顯惠的紀實小說集《上海女人》（Woman from Shanghai），《華盛頓郵報》和《紐約時報》分別於 8 月 23 日和 24 日刊出薩拉・海扎克和霍華德・弗倫奇的書評。2010 年 6 月《夾邊溝記事》由 Balland 出版社在法國出版。2010 年 9 月，王兵改編執導的紀錄片《夾邊溝》入圍了第 67 屆威尼斯電影節主競賽單元，成為角逐金獅大獎的候選作品。

但是，在備受世界和社會矚目的同時，一個問題便顯露出來，即如黃桂元所指出的：「這兩部作品分別連載於 2000 年和 2004 年的《上海文學》，很快便引起社會反響。有意思的是，反響多來自於非文學人士，也間接證明了

〔註 35〕中共通渭縣委：《關於通渭的歷史經驗教訓》，《中共甘肅省委關於報送「通渭的歷史經驗教訓」的報告》，中共甘肅省委文件，甘發〔65〕347 號。

〔註 36〕《首屆中國小說學會獎在津頒獎》，《光明日報》，2003 年 8 月 8 日。

這類作品的社會學意義遠遠大於文學意義。」〔註 37〕應該說，黃桂元的觀察比較客觀、實際，這一點只要檢索一下各類文學評論刊物即可一目了然：十幾年下來的全部評論文章不過三十餘篇——相比於動輒幾千篇評論文章的一流作家，僅從數據來說，楊顯惠充其量也就是個三流作家。而這些文章的作者，除了三四個知名評論家外，其他大多都是評論圈的邊緣人，那些活躍的、知名的、大牌的評論家，至今吝惜著筆墨。再縱覽一下各省市作協、名校名刊組織的作家、作品研討會，楊顯惠實在是相形見絀、捉襟見肘；或者翻開各大學使用的最新版的所謂「當代文學史」教材，楊顯惠或難登大雅之堂或被一筆帶過〔註 38〕。顯然，相比於報紙、網絡等媒介的重視，作為作家的楊顯惠，遇到了「牆裏開花牆外香」的尷尬境遇。

楊顯惠被評論界、文學史冷淡，究竟是其文學創作水平太低下，還是評論家、文學史家們自身存在問題？有評論者曾總結過當下中國的評論界存在三種主流風氣：其一是學院派，也可以說是八股派，論文如同工廠的流水線。共同特點是大談空泛的理論、不自覺的自我增值、大同小異的近親繁殖；其二是協會派，也可以說是八旗派，他們近水樓臺與作家打成一片，雲山霧繞，吹捧成職業；其三是媒體派，也可以說是八卦派，為了吸引眼球不設底線。評論特點是整體都差，個體都好。三者間涇渭分明，但又相互靠近、轉化。〔註 39〕儘管這樣的評語可能未必全盡當下批評界的問題，但在一定意義上誰又能充分證偽呢？所以，素有「文壇清道夫」之稱的李建軍則乾脆說：「在當代中國，文學批評幾乎成了謊言和欺騙的代名詞，而所謂的『文學批評家』則成了被市場雇傭的文學神化和文學騙局的製造者。」〔註 40〕可見，問題主要不是出在作家楊顯惠那裡，其被評論界長久冷落也就情有可原了。

評論家們之腐敗墮落，以至於名聲如此糟糕，探究其原因自然是多方面的，不過，具體針對作家楊顯惠來說，也許存在一個共識，即要麼是生存哲學致使「過於聰明的」（王彬彬語）評論家們迄今仍在保持緘默；要麼是犬儒

〔註 37〕《楊顯惠作品的「另類」觀感》，《揚子江評論》，2012 年第 2 期。

〔註 38〕在眾多的「當代文學史」教材中，僅張俊彪、郭久麟主編的《大中華二十世紀文學史》、曹萬生主編的《中國現代漢語文學史》、李新宇主編的《現代中國文學史 1949～2013》等提及楊顯惠。

〔註 39〕何英：《批評的「八股」與「八卦」》，《文學報》，2012 年 8 月 30 日；黃桂元：《職業閱讀、邊地想像與批評氣場——何英文學批評的一種觀感》，《南方文壇》，2013 年第 5 期。

〔註 40〕《時代及其文學的敵人》，中國工人出版社，2004 年，第 317 頁。

哲學致使頭腦「被禁錮」的「新人」們（米沃什）已經失去發聲的能力。哈維爾曾說：「生活在謊言中導致人類自我認同的深刻危機，這種危機轉而造就了在謊言中生活的條件，這其中自然存在著道德上的維度。」〔註 41〕這一點，不必多說和細說，相信大嚼「穆爾提－丙藥丸」（維特凱維奇語）或「喝著狼奶長大的」（朱學勤語）評論家們都深有體會，點破了既不顯得高明還有不厚道之嫌。活在中國誰都不易，底線早已守不住了，大談道德不是天方夜譚麼。

其實，有很多事不必過於戰戰兢兢、如履薄冰，尤其是前人已經趟出路後，就更不必自我把關到苛刻的程度。徐賁說：「只有當在現實公共生活中有真話要說，而且確實能把真話公開地說出來的時候，文學才成為一種體現人的主體價值的社會行動。在不允許說真話的環境中，文學的這種行動變得困難而且危險，作家為之承擔的重負也不相同。」「一個公民作家不會只是沉溺於所謂的『純文學』之中，因為寫作本來就不具有一種任人設計、自欺欺人的『純粹性』。……當公民有文學家的背景，當文學家卻並不囿於文學，也許正是這樣一種可能的定位。」〔註 42〕現實是作為作家的楊顯惠已經率先承擔了重負，作為評論家、文學史家，如果還有一點正義、良知和勇氣，應該適時站出來發出自己的聲音，「聊以慰藉那再寂寞裏奔馳的猛士，使他不憚於前驅」〔註 43〕，哪怕是躲在前驅者的身後以那種流行的「解讀式」評論附和一下，也不失讀書人的一種體面和尊嚴，然而現實卻是那樣無情。

毋庸置疑，亦如經濟的快速發展一樣，文學鏈條中同樣存在既得利益者的集團化、系統化等現象，所謂結構性的腐敗，當然不僅僅指創作，評論同樣難免淪落。換句話說，評論家們的墮落與作家的腐敗不但一脈相承，而且是源遠流長，本不必為此大驚小怪，只是那些平日滔滔不絕的著名評論家們，誰個也不曾坦誠自己因實利和恐懼而說謊或沉默，反而佔據著道德制高點四處標榜如何獨立思考、自由思想，把自己打扮成一個先天下之憂而憂的「合格公民」，真是讓人見識了特殊國情下的特殊景觀。

〔註 41〕《無權者的權力——紀念揚．帕托切克》，《哈維爾文集》（內部交流），崔衛平譯，第 64 頁。

〔註 42〕《作為公民的文學作家》，《在傻子和英雄之間：群眾社會的兩張面孔》，花城出版社，2010 年，第 223～224、234 頁。

〔註 43〕魯迅：《吶喊．自序》，李新宇、周海嬰主編：《魯迅大全集》2，長江文藝出版社，2011 年，第 270 頁。

(二)「小眾」的認可

儘管楊顯惠沒有得到主流和時尚評論界的關注，但是這並不表明《夾邊溝記事》《定西孤兒院紀事》的征服力不夠。

據楊顯惠講，在甘肅臨洮，八十二歲的夾邊溝幸存者裴天宇老人，收到在甘肅師大當教授的學生寄來的四冊《上海文學》，他用了半個月時間才讀完那四篇文章。他說，每一次拿起來讀不上十分鐘，就老淚縱橫，無法繼續……很多當事人的子女或後代曾帶著這些紀實小說，清明節上墳時焚燒，以告慰父親冤屈的亡靈。一位死難者的兒子，偶然讀到了以自己的父親為原型的篇章，他一下子哭倒在地，把《上海文學》供在桌上，長跪著，一頁一頁地讀，一次次地哭。他對朋友說，父親去世時他還小，只知道父親死在夾邊溝，但不知道父親是死得這樣慘。〔註 44〕

這樣悲痛的感受不僅來自那些受難的當事人和他們的後代，楊顯惠說，自己因為不會打字，收集來的素材都寫在本子上，交給女兒、妻子打。經常的，女兒流著眼淚打不下去，妻子接過來，也流著眼淚打不下去。女兒說，我最忘不了《黑眼睛》，一想起來就忍不住想哭。〔註 45〕老評論家雷達曾撰文描述自己的閱讀經歷說，自己在 2000 年時偶然讀到《上海女人》時，「讀著讀著淚水悄然盈滿了眼眶——我已很久沒有見到具有如此巨大情感衝擊力的作品了。……此後，我每月等待《上海文學》的到來，先看有沒有夾邊溝記事連載，到 2001 年底，我把雜誌上陸續連載的小說剪裁下來，裝訂在一起，以便保存和再讀。這種剪貼式的收藏方式，我只在學生時代用過，現在，除非深得我心的著作，一般我是不會這樣做的。」〔註 46〕《當代・長篇小說選刊》雜誌在刊登《告別夾邊溝》的「編後」中寫道：「每個編輯閱讀之後，不是叫好，而是沉默。那種震撼已經難以用言語表達。……我們相信，作者楊顯惠的名字，一定會成為讀者尊敬的名字。」「無論怎麼稱讚，不管多高的評價，都不會過分，都難以表達我們對作者的敬意，因為作者之痛，不是個人之痛，不是家族之痛，不是人群之痛，而是整個中華民族之痛。不僅切膚，而且徹骨，而且剜心。」〔註 47〕

〔註 44〕李玉霄：《楊顯惠：揭開夾邊溝事件真相》，《南方人物週刊》，2004 年第 5 期。

〔註 45〕馬金瑜：《楊顯惠：記錄受苦人的絕境》，《南方人物週刊》，2007 年第 21 期。

〔註 46〕雷達：《楊顯惠的〈夾邊溝紀事〉》，《小說評論》，2003 年第 2 期。

〔註 47〕《當代・長篇小說選刊》，2004 年第 1 期。

一段時期以來，文學邊緣化和文學垃圾化的論調早已經是不爭的事實，但是面對楊顯惠的文字，一個問題便被提出來，究竟是讀者品質太低導致文學病態發展，還是文學太過輕飄飄導致讀者市場萎靡？《夾邊溝記事》和《定西孤兒院紀事》事實上已經做出了最好的回答。

還有一個現象值得關注，那就是《南方周末》《南方人物週刊》等媒介對楊顯惠的關注要大於純文學刊物。同時，作為讀者群體，那些具備人文情懷的學者、公民尤為引人注目。朱學勤講述過自己的閱讀體驗，他說，有朋友稱此書是中國的《古拉格群島》，他以為還不夠。因為「古拉格群島僅僅描述知識分子在集中營裏被虐待，……中國知識分子所經歷的苦難，遠遠超過蘇俄，只是沒有人觸及。感謝作者楊顯惠，感謝他的執著，20 世紀中國歷史的這一空白，終於開始填補」。為此，他把《夾邊溝紀事》看為他「精神年輪」裏的三本書中的一本（另外兩本是《美國與中國》《哈維爾文集》——本文注）。〔註 48〕黃桂元也評說：「楊顯惠作品的『另類』效應多來自文學之外的讀者群，這部分人往往具有積極的人文情懷、強烈的疑史精神、鮮明的反思立場，多在中年閱歷，以男性為主。而作家也每每能給自己的讀者一次次驚歎，其良性互動之勢，形成了一個特殊的接受學現象。」〔註 49〕不得不說，與那些自娛自樂、自憐自愛的純文學和揣摩旨意、塗脂抹粉的主流文學以及「苦也好樂也好活著就好」的快餐文化或大眾文學的受眾不同，楊顯惠的讀者群體雖然「小眾」，卻呈現出高端、多元、深刻、有擔當等優質特點。這一點也許會遭到很多人的非議，但社會中的人就是分三六九等，文明與野蠻、高雅與低俗、精英與群氓、睿智與愚蠢、健康與病態等從來都是人間常態，儘管這樣的事實人們並不願公開說出來。

文學史上有所謂國家不幸詩家幸之說，但是 20 世紀的中國，無論前半期的戰爭導致殺戮不斷，還是中期的烏托邦迷狂導致人間慘劇頻發，抑或是後半程竭澤而漁式的躍進發展，中國文學在這樣悲愴的大歷史中卻那樣素手無策、蒼白無力，這一點既與傳統文學國度不相匹配，更難與有著同樣命運的俄羅斯相媲美，那種所謂文學盛世的論調實在禁不起推敲和考驗，充其量也不過是自我慰藉和對空意淫的膚淺浮誇表現罷了。好在歷史並沒有讓人對文學完全絕望，文壇終於出了一個楊顯惠，就像當初有人評說大陸中國知識分

〔註 48〕《我精神年輪裏的三本書》，《學習博覽》，2012 年第 7 期。
〔註 49〕《楊顯惠作品的「另類」觀感》，《揚子江評論》，2012 年第 2 期。

子、思想界在 1949 年後全部淪陷之時，李慎之大聲地喊出了「我們有顧準」一樣。「絕望之為虛妄，正與希望相同」，這不應僅是魯迅當年的感慨。

哈維爾說：「在後極權制度中，生活在真實之中遠不僅僅具有一個存在層面的意義的尺度（返回到人性最內在的本質），或一個認識論方面的意義（為他人建立一個榜樣）。它也具有一種不容置疑的政治維度。如果這個制度的主要支柱是生活在謊言之中，那麼對它的威脅是生活在真實之中。」〔註 50〕拒絕腐敗的楊顯惠做到了，在他的努力下，幾乎已經被歷史遺忘的夾邊溝、定西孤兒院重新回到現實，此前被輕描淡寫的大陸中國 1960 年前後人相食的大饑荒歷史開始血肉豐滿。楊顯惠的寫作或許真的不夠精巧，可是絕對真實——不僅僅是文學真實——是誰也否定不了的。他決絕地拒絕腐敗，拒不同流合污，勇敢、執著地堅守著真實的獨立人格和思想自由。如此腐敗的大陸中國和所謂文壇，因為有這樣的脊樑和良知存在，即便是持有悲觀主義，但誰又能說國家、民族和文學就沒有一點希望呢。

〔註 50〕《無權者的權力——紀念揚・帕託切克》，《哈維爾文集》（內部交流），崔衛平譯，第 61 頁。

附錄二　不盡如人意：史學視域中的文學創作與文學史〔註 1〕

商昌寶（文學博士、獨立文史學者）：巴爾扎克說過：小說是一個民族的秘史。一個基本事實是，當下大陸中國很多作家，在有關歷史題材或現實題材進行創作時，常常因為對歷史的固化或教科書化，而忽視史學界的研究成果，尤其是最新研究成果，導致作品經常出現背離歷史、誤讀歷史和標簽化、符號化的問題，而且越是正能量、主旋律的作品問題越嚴重，例如市面上發行量很大的抗戰題材、歷史偉人和革命英雄題材的小說等，簡直鋪天蓋地而又不忍卒讀。這種寫作，或者可以說是偽史型的文學創作，既可笑又令人擔憂。就這一文學現狀，我想聽聽兩位的看法。

徐慶全（史學博士、前《炎黃春秋》總編）：我覺得，有些作家不是不懂歷史，也不是不知道史學界有新的研究成果，因為你想，作為一個比較嚴謹的作家，在創作一個東西的時候，肯定要看大量的歷史資料，不看就沒有辦法下手。但是，他創作一種歷史題材的主旋律作品，例如通常所謂的紅色經典作品，或者正能量作品，他為了迎合主流，就不能不睜一隻眼閉一隻眼，或故意不接受史學界新的研究成果，而沿用那些陳詞濫調的東西，這是價值取向的問題。根本上說，就是寫作目的決定了寫作結果。作為搞歷史研究的人，對於這種人的書寫大可不必認真。

胡學常（史學博士、南開大學文學院副教授）：我以為，還是應該分兩

〔註 1〕原文分為兩部分刊於 2016 年《名作欣賞》第 3、4 期。題目有改動，發表時有刪節。

種為好，一種是真的不懂歷史，完全是歷史門外漢；另一種是表面上不懂歷史而實際是懂的，但是要裝作不懂。通俗點說就是，作家分為真傻的和假傻或裝傻的。而且，假傻和裝傻的人不少，但真傻的人，我認為，可能更多一點。

商昌寶：我大體同意胡老師的觀點。我是一個文學與歷史的跨界人，因為專業關係，畢竟跟文學圈裏的人打交道稍多一些，作家也認識一些。總體感覺，搞文學的人，對基本歷史材料的掌握、認知及史觀上，確實存在很多問題，所以一個初步結論是，相比歷史學界、哲學界、經濟學界、法學界等，文學界頭腦正常的人，相對要少得多。但是，文學書寫歷史的傳播效果和影響力，是不可低估的。

徐慶全：這倒是，文學作品表現歷史，穿透力比較強，張力大，影響也大，比單純的歷史學家來寫歷史強多了。改革開放以來，文學在書寫歷史方面的作品有好多，例如余華的《活著》，從 1947、48 年一直寫到 1980 年代。一本小小的冊子，對歷史的瞭解和把握非常貼切，其中塑造的人物，也都可以看作是歷史當中應有的人物。只不過，小說將悲劇色彩加重點了而已，那個「富貴」，兒子死了，女兒也死了，都死了，一個家庭不至於遭這麼多難，這讓這部作品顯得與歷史真實遠了些。

胡學常：余華顯然是以典型化來處理歷史了，很多人的悲劇體現在這一個人身上，作為一個悲劇作品，這樣處理也無不可。

徐慶全：但他這樣寫，缺點就是將時代的悲劇解構了。

商昌寶：我印象比較深的，個人也認為寫得比較符合歷史真實的，還有其他幾部作品，如楊絳的《洗澡》、尤鳳偉的《一九五七》、劉震雲的《溫故一九四二》、胡發雲的《迷冬》等。當然，楊顯惠的《夾邊溝記事》《定西孤兒院紀事》就更勝一籌了。我覺得，這些文學作品在觸及歷史的時候，給人留下的印象更深，更感人、更震撼，讓人在美感中感受歷史。

徐慶全：《夾邊溝記事》寫的是「反右」後大饑荒餓死人的事。這本書的影響力，我覺得，應該比楊繼繩的《墓碑》要大，因為它是文學作品，寫實的文學作品，所以說，有時候一部好的寫實的文學作品，影響力就高於一本史書。當然，這其中也涉及如何看待這種紀實性的文學問題，就像夏伊勒的《第三帝國》，你說它是歷史還是文學？

商昌寶：還有索爾仁尼琴的《古拉格群島》、帕斯捷爾納克的《日瓦戈醫生》、瓦西里．格羅斯曼的《生活與命運》，以及2015年獲得諾貝爾文學獎的斯維拉娜．亞歷塞維奇的《切爾諾貝利的回憶：核災難口述史》《戰爭的非女性面孔》《最後一個證人》等，也都涉及這樣的問題。

徐慶全：對。我們當然更多的是看它的文學價值。還有房龍的《寬容》，寫成文學性很強的東西，他這部作品是把歷史給深化了，所以應該提倡和呼喚這種寫作。

商昌寶：現在文學圈裏將這種紀實文學命名為非虛構寫作。

胡學常：從概念看，是不是要分開好啊，一種是直接寫歷史的，就是歷史文學，歷史紀實或者歷史虛構文學，像《活著》《白鹿原》這樣的，它是虛構文學，但更多的是把歷史作為背景，完全是虛構人物，其實《古拉格群島》也差不多，未必是紀實。尤其是歷史紀實，還是要區別看待；一個就是，比如說《共赴國難》《淞滬會戰紀實》以及唐浩明、王樹增的東西等。這個話題，是不是應該分開討論比較好。

徐慶全：我覺得你講的這種情況，歷史學家看歷史小說，或者關於歷史小說，歷史學家與作家間的爭論從來就沒有斷過。可以簡單回溯一下，早在1980年代，史學界和文學界就開始打架，一個作家叫黎汝清寫了《皖南事變》。我印象中，他比較早，大概是八十年代中後期。

胡學常：黎汝清出道早了，1970年代就有《萬山紅遍》《海島女民兵》，也是那個時候的「紅色經典」。1980年代後，較早地涉及悲劇性的戰爭，有《皖南事變》這樣的所謂「戰爭悲劇三部曲」。

徐慶全：對。楊奎松當時就寫文章批他，這個事搞得很大。那時奎松兄還不像現在這樣有名氣。但他很敏銳，對這個事情非常看重，他認為，你不能這樣虛構歷史，包括電報呀，都是虛構的。我把史學家和作家打架稱之為與風車作戰。後來到1990年代初期，我認識奎松兄以後，他還講這個文學與歷史的關係，這個情結他還一直忿忿不平，他眼睛裏容不得沙子，容不得作家去虛構、塗抹歷史，或者不按照史學界最新研究成果來敘述歷史，而還按照既往的主流的，比如說文革以前對《皖南事變》的敘述，還按照那個既往的僵化的模式來敘述，他就容不得它。

胡學常：對，還有金一南那個《苦難輝煌》也如此，楊奎松也是狠狠地寫了一篇長文章，大幹了一場。

徐慶全：是。所以像這種東西，楊奎松就打了一架，這一架讓黎汝清出了名，也讓楊奎松很出名。當然對一些史學家來講，我不知道別人，反正我就是這樣，不愛搭理這個，我不像奎松兄那樣較真。我不喜歡這種風車作戰，因為作家和進行歷史研究的不是一個行當，不在一個頻道，無法對話。但是，從根本上來講，要創作一部歷史小說的話，不根據最新的研究成果，顯然是這個作家做得不夠，不到位。一個嚴肅作家不能不關注史學界的研究成果，比如說《潛伏》的導演姜偉，也是歷史專業出身，他在改編這部電視作品的時候，查閱了大量資料，所以你看他拍的《潛伏》，可信度就很高。換句話說，《潛伏》就像余華的《活著》那種一樣，這個人物就在裏面生存，讓人感覺完全可以是歷史中的一個人物，儘管歷史上可能沒有這個人物。

商昌寶：文學在揭示或呈現歷史的時候，除了在形象、審美上更吸引人以外，我覺得在細節的揭示上，文學也比歷史更有優勢，比如楊顯惠在《夾邊溝記事》《定西孤兒院紀事》中關於飢餓、死亡瞬間的描寫，讓人感覺到彷彿置身於歷史現場。特別是寫「賊骨頭」俞兆遠，回家後即使吃飽飯了，也總是覺得餓，不時地偷吃點生糧食，背著媳婦用涼水就著包穀面喝。這種感受，過去好多年仍記憶猶新。我覺得，沒有這種經歷的人，是無法虛構出來這樣的場景的。楊顯惠也曾親口告訴我，他的《夾邊溝記事》除了人名是假的外（有幾個人的人名也是真的），其他全都是真實的。不過，張愛玲的《秧歌》，卻產生很大爭議，像柯靈、嚴家炎他們就說，你又沒去參加過土改，根本不知道土改，內容不真實，完全是虛構的，不值得信。張愛玲筆下的土改描寫，是真是假，其實稍微認真研究一下土改，看看當年的檔案文獻，也就會明瞭真實與否的問題了。至於她是否親身參加了土改，這個還有爭議，只要看她描寫、揭示的史實與細節，跟我們看到的土改材料完全是相吻合的。

胡學常：土改，她去了還是沒去，現在好像還不好說。問題是，柯靈他們認定《秧歌》是「虛假」，是「壞作品」，一個重要理由就是說張愛玲「平生足跡未履農村」，是按香港美國新聞處的意思閉門編造。可事實呢？宋淇之子宋以朗就出來證明了，張愛玲是去過農村的，她對農村生活不是不瞭解。其實，張愛玲對土改還寫得不夠，真實的歷史比她寫的還要悲劇。《秧歌》看似是虛構，更多的情節恐怕不是她看到的，她後來有一個自述性的文字，她說她是看的報，報上報導出現了什麼案件呢？比如燒糧倉那個細節，她把這些東西攢在一起，組成一個虛構性的東西，其實是寫實的，現在來看，寫得還不夠。我考慮的一個問題是，其實有兩種真實，剛才說的這個「交戰」壓根就不在一個軌道上，恐怕原因很多，其中很重要的一個就是對歷史來說，究竟何為「真實」。這裡就暗含著這樣一個問題，有兩個真實，比如說你寫遵義會議，就是確立了張聞天為最高領導而不是毛澤東，這是史實，就一定要說這個，不能有差，《皖南事變》你亂編就不成。還有一種所謂的「真實」，就是認為「真實」是一種立場的問題，認為立場對了才算真正「真實」，立場決定了真正的「真實」。

徐慶全：對於這種情況，我稱之為「立場敘事」，或者叫做「立場真實」。

商昌寶：最近，北大的梁副校長公開說盲目追求真相不講立場就是歷史虛無主義。

胡學常：是，雖然這句話是別人歸納的，原話不是這樣的，《環球時報》出來闢謠說一些網絡大 V 說梁校長本人又沒說這個話。但其實呢，梁的觀點就是這個意思，那人概括總結得沒問題。這就涉及到了立場比真相更重要的問題。歷史在他那裡，真實的含義就變成立場對才真實，不然就不真實。有這麼一個文學理論上的問題，是從蘇聯文藝理論來的——何為「真實」，蘇聯的文藝學裏頭的真實觀，所謂的「社會主義的現實主義」理論說得很清楚。1934 年，蘇聯作家協會章程就有關於社會主義的現實主義的兩條，社會主義現實主義是蘇聯文學創作和文學批評的基本方法。再一個，就是對它進行界定，大概意思是，作家要在革命的發展中真實地、具體地、歷史地去進行描寫，同時你的書寫創作要同用社會主義這個思想來教育、改造人民的任務相結合。這句話很要害。你要用先進的思想——共產主義的思想來改造人民、教育人民，有了這個任務以後，你就會寫社會主義的本質，革命展開的本質。本質就是立場，這叫本質真實，或者就像剛才說的，叫立場真實。立場作為一個大的東西，立起來了，然後再造下去，主導你的歷史書寫，主導你去觀察歷史，書寫歷史，揭露歷史，他認為這樣寫的歷史才是真正的真實，寫出了一個社會主義展開的光明前途，這才是真正的本質。這個本質以今天的眼光來看，就是虛無歷史，真正的歷史虛無主義，可是他們認為這才是真實。

商昌寶：胡老師挖得很深。我想補充的是，這種立場決定「真實」的指揮棒，在 1940 年代的延安被完美交接。例如座談會和《講話》後，楊紹萱、齊燕銘執筆創作《逼上梁山》，最高領袖當時就寫信稱讚說：「歷史是人民創造的，但在舊戲舞臺上（在一切離開人民的舊文學舊藝術上），人民卻成了渣滓，由老爺太太少爺小姐們統治著舞臺，這種歷史的顛倒，現在由你們再顛倒過來，恢復了歷史的面目。」這時期還有以所謂的「舊社會把人變成鬼，新社會把鬼變成人」為主題的《白毛女》等作品。這些創作，其實就是追求立場真實。如果以史學的眼光看，我有個不成熟的觀點，這些創作純粹就是戲說歷史，與後來的《戲說乾隆》之類的電視劇，在性質和表現上是一樣的。

徐慶全：我發現有這樣一種規律——這個話可能說得有點過，一部歷史作品問世，不管是寫某些戰役，或者是寫各種各樣的歷史事件的，召開出版座談會，基本史實都是含糊不清的，因為它是屬於「立場敘事」或者「立場真實」的範疇，是立場寫作，或者是官方話語體系寫作。這個可以做這樣的劃分，其一，作者根本不在乎史實，他在乎的是作品是不是迎合了當下的需要。其二，凡是有影響力的歷史作品沒有開座談會的，其影響力更為長久，而那些開研討會的作品，基本上一陣風就過去了，以後成為垃圾，這恐怕也是慣例。所以要討論文學創作與歷史史料本身的問題，我覺得，對那些作品出版後四處開作品研討會的，根本不必關注，不用跟他較勁。因為他們這些作品，是官方話語，基本的特點就是忽略或忽視歷史真相。我反而對另外一種現象比較重視，就是對古代歷史的虛構，或者說是歪看古代歷史，像什麼「秦朝那些事」、「大明王朝的幾張面孔」，「明朝那些事兒」，什麼「潛規則」、「血酬定律」等，一直到現在都非常流行。這種歷史寫作原本很難，但是在寫作者們筆下，卻變得很簡單，只要稍微讀點史書或傳記，然後什麼清朝以前或者民國以前，從秦漢到明清，就可以隨便說了。但是你看看，這些作品的作者沒有一個是科班歷史學家出身的，都不是嚴肅史學家。那麼，這些東西為什麼流行？這是搞歷史的人應該解釋和警惕的一種現象。

商昌寶：您這樣說會不會遭受一種質疑？就是說，研究歷史或者書寫歷史，只有純科班的歷史專業的人才有資格，才能跑馬圈地，我們這些跨專業的或外行人，就沒法介入了？

徐慶全：那倒不是。我下面要說的話是這樣的，為什麼說他們不是歷史科班出身的人，因為他們先存了目的和立場，然後再去寫作品，儘管作品發行量很大，在大眾層面很流行，包括《甄嬛傳》《康熙王朝》《琅琊榜》《芈月傳》之類，實際上從寫作初衷來講，基本上跟我們前面說的立場敘事、立場真實是一類的。

胡學常：通俗化的講歷史，應該是這樣。

商昌寶：您批評的這種情況，基本就是通常所謂的影射史學，而不是歷史學本身。

徐慶全：就是影射史學。這種寫作與剛才說的立場文學寫作那一類一樣。這一類歷史寫作當中，也可以分兩種，一種是面向廟堂需要，一種是面向江湖需要。像上面說到的軍旅題材、抗戰題材作品等，一出版就召開座談會，都是面向廟堂的，上頭需要這些東西，主旋律，正能量，什麼弘揚革命，這就屬於獻媚於廟堂；還有一種是取媚於江湖。為什麼要取媚於江湖？因為江湖當中的老百姓對現實有很大的不滿和牴觸情緒，對廟堂的決策和政策非常有意見，怎麼發洩？那好，歷史寫作者們就躲在古史當中，找出一些例子來，串聯成「幾副面孔」、「那些事兒」、「潛規則」，讀者一讀，這不就是現實嗎？從正統史學家層面來講，這兩種歷史寫作都不可取。而且，在我們這個不正常的社會裏，近現代以來尤其是所謂當代的歷史寫作和出版很困難，寫出來了也會因為某種原因出版不了。但是，古代歷史呢，可以隨便去編，隨便去寫，所以正統的歷史學家的歷史作品就被壓制了，但古代史多數不用審，所以一撥人就開始討巧，取媚讀者，然後被推崇到一種「公知」境地。在這種推崇之下，作者們覺得自己儼然成為了不起的歷史學家。你看現在出的書——「我想重新解釋歷史」、「我想重構歷史」，這話，正兒八經地搞歷史研究的人誰敢說啊？

商昌寶：您二位剛才說的我都贊同。不過，我還想指出，剛才我們討論的各種歷史寫作，都是有意識的創作，其實還有一種無意識的歷史寫作。比如以莫言的《檀香刑》為例，小說雖然主要寫的是一場行刑的過程，但我感覺，他已經將歷史教科書關於近代史的敘述當成信史了，於是在作品中，德國人是兇狠殘忍的侵略軍，克羅德是一副殖民者的醜惡嘴臉；袁世凱是戊戌政變的告密者，是叛徒，血腥鎮壓義和團，在德國人面前卑躬屈膝，陰險狡詐，賣國求榮；徐世昌、段祺瑞、馮國璋等都是為虎作倀的野心家、小丑；孫丙等儼然成為民族英雄，義和團的行徑繼續作為反抗侵略的義舉被頌揚。我覺得，在這個問題上，莫言可能未必是有意識這樣做的，更可能是無意識的，他已經覺得這樣被敘述的歷史就是信史了，然後不加辨析地寫進文學作品中。高爾泰評說，「大量血腥暴力之中，也摻雜著大量的愛國主義，近乎義和團情結」，其作品的缺陷是「道義感和同情心的闕如，也就是思想性和人文精神的闕如」。「莫言的問題，主要不在於他究竟說了什麼，而是在於他沒說什麼。那個沒說的東西，比他說了的重要，也比他說了的明顯突出」。我是比較贊同這種評價的。

胡學常：莫言創作中出現的問題，是長期以來歷史教育的結果，也是普通讀者閱讀那些立場寫作的作品後，形成的一種歷史觀，他們長期在一種真正的虛無主義的歷史教育下，在政治正確的灌輸下，教科書的編寫以及關乎歷史的創作，大量的作品都是一種政治家的立場，很多都是立場化了的，被政治扭曲的一種歷史書的書寫，各種各樣，讀者就讀，因為不是專業性的歷史學家，不是腦子很清醒的歷史學家，一般的讀者比如像莫言這樣的作家，就認為袁世凱這段歷史是真實的，他想當然認為正確的歷史其實是個假歷史。

徐慶全：我覺得首先是這樣，像莫言這種作家，我不傾向於他不知道，他可以算是一個博覽群書的作家，這點我比較相信。

商昌寶：這點我倒不敢苟同。

徐慶全：我覺得，莫言是一個讀書人，他的知識面比較廣泛，至於出現繼續醜化袁世凱的這種現象，並不是他沒有注意到既往的研究成果，而是有這麼一種情況出現：他是順應人們閱讀的一種思維。當然，這也是一種取媚。閱讀的人中知道袁世凱醜聞的人非常之多，因為別的人從他的作品中讀到了自己腦中的東西，他會有會心之處，所以他描述這個東西，有他故意而為之的吸引讀者的或者和讀者溝通的這種思維方式寫作。我不知道怎麼表述更好，但是我想是有這種情況出現的，不要把某些作家的作品都看成是不學無術，我覺得還是不能這麼看。

商昌寶：我不是覺得莫言不學無術，而是一種無意識，就是已經接受了一種既成的東西或觀念，然後逐漸變成自以為正確無誤的學識和觀念了，我曾造了一個學術名詞叫「話語陷阱」。就是人一旦置身於一種話語系統之中，無法擺脫，就像很多學者一樣，哪怕他一輩子看書、教書，但到老也是個糊塗蟲。即便是有一些人在清醒地、有意識地在批評、反抗和擺脫這種話語，但因為學識、思想和警醒意識欠缺，其所使用的詞彙、表達的方法等仍然還是沒有脫離那套話語系統，這一點學術界非常普遍，例如王富仁、錢理群等一邊在高呼「回到魯迅」，另一邊卻將魯迅繼續闡釋為「反封建」；歷史學家高華一方面還原了延安整風現場和領袖崛起的形象，另一方面卻沿襲延安整風是針對王明的「教條主義」開始的這樣一種主流政治話語。莫言要比這種現象更嚴重，他基本就是沿著主流話語在跑，只是在題材選取上，略勝了一籌而已。

胡學常：我看更多的還是這種情況，比如說就事論事，莫言知識面很廣，我也大體認可徐老師這個說法，莫言確實被一般人小看了，我很佩服他，甚至有人認為他很左，看他的《生死疲勞》和《蛙》，尤其是他的《生死疲勞》非常明顯，比較非主流。

徐慶全：《蛙》，我就覺得確實相當非主流了。

商昌寶：莫言在當下作家群體中，算是一個具有一點歷史感和批判意識的作家，《蛙》所選取的題材也很重大而具有當下性。但是，小說中有很多代表莫言思想狀態而值得商榷之處，如「1953 年至 1957 年，是國家生產發展、經濟繁榮的好時期……那是中國的黃金時代」；「1962 年秋季，高密東北鄉三萬畝地瓜獲得了空前的大豐收。跟我們鬧了三年彆扭、幾乎是顆粒無收的土地，又恢復了它寬厚仁慈、慷慨奉獻的本性」；「她不做這事情，也有別人來做。而且，那些違規懷胎的男女們，自身也有不可推卸的責任。而且，如果沒人來做這些事情，今日的中國，會是個什麼樣子，還真是不好說」；「在過去的二十多年裏，中國人用一種極端的方式終於控制了人口暴增的局面。實事求是地說，這不僅僅是為了中國自身的發展，也是為全人類作出貢獻。畢竟，我們都生活在這個小小的星球上。地球上的資源就這麼一點點，耗費了不可再生。從這點來說，西方人對中國計劃生育的批評，是有失公允的」。這些敘事是很明顯的主流話語的體現，其在知識和思想認識層面的硬傷也暴露無遺。或者就此可以評判說，莫言的思想深度沒有我們想像得那麼高，或者說成是一種立場敘事也不算太冤枉他。

徐慶全：我對莫言有一個很深刻的印象。莫言是比較早的用歷史敘述來搞創作的，比如說他的《紅高粱》，我記得是在《十月》上發表的。《紅高粱》，我認為他是一種歷史敘事，他講的我爺爺、我奶奶抗戰，給我極大震撼。要知道，那時候對抗戰的印象是什麼呢？共產黨是絕對領導抗戰的，國民黨是專門不抗戰且總是找共產黨麻煩的，抗戰的英雄都是正面的，所謂的「三突出」、「高大全」，那時候已經習慣了這種思維和表達方式，但是看了《紅高粱》以後，覺得抗日的人也可以是土匪，土匪一邊搶民女、搶老百姓的東西，一邊也抗戰。犧牲的土匪也是烈士，很壯烈，這對我學歷史本身觸動很大。我認為莫言這個作品，較早地認識並提出抗戰人的成分問題，這對於正統的敘事體系來講就是一種解構。

商昌寶：在這一點上，莫言的確是比較早的覺醒者、解構者，包括以土改為話題的《生死疲勞》，可以說他是自覺有意識地解構正統敘事，水平也是超過絕大多數作家的，但他的突出是相對的，因為其他絕大多數作家實在太遲鈍、太差了。我認為，莫言的學識、思想和精神境界，屬於局部的，整體上還沒到正常軌道上，還有很大的提升空間。

胡學常：你看，莫言寫出了《生死疲勞》這樣的虛構小說，他的真實就跟立場敘事完全是兩回事。寫土改嘛，他這樣寫才是真正的歷史真實，那麼多寫土改題材的，包括丁玲的《太陽照在桑乾河上》、周立波的《暴風驟雨》以及 1949 年後的土改題材小說，差不多可以說都是偽真實，是真正的歷史虛無主義，而莫言還原了歷史真實。

徐慶全：從小說虛構的細節來講，這是作家自己的權利。作為一個歷史學家非要指出小說當中的「假」，是沒有意義的，就像很多史學家考證，洪秀全到底長沒長鬍子一樣，這個沒有意義。虛構，是小說作家的權利，他必須虛構，但像《潛伏》這樣的虛構作品，為什麼成為一段時間的經典，因為他能巧妙的將現實和歷史結合在一起，或者說虛構得太到位了。《活著》也是一樣，讀著一點也不覺得「富貴」這個人物形象生硬。當然，將悲劇集於一身，我還是覺得是個敗筆。余華在《活著》中就是直敘地把故事給敘述下來了，莫言的《紅高粱》也是這麼敘述下來的，他甚至都不需要用什麼手法。

胡學常：我剛才說過，歷史寫作分兩種。一個是歷史題材方面的，比如說《皖南事變》《共赴國難》《淞滬會戰紀實》；還有一種是《活著》《白鹿原》這種虛構性質的文學寫作。當然這裡有作者對歷史的看法，但更多的是把歷史作為背景，這是兩個層面的問題。

商昌寶：我覺得，即使作為背景，文學創作也要追求歷史的客觀、真實，就是說，即使作者不實寫這段歷史，但也要將這段歷史當作文學創作的一個背景，這種背景也要更接近於歷史真實的敘事，而與那種正統的歷史敘事有所不同，否則就有幫忙或幫閒的嫌疑了，儘管作者可能主觀上未必想這樣做。

胡學常：當然要遵循歷史的真實，我覺得這麼看一些歷史的局部的細節，這種還原歷史的真實還是很容易做到的，也應該要求做到的。其實，還應該關注另外一種，也就是作家在文學書寫過程中所整體呈現的歷史觀，我覺得這或許更重要。

商昌寶：當下中國作家歷史的認知，歷史材料的掌握，歷史觀的形成，我瞭解到的很多人，都是沒有能力做到，也沒有這個自省意識。

徐慶全：他們沒有價值觀，但莫言他可能有，像《紅高粱》，在那個時代創作《紅高粱》，他想要告訴人家，他的主題、立意是打破「高大全」的那種人物形象。他創作了一個「我爺爺」這樣的形象，從民族大義來講，他是一個英雄，世俗社會來講，他雞鳴狗盜，是個壞人。他創作的目的就是想打破這種「高大全」的形象，但是他給讀者的一種理解和解讀，包括我，我是歷史的解讀，我認為他把抗戰的敘事拓展了。1980 年代中期，我記得還看過《喋血黑谷》，講國民黨抗戰，跟日本打起來了，我看了比較震驚，國民黨也在抗戰？所以我們的文學作品有時候往往很主流、呆板，而莫言的文學創作往往能間接地走出意識形態史學，走出固定的框架，他有這個能力。尤其是，在解構意識形態時，歷史學家不能說的話，作家可以率先說出去。當然，這並不意味著某種線性史觀，不是這個問題，就是相比歷史寫作，文學創作所受的關注相對弱一些，在審查上則相對好寬鬆一些。因為我本身學歷史出身，從 1980 年代開始，尤其是研究生以後，我特別關注這些作品當中的歷史，他們在這個社會當中所起到的作用在哪裏，我確實比較關注這麼一個話題。你看，1980 年代，楊奎松跟黎汝清打了一架，到了 1990 年代，又和權延赤和葉永烈打。那時，奎松兄很憤青的架勢，後來做《百年潮》副主編的時候，他在雜誌發起關於紀實文學的討論，繼續爭論作家寫紀實文學跟歷史之間的關係，主要是針對葉永烈。當時葉永烈很勤奮，採訪了很多人，雖然確實有臆造史料的那種感覺，歷史價值觀也有問題。

商昌寶：關於葉永烈不好定位，他是史學家還是文學家？評價和定位首先是個問題，你要跟他打歷史仗的時候，他說我是文學的。他遊走於兩個學科或兩種話語之間，而且他的那種寫法，尤其是給那些政治人物做傳記，說這個東西是傳記文學還是史學，真的很難說。我覺得，葉永烈不但攪亂了史學，而且也攪亂了文學。我是不敢看他的東西。

徐慶全：是，看他的東西要謹慎。

胡學常：是要謹慎，要重新考證、比照才行。問題是，像葉永烈他們這種遊走在文學與歷史之間，卻能吸引那麼多讀者去看，產生那麼大的影響，後果很嚴重。我們從讀者那裡考慮，這樣一個話題也很有意思，它是在長期政治壓抑之下，不能真正認清歷史，在不能個性化地遊出這個大的政治正確的前提下，真實歷史寫不出來，但讀者又有對歷史真相的瞭解欲求，所以就讓他們繁榮了。包括剛才說的這個影射史學，為什麼要把當下對政治的感受，對社會的感受投射到歷史裏頭？那是因為正常的表達難於實現，或不讓表達，只好把一些真實的元素，或吸引人的東西，裝進一個政治正確的作品裏，包括現在熱播的抗日神劇。因為抗日絕對政治正確，然後把暴力的、色情的「褲襠藏雷」、「手撕鬼子」，甚至武俠全都放進去。因為色情、暴力的作品審查通不過，因為抗日正確，所以把這些都包涵進去了，一個大筐，很黃很暴力都可以組合進去，於是很好通過，甚至還可以拿獎。要追根溯源，就會發現這是制度背景下的政治干預，因而造成了一種變態的東西。這樣的問題其實很好解決，要是社會放開了，一個正常的國家，那些東西都不太能成立，不會獲得社會的認可，即使認可了，那也只是個人的愛好，不會引起那麼大的震撼，吸引那麼多讀者。你以為抗日神劇的導演傻嗎？不傻，是沒辦法。專寫暴力和黃不行，又沒有分級制度，怎麼辦？只好把它放進政治正確的框子裏，根子在這兒，所以我們談的一切都要涉及到大的政治背景。很多人裝傻，有些人明明懂歷史，但為了拿獎，為了「五個一工程」，那都是錢呀，所以他只好沒有節操地去裝傻，去投合主旋律。

徐慶全：學歷史的人有一個不好的習慣，就是有點強迫症，非得把某個事情從頭理一遍。其實，最早的歷史寫作是有社會背景的，是歷史開始向文學化走進的一個過程。比如，文革結束後，一開始是不允許寫個人回憶錄的，不允許宣傳自己，但到了 1980 年代，大量的人開始寫個人回憶錄，為什麼？因為 1977、79、80 這三年是以平反冤假錯案為主，你在歷史上被毀了那麼多年，突然給你平反，可平反只是黨的內部文件，而你在社會上的「不良」影響卻很大，社會上的公眾並不知道你被平反了，所以他就想將把這段歷史寫出來，形成個人回憶錄，很多人在寫這個東西，目的就是告訴社會：我平反了。那麼他寫這個東西的時候，不知道該怎麼寫。換句話說，很多老同志的東西都是秘書代筆，寫完之後，再找作家修飾一遍。這一修飾不要緊，老同志的回憶就有些走樣了。1980 年代就有了黃鋼他們的《時代的報告》，專門用來發表回憶錄的，後來那個雜誌變成《報告文學》。那時候就帶動了一批人寫歷史敘事，然後寫著寫著就變成文學敘事了。

商昌寶：這是個很好的話題，從回憶錄開始，由原來的個人歷史敘事轉成一種帶有政治性的文學敘事。

胡學常：但是，稍微考察一下這樣的回憶錄，它有很多都是作假的，說自己的功勞，虛構歷史，像楊成武的革命回憶錄，還有汪東興寫林彪事件的回憶錄，以及鄧力群的「十二個春秋」，這些書裏很多東西都是不真實的。

徐慶全：這種不真實是政治高壓下的一種妥協。比如寫到遵義會議，有人可以順著說是政治上確立了毛澤東的地位，進行虛構，但有的人明白遵義會議確立了張聞天在黨內的最高領導地位，也知道主管部門不讓說，於是在寫到遵義會議時就選擇避開，只陳述史實不做背景評論。這樣的寫作，可以批評，但也要保持同情。我們應該注意到，個人回憶錄向文學敘述轉變，就是個人回憶錄本來是歷史敘事，它後來向文學敘事演變，那麼文學敘事演變完了以後，就出現很主流的作品，或者很多這種宏大敘事的作品，如 1990 年代初期，《大決戰》等都屬於歷史敘事變成文學敘事。與此同時，有的人是文學敘事向歷史敘事轉變，比如像剛才說的莫言這樣的作家，由一個過去單一的文學敘事向多元化的歷史敘事轉變。

胡學常：1980 年代後期，1990 年代中前期，有一個新歷史主義小說現象。

徐慶全：對。所以要感覺到這一點，它是一種由文學敘事向歷史敘事轉變，是交互的。有些歷史敘事變成文學敘事了，有些應該是文學敘事的東西慢慢向歷史敘事轉變了，就是 1990 年代中前期的新歷史主義小說。探討歷史和文學之間的關係，意義不大，這是一個老話題，但是要關注這個東西是怎麼演變過來的，或許價值更大。

胡學常：它也是一種壓抑的釋放。因為長期以來的紅色經典敘事，是真正的歷史虛無主義。可是，隨著思想解放，文學上，開始對歷史觀有了顛覆以後，有了很多先鋒作家，余華、蘇童、格非等，先鋒作家的史觀有了改變，開始以思想先鋒、文學先鋒的姿態介入歷史，他們是懷著一種長期以來的對正確的革命經典敘事的一種顛覆和消解心理來創作的。在他們看來，搞出一種新的歷史，表明你那是偽歷史，我這才是真的，所以他們用非常先鋒的文學手法，個人化地介入歷史，跟以前的革命敘事的、政治正確的歷史形成尖銳的對立。

徐慶全：胡老師補充得很對。歷史敘事，包括文學敘事，轉過來，實際上就是文學創作演變成新歷史創作，但是文學發展向歷史敘事，這種演變就像先鋒作家寫作，它以一種自帶的歷史觀和價值判斷，進入到歷史寫作，這是一種很重要的現象。

胡學常：其實他們那些東西完全是虛構的，不是真實的歷史，語言是很先鋒的，可是最後文學呈現出來一種意識，他想表達一種新的歷史觀。

商昌寶：是。我覺得，在特定時期，當正常的歷史敘事很難展開的時候，或說史學界很難公開表達聲音的時候，文學恰好是一個方式，因為文學本身有虛構的特點，所以像楊顯惠的《夾邊溝記事》，就很好地彌補了史學的細節問題。好的歷史文學，更多的是取決於作家的藝術良知和表達技巧的問題，高水平的人就會通過文學來呈現或者是介入歷史。當然，因為中國大陸的作家更大程度上是腦子不正常，就是他從小到大被植入一套知識系統和價值理念，長大後讀書又缺少反省、解毒和蛻變，所以要麼是按照那套話語系統胡編濫造，要麼是根本沒有能力走進歷史現場。

徐慶全：我覺得你剛才有一句話說的特別好，歷史敘事沒辦法進行正常敘事時，就需要文學，這個方面做得好的還有章詒和。《往事並不如煙》大概是 2004 年出版的。我最早讀這個書的時候，覺得這是一種新的歷史寫法，就是換一種思路來寫歷史。

胡學常：也有人質疑，比如說她偷聽他爸和高層人士的談話，十歲出頭，十四歲左右，好像都看到了，都聽到了。你爸難道一點都不迴避你？你那時候怎麼就那麼多閒工夫在場呢？這也是一個很有意思的話題。就像寫鴻門宴，司馬遷沒有去過鴻門宴，好像他自己參與了一樣，那種個人的體驗感寫得惟妙惟肖，我們今天看很像歷史紀實，紀實文學。

徐慶全：但是為什麼學界對章詒和作品的質疑，不像對黎汝清、葉永烈、權延赤那樣，反而比較推崇章詒和，這有兩個原因，第一，很多人被她的語言的穿透力所震懾，包括歷史學家，於是不太在意她的史實，比如說到底偷聽沒偷聽之類的；第二，她把歷史和文學結合得太好了，是一個文學與歷史結合非常優秀的一個範本。

商昌寶：這個觀點我也認同，要追究她的歷史的一些細節、表達方式，她肯定是有瑕疵的，但是我讀她的作品那個時候，至少對「反右」的一些細節問題，就是史學還沒能解答的一些問題，她能給我解答了。這種情況下，哪怕她出現史實問題，也只是史料把握的技術問題。

胡學常：那是。你看完了以後，就因此而形成了正確的歷史觀了。

徐慶全：像楊奎松這樣愛打筆墨官司的人，他應該跟章詒和打，但奎松兄不打，其實，很多人明明知道章詒和史實有一些瑕疵，包括不僅是你舉出來的這些例子，還有一些史實是不對的，有一些當事人已嚴肅地指出來。但是，沒有人想和她較勁兒。為什麼？因為作為文史結合的典範樣本，章詒和的歷史書寫，既不取媚於廟堂，又不取媚於江湖，她就是作為一個親歷者的歷史和文學的敘事來形成一種作品，她是獨立而客觀的，所以我覺得這樣的東西可以說是不朽的。

商昌寶：很多作家及其創作不關注歷史研究，已經是不爭的事實。其實更令人驚訝的是，很多文學史家，其實也不怎麼關心歷史學界。現在已經出版的諸多文學史教材、研究著作中，基本史實錯誤百出，不堪卒讀。甚至我覺得，有時候因為這種對歷史的無知和漠視，甚至影響到他們對文學的審美判斷。例如，作為經典作家，章詒和在當下一些文學史家的筆下，基本沒有給予比較客觀的評價，目前我所看到的這些文學史教材，對包括《往事並不如煙》《伶人往事》的介紹極少，印象中朱棟霖主編的教材中提到過。這種怪現象的原因，一方面是文學史家們的文學鑒賞能力變態、畸形，不把這兩部作品當成文學來看；一方面當然也是一些文學史家因為某種原因而不得不忍痛割愛。

徐慶全：我覺得你的這個表述是不錯的。好多寫作文學史的人是不靠譜的，我給你的《茅盾先生晚年》寫序的時候表達了這樣一個觀點：中國有一種史最難寫，就是文學史，因為中國的文學史是和政治緊緊地結合在一起的。左翼文學興起的時候，蘇聯的東西拿過來，以後就是用蘇聯的社會主義現實主義來塑造中國文學的。到了延安時期，領袖在那個著名的座談會上的講話中說，你如果是革命作家就歌頌革命根據地吧，反革命作家就暴露黑暗面吧。這種非此即彼的標準就要求作家按政治現實來寫作，所以每個作家都是政治線中的一員。通俗的講，在延安時期就形成了這樣的傳統，每位作家都是宣傳幹部，包括丁玲的轉向，蕭軍的逃跑，這都跟政治關係密切。所以要寫一部文學史，它實際上就是政治史中的篇章，或者說是中共黨史的篇章，但我們的文學史寫作者，都沒有真正學過歷史，所以寫出來的很多東西，讓史學界的人看不起。我覺得，所謂的現、當代文學史的寫作，僅靠各大學中文專業的人去寫，靠社科院文學所去寫，難免不出問題，應該叫中共黨史研究室的人參與，這恐怕是比較靠譜的。

商昌寶：是，在這點上，現在的很多文學史研究者，仍停留在教科書階段，知識固化，以至於頑固到缺少基本的反省和反思。比如錢理群、溫儒敏、吳福輝的《中國現代文學三十年》中隨處可見什麼「兩千多年封建帝制」、「封建王朝大一統」、「帝國主義列強暫時放鬆了對中國的侵略」、「帝國主義統治下，中國民族工業是永遠得不到發展的，半封建半殖民的中國」等，完全不是學者在說話，意識形態化的痕跡太明顯，簡直可以說是近代史教材在文學史領域的翻版；程光煒、劉勇、孔慶東等編寫的《中國現代文學史》（北京大學出版社），第九章裏就有這樣大言不慚的話：「由於自身的粗淺虛妄和在迅猛轟擊之下的孤立無援，『民族主義文藝運動』很快土崩瓦解。」稍微瞭解一下民國史和民族主義運動的人就知道，民族主義文藝運動不但持續時間很久，而且聲勢很壯大。當然，很多文學史家在史觀上出了嚴重問題，文學史寫作中也大量存在背離史實的問題，所謂的現代文學史也好，當代文學史也罷，真是傷痕累累，滿目瘡痍。

胡學常：我覺得，主要是學風出了問題。搞文學研究的人沒有經過很好的史學訓練，尤其是傳統史學的訓練，以至於文學史的寫作出現這麼大問題。比如說要寫當代文學史，不去先進行史料的收集、考辨，然後再作闡釋。沒下這個工夫，怎麼能行？放眼望去，我們的當代文學史家很少有人下這個工夫。幾種當代文學史，我所見到的，洪子誠的《中國當代文學史》，要稍好一點，可能影響最大的也是這個本子。陳思和的那本《中國當代文學史教程》，問題就很大。這個研究團隊對歷史幾乎沒有什麼研究，玩票都算不上。因為沒有經過史學的專題研究，只是把歷史當作文學的背景瞭解一下，所以，一些觀點完全不能成立。比如說，這本「教程」有一個關鍵詞，叫做「戰爭文化」，它就想當然，認為抗戰以來形成了一種新的「戰爭文化」傳統，這是「戰爭外力粗暴侵襲的產物」，毛澤東以「講話」為代表的文藝思想，正是由這個「戰爭文化」所鍛造，而與「五四」啟蒙主義的文化傳統發生衝突。這兩種文化傳統的相互關係，尤其是彼此間的衝突，極大地影響了 1949 年後的當代文學。「教程」寫到戰爭小說，竟然說正是戰爭文化傳統使作家養成了「兩軍對陣」的思維模式，其藝術表現因而形成「二元對立」的模式，所謂「好人一切都好」、「壞人一切都壞」的臉譜化模式。這樣的觀點，豈不荒謬？如果稍微做一些歷史研究，就會發現文學史真相不是這樣的，簡單來說，「講話」之後以至 1949 年之後的文學規範，塑造它的是一種激進的階級革命或階級鬥爭的革命思想，戰爭不過是一種表象，不是因為經過一場戰爭形成了戰爭的思維和戰爭的文化，然後坐天下了，自然而然帶進來了，這不是歷史的真相。拿這個想當然的所謂「真相」來寫文學史，那就會完全看錯。今天的學院派裏搞文學研究的人，缺少了歷史學研究那樣的科班訓練，良好的文史不分家的研究傳統，至少在當代文學研究那裡很難看到了。

商昌寶：傳統上文史哲是不分家的，但現在不但文和史已經分了家，而且文本身也分家了。比如學科的劃分，古代文學已然分成先秦、兩漢、唐宋、元明清等，五四以來的白話文學分為所謂的現代文學、當代文學兩個方向，教研室相對獨立，北京大學就是這樣。學科發展，分工更細緻，更專業化，雖然是一個趨勢，但是同時也存在一個問題，就是學科與專業間不能打通，相互間不瞭解，文學史家不關注歷史學研究的前沿成果，又自以為是地下筆千言，所以硬傷就難以避免了。

徐慶全：要我說，做文學的人就研究作品去，不要去寫文學史，除非你補上歷史學這一課。不研究歷史，卻想當然地杜撰一本所謂的「現當代文學史」，還是好多卷本的，我印象中唐弢主持的《中國文學史》，就是好幾卷本，讓下一代再繼續普及這種惡劣的文學史。

商昌寶：唐弢是比較晚的，1970 年代末的。最早的是 1950 年代的王瑤、丁易、劉綬松那些人。王瑤的《新文學史稿》是 1949 年後的第一本現代文學史。

徐慶全：劉綬松的是四卷本，周揚曾在 1962 年召開過「大學文科教材編寫」會議，他把所有作家都調動起來了，而且像王瑤、劉綬松、丁易這些人，他們是文史不分家，他們是會寫的。雖然他們的史觀是取媚於廟堂的史觀，是有問題的。其實，如果可能，可以搞一個文學史研究所，比如說中共黨史就有專門的黨史機構來寫，雖然它的價值觀有問題，但是起碼史實是不允許錯的，因為官方的修史機構如果史實出錯，就會貽笑大方的。比如說二卷的那個《中國共產黨歷史》，屬於典型的立場寫作，但是史料上它不瞎說八道。比如三年大饑荒死了多少人這個問題，不能寫，但它可以隱晦地講這一年比上一年的人口少了 1000 萬。

胡學常：是，並且明確地說，1960 年比 1959 年，人口減少了一千萬。

徐慶全：它這樣說，我們稍微想一想，三年算下來，三千多萬就有了。楊繼繩的《墓碑》就可以佐證這個數據。因為寫史，拔高點說是屬於國家行為，國家行為應該有臉面，得留點臉面。

胡學常：在另一個層面看，官方的黨史機構修史，還是有所選取，專選一些有利於自己的史料，迴避一些證據。比如說我曾考證姚文元評《海瑞罷官》文章的出籠問題，金沖及在主編的《毛澤東傳》中說是江青去上海組織人寫文章，姚文元把文章寫好了，領袖才知道這件事，然後多次修改。顯然，這個就不是歷史了，好像是江青背著毛澤東，毛澤東不同意寫文章批《海瑞罷官》，證據是它引用了毛澤東的一個談話。問題是還有另外一個材料，即毛澤東在 1967 年 5 月會見阿爾巴尼亞軍事代表團時的談話中就明確說過這樣的話：「當時我建議江青同志組織一下文章批判《海瑞罷官》」。作為黨史專家，這兩次談話，他們肯定是非常清楚的，我們只能解釋說是想成心地掩蓋那個能夠暴露真相的史料。儘管也有史料作依據，這仍然不是一種真實的歷史。

徐慶全：我說的意思就是兩害相權取其輕，為了掩蓋一些真相，就只好在史料取捨方面下大工夫。《周恩來傳》和《周恩來年譜》在記敘他在「文革」中的作為，就常常採取這樣的做法。譬如，周恩來某次群眾集會上的講話，整理出來有一萬多字，通篇是講要如何進行和擁護文化大革命運動的，但在最後提到兩句：我們還要抓革命、促生產。《周恩來傳》和《年譜》上就說，周恩來在某次會議上強調抓革命、促生產。這樣寫，你不能說他說假話，它只是在通篇的話中選了這個，這就是取捨的問題。

胡學常：這個肯定成立。比如剛才說的《毛澤東傳》，從真正的史學家看來，肯定是有問題的，整個大的歷史觀和歷史真相，都是有問題的，可是這樣的著作史料上相對比較嚴謹，一些材料可以放心引用。

商昌寶：您說的這個，我覺得涉及到學術規範的問題，史料的搜集、梳理，學術觀點在哪起步的，都是必修的功課，這一點外國大學的情形要好得多。看他們的博士論文及著作，那種文獻的梳理真是細緻。

胡學常：尤其是現當代文學史領域，就更缺乏這個了。古代文學史的學者還是有這個好傳統的。所謂的學風問題就是這個問題。

徐慶全：這個問題比較迫切。討論文學與歷史寫作之間的關係，我的觀點就是兩害相權取其輕，因為文學界寫歷史的東西已經嚴重的歪曲了，我有時候就不愛看文學史家們寫的東西。比如「胡風事件」，不把歷史放在中國歷史長河中來看待，只是單獨地來看這個事件，那肯定是不行的。你可以說胡風是媚上的，單純講是沒問題的，但是誰不媚上？在這樣一個體制下，就胡風媚上嗎？還是就胡風表現得更加惡劣？茅盾不是這種情況嗎？

胡學常：像郭沫若的評價問題，你說的這個問題是存在的。為什麼要那樣苛責人家？完全把郭沫若做否定性評價，這個當然只是看到一面，並且也成立，但是你如果下工夫研究，整體來看，郭沫若也有一個迫不得已的問題。甚至拿他和其他人相比較，結果是大家都取媚於上，他只不過是過分一些罷了。那個時代，迫於政治權力，做了一些媚上的事，違心的事，也迫害過人，但這是問題的一個方面；還有另一個方面，也有媚上的程度的問題，巴金在那個時代不媚上嗎？跟巴金相比，郭沫若還是更嚴重一點。因為首先，郭沫若的地位更高，影響力更大。眾所周知的，「文革」初起，他急忙公開表態，要燒書焚書，把自己貶得一錢不值，因為這是在一個很高級的會上，你又是那麼一個代表性、標誌性的人物，說這個話影響就更大，也就難怪別人非議得就更多一點，這也是成立的。

商昌寶：我覺得這其中存在一個底線和度的問題，比如拿郭沫若和茅盾比，他們的級別、地位和在黨內的境遇差不太多，對郭沫若的非議和差評，顯然就要大於茅盾，因為他的表現實在過分了一些。既然你更過分，那學界在重新評判歷史的時候，就會批你更狠一些，這是成比例的。

胡學常：是，郭沫若有強烈的表演欲，茅盾確實很少有這種情況。

徐慶全：對郭沫若的反感，還有一個因素，郭沫若的地位太高了，中共把他豎的太高了，他是魯迅之後被樹的旗幟。

胡學常：更加悲劇或更諷刺的是，郭沫若被豎得很高，地位很高，但是黨內是看不起郭沫若的。

商昌寶：那是，延安來的文藝家們心裏是看不起他的，例如周揚、丁玲那些所謂喝過延河水的正統派。

徐慶全：當年豎郭沫若的時候，在黨內，這麼多革命履歷輝煌的作家，怎麼會把他豎起來了？所以當時就有很多人看不起他。1949 年建政後，他的地位立馬就很高了，很多人不瞭解他秘密黨員的身份，不服氣，所以非議他的人比較多。現在搞歷史的人，基本上都是承接老一輩人對某一個人的看法。我們知道，上一輩人對郭沫若很不以為然，有一本書叫《反思郭沫若》，其中多有揭示。正常搞歷史的人，不要受這種心態的影響。實際上歷史非常複雜，要意識到郭沫若遭人嫉妒、黨內對他不服的這一面。

胡學常：對，要考慮到另外一面。要做史學研究的話，應該知道，郭沫若的表演，很多情況下都是上面下命令。比如批俞平伯的《紅樓夢研究》，批胡適的資產階級唯心主義，也就是從「兩個小人物」引發的一場大批判，就是欽點的「郭老掛帥」，那郭沫若就不得不表演了。如果沒有看到這個史料，就會苛責他，但如果把這個史料看了，也就會有一點同情他了。

徐慶全：有些文學家寫歷史就這樣，他只看到郭沫若表演去了，沒看到郭沫若為什麼去表演，知其然不知其所以然。

商昌寶：現在不光是 1949 年之後的文學史問題大，之前的文學史問題也很大。現在通行的版本，十幾個不止，影響比較大、發行量比較大。但涉及到民國史或者晚清史的時候，這些文學史家們普遍做得不好。

胡學常：幾乎就是當作背景描寫一下，至多成為歷史玩票而已，沒有進行專題的史學研究，這肯定是不可以的。文學史首先是歷史，歷史的工夫下完了以後，然後再下文學方面的工夫，這兩方面再結合，才能叫文學史。首先應該是歷史學，科班訓練在今天的文學史教學和研究中是欠缺的，沒有這樣一個意識，它不是歷史學，它只能是文學，問題就在這裡。這是一個問題，但不是根本問題，根本問題還是學術研究的大環境不夠好。

商昌寶：我覺得還有一個問題，文學史研究者們，缺少「解毒」意識和反省能力，中了毒不知道，所以不自覺地就相信教科書敘事，不去認真鑽研歷史，照搬，全盤接受，然後再搬到文學史教材中。

胡學常：這是惡性循環，越不進行專深的史學研究，就越容易被意識形態所左右。自以為正確，以為自己的學問了不得，自己站在歷史真相這一面，就越不會去反思。

商昌寶：這個問題，從 1986 年開始，錢理群、陳平原等人提出所謂「二十世紀文學史」，王曉明等人提出「重寫文學史」，到現在 30 年了，雖然學界做過一些對正統文學史的「解毒」、修正工作，可是今天再來看，純粹文學方面的工作進展得還不錯，但是歷史修正的幅度和力度都太不夠了，涉及民族主義文藝及其作家、刊物，就完全不尊重文學史；涉及茅盾等左翼作家依然還是嚴重拔高，還是階級論的評價。

徐慶全：這裡，又涉及到一個能力的問題。我跟程光煒聊過，他在搞新時期文學史的建構，他說，你看，一個《苦戀》你就做了七萬字，到我這，這一段只能寫一篇一萬到兩萬字的文章來建構這段歷史。

胡學常：可是沒有專門的研究，你的史就靠不住，基於靠不住的歷史做研究，能做到什麼程度呢？

徐慶全：比如說講批判俞平伯《紅樓夢》那個事，李希凡就有很多問題。他在回憶錄中講他跟江青沒有過多的接觸。這就是公開說謊，歷史的真實性不是這樣的，可是很多文學界的人相信《李希凡回憶錄》。孤證也確信無疑，不像史學界的人有辨別能力。文學界最典型的做法是，不管是什麼東西，拿來就用，而且可以洋洋灑灑地構建出一套什麼理論來。我覺得你們倆都不像搞文學的人，雖然學的是文學。

胡學常：我是博士才開始搞歷史，本科和碩士都是文學。我看不慣文學研究的那個樣子，就自己出來搞歷史了，就基本上不搞文學了。

徐慶全：最惡劣的現象是，文學史界的人，對搞歷史的人不放在眼裏。

商昌寶：我的專業是中國現當代文學，但是興趣點卻在歷史學。其中一個原因就是看了很多大牌的文學史家們的東西，覺得太主流模式，太老調淺薄，然後就提不起興趣來了。我確實感受到，對於史學界的最新研究成果，文學界的所謂那些大家們，根本不瞭解，完全是隔的，卻在那裡自以為是，自我感覺良好。

徐慶全：他們固有的思維方式是這樣的：我們搞文學的在歷史方面出現點問題是可以被原諒的，因為我們不搞歷史研究。

胡學常：曾有搞文學的人，當面說我在譭謗誰誰，黑誰誰，他認為歷史的真相就是他腦子裏固有的那種。沒辦法，也不下工夫，自以為是，越自以為是就越不下工夫。

徐慶全：沒有歷史知識的人，他的歷史價值觀肯定有問題，可以這樣概括，就是他的歷史知識不全。

商昌寶：也有一些很有歷史知識的人，價值觀未必就沒有問題。

徐慶全：這就是我下一步要說的，沒有歷史知識，或者歷史知識佔有不全面的，歷史價值觀肯定有問題，六經注我，他是這種價值觀，有可能注對了，有可能注錯了，但是也有的人佔有了大量的歷史史料，但他的價值觀更有問題。為什麼？他是取媚於某種東西。

商昌寶：是，學術界中的很多人也不是不做學問，大量的史料也看，就是轉不過來，這個文學界裏面的情況更嚴重。

胡學常：真假問題倒成了一筆糊塗賬了。我覺得問題在於研究還是不深，從學術操作上來說，沒有真正把它當作史學來做。當然立場、觀點，其他的一些因素也有。就是你沒有很好下史的工夫，你如果看更多的史料，對歷史有一個全面的把握，那樣恐怕會好一點。歷史研究到位以後，解讀歷史的能力問題是另外的因素。還有，就像我們剛才說的「真實」問題，你認為立場真實，就是本質真實，這些才是真正的真實，那就沒辦法了。立場不對就無真相可言，這又是一個原因。所以我想，根本問題是怎麼樣形成一個機制，一種大的環境，作家或者文學史研究家，能夠個性化的、自由的去進行寫作、研究，那才是最主要的。高壓下的歷史研究，就會出現很多怪現狀。

徐慶全：在史學界看來常識性的東西，在文藝界裏面卻大吃一驚。這個現象很有意思。去年我到一所大學擔任碩士生答辯委員會主席，看了幾本書。其中一個學生梳理關於晏殊研究的綜述性東西，他分析研究晏殊的論文數量在各個歷史時期的原因時說，1949 年以後直到 1980 年代晏殊的詞沒人研究、被冷落，是因為他小眾的關係。我說，你這個分析有些不能自圓其說啊，你如果懂點歷史就知道，1949 年以來的歷史，晏殊這樣的人，是不被人重視的，這是政治原因造成的。那時，所謂的革命浪漫主義和革命現實主義是主流的，晏殊、李清照、柳永這些人都是非主流，誰去研究他們呀。

胡學常：這就是講究文學的所謂「人民性」。

徐慶全：對。後來這個研究生的導師說，我發現你們學歷史的人不一樣，在你們看來很常識的東西，在我們這就未必。我說，沒有文學史的高度，也就是歷史的高度，你怎麼會知道 1949 年直到「文革」結束，像晏殊、柳永、納蘭性德等人都沒有地位？

胡學常：那個時候即使研究李白，也要研究他的人民性，杜甫，陸游，也都要研究他們的人民性，當時的核心詞就是人民性。

徐慶全：我偶而翻閱一些文學史著作，我覺得他們說不到點上去。說不到，還硬說，他還要引外國某些名家的名言，引誰誰的話，引完以後就更不靠譜了。我發現，文學家的敘述方式就是引所有人的話來證明自己正確，就不會自己論述自己的正確。這就跟史學界 1949 年以來一直到 1980 年代的情況比較相似，那時候，史學界敘事也必須引馬列的東西，左一句馬克思怎麼說，右一句恩格斯怎麼說，就是不知自己該怎麼說。說到底，這是一種學術劣根性。

商昌寶：我看到的好多現代文學史著作，有這麼幾個史學界的學者，他們很少引用過，比如說蔣廷黻、陳恭祿、李劍農，文學界的人基本上對他們都不知道，可能蔣廷黻知道的人多一點，你看他們著作中的注釋就明白他們閱讀視野的狹窄、單一了。因為他們沒有看到另外的聲音、另外的材料，所以總是引用主流史學界那些老套的成果，根本沒有看到這些比較非主流或者客觀解讀歷史的人的書。

徐慶全：也很少有人提黃仁宇、唐德剛，實際上黃仁宇和唐德剛的敘事手法，絕對是文學的。在文學史上絕對有的一比，尤其是中國文學史上，但是沒人提。唐德剛在敘事手法上很文學化，我很喜歡讀這樣的東西，一本《胡適口述自傳》，雖然半本考證，但很好讀。

商昌寶：那個口述比較符合真正意義上的口述史，我經常說，沒有注釋的口述自傳，都不值得信，頂多算是一面之詞。

徐慶全：我現在保存著華東師大印的《胡適口述自傳》，當時還是內部資料，上大學的時候買的，給我的印象極為深刻。那時候我還不知道誰叫唐德剛，覺得這個人真了不起，這種東西很厲害，我們做不到。

商昌寶：文學界對唐德剛的《晚清七十年》也很少提，雖然他的書裏面存在一些史料上的問題，但是他的那種縱橫上下古今的史觀和評說，確實讓人眼前一亮，但研究文學史的人很少去關注。

胡學常：他的戰線拉得太長，像通史似的，所以難免會出問題。如果真要嚴格地說的話，他也還是懂得不夠多，至少是不深，可是，他有鮮明的觀點和正確的「三觀」，《晚清七十年》也好，《新中國三十年》也好，真相大體不虧。

徐慶全：他的價值觀是沒有大問題的。我倒是傾向於將來你們帶碩士可以研究一下黃仁宇、唐德剛。

商昌寶：但是現在文學界的人不把他們當作家，而把他們當作史學家來看，所以文學界不可能研究他。我以前給研究生開「思想史與現代中國文學」課程，第一節課討論的任務，一個是 1793 年乾隆給英國女王的敕書，另一個文獻是清、英第一個條約——《江寧條約》（通常所謂的《南京條約》），輔助資料要看蔣廷黻的《中國近代史》，陳恭祿的《中國近代史》，李劍農的《近百年政治史》，茅海建的《天朝的崩潰》。當然，也有老師說我太偏向歷史，簡直不是文學。我倒不那麼認為，我覺得做文學史研究，如果沒有這些歷史作背景，那文學史研究會跑偏或跑歪的。

胡學常：不僅是跑偏，差不多就可以說是偽史了。

商昌寶：我的思路是，現代文學史研究得從1830年代開始，因為首先有一個基本命題，就是要對過往的歷史敘事解毒，或者說要跳出話語陷阱，目的是要對「殖民地與半殖民地」、「反帝反封建」這些命題進行質疑和重新解讀，不把這個大命題弄清楚，解構了，後面的文學史研究就找不到源頭，無源之水的研究沒有什麼意義了。

徐慶全：文學界的人不懂歷史怎麼能行呢，比如說，八十年代他們提出「重寫文學史」。對，應該重寫，沒有問題，喊的口號也對，但是操作起來的結果看，卻不如口號喊得響亮。

胡學常：不得不說，當年那些高喊「重寫」口號的人，基本都缺乏很好的史學訓練。

徐慶全：是，他們提出重寫文學史，想當然的是要推翻主流固有的文學史，但三十多年以來，文學史沒有太大長進，跟寫作者缺乏史學訓練是有關係的。你光提出重寫文學史，有意義嗎？我覺得寫文學史這方面，謝泳做得不錯，他沒有史學理論水平，但他知道搞文學必須要搞史料。

商昌寶：謝泳的考證，對文學史的書寫和研究有很大價值。我覺得史觀形成的不正確，除了史料方面下工夫不足，還與一些政治思想、哲學方面看的不足也有關係，比如說通常所說的正確史觀，其實是有一個價值參考的，那就是以什麼為標準的問題，可是研究文學的人很少閱讀《西方政治思想史》《論民主》《自由四論》《通往奴役之路》《歷史決定論的貧困》等這樣的東西，很少看洛克、哈耶克等古典自由主義的東西，對包括憲政、法治、權力分立等基本常識和普遍價值都不瞭解。

徐慶全：要我看，搞文學的人，百分之九十在混飯吃，或者百分之九十五在混飯吃，只有百分之五在認真做事，做有意義、有價值的事。搞魯迅史料的張夢陽1990年代就說過魯迅研究界99%的人都在說著廢話、假話和套話。

商昌寶：您說的這個現象，我此前跟很多人都交流過，就是相比史學界、法學界、哲學界、經濟學界、金融學界等，文學界腦子不正常的人多。

胡學常：是，文學界的像韓毓海、孔慶東就是典範。我覺得，文學史家們做得差，一方面是不研究史，頂多做背景瞭解，這個前面說過了。再一個，就是弄過很多西學，然後食洋不化，最常見的就是1990年代最活躍的那幾個「後學家」，在西方理論裏玩「話語遊戲」，不顧及真實的中國，帶壞了學風。

商昌寶：這一點，所謂「新左派」的領軍人物汪暉尤其具有代表性，他那篇批評沈志華關於朝鮮戰爭解讀的文章，都不用楊奎松去反駁他，有點粗淺歷史知識的人稍微做一下功課，就足以讓他低下頭來老老實實研讀歷史後再說話。當然，他本人太自以為是，不會認錯悔改。至於韓毓海寫什麼《五百年來誰著史》，更沒法看，基本是胡說八道。

徐慶全：你們還不如我超脫，汪暉寫那樣的文章，我連看都不看，他能寫出什麼？

商昌寶：是，一開篇就很不在行，強忍著看完。看完後，我就開始同情汪暉了，整篇文章寫得那麼認真，也用了不少的史料，但是開篇立論就跑偏了，簡直是門外漢。

胡學常：汪暉還真不是裝，很真誠，沒辦法，這就是典型的「三觀」出了毛病，屁股決定腦袋。

徐慶全：你們呀，還非要跟他較這個勁，跟他較勁掉價。我這個人，有個最大的特點，就是不愛跟別人較勁。我覺得這些東西我一看就過去了，僅此而已，頂多就是以後不看你的東西了，較啥勁呀。

胡學常：歸納兩點，歷史的真相，首先你要有史料的紮實搜集，再一個是「三觀」要正。不然，你看了再全的史料，「三觀」不正，那也不行，這兩者恐怕缺一不可。把史的問題搞清楚以後，再做文學研究，論述的角度是以文學方面為主，那還是有意義的，那也是學問，關鍵是歷史還沒有搞通，文學史研究就會出大問題。汪暉下了好大的工夫，無論是理論的工夫，還是史料的工夫，他都沒少下。

商昌寶：還有另外一種立場敘事，也應該引起注意，也是屬於所謂的主題先行，比較典型的如張戎的《毛澤東：鮮為人知的故事》。

徐慶全：我就對這個書不感冒，還有辛子陵，他們的書，有史料價值，但所有史料就是為了證明寫作對象是惡的，完全不是史家的態度。

胡學常：他們的觀點一般人很難接受。

徐慶全：張戎為了證明自己是對的，把所有材料都傾向於這個。

胡學常：但是很多時候，從一個方面的史料看來，她的一些結論確實也成立，只是她沒有看到另一面。

徐慶全：歷史就是這樣的，有人說歷史研究像盲人摸象，我覺得這個比喻挺形象的。

胡學常：張戎的問題在哪兒呢？她沒有順著歷史中的毛澤東進行同情的理解。同情的理解，並不就是認為他多好，而是要對歷史，對他個人做一番專深而全面的把握，找出其中隱藏的邏輯。如果有這個工夫的話，就會好得多，就會避免粗暴的簡單化。

徐慶全：她覺得只要終極目標正確，那麼她所做的一切就都是正確的，包括一己之私取捨史料。這不是張戎的特例，是吃狼奶長大的一代人的行事風格：不管程序是否正義，只要目的是正義就可以不擇手段。只要終極目標是高尚的，是純潔的，為了這個目的其他都無所謂了。

胡學常：對，正是這樣。這樣的邏輯是可怕的，但一個好的史學家需要把這樣的邏輯梳理清楚，如果只抓住一些壞的東西，不及其他，那只能是除了惡還是惡。張戎書中呈現傳主的惡和詐，也不能說不成立，可是還要看到另外一面才好，要研究他為什麼認為惡得有理、陽謀以及一個指頭和九個指頭的問題，這樣才能更令人信服。

徐慶全：所以這種史觀影響歷史寫作，也影響文學史敘事，全然不顧真實。

胡學常：理論上存在兩個真實，一個是本質真實，政治正確，立場正確，才是真的真實，於是乎，你越是忠於生活，相信自己眼睛看到的，相信自己真切感受到的，你越是不真實。可見，要害在於對真實的不同看法。再加上從蘇聯傳來的反映論，認為描寫人和事要有典型化的手法。典型化是一個陷阱，極有可能走向真相被扭曲。因為文學總是寫個人的，從個別切入，書寫個別，然後書寫本質化的一般，這是典型理論。你本來寫的是局部的個別的，然後要被認為是普遍性的、一般性的，這就很成問題，本身就暗含著一個大危險。個別經過典型化的魔法，已經不是那個生活中真實的個別了，真相被扭曲了，典型化實際上就是寫本質真實，是一種不真實的「真實」。本質與現象，主流與支流，一個指頭與九個指頭，這些所謂的辯證法，可以把人搞得很迷糊、很愚昧。

徐慶全：所謂的辯證法，其實是一個障眼法，辯證法是為了終極目標的，是從終極目標的純潔性出來的。

胡學常：毫無疑問有這一面，所以「極左」時代的很多人，可以很真誠很無辜地在那裡犯錯乃至作惡。利用辯證法，還有一點好處，因為濫用了以後，妙不可言，就蓄意拿它來為自己辯護。

商昌寶：好，我們今天就討論到這裡，謝謝兩位。

後　記

平心靜氣地說，這本書在學術價值方面的努力和成績，並沒有什麼太多需要標榜的，但之所以還願意拿出來面世，是因為有幾個書本以外的「意義」需要傾吐一下：

其一，本書原來的框架是從 1942 年《講話》的出爐直到 2012 年「抄寫《講話》事件」，目的是要考察 70 餘年來《講話》的傳播史和大陸中國作家的接受史。但事與願違，因為那種混在大學的日子被中斷，所謂的學院派學問也就不能繼續下去，於是本書成了「爛尾工程」。但書稿前面已完成的部分，有幾章節還曾發表過，算是像有點學術性，單獨成書雖略顯局促，但換作現在的題目也勉強說得過去。只是缺少了 1949 年後那些文藝工作者接觸和接受《講話》、膜拜圖騰而後寫作那些歌頌領袖和特色中國的宣傳文字，不能為他們背書，不能展開相對直抒胸臆的批評，實在是有些遺憾。

其二，本書寫作之初曾作為課題申請國家社科青年項目並獲得基金資助。關於這一行為，實在是慚愧得很，因為當時在學校評不上副教授的職稱，而自己又缺乏潔身自好、獨立自由的定力，所以不得不失足為娼。不過有意思的是，當年課題獲批時，學界同仁打電話恭喜又抱怨地說：我報課題五年了，一次也不中，你這種「反動分子」竟然中了，真是沒地方說理去了。臨末還不忘說：你到底走後門了沒有？的確，自從讀博士開始睜眼，然後看懂中國歷史和現今，就忍不住地表達，期間各種酸甜苦辣的味道都品嘗了一遍，包括與敬愛的大學老師分道揚鑣，也包括一篇要發表的稿子前後修改六七次，不但自我把關，還要替編輯想著別給人家惹禍。然而，這個原本「不懷好意」的課題和課題負責人，竟然還能沒走後門地獲得垂青，也難怪同仁「氣憤」了。

其三，本書完成已經有五年之久了。起初，想在出版前通過單篇文章發表換得幾把柴米油鹽，也希望同仁能夠提出批評意見，好在成書前完善提高一下，但是這些年的空氣愈發霧霾化，編輯們膽戰心驚，尤其是一看到署著賤名的文章，就先問上一句「不敏感吧」？因為有緊箍咒，所以行文中盡可能避免多加評論，基本上通篇壓抑著表達，但除了個別篇章發表外，其他則難以找到買家。看著沒有什麼希望了，索性趁著這次出版，在一些應該秉筆直書的地方，又新添加了幾筆學術界不贊同的評語，算是多少做個瞭解——人生再也不會寫這類文章了。

其四，本書得以面世，真的要感謝臺灣花木蘭文化事業有限公司，這種感謝其實應該說在四五年前，因為拙作《作家檢討與文學轉型 1949～1957》（未刪節本）得入李怡教授主持的《人民共和國文化與文學叢書》，並於 2015 年再版。那是一次愉快的出版體驗，因為無論是主編、編輯們認真負責的態度，還是上下兩冊書的印製、裝幀，都令人慨歎、懷念。於是，這次接到約稿信後，毫無猶豫地就提交了書稿，也就促成這本書的面世。實在是感謝花木蘭文化出版社的各位編輯老師，感謝李怡老師，否則這樣的學術書，怕是永遠不能面世了。

最後說一句，感謝上帝，讓我在病毒繼續肆虐之際，還有閒心四處講座、整理書稿；感恩生命中的那些義人，他們與我素昧平生卻給予那麼大的支持；感念身在遠方的妻和圍繞在身邊的小朋友，希望早日一起自由地在藍天下呼吸。

2021 年 3 月 17 日